CW01375968

A OJOS DE NADIE

Para ti,

Que vas a adentrarte en esta nueva historia junto a Mera, Harry y Luca.

Con amor,

LA TRAMA

A ojos de nadie

Paola Boutellier

Papel certificado por el Forest Stewardship Council®

Primera edición: septiembre de 2021
Primera reimpresión: mayo de 2022

© 2021, Paola Boutellier
© 2021, Penguin Random House Grupo Editorial, S. A. U.
Travessera de Gràcia, 47-49. 08021 Barcelona

Penguin Random House Grupo Editorial apoya la protección del *copyright*.
El *copyright* estimula la creatividad, defiende la diversidad en el ámbito de las ideas y el conocimiento, promueve la libre expresión y favorece una cultura viva. Gracias por comprar una edición autorizada de este libro y por respetar las leyes del *copyright* al no reproducir, escanear ni distribuir ninguna parte de esta obra por ningún medio sin permiso. Al hacerlo está respaldando a los autores y permitiendo que PRHGE continúe publicando libros para todos los lectores.
Diríjase a CEDRO (Centro Español de Derechos Reprográficos, http://www.cedro.org) si necesita fotocopiar o escanear algún fragmento de esta obra.

Printed in Spain – Impreso en España

ISBN: 978-84-666-7024-1
Depósito legal: B-9.052-2021

Compuesto en Llibresimes

Impreso en Liberdúplex
Sant Llorenç d'Hortons (Barcelona)

BS 7 0 2 4 1

A ti mamá, por enseñarme a ser una luchadora a pesar de los obstáculos

Aprendí que no se puede dar marcha atrás, que la esencia de la vida es ir hacia delante. La vida, en realidad, es una calle de sentido único.

AGATHA CHRISTIE

Prólogo

No abro los ojos aún porque tengo miedo de ver qué ha sucedido, aunque no sé si es peor el hecho de imaginármelo con los ojos cerrados. Mi cuerpo está en tensión, esperando, por si tengo que echar a correr de nuevo. Siento que esto es lo único que he estado haciendo durante mucho tiempo. Me duele. Y, aun así, sigo precavida, paciente.

No sé qué me ha pasado. Me vienen a la cabeza imágenes que no consigo identificar. Solo noto mi cara a salvo, sana, sin dolor. La cabeza, sin embargo, parece que me va a explotar en cualquier momento, y creo que nunca sufrí una jaqueca tan intensa.

Al final termino por impacientarme y la curiosidad gana al dolor, de modo que empiezo a entreabrir un poco los párpados, armándome de valor porque realmente me aterroriza lo que pueda estar ocurriendo. Aunque nunca he sido una cobarde y hoy no va a ser el primer día. Me decido después de lo que se me antoja una eternidad y abro los ojos.

Al principio me ciega una luz blanca. ¿He muerto? No. Si me hubiera muerto, dudo que aún sintiera un dolor tan agudo. Tiene que ser mucho más liberador, estoy segura, si no sería una auténtica putada. Frente a mí, lo primero que puedo observar es un televisor de pantalla plana y unas paredes de color celeste. No huelo nada especial, y una puerta a mi derecha me deja ver un pequeño mostrador al fondo, fuera de la habitación en la que estoy. Y lo comprendo.

«Mierda.»

Estoy en un hospital y no tengo ni idea de cómo he llegado, conque la situación debe de ser grave. Intento hacer memoria durante unos minutos y decido mirar a mi alrededor muy lentamente. En la habitación reina un completo silencio, ni siquiera en el pasillo se oye nada. ¿Estaré sorda? Madre mía, me he quedado sorda. Empiezo a moverme, reuniendo todas mis fuerzas, para comprobar si estoy sola.

Justo en ese momento noto que alguien se mueve a mi derecha. Luca está ahí, sonriéndome con cara cansada y unas líneas de expresión muy marcadas que hasta ahora no le había visto jamás.

—Hola, dormilona. Vaya susto —me dice en un tono de voz muy bajo. Ha tenido que ser un susto tremendo, porque aprecio la preocupación en su rostro. Va con el cabello alborotado y los rizos despeinados.

Acto seguido observo sus ojos: le han salido unas ojeras inmensas y muy pronunciadas. No sé cuánto llevará sin dormir, pero calculo que, como mínimo, un par de días. Sin duda, ha sido grave. Quiero quitarme esta idea de la cabeza de inmediato y por un instante no pensar en el dolor, así que le sonrío.

—Ya sabes, bicho malo nunca muere. —No sé cómo sale la voz de mi garganta. Me escucho extraña, desubicada, pero supongo que es normal. Al fin y al cabo, he despertado en un hospital.

—Es una suerte entonces. —Habla otra vez en voz muy baja y me cuesta comprenderlo.

—¿Por qué susurras?

—Yo... no estoy susurrando. —Vuelvo a adivinar la preocupación en su rostro, incluso el pánico. Aunque intenta discretamente y de la peor de las maneras que yo no lo perciba, lo veo ahí. En cada movimiento, en cada expresión.

Examino lo que hay a mi alrededor y comienzo a observar mi cuerpo para intentar averiguar qué me ha podido pasar. Me miro las manos y advierto que están llenas de llagas y heridas, aunque están cubiertas con una tela blanca muy fina que deja entrever unos pequeños puntos de sangre seca.

Ahora soy yo a quien le entra el pánico. Me falta el aire en los pulmones. Por más que intento respirar con serenidad mi cuerpo no me hace caso, e instintivamente mi pecho empieza a moverse muy rápido. Sollozo sin control. Comienzo a entender por qué mi cuerpo está en tensión, por qué me arde cada poro de mi piel. Tengo las piernas quemadas también.

Siento un escalofrío. Y es entonces cuando de pronto me llegan pequeñas fracciones de imágenes a la cabeza, recordándome lo que he vivido, cómo he llegado hasta aquí. No sé si me está dando un ataque de ansiedad, jamás he sentido nada semejante. Me asfixio y me pongo a llorar desesperada, histérica. Quiero irme de aquí, no puedo quedarme. Necesito escapar, necesito seguir corriendo.

—¿Te duele? ¿Llamo a alguien? Tranquila, ya estás bien, tienes calmantes puestos. ¡Por favor! —suplica—. ¡Que venga alguien, por favor! ¡Enfermera! —Sé que ha gritado, pero yo no lo oigo—. Todo ha sido culpa mía. Perdóname, Mera —se disculpa desesperado.

Pocas veces he oído gritar a Luca, pero ese momento es

diferente: grita angustiado. Lo veo en su rostro, en su boca y en la vena cada vez más abultada en su cuello, aunque mi oído no lo perciba de ese modo. Así que empiezo a gritar para escucharme mejor a mí misma.

1

Mera

Septiembre de 2019

Despertó gritando, entre sudores, creyendo que la pesadilla que acababa de vivir en su subconsciente era real, que aún la perseguía. Y no andaba muy equivocada, pues la llevaba persiguiendo desde hacía muchos años y tenía que convivir con ella más de lo que le gustaba admitir. Aunque esta vez, Mera estaba corriendo. Corría sin parar al descubrir que algo, o alguien, la seguía sin descanso. Normalmente en sus pesadillas le ocurría lo contrario, se quedaba del todo paralizada viendo las lápidas de las personas a las que quería. Los árboles hablaban mientras el viento les atizaba, no pronunciaban palabras pero le vaticinaban tormenta y soledad.

Aun así, no corría. Nunca corría. Hasta esa noche.

«Si no sufriéramos pérdidas, nunca seríamos lo suficientemente fuertes para enfrentarnos a lo que nos resta de vida. Si el dolor que hemos padecido no lo transformáramos en vitalidad y energía para sobrevivir cada día, estaríamos completamente perdidos.» Esto es lo que se decía todas las mañanas al despertarse y ver la fotografía de sus padres encima de la mesita de noche. Ya habían pasado casi veinte años, y aún no se acostumbraba a su ausencia.

Su padre era español, un hombre moreno, alto y bronceado de ojos avellana que conquistó a su madre durante un viaje de estudios que realizó ella en su segundo año de filología. Su madre, Eleanor, era una mujer de armas tomar: jamás se dejó encandilar por un «españolito» (como ella misma decía), aunque todo el mundo sabía que en cuanto lo vio se enamoró de él. Siempre que pensaba en su historia, a Mera le parecía tan arquetípica de comedia romántica que dudaba que fuera real, y pensaba con asiduidad que la habían edulcorado para relatársela a sus hijas como un cuento de hadas. La paradoja era que a ella nunca le gustaron los cuentos de hadas y, en cambio, siempre le repetían aquella historia.

La verdad era que el enorme vacío que había dejado la ausencia de sus padres, sus abuelos y su hermana lo habían rellenado con recuerdos de una infancia feliz, llena de cariño y amor.

Suspiró. Volvía a estar en la realidad de su dormitorio. El sudor había hecho que se le pegaran las sábanas al cuerpo y odiaba esa sensación. Salió con pesadumbre de la cama y fue a echar las sábanas a lavar con cuidado de no despertar a nadie, pero el parquet crujía bajo sus pies fríos. Aunque suponía que el abuelo estaría rondando por la casa y no sería mucha molestia para él. Se metió corriendo en la ducha porque necesitaba que el agua bien fría la despejara. Observó su piel mientras se frotaba con la esponja los brazos, que todavía seguían un poco bronceados gracias a las playas españolas.

Sonrió. Le encantaba verse la piel de aquel tono tan poco común en ese pueblo. Al terminar recordó que aún le faltaba hacer algo y cogió el cuaderno de topos blancos y fondo celeste que tenía en la mesita de noche. Empezó a anotar la pesadilla que había vuelto a su cabeza como tantas otras noches. Mientras la escribía le pareció menos terrorífica de lo que realmente era. Si algún día necesitaba recordarlo, lo tendría escrito para no olvidar ningún detalle.

«Siempre hace falta recordar», se decía para sus adentros.

Aquel era el primer día que volvía al trabajo después de unas vacaciones veraniegas en Málaga, la ciudad de su padre. La ciudad que le daba un poco más de vida y le hacía sentirse más cerca de él. Era un lugar muy parecido a Torquay, una ciudad pesquera muy turística del sur del país, aunque a Mera le gustaba mucho más porque tenía mejor clima y sus calles estaban repletas de gente más alegre. Pasaba cada verano en Málaga desde que había cumplido la mayoría de edad, y aprovechaba para seguir en contacto con su familia paterna y conocer nuevos lugares de aquel tramo de la costa del Mediterráneo. El sol abrasador de agosto, la feria de la ciudad que se celebraba ese mismo mes e incluso las lluvias torrenciales que caían algún que otro verano y refrescaban el ambiente caldeado habían pasado a ser algo familiar y a formar parte de ella.

Mera echó un vistazo a su alrededor, observando las paredes de papel pintado con flores enmarcadas en arcos con volutas. Su habitación era considerablemente más grande que la que tenía en casa de sus padres, una casa que ella y su hermana, cuando fueron mayores de edad, decidieron vender sin pensárselo dos veces para disponer de unos ahorros cada una. Además, no la necesitaban: vivían con sus abuelos, y tanto

Mera como su hermana Emma tenían claro que no querían separarse de ellos.

Desde muy pequeña se había hecho suya esa habitación: tenía un sofá *vintage*, el favorito de su abuela, que se lo había cedido de buen grado, y una pequeña mesa en la que pasaba innumerables horas, con una tetera rosa de flores estampadas y una pila de libros perfectamente ordenados, algunos con artículos de periódico metidos dentro, haciendo de marcapáginas, recordando sucesos, y otros llenos de reportajes asombrosos de otras personas a las que admiraba profesionalmente.

Miró su móvil mientras se cambiaba de ropa y abrió el icono cuadrado rojo con dos letras blancas dentro, «BE», de *Barton Express*, el periódico donde trabajaba.

En el titular de letras grandes se podía leer: «La amenaza con la que Torquay se despierta».

—¿Cómo? —exclamó en voz alta.

Ojeó rápidamente el artículo y lo releyó varias veces para asegurarse bien de que lo había comprendido la primera vez. Estaba firmado por Luca Moore, su sustituto. Suspiró y puso los ojos en blanco. Había leído varios artículos suyos; mejor dicho, solo los que él había escrito mientras ella estaba de vacaciones. Era condenadamente bueno. Tenía frescura, era elocuente y no divagaba haciendo conjeturas conspiranoicas. Sin embargo, esta era una noticia rápida, informativa y sin detalles. Lo más probable es que reprodujera el primer comunicado de prensa que habían pasado por la mañana sin haber podido ampliar la información para explicar una historia, para no perder la exclusiva de lo ocurrido, o al menos no quedarse atrás respecto a los demás medios de comunicación de la zona.

Terminó de vestirse y salió volando de su habitación. Miró por la ventana y advirtió nubes negras a lo lejos, así que cogió su paraguas a rayas mientras se despedía con la mano de su familia, sin dar tiempo a sus abuelos y a su hermana, a quien pilló con un cruasán en la boca, para responder. Al marcharse dio un portazo inevitable por culpa del viento que azotaba fuera.

Se metió en su coche, un Mini rojo de hacía unos ocho años, que había comprado de segunda mano con sus ahorros. Nada más sentarse y poner las llaves en el contacto detectó la vibración del móvil, que al momento empezó a sonar con estridencia. Mera conectó el manos libres. Era John.

—¿Qué ocurre, jefe? —preguntó en tono serio, intentando que no se notara su voz de recién levantada.

Normalmente no solía llamarla durante sus vacaciones porque no había nada que decirle tan urgente que no pudiera esperar a que regresara a la oficina. Las vacaciones eran sagradas para él. A Mera siempre le había extrañado su actitud. Por lo general, los directores estaban obsesionados con el trabajo bien hecho y con tener las noticias lo más actuales y contrastadas posible. También solían ser más estrictos con respecto a los días libres o las vacaciones. En cambio, John parecía una excepción a la regla en cuanto a la disciplina. Era un jefe tan seguro de sí mismo que en ningún momento se dejaba pisotear por el estrés.

—Mera, tienes que venir enseguida, dime que estás de camino —le dijo con voz apremiante, preocupado.

Comprendió al escucharlo que algo había sucedido. Sopesó unas cuantas ideas en su mente en una fracción de segundo, intentando imaginar qué pasaba, pero no pudo hacer ninguna conjetura satisfactoria.

—Claro, John. Ya estoy casi ahí, ¿qué pasa? —dijo, mintiendo descaradamente.

—Tenía que asegurarme de que no tardarías. Es urgente, no puede esperar. En cuanto llegues pasa por mi despacho, por favor, sin preámbulos. —Colgó de repente y sin posibilidad de réplica.

«Es jodidamente importante», fue lo primero que pensó, y pisó el acelerador.

☂☂☂☂

No solía tomar atajos, le gustaba más ir tranquila hacia la redacción y disfrutar de la ciudad, sobre todo cuando acababa de volver y aún no había tenido la oportunidad de readaptarse a la rutina. Pero parecía que ese día no iba a ser así.

Echó un vistazo al cielo a través del parabrisas. Septiembre los estaba amenazando con un tiempo frío y lluvioso, con un cielo encapotado y sensación de bajas temperaturas, impropias de la época, ya que normalmente por aquellas fechas solían gozar de unos grados más y un ambiente envidiable para algunos puntos de Gran Bretaña. El mal tiempo impedía a los jubilados del barrio salir tanto como deseaban, lo que hacía que Mera extrañara verlos en sus caminatas diarias en compañía de un amigo, un familiar o sus mascotas.

Llegó relativamente pronto a la redacción del *Barton Express*. En el aparcamiento se encontró un Tesla de color negro estacionado en su plaza, la que tenía reservada para ella. Le sorprendió. Aparcó justo enfrente, maldiciendo para sus adentros. En el periódico, nadie, a excepción de John, tenía el poder adquisitivo suficiente para alardear de semejante coche. Con llantas Sonic Carbon Twin Turbine, nada más y nada menos. Seguramente, el propietario sería una de esas personas que quieren ayudar al medio ambiente con un coche eléctrico, siempre que sea con el mayor lujo posible, sin reparar en gastos. El coche parecía estar equipado con todos los detalles. Mera ya sabía quién era el dueño de ese coche, no le cabía la menor duda. Nadie le quitaría su plaza, a no ser que estuviera sustituyéndola.

Enseguida traspasó las puertas de cristal de la redacción, de mala gana, y se encaminó escaleras arriba con toda la energía que podía reunir a esas horas de la mañana.

Un chico con el pelo moreno y despeinado de unos veinte años la esperaba sentado en una silla de mala muerte en la sala donde solían aguardar las personas que iban a ser entrevistadas o venían para alguna reunión, ya fuera con John, con ella o con otro miembro del equipo.

—Bienvenida, jefa —saludó sonriente, pero con unas ojeras inmensas que mostraban el cansancio acumulado.

«¿Cuánto tiempo llevará sin dormir?», pensó Mera.

—John me dijo que te recogiera en la entrada para acompañarte al despacho sin que te desviaras —comentó al no recibir respuesta de ella.

—Pero ¿qué le pasa a ese hombre? —le dijo llevándose una mano a la frente, algo indignada por el grado de control de su jefe.

—Es el jefe y mandar es lo suyo, aunque cuando no estás siempre pierde un poco la cordura —le explicó con una media sonrisa.

—Eso me lo imagino; al fin y al cabo, no hay nadie que le plante cara de vez en cuando. Por cierto, ¿estás bien? Tienes pinta de cansado, Daniel —le dijo con verdadera inquietud.

Daniel no le servía de mucho si estaba exhausto, era su becario y lo necesitaba en plena forma, sobre todo porque era un chico realmente hábil y atento, al que no se le escapaba ningún detalle, y había pocos becarios tan eficaces. A ella no le gustaba que tuviera exceso de trabajo y que se aprovecharan de él.

Había conectado con él desde que llegó y se puso a su cargo. En uno de los descansos de la mañana, el chico le contó que su madre había muerto de cáncer hacía unos años y que vivía solo con su padre en una casa que tenían en las afueras. Pronto se fue a estudiar a la Universidad de Bristol para labrarse un buen futuro como periodista, o al menos intentarlo. Mera sabía lo que era perder a una madre, así que empatizó con él al instante.

Cuando iban caminando por el pasillo de la redacción, Mera se fijó en que solo había unas ocho o nueve personas trabajando en la sala; los demás irían llegando a la hora que les tocara según su jornada. Fue saludando a sus compañeros y compañeras al pasar por su lado, aunque más de uno apenas soltó un pequeño murmullo a modo de respuesta. Estaban medio dormidos. Mientras seguía por el pasillo le llegaba el olor familiar del incienso de su compañera Lia; hoy parecía que tocaba lavanda.

—La verdad es que me falta un poco de sueño —admitió Daniel—. John nos llamó a unos cuantos para que estuviéramos aquí a las cinco de la mañana y diéramos el primer boletín informativo. Al principio no quiso llamarte tan pronto porque suponía que estarías cansada del vuelo, pero después parecía que le importaba más bien poco. Ten por seguro que lo habría hecho de no ser por tu sustituto, que le hizo entrar en razón.

—¿Moore?

El chico asintió con la cabeza

—Ahora lo conocerás, está en el despacho del señor Barton. Ciertamente es bastante simpático, no me lo imaginaba así viniendo del *Daily Mirror*. Ya sabes, los que han trabajado en lo mejorcito del país suelen alardear —dijo encogiéndose de hombros. Ella sonrió para sí al ver que pensaba igual.

Al fin llegaron al despacho de John. Su placa, en la puerta, muy brillante y casi nueva, rezaba: JOHN BARTON CRAIG. DIRECCIÓN GENERAL.

—Gracias por acompañarme, Daniel, casi me pierdo —le dijo con ironía, y le hizo un movimiento con la cabeza indicándole que podía seguir con sus tareas.

—Solo sigo las órdenes del jefazo.

Ella resopló y negó con la cabeza.

Dio dos toques con la mano en la fría puerta y escuchó un «Pasa» muy grave proveniente del interior, aunque ella ya estaba girando el pomo antes de oír la orden.

Mera no podía imaginar que al abrir aquella puerta su vida cambiaría radicalmente.

No solo por lo que le contaría su jefe, sino por conocer al dichoso Luca Moore.

A partir de entonces su vida iría a todo gas, cuesta abajo y con los frenos rotos.

Sus pesadillas empezarían a hacerse realidad.

2

Mera

Septiembre de 2019

Al girar el pomo y abrir la puerta encontró a John sentado en el borde de su mesa hablando en un tono un poco angustiado con un muchacho notablemente más alto que él y de sonrisa pícara, que se frotaba el pelo de manera insistente. Se fijó en que lo tenía dorado y con rizos revueltos.

—¡Buenos días, Mera! Te estábamos esperando. ¿Has visto al becario? —preguntó John, zanjando la aparente conversación con el hombre.

—Sí, me ha traído él. Me parece vergonzoso que le mandes esperarme en la sala, como si no fuera a venir aquí, o peor aún, como si me fuese a perder —le replicó con un deje que denotaba cierto enfado.

—Lo siento, quería que vinieras directamente y tenía que asegurarme. Además, así el muchacho ha podido descansar un poco del estrés matutino de la oficina. Lo he hecho por su bien —dijo sonriéndole. En ese momento, John miró al chico con el que hablaba y después de nuevo a Mera—. Ah, perdona, ¡qué maleducado! Este es Luca Moore, te ha sustituido durante tus vacaciones. Es un viejo y buen amigo mío de la infancia. ¡Ni siquiera recuerdo cuándo nos conocimos! —añadió, dirigiéndose a Luca entre risas.

—Creo que en *Infantil* —dijo el nuevo, sonriendo a su jefe y sin mirar aún a la chica. Tenía una voz aterciopelada y cuidada.

—¡Por lo menos! —exclamó John. Mera percibía un claro tono de compañerismo entre ambos—. Viene de Londres. Estaba en el *Daily Mirror,* como bien te comenté antes de irte —aclaró—, y era jefe de la sección de deportes, pero quería un cambio de aires. Así que aquí lo tenemos, en Torquay de nuevo.

Mera lo observó con más atención. Aparentaba unos treinta y pocos años, y cuando el chico alzó los ojos para mirarla por primera vez, ella se encontró con unos iris cristalinos. Él se levantó del asiento y le tendió la mano a modo de saludo. Mera se pasó el paraguas a la mano izquierda para corresponderle, y se la estrechó lo mejor que pudo, mirándolo fijamente sin pudor. Él seguía sonriéndole de manera encantadora.

—Gracias por la presentación magistral, jefe, te ha faltado decirle mi grupo sanguíneo —dijo a John con sorna—. Encantado. He oído hablar mucho de ti. —Retiró la mano e hizo un gesto para que se sentara en la silla junto a él—. Siempre bien. Creo que no he estado a tu altura en ningún momento; es sorprendente lo joven que eres y lo mucho que has hecho en este periódico.

—Es difícil acostumbrarse a una nueva redacción en tan

poco tiempo, pero gracias por sustituirme en mi período vacacional. —Intentó que su voz sonara lo más neutra posible, casi como si de un robot se tratara, obviando el piropo profesional—. No ha debido pasar nada grave, puesto que no he recibido ni una llamada de emergencia hasta el día de hoy. Menos mal que me reincorporaba ya, porque esto parece una catástrofe —terminó Mera en tono educado—. ¿Qué noticia os ha puesto patas arriba?

De verdad agradecía que la hubiera sustituido, ya que así pudo desconectar del trabajo y disfrutar de su tiempo libre. Sin embargo, presentía que no le caería bien aquel chico. Sabía que estaba dejándose llevar por los prejuicios, guiándose por las primeras observaciones, pero rara vez se equivocaba. Parecía un chico adinerado. Tenía claro que el coche era suyo; teniendo en cuenta las pocas personas que había en la redacción y que las conocía a todas, era imposible que fuese otro el dueño. Solo John podría haberlo sido, pero Mera conocía su coche, que además estaba aparcado en su plaza de director. Otra cosa que se advertía a simple vista era que se trataba de un hombre extrovertido, sin pudores, hablador. El apretón de manos, el tono despreocupado, el pelo alborotado... Aunque también debía reconocer que se sentía amenazada por él.

Mera salió de sus pensamientos e intentó con todas sus fuerzas centrarse en el motivo que la había llevado hasta allí, ya tendría tiempo para preocuparse por Luca.

—Exacto, es difícil acostumbrarse al principio —dijo John, sentándose detrás de su mesa. Se dirigió a Luca con gesto serio—. De hecho, me gustaría que hablásemos antes de vosotros. Quiero exponeros un par de cambios que he pensado hacer para poder ponernos a trabajar cuanto antes y explicarte lo que pasa, Mera.

John cogió con decisión el café que tenía encima de la mesa y le dio un sorbo. Su pelo azabache, que en una época anterior fue de un negro azulado, estaba ya un poco canoso. John era el típico empresario atractivo y simpático. Mera conocía de sobra su fama de mujeriego, pero le valía con que fuese un buen jefe e hiciese su trabajo bien. Su vida personal era insignificante para ella. Así que no preguntaba.

Por otro lado, al verlo al lado del nuevo no pudo dejar de hacer comparaciones; costaba creer que tuvieran la misma edad. Luca parecía al menos cinco años más joven.

—Chicos —carraspeó para aclararse la voz antes de proseguir—, debemos hablar de vosotros como compañeros. Quiero que trabajéis juntos. —Hizo una pequeña pausa y continuó—: Mera, eres la mejor. No es por halagar, ya lo sabes. Esta redacción no sería lo mismo sin ti. Luca lo ha hecho muy bien y me gustaría que, como estás siempre hasta arriba de trabajo, él te ayudara en todo lo que fuera posible. Vas a seguir siendo la jefa de redacción y mi mano derecha, pero necesito que tengas un subjefe que te desocupe de tantos asuntos. Sé que cuentas con tus jefes de sección, pero este es un periódico local y una sola persona lleva varias secciones, sin poder apoyarte en nada más. Por otro lado, el becario aún no ha adquirido la experiencia suficiente para tomar ciertas decisiones cuando tú no estás, por mucho que insistas en que tiene potencial. —Mera quiso rebatirle, pero terminó asintiendo. Solo quería pegarle un puñetazo en la cara. Por un momento empezó a sentirse traicionada, como si el director no confiara en ella o no reconociera que había hecho durante el año todo ese trabajo sola y había salido triunfante.

—John, no lo dirás por mí, ¿verdad? Me refiero a que sabes que puedo con mi tarea, nunca he necesitado a nadie.

Y, además, es un pueblo tranquilo —soltó ella, controlando deliberadamente los decibelios de su voz.

—Sí. Lo sé. No pienses que esto es porque no has podido darlo todo, ni mucho menos. Simplemente veo que tienes mucho estrés y que estaría bien que alguien te echara una mano. Iba a dejar que Luca fuese jefe de sección de deportes, ya que Lia se irá dentro de unos meses. Mientras tanto, me gustaría que Luca te ayudara a quitarte trabajo y de paso aprender cómo es tu manera de trabajar y cómo funciona esta redacción —dijo en tono amable y comprensivo—. Si algún día lo necesitas libre o estás de vacaciones, siempre puede cubrirte.

Lo miró boquiabierta. No sabía qué decir, así que se cruzó de brazos y miró a Luca, esperando una respuesta por su parte. Él se dio cuenta de inmediato de que ella lo estaba mirando y había podido apreciar el gesto de sorpresa por la noticia en su rostro.

—Sería un honor, John. Si Mera no tiene ningún inconveniente —comenzó a decir, volviendo la mirada hacia ella—, yo estaría más que encantado. Además, también le puedo enseñar lo que he aprendido en Londres. En un periódico nacional hay mucho que hacer y se aprenden varios trucos para sobrellevarlo, te lo aseguro. —Le dio a Mera con el codo en el brazo, intentando acercarse a ella con plena confianza. Aquello le puso de los nervios.

Ahora sí que lo odiaba. ¿Pensaba que no sabía gestionar la cantidad de trabajo que tenía? Pero sonrió como si nada. «Esto es una prueba, tranquila», se dijo.

—No lo dudo —le respondió con cierta ironía y fastidio—. Está bien, aunque si el cambio no me convence o veo que no encaja con mi manera de trabajar, espero, John —le advirtió señalándolo—, que pueda quedarme como estaba.

—O sea, sin mí —añadió Luca sin un ápice de molestia en la voz, sonriendo de manera natural.

Eso era exactamente lo que ella quería decir, en cambio, se limitó a negar con la cabeza.

—No me refería a eso —mintió—, pero supongo que es una forma de expresarlo, sí.

—No te preocupes, Mera, así será, pero estoy seguro de que te gustará tener a Luca al lado, es muy trabajador y, aunque no lo parece, cuando quiere es muy serio y profesional. —Ella suspiró y John se dio por satisfecho con la charla. Había ganado aquella batalla—. Ahora quiero contarte por qué estamos aquí —añadió—. Luca ya lo sabe. Como habrás visto, el boletín informativo de esta mañana ha llegado de sus manos.

—Suéltalo ya, John —lo apremió ella, metiéndole bulla.

—Un contacto de la policía local me ha dicho que ha habido robos en el orfanato de Santa María. Me vais a decir: «Bueno, ¿y qué?». —Los miró a ambos con una preocupación que Mera jamás había visto en sus ojos. Tenía una mano cerrada, apretando el puño. Le temblaba un poco, y la palma de la otra mano le sudaba.

Mera alzó los ojos alentándolo a que siguiera con la historia.

—Había una pintada en el despacho, de donde creen que cogieron algunos documentos. Mi amiga policía asegura que es una amenaza seria y que tenemos que andar con cuidado. No saben aún quién la ha hecho, ni cómo, pero ha sido en plena noche, eso seguro. Mi amiga me ha mandado una foto hace un rato para que podamos apreciar el arte del vándalo en todo su esplendor.

Luca y Mera se inclinaron sobre la mesa para ver la foto

con claridad. En ella se veía una sala semejante a una oficina bastante antigua, con robustos muebles de madera maciza y totalmente desordenada, con papeles tirados por todos lados y carpetas destrozadas. A Mera le molestó aquel desorden en la fotografía, incluso le agobió. Estaba claro que quienquiera que fuese el autor de aquello estaba buscando algo entre los papeles.

De repente, su mirada se posó en el motivo central de la foto. En la pared, totalmente lisa y de un tono ocre bastante desgastado, en letras que parecían de rojo sangre y que goteaban dejando unos cuantos regueros hasta el suelo, se podía leer:

BARTON ARDERÁ

3

Steve

Marzo de 1999

«Nunca imaginas cómo la vida puede cambiarte en unos segundos. No sabes que al coger un camino u otro has podido variar el transcurso de tu historia. Al final eliges tú, aunque jamás sabrás dónde te hubiese llevado otra elección.» Steve pensó esto durante mucho tiempo después de aquel día. Si su hija no se hubiese empeñado en querer viajar una semana antes a España, aquel día no hubiese sido el peor de sus vidas, no solo para él, sino para toda su familia. Quería echarle la culpa a ese presuntuoso españolito, que en el fondo le caía muy bien, aunque no fuera demasiado dado a demostrarlo porque le gustaba que le tuviera cierto respeto. No obstante, el marido de su hija, Javier, era quien prefería irse más tarde a su país, así que la culpa no podía recaer en él. Jamás sabría Steve por qué su hija tenía tantas ganas de tomarse tan pronto las vacaciones. Lo que sí haría por siempre sería dar gracias al cielo o a quien pudiera oír sus plegarias (si alguien lo estaba escuchando) por que sus nietas no hubiesen acompañado a sus padres en aquel viaje.

Mera asistía al colegio; Emma era demasiado pequeña aún. Las niñas vivían, y eso era ahora lo importante. Finalmente, Steve y su mujer terminaron resignándose para no caer en una espiral de vacío y depresión, y concluyeron que las cosas tenían que pasar porque sí.

El terror y el miedo nunca se pueden superar. Cuando nos percatamos de que debemos coexistir con el miedo solo nos queda ser valientes, a pesar de que a veces la cobardía haga que nos tiemblen las piernas y el corazón se nos acelere nada más pensarlo. Cuando Steve se levantó aquel día no sabía qué iba a ser de su familia, pero sí que a partir de entonces no tendría otra alternativa que ser valiente.

A los cuarenta y ocho años, Steve lucía un pelo castaño claro con unas cuantas canas que dejaban adivinar su edad. Era abuelo de dos maravillosas niñas que le habían devuelto la misma ilusión que lo había embargado el día en el que se convirtió en padre. Le parecía que nunca sentiría esa felicidad de nuevo, pero cuando llegaron sus nietas el sol brilló más fuerte, la lluvia resultó divertida y el frío le hizo querer estar en casa con su familia a todas horas. Ni siquiera la librería que tanto amaba y que llevaban él y su esposa Harriet le quitaba tiempo para estar con ellas.

Esa tarde, Steve estaba esperando en la puerta del colegio para recoger a la pequeña Mera. Era una tarde lluviosa y había dejado a Emma con su mujer, ya que la niña, de tres años, estaba con gripe desde hacía un par de días. A Emma le encantaba ir a buscar a su hermana. Mera era su sol y su luna, su ejemplo. Tenían un vínculo precioso, que Steve siempre había lamentado no habérselo podido ofrecer a su hija Eleanor, pero entonces eran tiempos difíciles y tanto Harriet como él pensaron que dos niños sería demasiado para la vida humilde que llevaban. Eleanor era su mundo, y con eso les bastaba.

En cuanto la campana sonó, un centenar de niños salieron corriendo del edificio. A Steve le ponía nervioso el ajetreo de la salida, los niños corriendo, los padres esperando impacientes... Le daba pánico no encontrar a Mera. Miraba con nerviosismo a todos los chicos y chicas que correteaban sin cesar hasta alcanzar a sus familiares. Aquello lo desquiciaba. ¿No podían ir un poco más tranquilos? Así le costaba distinguir a su nieta, pero Mera siempre lo encontraba a él.

En este trance alguien lo cogió de la cintura.

—*Grandpa!* —le gritó la niña, ilusionada.

—¡Hola, pequeña! Otra vez ni te he visto salir. ¿Qué tal el día? —le preguntó mientras la cogía de la mano y la conducía a la puerta del colegio de educación primaria.

—Muy bien, aunque Ronald, el niño grande de la clase de al lado, me ha tirado de las trenzas porque decía que estaban muy mal hechas. Yo le he dicho que estaba ciego, que me las había hecho mi abuela y eran perfectas —empezó a decir Mera exaltada y en tono de enfado—. Aunque lo he ignorado, solo quería hacerme llorar. Le he sacado la lengua. —Mera hizo el mismo gesto para enseñarle a su abuelo de qué se trataba—. Y se lo he contado a la profesora, y ¿sabes qué? Lo ha castigado. —La niña sonrió triunfante, buscando aprobación.

—Me parece bien que hayas ido a la profesora, así me gusta, no quiero que te metas en líos, pero puede que te lo vuelva a hacer. —Sonrió para sus adentros—. A lo mejor está enamorado de ti, y fastidiar es la única forma que tienen los chicos de tu edad para llamar la atención —le dijo, sabiendo que eso le molestaría.

—¡Qué asco! ¡No! *Grandpa*, es cruel porque sí, como todos los niños malos. —Y frunció las cejas con aquel gesto tan gracioso que Steve también hacía. Muy consciente de que era una expresión característica suya, cuando la vio por primera vez en Mera, Steve se dio cuenta de que la niña llevaba su sangre, incluso más que Eleanor (aunque fuera científicamente imposible), y que se parecía más a él que su hija.

Steve sonrió ante la respuesta de su nieta. Las hojas de otoño estaban todas esparcidas por el suelo haciendo el camino anaranjado y amarillento, imitando al de baldosas amarillas del famoso libro *El Mago de Oz*. Mera llevaba su paraguas, también de aquel color estridente, y Steve intentaba sin éxito cubrirse con el suyo, pues al tener cogida de la mano a la niña, que no paraba de moverse, era imposible no mojarse.

Mera tarareaba una canción y Steve, mientras la miraba, notó un brazo que se posaba en su hombro. Dio un pequeño salto.

—¡Steve, amigo! —El hombre, apuesto y alto, sonrió al ver su sobresalto—. ¡No quería asustarte!

—¡Alan, canalla! —Steve lo abrazó soltando un nanosegundo a Mera de la mano. No tardó en volver a cogérsela—. No te esperaba por aquí. Te hacía en tu caserón, dándote la buena vida del rico.

—Anda, anda. Ya sabes que a mí eso no me va, es más cosa de mi esposa. Yo sigo sin acostumbrarme a los lujos, ¡qué le vamos a hacer! —Se encogió de hombros—. Estaba dando un paseo para despejar la mente, ya sabes.

—Bueno, yo no tengo mucho tiempo libre, así que no lo sé muy bien. —Miró a Mera, que estaba muy atenta a la barba del señor que hablaba con su abuelo—. Perdona, cariño, te presento a Alan, un viejo amigo —le dijo a la niña, sonriéndole—. Íbamos juntos al colegio cuando teníamos tu edad, y es un gran amigo. Alan, esta es Mera, mi nieta mayor —la presentó triunfante, orgulloso de ese ser tan pequeñito.

—¿Esta es Mera? No... Pero ¡si era un bebé hace nada! ¡No puede ser que esta mujercita sea tu nieta! Steve, no me mientas, si parece hasta más grande que mi nieto, y es un adolescente ya —exclamó Alan, adulando a la pequeña con una carcajada—. Encantado, Mera. —Le tendió la mano con actitud formal. Ella se la estrechó sintiéndose como una mujer adulta e irguiendo la cabeza, orgullosa.

—Tengo ocho años y tres meses —anunció apartando la mano.

—Ya veo, ya... Pues eres ya toda una mujercita, Mera —contestó Alan sin dejar de sonreír.

Steve observaba la escena con ternura. Habían transcurrido más de ocho años desde la llegada de su nieta y aún le costaba creer que la vida corriera tan rápido. Recordaba los viejos tiempos con Alan, no demasiado lejanos pero que se le antojaban muy remotos. Solo diez años atrás eran uña y carne, sin embargo, después se había ido abriendo una pequeña brecha entre ellos y ahora parecía que hubiese pasado el doble de tiempo.

—¿Y tus nietos, Alan? ¿Qué tal, cómo están? —preguntó Steve, recordado a la familia de su amigo.

—Pues bueno... Frecuentan mucho nuestra casa, Steve, más de lo habitual... —le dijo suspirando. Había cambiado de actitud en un momento, con un reflejo de cansancio y decepción en los ojos—. Mi hijo..., digamos que no los trata como se merecen, y esto me rompe el corazón. El mayor acaba de irse este año a Oxford a estudiar criminología, y el pequeño todavía está en el instituto —le contó, mirando desolado a Steve.

El semblante sonriente y alegre que había tenido Alan con la pequeña Mera se había esfumado por completo. Steve sabía el problema que tenía el único hijo de Alan, Edward. En su adolescencia fue un quebradero de cabeza para sus padres. Le gustaba la bebida y tenía una personalidad muy impulsiva y un poco agresiva. A pesar de los esfuerzos de sus padres, Edward nunca se redimió, ni siquiera cuando nacieron sus hijos. Lo único que consolaba a Alan y a su esposa (sobre todo a su esposa, puesto que Alan siempre había sido más sufridor) era que Edward se comportaba con una educación impecable fuera de casa. Si Steve no hubiese sido su mejor amigo, jamás hubiese tenido un atisbo de conocimiento respecto al talante del muchacho.

Por otro lado, el dinero que Alan había cosechado con su gran don para las finanzas había sido invertido en Edward, haciendo que este mejorara aún más si cabe su estatus social, de lo que su padre no alardeaba. Y es que para el hijo de Alan las apariencias eran lo más importante, y la perfección era lo mínimo que podía consentir.

Steve siempre había estado al tanto de lo que ocurría en la familia de Alan, incluso más de lo que le hubiese gustado. Había sido el confidente más cercano de su viejo amigo, aunque ahora no tanto como antaño.

—¿Sigue igual? Deberías haberle dejado las cosas claras hace muchos años, Alan —opinó Steve, no muy convencido.

—Sabes que no puedo. Tiene la soberbia de su madre, y lo peor es que ella no hace nada tampoco. Si en su día no pudimos, ahora no tenemos autoridad para decirle cómo tiene que comportarse o tratar a sus hijos. Solo espero que se dé cuenta. Los niños se quedan a menudo con nosotros, y eso al menos me hace sentir mejor... Útil —rectificó—. Me hace sentir útil. —Steve intentó no mirarlo con cara de pena ni de decepción, pero no consiguió el efecto deseado y su expresión se volvió claramente amarga.

—Abuelo, tengo hambre —le susurró Mera a su abuelo discretamente, tirándole de la manga del abrigo y sacándolo de sus pensamientos.

—¡Ay, es cierto! —exclamó Steve, echándose la mano a la cabeza y mirando su reloj. La pequeña lo había salvado—. Perdóname, Alan, Harriet tendrá ya la cena hecha, y mira que ella no es muy de cocinar. Vente a casa cuando quieras, o tomémonos un té y charlemos donde te apetezca. Estoy para lo que necesites, amigo. Que llevemos tiempo sin vernos eso no es excusa, ya lo sabes —aclaró—. El tiempo no pasa para nosotros —le dijo a Alan, dándole un golpecito en el hombro.

—Lo sé, Steve, lo sé —le respondió sonriéndole.

Y lo sabía. Alan vio marchar a Steve llevando de la mano a Mera, que saltaba impaciente por llegar a casa. Estaba seguro de que la suya era una de esas amistades que todo el mundo necesita en la vida, que perduran por mucho tiempo que pasen los amigos sin hablar, porque en cuanto vuelven a hacerlo siguen allí, como el primer día, sin que nada haya cambiado. La amistad intacta, la confianza plena. Sabía que si algún día le hacía falta ayuda de cualquier tipo, Steve sería la primera persona en la que pensaría.

Recordaba los años del colegio, cuando eran inseparables y a veces incluso creían que eran hermanos, pues no podían estar el uno sin el otro. A pesar de que las circunstancias distanciaran un poco sus vidas, para Alan, Steve era el hermano que nunca tuvo. Y aunque económicamente siempre le hubiese ido mejor, envidiaba la vida llena de amor y felicidad que tenía Steve con su familia, algo que él nunca llegó a alcanzar, ni siquiera con su bonanza financiera. Ahora le tenía miedo hasta a su propio hijo, y dependía de esos paseos para sobrellevar los días, para no romperse en dos viendo a su nieto pequeño llorar u observando los moretones del mayor.

El origen de todo era él. La culpa era toda suya por haber mirado hacia otro lado cuando Edward necesitaba un padre y no un fantasma.

4

Mera

Septiembre de 2019

Torquay era una de las poblaciones más bonitas del sur de Inglaterra y también una de las que contaban con menos habitantes, alrededor de setenta mil. Esto hacía que los turistas parecieran más numerosos que las personas que habían nacido y residían en aquel lugar de la costa inglesa.

Barton era una calle importante, no porque fuera la del periódico local, el *Barton Express*, sino porque en ella estuvo la primera casa de Agatha Christie, donde nació y se crio la escritora. Ahora tan solo quedaba como recuerdo una placa pegada a una piedra que mencionaba la existencia de la casa, una casa que ya nadie podía observar, ver ni apreciar. Así que, con toda probabilidad, podía tratarse de cualquier otra cosa. Lo más seguro, pensaba Mera para tranquilizarse, es que fuera una gamberrada de un vándalo cualquiera o incluso de un adolescente aburrido.

—Eso es... —comenzó a decir Luca, señalando la pintada—. ¿Es sangre? —preguntó con un nudo en la garganta.

—La policía no ha podido darme más detalles, aunque estoy por jurar que así es —respondió John en tono serio—. De todas formas, que no cunda el pánico, podría ser de animal. Aunque esto tampoco significaría que quien lo haya hecho no fuera un perturbado o perturbada.

Mera miró a los dos amigos sin comprender aún muy bien qué suponía aquello. ¿Los estaban amenazando? ¿O era una casualidad por el nombre de la calle en la que se encontraban?

—Si no te preocupara, no habrías hecho venir a la plantilla tan pronto. ¿Crees que es a nosotros, John? —le dijo Mera con los ojos como platos aún por el asombro.

—No. A nosotros no. Y sinceramente, no creo que sea para nosotros. No tiene ningún sentido. No disponemos de ninguna información relevante y no hemos publicado nada estos últimos días (ni tenemos previsto hacerlo en el futuro) que sea polémico. —Hizo una pausa para coger aire y se llevó las manos a los ojos para masajearlos. Se le veía cansado—. Pero la calle sí es bastante emblemática y, en consecuencia, a lo mejor también es una amenaza dirigida a nosotros por el mero hecho de estar aquí. —Se encogió de hombros mientras seguía mirando aquella foto que a Mera ya le daba escalofríos.

—Lo cierto es que no hay nada en esta calle más allá de las residencias grandes y el símbolo de Agatha Christie. En realidad, diría que es lo único que tiene un gran valor en esta calle, aparte del periódico. Aun así, es un trozo de piedra, John, ¿por qué lo echarían a «arder»? —le preguntó con incredulidad.

—Creo que se os olvida algo —dijo Luca, mirándolos con una expresión que parecía de terror—. ¿No había un colegio llamado Barton en esta calle?

Niños. Que la pintada se hiciera en un orfanato y amenazara a un colegio donde los niños tenían un hogar y una familia. A Mera le dio pánico pensar que niños y niñas inocentes podían haber sido amenazados por una persona demente. Se le tensó todo el cuerpo y el pulso se le aceleró. ¿Y si había sido alguien del mismo orfanato? Tenían que llegar al fondo de ese asunto e investigar si la amenaza era real o simplemente una gamberrada.

—Sí que lo hay. De hecho, sigue abierto. Al mediodía siempre veo la puerta llena de padres que van a recoger a los críos —les informó John—. De todas formas, no descartéis posibilidades. Investigadlo bien; quiero un buen artículo sobre ello para ponerlo en portada. —Le guiñó el ojo a Mera—. Es vuestro primer trabajo juntos —añadió, dejando entrever cierta ilusión y orgullo en su voz—. No es usual que vayáis dos jefes, pero este asunto es peliagudo, y sé de buena tinta que Luca es muy persuasivo: si algo se pone difícil, él es quien puede aclararlo —afirmó, mirando a Luca con una sonrisa socarrona.

Mera quiso soltarle que ella también era muy persuasiva, de otro modo no hubiese llegado donde estaba ahora mismo, pero prefirió guardárselo para sí al ver la cara de apuro que puso Luca al escuchar a su amigo. Ese chico era como un libro abierto, cada pequeña expresión de su cara reflejaba un sentimiento, lo cual a Mera le parecía una desventaja para un periodista.

—Está bien. Llevaré la cámara —le dijo Mera a John—. A ver si podemos sacar algo más.

—Espero que las hermanas os den información y os dejen pasar. No tienen fama de personas afables —les comentó, dirigiéndoles a la puerta del despacho.

Tanto Luca como Mera se despidieron de John y le prometieron poner algo en claro al final de aquel día. En cuanto la puerta se cerró, se miraron un tanto incómodos por la situación, hasta que Luca se decidió a hablar.

—Bueno, pues a trabajar. ¿Vamos en mi coche? Te va a encantar —dijo sonriéndole.

Ella suspiró y se resignó. Le quedaba un día muy largo por delante.

☂☂☂☂

No tardaron en llegar a su destino, aunque a Mera el viaje se le hizo bastante largo. Su compañero se había empeñado en que tenían que conocerse mejor y empezó a relatarle las experiencias de su antiguo trabajo en Londres. Gozaba de un talento innato muy necesario en el mundo de la comunicación: al hablar, usaba el tono perfecto que impedía calificarlo de engreído y que al mismo tiempo despertaba cierta admiración. Sin embargo, a ella su discurso le parecía egocentrismo puro. No creía que la aversión que sentía fuese por algo particular del chico, sino que simplemente ella no encajaba con las personas como Luca. Mera era más observadora que habladora y muy reservada a la hora de contar cualquier cosa, sobre todo si se trataba de un asunto personal. Había aprendido que la información es poder, y ella prefería mantener el poder consigo misma hasta que estuviera segura de que no corría peligro si lo soltaba.

Cuando llegaron a su destino, Mera observó con atención

el coche que tenían enfrente. En la entrada del edificio había un coche de policía. Luca aparcó a su lado, había suficiente espacio. La calle estaba desértica y escalofriantemente tranquila. El cielo seguía anubarrado y sombrío, aunque al menos había dejado de llover durante el trayecto y eso consolaba a Mera, que deseaba con todas sus fuerzas que no volviera a caer ni una sola gota en lo que restaba de día.

Cuando se dirigían a la entrada vieron como un par de policías salían del edificio y caminaban hacia donde ellos estaban. El hombre era muy alto y de complexión grande, no por sus músculos, sino más bien por el porcentaje de grasa de su cuerpo. Con él iba una chica muy guapa con una larga melena oscura recogida en una cola de caballo, vestida también con el uniforme policial. Era alta, aunque al lado de su compañero parecía minúscula. Mera calculó que tendría veintipocos años. Había algo en su cara que le resultaba muy familiar, pero no sabía identificar exactamente qué era. La agente alzó la mirada y se encontró con los ojos de Luca, y al verlo se quedó perpleja.

—¿Moore? —preguntó la chica acelerando el paso.

—¿Lyla? —dijo este sonriéndole ampliamente.

Mera se encontraba en medio de los dos, un poco desconcertada, pues no sabía que se conocieran.

—¡Cómo me alegro de verte! —Ella le estrechó la mano a Luca. Su compañero le hizo un gesto indicándole que la esperaría en el coche patrulla—. ¿Qué te trae por aquí? Te hacía en Londres.

—Y estaba en Londres, pero tenía ganas de volver a casa, y la verdad es que a tu hermano le faltó tiempo para contratarme en el periódico —respondió Luca, echándose una mano a la nuca y alborotándose el pelo.

Mera se quedó boquiabierta. Por eso le resultaba tan familiar... Era la hermana de John. Ahora que se fijaba bien, la chica tenía los mismos rasgos que su jefe: pelo moreno azabache y unos ojos avellana muy expresivos. Era tan atractiva como él. Por supuesto, Mera recordaba que John tenía una hermana menor, pero en todo el tiempo que llevaba trabajando para él no había tenido la suerte de coincidir con ella.

—Perdona, qué maleducado —dijo Luca mirando a Mera y a Lyla a la vez—. Ella es Mera Clarke, no sé si la conoces, es la jefa de redacción del periódico. Tu hermano nos ha pedido que viniéramos para cubrir la noticia.

—Encantada, señorita Clarke. —La agente le tendió la mano con una sonrisa—. La verdad es que la conozco de oídas, se habla bastante de usted en mi familia. Sin su presencia mi hermano estaría literalmente muerto, y el periódico a saber a manos de quién habría ido a parar —le dijo guiñándole el ojo.

El *Barton Express* siempre había sido un periódico familiar. Los Barton lo habían fundado hacía unas tres o cuatro generaciones, y ahora estaba en manos de John, que veía con cierto desdén el trabajo bien organizado. Aunque a su favor jugaban sus dotes de financiero y había podido incluso ampliar la plantilla, a pesar de que el periódico era un medio local relativamente pequeño.

—Vaya... Gracias. Pero tutéame por favor, solo hago mi trabajo lo mejor que puedo —contestó Mera con modestia. Quería dejarse llevar por la curiosidad y apartar la cortesía para entrar en el orfanato lo antes posible—. ¿Puedes decirnos si se sabe algo en claro de lo que ha ocurrido?

Lyla dejó de sonreír y bajó el tono de voz. Les pidió que se acercaran a ella y tanto Mera como Luca obedecieron discretamente.

—Supongo que ya sabéis que no puedo deciros nada confidencial. Lo que sí os puedo contar es que hemos llevado a analizar una muestra de la pintada. Creemos que es sangre de animal. Aun así, no descartamos nada. No tengo autorización para daros más datos, aunque me gustaría, pero... —Miró a Luca y a Mera, dubitativa. Hizo una pausa, cogió aire y, en tono aún más bajo, añadió—: La hermana Lisa seguro que estará encantada de ayudaros, como ha hecho con nosotros. Es muy amable. Hablad enseguida con ella porque, según me ha dicho, la madre superiora del orfanato tiene un carácter de mil demonios, pero por suerte para nosotros, todavía no ha llegado. —Volvió a sonreír de repente y, en voz más alta, prosiguió—: Me ha encantado verte, Moore. En cuanto esté menos liada tenemos que quedar y tomarnos algo para ponernos al día. —Guardó silencio un instante y esbozó una leve sonrisa—. Nos queda una larga jornada por delante a todos. —Les guiñó el ojo mientras iba de camino al coche patrulla—. Mera, ha sido un placer conocerte —dijo alzando un poco la voz a modo de despedida.

Los dos se quedaron plantados viendo a Lyla subir al coche con su compañero y poner en marcha el motor para irse.

El viento empezó a soplar fuerte, como si estuviera anunciando una gran tormenta. Cuando giró sobre sí misma para apreciar el entorno, Mera se encontró con un edificio más grande de lo que recordaba. Era una construcción majestuosa, un antiguo monasterio medieval levantado alrededor del año 1300 inspirándose en la famosa Torre Abbey. Hacía tiempo había leído que el edificio había sido abandonado. Al parecer, durante los años de la Primera Guerra Mundial las monjas lo habían convertido en un refugio para los huérfanos que no tenían dónde ir y para aquellos a los que ya no les quedaba ningún amigo o familiar que pudiera hacerse cargo de ellos.

Por aquel entonces, se ganó buena fama puesto que parecía estar bien financiado y a los chiquillos nunca les faltó de nada. «Aparte de una familia, claro», pensó Mera, irónica, cuando lo leyó. Así que muchas personas que en aquella época pasaban hambre y creían que no podían hacerse cargo de sus hijos los dejaban en la puerta del orfanato, pensando que los niños allí tendrían una vida mejor de la que ellos podrían darles.

—Parece sacado de una maldita película de terror —susurró Luca distrayéndola de sus pensamientos, con una expresión un tanto burlona—. Venga, vamos. No tenemos tiempo que perder. Si Lyla dice que hay que entrar antes de que venga la madre superiora, es mejor hacerle caso.

Mera asintió y caminaron hacia la puerta. Estaba formada por arcos ojivales de estilo gótico y, aunque como bien había dicho Luca podría haber sido el escenario de una historia terrorífica, tenía una belleza apabullante. Las dos hojas que conformaban la puerta estaban trabajadas en lo que parecía bronce desgastado con relieves de personajes de gran tamaño del Antiguo y el Nuevo Testamento, y se podía apreciar que en su día habían sido esplendorosas.

Luca llamó a la puerta, aunque ya se habían fijado en que estaba entreabierta. Aguardaron un par de minutos y al ver que nadie contestaba entraron sin ningún pudor. Mera oyó que la puerta chirriaba con el escalofriante quejido del hierro oxidado.

—¿Buenas...? ¿Hermanas? —llamó Luca con voz alta y grave—. Disculpen, estaba la puerta abierta y queríamos hablar con alguien.

Cuando Mera cruzó el umbral pudo comprobar que aquel magnífico edificio era por dentro aterrador. Todo lo que veía se encontraba en condiciones deplorables. En una de las esquinas del alto techo del hall donde se encontraban había una gotera; imaginaba que de ahí emanaba el olor a moho que se esparcía por la estancia, si bien sospechaba que habría varias humedades aquí y allá por el resto del edificio. Movida por la curiosidad, pasó a una habitación justo a su derecha. Parecía de una casa de los años cuarenta. Una elegante lámpara de araña, cargada de adornos en sus brazos entrelazados de un bronce muy desgastado con aspecto de llevar siglos sin pulirse, colgaba del techo. Pese a la suciedad, los cristalitos que la decoraban reflejaban los pocos rayos de luz que entraban por la ventana de la derecha, dando un ambiente sereno y a la vez pavoroso a la estancia. Debajo de la lámpara había una larga mesa de comedor con sillas de madera, también desgastadas, que parecían muy incómodas; Mera podía recrear en su imaginación a un montón de críos comiendo allí.

De pronto, una mano se posó en su hombro y Mera dio un grito ahogado.

—Perdone, señorita, no quería asustarla —le dijo una voz.

Mera dio media vuelta y se encontró con una mujer entrada en años, vestida con un chaleco azul marino abotonado y una falda larga del mismo color que le llegaba más abajo de las rodillas. Llevaba el pelo muy bien peinado hacia atrás, dejando ver una cara lavada con muchas arrugas, propia de la edad avanzada de la mujer. Sin duda, en otra época había sido preciosa.

—Lo siento, perdóneme usted —se disculpó Mera atropelladamente—. No la oí venir y me dio un susto de muerte.

—Ni yo los escuché entrar, querida; pero no hable de muerte, Dios aún la quiere viva —dijo la mujer con una sonrisa, si bien en tono disgustado.

—Llamamos a la puerta, y como nadie contestaba y estaba abierta creímos que encontraríamos a alguien que pudiera ayudarnos dentro —se excusó Mera rápidamente.

La hermana la miraba con desaprobación, como si estuviera a punto de echarle una regañina. Sin embargo, en ese momento apareció Luca detrás de ella y le dio la mano.

—Discúlpenos, hermana... ¿Lisa? —le dijo este, haciendo una pausa esperando su respuesta. Ella asintió sorprendida y con gusto—. Nos han hablado muy bien de usted. Parece que está siendo de gran ayuda para aclarar los sucesos ocurridos. Somos del *Barton Express* y acabamos de encontrarnos con la policía en la entrada. Ellos mismos nos han recomendado que hablásemos con usted. Nos han informado de que ha sido especialmente amable y buena ciudadana mostrándoles todo lo que estaba en su mano —añadió, sonriéndole ampliamente y con descaro.

Si lo pensaba bien, no había dicho ninguna mentira, solo había exagerado un poquito la realidad para que la hermana Lisa se encontrara cómoda con ellos. Mera lo miraba perpleja y con un poco de fastidio, pero sin negar que tenía don de gentes.

—¡Oh, claro! Esos oficiales han sido también encantadores, esa es la verdad. Da gusto tener gente así alrededor, te quedas más tranquila, ¿saben? Perdonen, ¿cómo han dicho que se llamaban ustedes? Son entonces del periódico local, ¿no? ¿Qué quieren saber? —empezó a preguntar sin parar, como una cotorra.

Esta vez fue Mera quien se decidió a hablar sonriendo amablemente. Había mordido el anzuelo enseguida.

—Yo soy Mera Clarke, y este es mi compañero, el señor Moore. Nos gustaría visitar la habitación donde ha tenido lugar el suceso, si pudiera ser posible. Solo sería un segundo, para hacernos una idea de qué debemos escribir. No queremos molestarla mucho más, suponemos que estará muy atareada.

—Sí, hija mía... Vaya mañanita hemos tenido... Y encima, los críos están más revoltosos que nunca. Además, la madre Catalina, la superiora, está muy nerviosa, así que les aconsejo que me sigan rápidamente para que ella no les encuentre aquí cuando llegue. No me malinterpreten, es una persona amable, pero hoy no tiene un buen día, como comprenderán, y no le gustará que la prensa ronde por aquí, por muy simpáticos que ustedes sean —iba diciendo la hermana mientras subían las escaleras.

Cuando llegaron arriba, Luca iba delante con la hermana Lisa, la cual no paraba de parlotear, muy entretenida y satisfecha de tener a alguien que la escuchara con tanta atención. Mera imaginó que debía de encontrarse bastante sola y que necesitaba a alguien con quien desahogarse de vez en cuando, aunque se le adivinaba un alma de auténtica cotilla. Mientras tanto, ella miraba el largo y estrecho pasillo, que más bien parecía una prisión con pequeñas celdas correlativas: en ambas paredes había a cada dos metros sendas puertas enfrentadas que le daban un aire siniestro. Mera se dio cuenta de que debajo de cada puerta se vislumbraba una sombra, como si los niños estuvieran detrás de ellas, esperando nerviosos. Hacia la mitad del pasillo, Mera vio que una de ellas estaba entreabierta y que un ojo azul tan frío como el hielo se posaba sobre ella. Por lo poco que pudo apreciar de la mitad de la cara que se asomaba por la rendija, calculó que el muchacho no tendría más de ocho años. Mera metió enseguida la mano en el bolso y sacó uno de los Chupa Chups que siempre llevaba para las tardes interminables en la redacción y se acercó al chico.

—Hola —lo saludó sonriéndole—. Me llamo Mera. No sé si alguna vez has probado uno de estos, pero están muy dulces, y a mi hermana pequeña y a mí nos encantan. Hoy no me lo voy a comer, y en casa tengo muchos. ¿Te apetece? —preguntó mientras se lo ofrecía.

Mera se sentía culpable en aquel lugar. Si sus abuelos no hubiesen estado para cuidar de su hermana Emma y de ella, ¿hubiesen acabado las dos allí? ¿Habrían sido como aquellos niños y niñas, aunque en otro tiempo? ¿Hubiesen vuelto a España con la familia de su padre? Nunca lo sabría, pero lo que sí percibía con toda seguridad era que necesitaba hacer algo por aquellos críos, aunque solo fuera una tontería como darles un caramelo mientras pensaba en algo mejor para ayudarlos.

El niño la miró dubitativo y después miró el Chupa Chups, que devoraba con los ojos.

—Venga, cógelo. Es para ti, pero guárdame el secreto, no vaya a ser que la hermana se enfade conmigo —le dijo para terminar de convencerlo, señalando a la monja.

El muchacho asintió, accediendo a esto último, y cogió el Chupa Chups y se lo metió con una rapidez extraordinaria en el bolsillo del pantalón, que estaba un poco deshilachado. En ese momento, el pequeño le pidió que se agachara y se acercara como si fuese a contarle algo. Mera obedeció rápidamente mientras observaba que Luca y la hermana Lisa seguían con su animada charla. El muchacho le acercó los labios al oído y ella notó un aliento gélido cuando este abrió la boca.

—Las hermanas están nerviosas porque piensan que ha

sido alguno de nosotros. Pero no de los de ahora, sino uno muy viejo que estuvo aquí mucho antes que nosotros.

Mera se quedó mirando fijamente el pasillo y a Luca y a la hermana, que llegaban a su destino. De repente, el crío la empujó para cerrar su habitación antes de que nadie lo viera.

Se quedó allí parada en el pasillo, mirando la puerta cerrada del muchacho. Los niños no mentían. Nunca. Si le había dicho aquello era porque realmente lo había oído. Luca llamó a Mera con la mano por detrás de su espalda, impaciente, sin que se diera cuenta la hermana, a la que escuchaba con interés mientras le contaba lo ordenados que eran en aquel sitio.

—Como comprenderán, este es un caso excepcional. El despacho de la madre superiora sigue así porque la policía nos lo ha pedido, pero si fuese por nosotras estaría más limpio que el Vaticano —les comentaba la hermana a Luca y a Mera, que se añadió a la conversación en aquel momento—. Lo que guarda la madre Catalina en su despacho es el archivo de los antiguos residentes, y ahora vamos a tener que rehacer todo ese trabajo tan bien estructurado y organizado. Nos costó mucho ordenar cronológica y alfabéticamente los expedientes.

Cuando la hermana abrió la puerta, Luca y Mera entendieron a qué se refería. Lo habían apreciado en la foto que su jefe les había enseñado hacía apenas dos horas, pero visto en directo el revuelo era mucho mayor. El despacho estaba completamente patas arriba. Había papeles tirados por el suelo, mezclados con libros y carpetas. El escritorio yacía volcado a un lado de la habitación, obstaculizando el acceso a la estancia. Si bien en las estanterías que había enfrente de la puerta de entrada quedaban algunos libros, se podía observar que lo que antes descansaba allí ahora estaba por el suelo de la habitación. Cuando Mera giró la cabeza hacia el lado izquierdo lo vio.

BARTON ARDERÁ

Parecía escrito con sangre, sin ninguna duda. Algunas moscas revoloteaban a su alrededor y desprendía un olor repulsivo. A Mera le entraron ganas de vomitar y tuvo que aguantarse la arcada tapándose la boca con la mano disimuladamente. Miró a Luca horrorizada, parecía que él sentía exactamente lo mismo. Ella volvió a mirar fijamente la pared. Le había estado dando muchas vueltas al asunto, y cuanto más lo pensaba más segura estaba. Aquello no era una advertencia, ni una amenaza. Aquello... era una promesa.

5

Harry

Septiembre de 2019

Tenía el periódico en la mano cuando le dio el último sorbo a su taza de té. Harry acostumbraba a leer siempre la prensa en papel; sentía que traicionaría todos sus principios si empezaba a leer en digital las noticias de la mañana. No había nada como el descanso del desayuno y su periódico diario. Nada. Ese día, sin embargo, como desde hacía ya un mes, iba buscando un solo nombre. Un nombre que conocía muy bien y que ansiaba leer: el de Luca Moore.

El día había empezado bastante tranquilo, aunque con una calma de las que resuenan en el silencio y dan la impresión de que van a explotar en cualquier momento. Y siempre explotan. Según su experiencia, cuanto más apacible era la circunstancia, peor resultaba su consecuencia. Y esta vez tampoco se equivocaba. Su bolsillo comenzó a vibrar. Cogió el teléfono sin mirar la pantalla, sabía quién sería.

—Jefe —se escuchó decir a la voz a través del aparato.

—Katy.

—Nos llaman porque parece que ha desaparecido una muchacha de treinta y pocos años.

—¿Y por qué nos llaman a nosotros? —preguntó Harry, con más curiosidad que fastidio.

—Por lo visto lleva algo más de una semana desaparecida y su jardinero afirma que está muerta en algún sitio —le explicó ella—. Ven, lo entenderás cuando lo veas.

—Está bien, voy para allá —dijo, ahora sí un poco fastidiado. Aunque antes necesitaba saber una cosa más—. Katy, ¿crees de verdad que se trata de una desaparición con posible asesinato? ¿O simplemente es una chica que no ha querido avisar a su empleado de que se iba? No me gusta que me molesten con falsas alarmas —repuso de manera rotunda y directa.

—Moore. —Se le cortó la respiración. Katy solo lo llamaba así cuando estaban de bares y riendo, o cuando, por el contrario, se trataba de un asunto realmente serio—. Esto pinta mal.

Y no lo pensó. Colgó el teléfono y salió echando hostias de su cafetería favorita, dejando a Luca Moore sin leer aquella mañana.

☂ ☂ ☂ ☂

La escena tenía un aspecto desolador. La avenida se veía desierta, salvo por su compañera, que lo esperaba enfrente de la entrada cuya dirección le había indicado ella minutos antes. El cielo estaba encapotado y parecía que iba a diluviar en cualquier momento, algo que le recordó los tiempos en los que vivía en Londres y se pasaba días sin ver el sol. Aquello sí que era desolador.

Pudo avistar a su compañera, que tomaba nota de lo que decía el que suponía que era el jardinero. El hombre parecía hablar un poco alterado, ya que Harry alcanzaba a oír algunas palabras desde donde estaba.

—Le digo que no es normal. Esa joven es muy dulce y todas las semanas me decía si iba a estar o no. De hecho, cuando no lo hacía, siempre me escribía un mensaje al móvil para avisarme.

—Y dice que la ha llamado y el móvil se encuentra apagado, ¿cierto? —le preguntó Katy.

—Sí, efectivamente. El lunes de la semana pasada le escribí al no verla por aquí, pero no le llegaron mis mensajes. Ya sabe usted, eso del doble tic azul del WhatsApp. ¿Lo ve? —Le mostró la pantalla del móvil para que lo verificara—. Solo un tic gris.

Harry llegó junto a ellos y saludó a Katy con la cabeza, tocándose su viejo gorro. Le gustaba el aire de inspector de los años veinte que le daba y por eso lo llevaba siempre.

—Buenos días, caballero —le dijo al jardinero, que dio un salto de sorpresa porque no había oído llegar a Harry—. Soy el inspector Moore, encantado. —Le tendió la mano con una media sonrisa—. Disculpe si lo he sobresaltado, no era mi intención.

—Oh, no... No hay problema, señor Moore —respondió el jardinero, avergonzado por la situación y tendiendo la mano sudorosa al inspector—. ¿Ha venido para comenzar a buscar a la señorita?

—Perdone, ¿señor...?

—Wilson. Charlie Wilson —se presentó este.

—Bien, señor Wilson, como comprenderá, tenemos que asegurarnos de que no se ha ido por su propia voluntad, ya que no hemos recibido ningún otro aviso por parte de familiares o amigos —le explicó Harry con tono tranquilo.

—Señor, estoy seguro de que le ha ocurrido algo. Ella no se habla con su familia, no tiene hijos ni hermanos. Que yo sepa no tiene ningún trato con sus padres ni con otros parientes, vive sola. La señorita Lowell habla poco de su privacidad, pero esto lo sé. Además, su coche lleva ahí plantado desde la última vez que vine —dijo, señalando el Mercedes blanco de la entrada—. Pregúntele a cualquier vecino, le dirá lo mismo —añadió alterándose un poco más.

—No se preocupe, señor Wilson —lo confortó Katy mientras le ponía una mano en el hombro—. De todas formas, diríjase a comisaría para que le tomen declaración de forma oficial, ¿le parece bien? Yo pondré al día al inspector —le dijo con una sonrisa—. Y tranquilícese. Vamos a hacer todo lo que esté en nuestras manos.

El señor Wilson hizo un gesto afirmativo con la cabeza, les dio las gracias a los dos policías y se montó en su coche un poco más calmado, pero apreciablemente apenado por la situación. Harry imaginó, por su comportamiento, que le tenía mucho cariño a la dueña de la casa en la que trabajaba. No podía prometerle que la buscaría si oficialmente no la habían dado por desaparecida, y aún cabía la posibilidad de que se hubiera ido por decisión propia, sin dar explicaciones a nadie.

Levantó la mirada hacia la casa que tenía enfrente. Era bastante grande. El césped, como bien decía el jardinero, estaba algo descuidado: la hierba había crecido y estaba salpicada de matojos pendientes de quitar, así que, al menos, la versión de que él no había podido hacer su trabajo durante dos semanas resultaba creíble. El porche de la casa era amplio y minimalista, tenía justo lo necesario, sin ningún tipo de excesos, solo un par de plantas y una silla de mimbre. «Esta chica tiene gusto», pensó Harry. Y no era un gusto que se soliera ver en el pueblo, más bien aficionado a lo barroco tirando a ostentoso. El estilo minimalista que se apreciaba con tan solo observar el exterior de aquella casa era el de una chica de mundo, estaba seguro. Sin embargo, los elementos del edificio eran muy parecidos a los que había por los alrededores: muros grandes de ladrillo marrón con ventanales amplios de marcos negros. Podía observar que tenía al menos dos plantas y, sospechaba, una tercera a modo de buhardilla. Una casa tan grande para una sola persona. Eso era inusual por allí. Si carecía de familia, como el jardinero había dicho, y vivía sola, o disponía de una fortuna considerable para pagar todo aquello o había heredado la propiedad de algún familiar y la había redecorado tiempo después.

—Cuéntame qué tienes —le pidió a su compañera. Porque por algo lo había hecho venir, eso estaba claro.

—Lo siento, Harry, sé que era tu mañana libre y por eso no te he llamado antes, para no molestarte, pero tengo un mal presentimiento con esto. ¿Has leído el periódico? —le dijo ella.

Él suspiró.

—Justamente esta mañana no me ha dado tiempo. Iba a hacerlo cuando me llamaste y lo dejé enseguida.

—Pues... El *Barton Express* publica una noticia rápida sobre lo que se ha encontrado esta madrugada en el orfanato de Santa María.

Harry levantó una ceja. Si Katy mencionaba aquello, significaba que tenía alguna conexión con la desaparición de la señorita Lowell.

—Parece ser que alguien entró en el despacho de la madre Catalina; la conoces, ¿no? Tiene más años que el Papa. Es muy famosa, y cascarrabias como ella sola. La cosa es que el despacho estaba totalmente desordenado, con los archivos y papeles que guardaban allí tirados por el suelo. Parecía que alguien había estado buscando algo, o incluso que hubiera ido a robar —le explicó a su jefe—. Pero en una de las paredes de la habitación habían escrito BARTON ARDERÁ.

—¿Cómo? —preguntó incrédulo.

Ella asintió con la cabeza.

—Sí. Yo no estuve porque entré más tarde, pero Lyla me lo contó. Hay algo peor, Harry... —Parecía que Katy fuera a arrepentirse de haber empezado a contarlo—. Por lo visto está escrito con sangre.

—Supongo que no es humana porque me habrías avisado, de lo contrario empezaré a pillar un cabreo de cojones, Katy —dijo Harry, atónito.

Estaba enfadado con su compañera. Sabía que ella consideraba que necesitaba más horas de descanso y relajación fuera de la oficina, pero ante un caso excepcional como aquel no comprendía aún por qué no lo había llamado en cuanto descubrieron el allanamiento de morada en un orfanato lleno de críos indefensos y monjas que poco podían hacer.

—Creen que no. La han enviado a analizar, pero están casi al cien por cien seguros de que es de animal. Al principio barajaba la idea de que el autor sería un gamberro aburrido y pensé que podía esperar un par de horas a que te incorporaras, porque no había ninguna otra llamada de urgencia.

—¿Y ahora por qué piensas diferente?

—El jardinero dice que vio a la chica hace dos semanas. Él solo viene los lunes. Ha hecho la denuncia hoy porque la semana pasada no apareció y esta tampoco. Él suele entrar en la casa porque los productos que usa están dentro, y la dueña no le daba la llave a no ser que supiera que no iba a estar. Lleva dos lunes viniendo sin que ella lo haya avisado en ningún momento de que estaría ausente ni le diera la llave. Si no se lleva bien con la familia, deberíamos preguntarles a los vecinos, porque puede que el jardinero esté en lo cierto.

Harry asintió.

—Me parece bien, hay que interrogarlos. Pero ¿qué tiene que ver esto con lo sucedido en el orfanato esta mañana?

—Era lo que iba a decirte ahora... —Katy se armó de fuerza para seguir. Cogió aire con ganas y lo miró con preocupación—. Sobre todo, lo que me pone los pelos de punta es... —Y señaló la esquina de la calle.

Harry levantó la mirada justo hacia donde Katy estaba señalando. Se encontró con un cartel azul que rezaba:

60 BARTON HILL RD.

6

Mera

Septiembre de 2019

Mera y Luca salieron del orfanato de Santa María guardando silencio. Mera lo anotó todo rápidamente: lo que había visto en aquella habitación, lo que había dicho la hermana Lisa e incluso las sensaciones que le provocaba el escalofriante edificio. Todo le pareció importante. Antes de salir del despacho de la madre superiora aprovechó para echar un par de fotos a la habitación mientras Luca entretenía con gran destreza a la hermana Lisa en el pasillo. Hizo lo mismo al salir del recinto y disparó varias fotos al exterior del edificio. Habían podido comprobar con sus propios ojos cuál era la situación y hacer las preguntas adecuadas.

Luca estaba en silencio, pensativo, y caminaba mirando a un punto fijo mientras se dirigían hacia donde tenían el coche aparcado.

—¿No te parece raro? —dijo, rompiendo el silencio, justo

antes de subir al coche, apoyando las llaves en la parte superior y mirando a Mera por encima. Ella estaba enfrente de él esperando a que abriera el coche y clavó los ojos en él, dubitativa.

—¿A qué te refieres?

—Pues a que... la hermana estaba muy tranquila. Solo le disgustaba que estuviera todo desordenado y el mal humor de la madre superiora —respondió Luca, volviendo la mirada al edificio de nuevo.

—Sí, además estoy segura de que se han llevado algo... Algún papel o registro... —Ella también observó el edificio, y recordó en ese momento lo que el niño le había contado—. Uno de los chicos me ha dicho que creen que ha sido alguien que vivió allí con ellas.

Luca subió una ceja, sorprendido. Eso sí que no se lo esperaba. Hizo una mueca con los labios dejando salir una sonrisa pícara.

—Así que le has sacado información a un crío. ¿Cómo lo has hecho? Ni siquiera te he visto.

—Pues suena muy mal, pero dándole un caramelo —le contestó ella en tono neutro, intentando no reírse de algo que no era gracioso. No se sentía muy orgullosa de ello. Mera solo quería darle la golosina, no obtener información. Eso había sido un regalo por parte del muchacho, aunque no vio conveniente darle explicaciones a su compañero—. Tendría lógica, ¿no crees? —prosiguió ella—. Si lo ha hecho algún huérfano que ha vivido aquí, puede que las hermanas lo sepan y por eso estén tan tranquilas —concluyó, abriendo los ojos como platos y bajando un poco más la voz.

Mera estaba más convencida ahora de esta posibilidad. No podía creer que unas monjas que apenas salían al exterior no estuviesen, como mínimo, preocupadas porque algún extraño o bandido hubiese entrado a escondidas allí. Aquel edificio era su casa y la de los niños. Motivos tenían de sobra para, al menos, inquietarse.

Luca se llevó la mano a la barbilla y sopesó la idea por un momento. Era una hipótesis plausible, no cabía duda, pero parecía un poco enrevesada.

—No voy a decirte que no, pero lo encuentro demasiado raro. ¿Cuál sería el pretexto? No descarto que haya sido un gamberro con ganas de llamar la atención —opinó quitándole importancia al asunto.

Mera se sintió decepcionada con la respuesta, y el semblante emocionado que había lucido por un momento desapareció. Bajó la mirada hacia el coche y posó la mano en el manillar de la puerta.

—Bueno, supongo que eso es algo que la policía deberá averiguar. Nosotros solo podemos informar con lo que tenemos. ¿Nos vamos? —sugirió, zanjando el asunto.

Luca asintió, no muy convencido, y abrió el coche. Mera se sentó de inmediato y dejó la cámara a sus pies. El joven arrancó el motor mientras miraba el cielo, que seguía encapotado; parecía que en cualquier momento iba a romper a llover, pero no terminaba de hacerlo.

—Intentemos llegar a la redacción para contarle a John lo que sabemos antes de que nos caiga una buena encima.

Mera asintió y se puso el cinturón. Abrió la libreta, pensativa. No se podía quitar del cuerpo esa extraña sensación. Sabía que aquello no podía ser solo una gamberrada, estaba segura, se lo decía su instinto. Y pocas veces le fallaba. Aunque por primera vez estaba deseando equivocarse.

Después de una breve reunión con John salieron del despacho sin mediar palabra. Luca se ofreció a ayudar a Mera con el artículo, pero ella le enseñó su bloc de notas y le dijo que lo tenía casi preparado. Así se ahorraría continuar trabajando junto a él ese día. Como primera toma de contacto había estado bien, sin embargo, deseaba seguir en solitario.

—Te enviaré el documento final para que le eches un vistazo y mandes el definitivo desde tu ordenador. Envíaselo a Daniel para que lo suba a la web y a rotativas para mañana a primera hora.

Luca asintió y decidió echar una mano con los deportes a Lia. Mera lo vio alejarse con una carpeta en la mano. A pesar de que le quitara importancia al episodio del orfanato, había comprobado que era un chico entregado y que el trabajo le gustaba. Suponía que gracias a su desparpajo había llegado donde había querido. Con todo, le parecía raro que, a los treinta y pocos, hubiera dejado un periódico y un sueldo tan importantes en Londres para volver a aquel pueblo. Había algo que a Mera aún no le cuadraba. Luca, en general, no encajaba en aquel sitio. Suspiró y de inmediato se dio cuenta de que llevaba mucho tiempo parada allí de pie, viéndole marchar.

«Mira que eres tonta», pensó para sí, tras lo cual fue a pedirle a Daniel que revisara la corrección de un par de artículos de sociedad. Acto seguido se dirigió a su despacho para terminar de relatar lo de aquella mañana.

Ya llevaba medio artículo cuando notó vibrar la mesa mientras su móvil se encendía.

—¿Sí? —dijo sin mirar la pantalla.

—¿Mera? —contestó una voz de hombre que ella conocía muy bien al otro lado del aparato.

—Dime, Tom. ¿Estás bien?

—¿Estás libre? Necesito que vengas a casa. —Calló por un momento y cogió aire—. Tengo que contarte algo.

Mera levantó una ceja. Dudó. Notó el temblor en su voz, y eso no le gustó nada. Alzó la vista a la pantalla de su ordenador. Aún le quedaba la mitad del artículo, pero Tom rara vez le pedía un favor, de modo que sacudió la cabeza y sonrió.

—Claro, si me das una hora, termino aquí y voy enseguida, así comemos juntos. ¿Te apetece comida china?

—No mucho —respondió él. El silencio al otro lado del aparato se hizo ensordecedor—. Ahora nos vemos —dijo al fin. Mera notó que Tom cogía aire antes de hablar—. No tardes, por favor —le suplicó.

☂☂☂☂

Pasó por el Dragón Rojo justo antes de llegar a casa de Tom. Su primo, que era unos años mayor que ella, siempre había sido un devorador de toda clase de comida, pero su favorita era la de origen asiático. Cuando escuchó su voz se preocupó bastante, por lo que pensó que sería una buena idea presentarse allí con sus platos favoritos; aunque le hubiera dicho que no tenía ganas, estaba segura de que le iba a venir bien.

Llegó a la puerta y llamó con los nudillos. Abrió un chico bajito, de complexión atlética, con los ojos rojos y el pelo rubio despeinado. Miró a Mera, que al verlo perdió por completo la sonrisa que se dibujaba en su rostro.

—Pasa —le dijo Tom en un susurro.

Ella entró y, antes de que pudiera decirle nada, su primo le dio la espalda y se tiró en un sillón torpemente. Olía mal. Olía a comida rancia y a ropa sin lavar. Olía como si estuviera en una pocilga.

—¿Qué cuernos está pasando aquí? —le preguntó asombrada.

La ropa estaba amontonada en el suelo. Veía el polvo asomando en cada rincón y no le pasaron desapercibidas las manchas de lo que parecía tomate en la moqueta.

—No está. No contesta. Me dijo que se había cansado de discutir y no he vuelto a saber nada de ella —le dijo el chico con lágrimas en los ojos.

—¿Qué me estás contando, Tom?

—¡Dios mío, Mera! ¡No sé qué no entiendes! —le espetó él, aunque al momento le supo mal y bajó la cabeza—. Perdona, es que estoy pasando unos días muy malos.

Ella inspiró profundamente, de lo que se arrepintió al momento, cuando el olor le escoció en la nariz, y la arrugó. Dejó la comida en la mesa y se puso de cuclillas delante de él.

—Tom..., ¿estás hablando de tu novia? ¿Habéis discutido? —Mera estaba confusa. Nunca lo había visto en aquel estado por una chica, y jamás le había pedido que dejara su trabajo para contarle sus penas. Sin embargo, todo indicaba que sufría por ella.

—Sí... Es decir, no —respondió poniéndose las manos en la cabeza. Suspiró y la miró a los ojos—. Discutimos y ella se fue sola a casa, no me dejó acompañarla, y ciertamente a mí tampoco me apetecía acompañarla. Pero la llamé la semana pasada y su móvil estaba apagado, conque me acerqué a su casa para arreglar las cosas y tampoco estaba. Y hoy sigue con el móvil apagado. No aparece. Le ha tenido que pasar algo, Mera. Y si ha sido así —añadió sollozando—, no voy a poder perdonármelo.

Mera se quedó mirándolo por un momento. Estaba destrozado. No sabía cómo animarlo, pero algo tenía que hacer.

Ella no conocía a la chica con la que Tom llevaba ya un tiempo, aunque sabía que él estaba muy enamorado y que casi siempre tenían grandes discusiones por el mal temperamento de ambos. A veces, su primo la llamaba y quedaba con ella y su amiga Dana para contarles su vida, y era raro el día en el que él y su novia no hubiesen tenido algún encontronazo. A ella nunca le había gustado aquella relación, le parecía tóxica y creía que a ninguno le venía bien emocionalmente. Aun así, los respetaba e intentaba mantenerse neutral en el asunto.

—Tom... yo... —fue lo único que consiguió decir. No sabía cómo seguir; la realidad era que no la conocía de nada, solo de lo que Tom le contaba, por lo general peleas, así que, para Mera, lo mejor era que se alejara de su lado.

El porterillo comenzó a sonar estrepitosamente y los dos se sobresaltaron.

—Ya voy yo, no te levantes —le dijo, dándole un par de golpecitos en la rodilla.

Fue hacia el pequeño pasillo donde se encontraba el portero automático. Aquel piso era condenadamente pequeño y había demasiadas cosas por medio, que tuvo que esquivar. Cuando descolgó el interfono miró la imagen que le proporcionaba el aparato y vio en primer plano una gabardina gris que le resultaba familiar y a una chica que no lograba distinguir con claridad justo detrás del hombre que llevaba la prenda.

—¿Diga?

En aquel momento, una placa le robó el protagonismo a la dichosa gabardina.

—Inspector Moore. ¿Se encuentra el señor Turner en casa? Necesitamos hacerle unas preguntas —dijo el inspector con semblante serio mirando hacia la cámara.

Mera abrió sin contestar. Le temblaban las manos cuando colgó el telefonillo.

—Tom..., por favor, no te asustes —comenzó a decir—, pero creo que vas a tener que repetir esta historia.

Él abrió los ojos de par en par, sorprendido, sin saber a qué se refería. Sonó el timbre de la puerta y Mera abrió sin preámbulos.

—Hola, Harry —saludó la joven.

Él se quedó mirándola confuso, no entendía qué estaba pasando; tampoco lo entendía su compañera, que se encontraba justo detrás de Harry con cara de pocos amigos.

—¿Mera?

Ella sonrió con fastidio al escuchar su nombre.

7

Harry

Septiembre de 2019

—¿Qué haces aquí? —fue lo único que se le ocurrió decir cuando la vio con los brazos cruzados en el umbral de la entrada.

Hacía tiempo que no veía a la mayor de las Clarke. Estaba tan deslumbrante como la recordaba, incluso cuando sus penetrantes ojos (que nunca había podido averiguar si eran verdes o azules) se clavaron en los de él y le provocaron un breve escalofrío en la columna.

—Estoy con mi primo Tom —le dijo esta sin dejarlo pasar y con la puerta medio abierta, dejando poca visión del interior.

¿Su primo? Claro. De eso le sonaba el nombre cuando aquel vecino se lo mencionó. Después de echar un vistazo alrededor del hogar de la supuesta desaparecida, Katy y él decidieron preguntar a los vecinos de la casa contigua. Eran los únicos a los que podían interrogar, porque la casa de la señorita Lowell era la última de la calle haciendo esquina, y las dos anteriores estaban vacías.

Les sirvió de gran ayuda hablar con ellos. Eran personas mayores, tendrían alrededor de setenta años, pero aparentaban cincuenta y pocos. Estuvieron encantados de ayudarlos y servirles un té mientras les contaban todo lo que podían sobre su vecina, aunque bien sabía Harry que era más por afán de cotillear que de colaborar con la investigación. Sin embargo, él consideraba que siempre era bueno escuchar todo lo que se pudiera decir de una persona, estuviera desaparecida o no. No solo por la información que aportaba sobre la forma de ser de esta, sino también de la de quienes la rodeaban, ya que, por norma general, podías hacerte una idea de la personalidad de alguien cuando este hablaba de los demás a sus espaldas.

—¡Claro, inspector! Pase, por favor. Mi mujer y yo estaremos encantados de contestar a sus preguntas. ¿Les apetece un té? —preguntó el vecino.

Katy y él asintieron. Siempre les había parecido una falta de respeto no aceptar la invitación a la bebida caliente. Se sentaron a una mesa redonda dispuesta en el centro de la cocina. La habitación tenía un estilo de los años setenta, decorada con papel estampado con muchas flores.

—Ya le digo yo que a esa chiquilla le ha pasado algo, estoy completamente segura —decía la anciana, tomando un sorbo de té—. Ya te lo decía yo, ¿verdad, William? —Este asintió con la cabeza dando la razón a su mujer—. Andaba siempre sola, para arriba y para abajo... ¡Siempre sola! Y cuando la visitaba alguien, el noventa por ciento de las veces eran chicos. Sobre todo, ese jovencito.

—¿Dice entonces que su vecina tenía pareja, señora O'Brien? —le preguntó Katy animándola a seguir hablando.

—Bueno, había un muchacho, sí. Estaban todo el día discutiendo, ¿sabe usted? Mi William y yo jamás hemos discutido en todos estos años como ellos en estos meses. —El señor O'Brien volvió a asentir con la cabeza, confirmando todo lo que decía su esposa.

Harry los miró con nostalgia pensando en sus abuelos. Esta era una pareja más peculiar, pero había algo, una unión entre ellos, que él nunca había podido vivir en sus propias carnes.

—Y había otros chicos, cariño. Venían muy de vez en cuando y no sabemos si eran los mismos. —Lo pensó un momento ajustándose las gafas—. Estoy por jurar que no —se animó a decir el señor O'Brien—. A veces se nos va la cabeza, inspector, pero le puedo asegurar que una cara no se nos olvida; eran más de uno los hombres que entraban y salían con ella, y no eran su novio.

—Hoy en día lo verán ustedes muy normal, inspectores —dijo la mujer dirigiéndose a Katy, como si ella tuviera más que ver con aquella afirmación—, pero para nosotros no es tan común. A veces he pensado que se peleaba tanto con su novio por los otros chicos. No me extrañaría, ¿saben? ¡Esta juventud! —exclamó, y se terminó el té.

Katy puso cara de pocos amigos, aunque solo Harry lo notó. Esbozaba una falsa sonrisa por educación, y él conocía muy bien ese gesto: cuando salieran de allí seguramente soltaría alguna buena prenda sobre la anciana.

Harry se limitó a asentir. Estaba familiarizado con este tipo de personas: ya mayores pero tenaces, firmes en sus creencias y deseosas de contarle a alguien lo que piensan para que las escuchen atentamente. Puede que fueran un matrimonio sin hijos, ya que no había fotos de muchas personas por la casa. Seguramente, Katy y él fueran de las pocas visitas que recibían.

—Aun así, que conste que la chica es muy simpática. Las pocas veces que nos la encontrábamos siempre se ofrecía a ayudarnos —aclaró la señora O'Brien—. Espero que ningún malnacido le haya hecho nada. Al margen de como sea ella, nadie tiene derecho a causarle daño.

Harry asintió y sonrió en silencio. Estaba grabando con su móvil todo lo que el señor y la señora O'Brien les decían.

—¿Creen entonces que ha desaparecido? ¿Que no se ha ido por su propio pie? —les preguntó para finiquitar la conversación.

—Le aseguro que es imposible que se haya ido por su propio pie —insistió la anciana—. A su jardinero siempre le daba la llave si se iba unos días; confiaba plenamente en él. Y cuando no podía darle la llave porque le pillaba en otro día que no fuese lunes, nos la daba a nosotros. —Cogió un poco de aire y miró a Harry y a Katy por encima de las gafas—. Estoy segura, inspectores —concluyó ella, tozuda.

—¿Qué aspecto tenían los chicos que la visitaban y no eran su novio?

—Uno venía siempre bien trajeado —respondió la anciana rápidamente—. Era más o menos de su edad, unos treinta y tantos. El otro era desgarbado, delgado y algo más joven. —Harry asentía mientras apuntaba mentalmente los detalles—. Los dos eran morenos, pero no sabría qué más decirles.

Después de aquello les contaron cómo consiguieron conocer al novio de la muchacha: tuvieron la suerte de encontrarse un par de días con él y se presentó muy amigablemente. «Siempre saludaba.» Era la frase típica que decían vecinos y conocidos en los telediarios cuando un criminal salía de su escondite, uno muy visible. Declaraban que este tenía un aspecto afable y simpático, que no parecía que pudiera hacerle daño a nadie. Sin embargo, como bien dijo el señor O'Brien, esos eran los peores, a los que no ves venir de lejos. Le cayó bien a Harry aquel hombre. La anciana pareja les dio el nombre del muchacho: Tom Turner. Por suerte en Torquay solo había cuatro hombres llamados así. Uno tenía menos de diez años, y otro, más de sesenta. Dos eran de mediana edad. Uno de ellos estudiaba en Francia, así que solo le quedaba una opción.

☂☂☂☂

Harry volvió de inmediato del trance y miró a Mera con seriedad.

—Así que tu primo —dijo más en tono de fastidio que de sorpresa. Quería hacer su trabajo y terminar con aquel proceso pronto para declarar aquello como una desaparición oficial—. Tenemos que hacerle unas preguntas. Puede que su novia haya desaparecido y necesitamos saber qué ha pasado.

Ella lo miró con mal humor y salió al descansillo entornando un poco la puerta. Harry levantó una ceja sin saber bien qué estaba haciendo. Entonces ella se acercó y en tono serio le dijo:

—Tom me ha llamado porque estaba fatal. Él también piensa que le ha pasado algo, cree que por culpa suya porque discutieron y no ha vuelto a saber de ella. De todas formas, ahora te lo contará. —Mera cogió aire. Aquello no le gustaba—. Por favor, no seáis muy duros con él, está hecho una mierda. —Los policías asintieron no muy convencidos. Harían su trabajo, pero si asentían, ella les dejaría más margen—. Por cierto, soy Mera. Un placer conocerla —le dijo a Katy dándole la mano, viendo que no se había presentado aún.

—Igualmente —respondió Katy con media sonrisa y desconcertada, mirando a Harry.

Ahora ya conocía a la famosa Mera. Harry puso los ojos en blanco.

Finalmente los dejó pasar, y se encontraron con un hombre joven en un sillón de tono marrón con los ojos enrojecidos y algo hinchados.

El piso olía a rancio. Katy se tocó la nariz simulando que le picaba para hacerle ver que pensaba lo mismo que él.

—¿Quiénes son ustedes? —preguntó Tom levantando la cabeza. Abrió mucho los ojos y se imaginó lo peor—. ¡Oh, Dios mío! ¡Le ha pasado algo a Aletheia!

—Tranquilo, señor Turner. ¿No es así? —Él asintió, se incorporó de inmediato y le ofreció la mano para estrechársela al inspector—. Soy el inspector Moore, y ella es la oficial Andrews; es mi mano derecha y de total confianza.

Tom asintió y los invitó a sentarse. Mera les dio un par de vasos de agua que habían pedido y se instaló en un taburete que había en la cocina americana, a tres pasos de ellos. Harry sentía su mirada clavada en él desde su posición. No los iba a dejar solos. Ella lo ponía nervioso, jamás había pensado que tendría que hacer un interrogatorio con los ojos de Clarke observándolo fijamente.

Tom Turner era treintañero, un poco fornido y desgreñado. Llevaba unas bermudas deportivas de color negro y una camiseta gris manchada de algo parecido a... ¿aceite? Harry pensó que eso sería lo más probable. El cabello castaño y liso le caía por la frente y estaba descuidado. Parecía como si hubiera recibido una noticia terrible. Harry se percató, además, de que tenía los dientes más bien amarillentos. Al entrar vio varios cigarros apagados en un cenicero del pequeño recibidor. El chico era fumador, y al parecer la nicotina era su consuelo. Esto le recordó a Harry que se había deshecho de aquella adicción hacía ya como diez años. Ahora le parecía asqueroso, ni siquiera lo extrañaba.

—Siento el desastre, no estoy en mis mejores días. Creía que mi novia había terminado conmigo, pero lo raro es que lleva varios días sin dar señales de vida —dijo él.

—¿Hace cuánto que no sabe de ella, Tom? —le preguntó Katy, inquisitiva.

—Una semana y un día. Era domingo. Al principio pensaba que estaba mosqueada, porque suele estarlo con regularidad. Cuando está molesta solo quiere estar sola, así que esperé una semana y luego la llamé, pero tenía el móvil apagado... Hoy también estaba apagado.

—¿Quiere decir que lleva una semana desaparecida y nadie ha dicho nada? ¿No se le ha ocurrido venir a denunciar su desaparición a comisaría? —lo apretó Katy.

—¡Lo quería hacer hoy! ¡Por eso llamé a Mera, para que me acompañara! —exclamó, alzando la voz y señalando a su prima. Ella dio un pequeño salto al escuchar su nombre—. Pero antes solo pensaba que no quería saber nada de mí.

Harry examinó al individuo. Estaba demacrado y contenía la ira. El pecho de Tom subía y bajaba con rapidez, casi hiperventilando.

Había un detalle que no encajaba. La experiencia de Harry con las personas como Tom descartaba la posibilidad de que él le hubiera hecho daño a la chica. Aun así, daba la impresión de que supiera que algo le había sucedido a la muchacha, algo que no contaba por miedo. Sin embargo, Tom le parecía del todo inocente en este asunto.

—¿Puede decirme qué pasó exactamente? ¿Qué hacían? ¿Sabe si la última vez que discutieron llevaba documentación encima? ¿Iba en coche? —le preguntó Harry sin miramientos.

Tom negó con la cabeza y suspiró, y le cambió la mirada. Ahora se le veía completamente diferente. Con unos ojos resueltos, sinceros.

—Discutimos por lo de siempre: ella es muy independiente, yo quería dar un paso más en la relación y se agobió. Estábamos en una cafetería cerca del campo de golf. Yo llevaba mi coche; había quedado en recogerla en su casa y tomar algo en el café Babbs. —Tom cogió aire para proseguir—. Así que cuando empezamos a subir el tono, ella decidió terminar la conversación y me pidió que la dejara un tiempo sola para reflexionar. Se levantó de inmediato y le dije que la acompañaría a casa, pero insistió en que no lo hiciera. Me dijo que necesitaba estar sola y que cogería un bus y luego andaría hasta casa para despejarse. —Su voz empezó a resquebrajarse.

Harry observó cómo Tom apretaba los puños con impotencia encima de sus muslos y volvía a negar con la cabeza.

—Le dije que me avisara cuando llegara y ella asintió, pero ni siquiera lo expresó en voz alta... De modo que tampoco me preocupé cuando no lo hizo. Imaginé que quería distanciarse. —Se llevó las manos a la cara tapándose los ojos—. He sido un estúpido, no tendría que haberla dejado sola, ¡joder! —Su puño dio un golpe encima de la mesa de centro que tenía delante. Harry vio que Mera pegaba un pequeño respingo ante el sonido—. Supongo que llevaría documentación, recuerdo que iba con un pequeño bolso negro al hombro. Pero el coche no, la última vez que la vi, como le digo, la recogí en mi propio coche.

Harry lo observó detenidamente. Tom había sido sincero. Aunque le costaba controlar sus impulsos, estaba preocupado. Aún no sabía si era por la desaparición de su novia o porque creía que lo harían sospechoso, pero estaba inquieto.

—¿Cuánto llevaban discutiendo por la diferencia de opiniones acerca de su relación?

—No sé... En los últimos seis meses más a menudo, supongo —respondió encogiéndose de hombros.

—¿No pensó que podría estar con otra persona? ¿O que no quería una relación seria?

—¿Otra persona? Lo dudo mucho. Ya teníamos una relación seria, inspector, solo que no quería avanzar más.

—¿Sabe si podría haberse ido a casa de un familiar o de un amigo?

Tom negó con la cabeza.

—No se hablaba con sus padres desde hacía un par de meses, y no conozco a sus amigos. Bueno, solo a uno, pero sé que no está con él porque se lo pregunté hace unos días.

Harry lo sopesó. Miró a Katy y ella asintió, conforme.

—Haremos una cosa —le propuso Harry—. ¿Tiene usted las llaves de la casa?

Él asintió enérgicamente.

—Me dio un juego hará un par de meses, cuando discutió con sus padres.

—Perfecto, pues entrará con sus llaves y mirará si están sus pertenencias allí. Si es así y no hay ningún indicio de fuga voluntaria, hará una denuncia oficial en comisaría y nos pondremos manos a la obra para encontrarla, ¿entendido? —le preguntó en tono firme.

Tom aceptó y miró a Mera. Había algo en la mirada del chico que reflejaba la necesidad de permanecer al lado de su prima.

—¿Puedes acompañarme? —le preguntó el muchacho.

—Claro, Tom. Si a los inspectores no les importa... —dijo Mera mirando de reojo a Harry. Este estuvo de acuerdo y esperaron a que Tom se adecentara para ponerse en marcha.

Mientras tanto, Mera, Katy y Harry se quedaron en el pasillo. Mera echó una ojeada, con lo que parecía desilusión, a la bolsa que había en la mesa, que tendría ya la comida china fría. Miró el reloj y vio que era la una de la tarde. Su estómago rugió, y desvió la vista hacia Harry y Katy disimuladamente, suplicando que no hubiesen escuchado el estruendo que hacía su estómago. Harry se percató y rio para sí. Supuso que estaban todos igual, pero aun así no quería decir que se moría de hambre.

—¿No has comido? —le preguntó Harry levantando una ceja, divertido. Ella negó con la cabeza, avergonzada.

—Esa era la comida, pero da igual. Ahora hay cosas más importantes que hacer.

Entonces a Mera le cambió el semblante, como si una bombilla se le hubiese encendido encima de la cabeza.

—Por cierto, Harry... —empezó a decir, dubitativa, sin saber si proseguir con la pregunta. Echó un vistazo dentro del piso y observó que Tom aún estaba en su dormitorio. Miró a Harry de nuevo. El inspector veía en la cara de la muchacha que se estaba debatiendo entre si debía o no debía decirle lo que le rondaba la mente.

—¿Dónde está la casa de la muchacha? Mi primo nunca me lo dijo —concluyó ella, aunque por su tono de voz parecía que sabía la respuesta antes incluso de que él se la diera. Estaba expectante.

—En el 60 de Barton Hill —dijo Harry mirándola con extrañeza.

Mera se puso blanca. Harry y Katy se dieron cuenta de que algo no iba bien, se miraron y enarcaron una ceja. Mera echó otra ojeada a la puerta por si Tom venía, y cuando comprobó que aún no había atisbo de este, se volvió hacia los oficiales y, con un hilo de voz, dijo nerviosa:

—¿Me tomas el pelo? Estoy por jurar que a esa chica le ha ocurrido algo horrible.

8

Mera

Septiembre de 2019

Aparcaron en la esquina que daba a la casa. Mera había seguido al coche de policía con el suyo. Tom iba con Harry y su compañera, así que había tenido tiempo para pensar y repasar los acontecimientos de aquel día. Se agarraba fuerte al volante, como si no quisiese soltarse nunca ni tener que bajarse. Su voz interior se lo decía a gritos: algo le había pasado a esa chica. Aquella era una ciudad pequeña y cuando se producía un suceso no era simple casualidad. Mera suspiró y esperó a que los agentes y Tom salieran del coche.

Harry fue el primero en bajar. Tenía el semblante serio y gris. Mera pocas veces lo había visto sonreír de verdad o con una de esas risas que sabes que son reales, sinceras; solo había podido verlo reír así unas cuantas veces cuando Harry iba a la librería de sus abuelos y se encontraba allí hablando con ellos alegremente. Incluso ella, en otros años que ahora parecían un sueño lejano, había tenido el privilegio de hacerlo reír a carcajadas. Observó que se había dejado crecer más el bigote junto a una barba también más poblada. Harry se volvió y sus ojos de un color azul cristalino se clavaron en ella por un instante, comprobando si salía del coche. Mera se ruborizó y bajó de inmediato. Era consciente de que a esa distancia no se podía apreciar si se sonrojaba, pero estaba segura de que Harry sí lo notaba, y ella no podía permitirlo.

Se acercó apresuradamente a Tom mientras cerraba el coche con el mando y se fijó en que tenía la cara bastante demacrada y cansada.

—¿Esta es? —dijo ella, señalando la casa de ladrillos marrones que hacía esquina.

Tom asintió.

—¿No es muy grande para una sola persona? ¿No vivía con nadie? —volvió a preguntar Mera, extrañada.

Tom asintió de nuevo, pero esta vez se animó a explicar:

—Decía que era un regalo de sus padres. Siempre le proponía que fuéramos a vivir juntos, más bien quería instalarme yo aquí con ella porque, ya sabes, mi apartamento es muy pequeño para dos, pero ella siempre eludía el tema. Yo trataba de no presionarla —afirmó Tom encogiéndose de hombros.

Mera se había percatado de que tenían a Harry muy cerca de ellos, bien pegado, para escuchar lo que decían. No se lo reprochaba, estaba haciendo su trabajo, pero aun así lo odió por no respetar la intimidad entre ella y su primo.

Había un precioso Mercedes de color blanco aparcado en la entrada de la casa, tapando el acceso principal al jardín. Por lo demás, el silencio en el ambiente era atronador y anunciaba tragedia.

Se adentraron por el jardín algo descuidado. La agente Katy ya estaba esperando en la puerta del porche a que llegaran. La chica empezó a mirar dentro de la casa a través de las ventanas, maldiciendo por lo bajo.

—No parece que haya nadie —anunció en tono de fastidio.

Mera pensó que estaban a punto de averiguarlo. No era muy legal lo que se proponían hacer allí, pero aquello no le sorprendía. Harry no era muy dado a cumplir las normas cuando investigaba. Siempre decía que si quería llegar a la verdad sobre algo, había que saltarse unas cuantas reglas para agilizar el proceso. Y parecía que no había cambiado de opinión.

Tom se paró en la puerta y, como si la llave le pesara una tonelada, la giró para abrir la cerradura. Empujó con delicadeza la puerta y antes de abrirla del todo gritó con voz esperanzada:

—¿Aletheia? ¿Estás ahí? Soy Tom.

Nadie contestó. Tom tragó saliva y entró, les hizo un gesto a los agentes para que lo siguieran. Harry y Katy se pusieron en marcha con sigilo. Mera se quedó en la entrada esperando a que los demás entrasen en la casa. Se sentía una verdadera intrusa, como si se metiera en la boca de un lobo grande y feroz.

—¿Aletheia? —volvió a gritar Tom.

Nada más pisar el recibidor, a Mera le llegó un olor a cerrado que hacía suponer que la casa llevaba así una semana al menos. Justo delante vio unas escaleras que conducían al piso de arriba, que Harry subió de inmediato seguido de Katy. Tom miró alrededor, igual que Mera. Desde el recibidor Mera podía ver una pequeña puerta entornada a su izquierda. La abrió algo más y vio que detrás había un pequeño baño para invitados. Dio unos pasos hacia delante y se encontró en un amplio salón con cocina americana, con una mesa de comedor que dividía la estancia. La decoración era muy minimalista y con un gusto exquisito, pero se fijó en un detalle curioso. No había fotos, nada hogareño ni familiar. Nada que pudiera identificar al propietario de la casa. Eso la inquietó, era una casa sin vida. La comparó un momento con la de sus abuelos y pensó que eran dos casas de mundos opuestos. La de sus abuelos era una casa cálida, llena de fotografías de gente riendo y abrazándose, siempre con libros y cuadernos por medio debido al desorden de Emma y de la abuela. Una casa viva a pesar de las pérdidas que acarreaban.

Harry y Katy bajaron las escaleras.

—¿Y bien? —dijo Tom con desesperación.

—Su ropa está intacta, parece que está todo en casa. Solo hemos encontrado un marco con una foto de ella. —Se la enseñó a Tom—. Es actual, ¿o me equivoco? —le preguntó el inspector.

—Es actual. Se la hice hace unos meses, no ha cambiado nada.

—¿Por qué no tiene más fotografías de ella? No hay ni siquiera de su infancia... —le preguntó Katy al chico.

—No sé. Decía que no le gustaban, por eso tampoco tiene cuentas en las redes sociales, podrán comprobarlo de todas formas. Era de esas personas que usan el móvil solo para llamar y escribir algún mensaje.

Mera intentó echar un vistazo a la fotografía, pero no pudo alcanzar a verla desde donde estaba. Tenía verdadera curiosidad por saber cómo era la mujer. Tom era un chico atractivo y musculado. Cuando iba con él por la calle casi todas las chicas se paraban a mirarlo detenidamente; Mera siempre bromeaba sobre ello. Tom había sido muy selectivo con las mujeres con las que había estado. Desde pequeña, Mera pensaba que la genética había favorecido a Tom y a su hermana Emma, mientras que a ella le había otorgado mediocridad en lo que a belleza se refería. Cuando Mera se miraba al espejo veía un cuerpo normal, ni muy delgado ni muy grueso; además, era más bien bajita —medía 1,60 metros— y tenía una cara graciosa, muy característica, ya que estaba enmarcada por unas cejas grandes y expresivas. Sus ojos, azules o verdes según la luz que les daba, se achinaban tanto que parecía que los cerraba cada vez que sonreía, y tenía el pelo castaño ondulado, muy abundante, que le llegaba hasta el pecho. Sus labios sí eran más gruesos y bonitos, pero ella nunca se había considerado una chica guapa, al menos no como su hermana. Emma se podía describir como una chica de veintidós años con una belleza tan peculiar que la hacía irremediablemente atractiva. Perfecta.

Así que suponía que, sabiendo lo exigente que era Tom, la chica sería preciosa. Aun así, su curiosidad no pudo verse satisfecha en aquel momento, ya que Harry guardó la foto de inmediato.

—Perfecto, nos servirá —le dijo a Katy entregándole el marco.

—Lo que no hemos encontrado es su cartera. Y, además, su coche está en la entrada. Esta mañana cuando estuvimos aquí miré dentro y parecía que tampoco había nada —explicó la agente Katy.

—¿Y ahora? —preguntó Tom.

—Una cosa más —comenzó a decir Harry—. Explicó que recogió a Aletheia aquí la última vez que la vio. Lo que le voy a preguntar es muy importante, Tom, así que espero que lo recuerde bien. ¿Su coche estaba ese día exactamente en la misma posición que ahora mismo?

Tom lo sopesó. Se notaba que estaba intentando no equivocarse, buscando pistas en algún recoveco de su mente.

—Le puedo decir con casi total seguridad que el coche estaba exactamente igual —se decidió a contestar.

—¿Cuánta seguridad es «con casi total seguridad»? —insistió Katy.

—Apostaría mi vida en ello —respondió Tom dramáticamente.

Harry asintió, echó un vistazo a la estancia principal y miró a Mera. Ella, en cuanto escuchó a Tom, se echó las manos a la frente con un gesto de desesperación, mirando a Harry con nerviosismo.

—Está bien, Tom. Haremos una cosa —empezó a explicar Harry—. Vamos a ir a comisaría y allí hará una denuncia oficial de la desaparición. Viendo que no es voluntaria iniciaremos enseguida la búsqueda. Tenga paciencia porque la declaración será algo larga y tediosa. Katy puede encargarse si quiere. —Ella hizo un gesto de aprobación.

Mera se acercó a Tom y le puso la mano en el hombro para consolarlo.

—¿Quieres que te acompañe? —sugirió con ternura.

Él negó con la cabeza.

—No te preocupes, ya te he robado demasiado tiempo. Deberías ir a trabajar —le dijo con una sonrisa triste.

A Mera ya casi se le había olvidado el periódico, el artículo y todo lo que se refería al trabajo. No quería dejar a Tom solo. Sentía la necesidad de ayudarlo de alguna forma, la que fuese, pero no quería presionarlo, y realmente tenía que regresar al periódico. Era su primer día después de las vacaciones y había dejado a Luca allí.

—Está bien —aceptó ella—. Cuando salgas llámame,

¿vale? Como no vea una llamada ni un mensaje tuyo esta noche lo haré yo —dijo en tono de reprimenda y con las cejas levantadas.

Mientras Harry y Katy salían de la casa e iban en dirección al coche hablando en voz baja, Tom y Mera se quedaron atrás cerrando la puerta. Cuando la joven se dispuso a seguir a los agentes, Tom la cogió del brazo fuertemente.

—Espera —le pidió. Ella se sorprendió y dio un giro de ciento ochenta grados hacia él—. Necesito que hagas algo.

—Claro, lo que sea —contestó Mera.

—Escribe en tu periódico sobre ella, que la busquen. Por favor. Haz un llamamiento avisando de su desaparición —le suplicó.

Ella le sonrió con picardía.

—Tom —le espetó—, parece que no sepas con quién estás hablando. —Le guiñó el ojo—. No te preocupes, eso ya lo tenía pensado.

Tom metió la mano derecha en el bolsillo del pantalón y sacó su cartera. La abrió y extrajo una pequeña foto, que entregó a Mera.

—Esta es. No hace falta decirte que más te vale devolvérmela; es mi fotografía favorita —aclaró con añoranza—, pero estoy seguro de que tú le vas a dar más utilidad que yo.

Mera cogió la foto. Allí estaba. Era incluso más guapa de lo que imaginaba; se le hacía raro no haberla visto nunca por la ciudad. Tenía una melena morena, muy abundante y algo más rizada que la suya. Su piel era blanca, pero no tanto como la de Mera; tenía el tono perfecto. En la zona de la nariz podía apreciarse una buena cantidad de pecas que la hacían mucho más atractiva. Podía sentir la mirada de sus ojos grandes y marrones a través de la fotografía. Aletheia sonreía a la cámara con una mirada misteriosa, pero no avergonzada. Una chica segura de sí misma, fuerte. Tenía una belleza innata.

Mera levantó la vista hacia su primo mientras se guardaba la foto en el bolso.

—La encontraremos, Tom. Te lo prometo.

Nada más echar a andar hacia el coche se arrepintió de aquella promesa. Mera supuso que la encontrarían, pero no sabía si sería sana y salva o si llegarían demasiado tarde,

9

Febrero de 1999

El cielo estaba completamente negro aun siendo de día. Sabía que caería una gran tormenta en breve. Le dolían los moretones del día anterior e intentaba no quejarse mientras adelantaba ahora un pie, ahora el otro para andar con regularidad. Últimamente se había acostumbrado a ellos y le dolían mucho menos. Para él eran marcas de guerra, una guerra que en algún momento ganaría y que día tras día lo hacía más fuerte.

Cuando se levantó no podía imaginar que justo en el instante en que esa tormenta cayera sobre el pueblo, otra se cerniría sobre él para no dejarlo nunca y castigarlo durante toda su vida. Una vida llena de mentiras, falsedades e hipocresía pagada con dinero sucio. Aun así, cogió el *discman*, el chubasquero y el paraguas, como si lo único que importara fuera no mojarse.

Iba andando hacia el instituto con sus tres amigos, y aunque estaba deseando coger el coche de su padre, aún no tenía edad para conducir, así que se resignaba a seguir dando un paseo a las ocho de la mañana camino del instituto. A pesar de que el día estuviera totalmente nublado, anunciando una gran tormenta, y tuviera examen a tercera hora, charlaba alegremente con los amigos de lo poco preparado que estaba para enfrentarse al examen. Lo que más deseaba, sin embargo, era que llegara la tarde, por eso lo dejó caer como quien no quiere la cosa, una pequeña dosis suficiente para que no sospecharan.

—¿Quedarás con Aletheia después de clase? —le preguntó el más moreno, con sonrisa socarrona y mirada burlona.

—Sí, estaba loca por verme ayer. Me estoy haciendo un poco de rogar... Ya me entendéis. —Les guiñó el ojo—. Pero de hoy no pasa.

Ni él mismo sabía por qué hablaba así. No era propio de él. Su padre y su madre le habían enseñado que las apariencias lo son todo. Que si los demás te ven débil y con sentimientos, te comerán como hienas. Como carroñeros. Y él no podía permitírselo, ni siquiera podía dejar que sus mejores amigos supieran que realmente estaba enamorado de esa chica, que no se trataba de una simple atracción sexual. Así que tenía que hacerles pensar eso, que era una chica guapa más que estaba loca por él, y que por su parte, salvo acostarse con ella y darle cuatro besos tontos, no tenía intención de nada serio.

Era ridículo, como si algo de eso fuese verdad. No sabía cuánto tiempo podría mantener aquellas mentiras, pero las aguantaría lo máximo posible, al menos hasta que estuviera lejos, en una buena universidad donde nadie lo conociera. Ni a él ni a Aletheia.

Ella era perfecta. Una chica risueña de pelo oscuro, ojos avellana y tez pálida. Tan pálida y tan bella que podría haber competido con la mismísima Blancanieves. Una muchacha sencilla y humilde que ni siquiera se percataba de lo hermosa que era, con esos complejos estúpidos que tienen todos los seres humanos. Además, hacía de él un hombre diferente, porque a su lado se sentía más adulto, más querido y arropado.

El mes pasado la había invitado a una de sus casas de verano; aunque no era verano, y ahí residía la gracia. Aletheia y él llevaban esperando estar a solas mucho tiempo y, sin quererlo, sin ni siquiera planearlo, sucedió. Él tan nervioso y ella que parecía saber muy bien qué hacía. Dejó de ser el chico popular y lanzado y le cedió la iniciativa a ella, porque ella era así. Sin duda era la valiente, la inteligente, la ambiciosa, la que estaba llena de energía y pasión, no había nadie que pudiera pararla. Después de ese fin de semana solo deseaba pasar el tiempo a su lado, porque le había roto todos los esquemas. ¿Así se suponía que era el amor adolescente? ¿Tan atrapante, tan absorbente? Lo único que quería era abrazarla y que no acabaran los días. Pero como todo lo que es joven, fresco y alocado, aquellos días acabaron.

Sin darse cuenta llegó a la entrada de la escuela y ahí estaba, esperándolo. Se la veía diferente. Parecía nerviosa, distraída, cansada.

—Hola, ¿podemos hablar? —Hizo una pausa—. Ahora. —Esto último no era una pregunta, era una orden.

Él se extrañó y sus amigos soltaron una exclamación como queriendo decir: «Uh, la que se te viene encima, amigo». Él se quedó petrificado por un momento. ¿Qué había hecho? Todo iba genial, ¿por qué se comportaba así? Le contestó con una esquiva respuesta.

—Voy a llegar tarde a clase, Aletheia. Hablamos en el descanso, ¿te parece? —Pero sí que quería escucharla, quería abrazarla y preguntarle qué le preocupaba.

—Está bien... Supongo que puede esperar.

—¡Claro que puede esperar, tortolitos! Tenías razón, no te la puedes quitar de encima, ¿eh? Está coladita. —El chaval más moreno volvió abrir la boca.

La expresión de Aletheia cambió completamente, se hizo más fría y distante, y a él le echó un jarro de agua fría.

«Mierda, estúpido bocazas», se dijo.

Aletheia dio media vuelta, visiblemente enfadada y con una mirada de desprecio.

Quería pegarle un puñetazo a ese tipo al que aún no entendía por qué le había puesto la etiqueta de amigo, pero simplemente lo miró con desaprobación y siguió el camino hacia su próxima clase. No podía dejarse llevar, no debía.

—Tío, me toca química y me faltan un par de ejercicios. Voy a pedírselos a alguien, seguramente a la pelirroja con gafitas que se pone siempre delante. —Lo dijo como si sentarse delante en clase fuese un insulto—. Nos vemos luego. —El moreno se alejó rápidamente, algo más preocupado que de costumbre.

Cuando entró en clase se echó sobre su silla, dejándose caer. Sentía que su cuerpo pesaba una barbaridad. Últimamente no sabía quién era ni qué quería llegar a ser, solo pensaba que no encajaba. Como cuando Danny Zuko conoció a Sandy aquel verano y la chica lo dejó descolocado, y él también la cagó a lo bestia y se hizo el machito delante de sus amigos. Así se sentía él: un cliché sacado de esa película, *Grease*. Y, por Dios, nadie mejor que él sabía cuánto odiaba los clichés.

10

Harry

Septiembre de 2019

Harry solo tenía diez años cuando vio a Mera por primera vez. Recordaba el día que su abuelo lo llevó junto a su hermano pequeño a su casa para que la conocieran. Era un bebé muy blanco y rechoncho. No entendía por qué tenía que ir a ver un bebé que no le interesaba, él solo quería irse con sus amigos de siempre a las máquinas recreativas y pasar el rato. Era la hora en que le tocaba divertirse, pero la visita parecía importante para su abuelo. Mientras caminaba cogido de la mano de su hermano pequeño, su abuelo le decía:

—Algún día tendréis que cuidar mucho de ella, ¿sabes, Harry? Igual que hice yo con su abuelo a tu edad.

Harry seguía sin comprender nada, y menos lo entendía aún su hermano menor. Cuando llegaron a la casa, su hermano sacó los Playmobil que siempre llevaba consigo en la mochila y algunos coches. Se sentó en un sillón que había al lado de la mujer que había dado a luz a la criatura. Harry recordaba cómo le impresionó la madre de Mera: era hermosa, de pelo castaño y ojos azules, con una belleza natural que eclipsaba la de su propia madre. Su madre era muy guapa, pero aquella mujer parecía sacada de un cuento. No daba la impresión de acabar de tener un bebé. Su abuelo les había dicho que no hicieran ningún comentario irrespetuoso sobre su aspecto, porque seguramente los padres estarían cansados y con expresión un poco demacrada, ya que el bebé lloraba toda la noche; pero no fue así. Los dos, tanto la madre como el padre, lucían felices y en perfecto estado. Al bebé lo habían dejado en la cuna, y a Harry le pudo la curiosidad por ver a la persona por la que había dejado a sus amigos aquel día.

—¿Puedo verla, señora Clarke?

La mujer asintió sonriéndole, y él se acercó a la cuna.

La bebé estaba despierta, abría y cerraba los ojos con lentitud; cuando los tenía abiertos parecía que miraba al infinito. Harry escuchaba cómo su abuelo decía a los progenitores que la niña se parecía mucho a su madre y los felicitaba. Él no veía ningún parecido. ¿Cómo se iba a parecer a los mayores? No tenía nada que ver con las personas adultas que había allí. Era un ser tan inocente y puro que por un momento le dio miedo que le pudiera pasar algo, que alguien la tratara mal, como habían hecho con él y su hermano. Harry acarició delicadamente la diminuta mano de Mera y esta le sujetó un dedo con fuerza.

«Vaya...», pensó.

Resultaba que la bebé tenía más energía de lo que aparentaba.

—Puede que no me necesites nunca, Mera, pero espero estar contigo cuando te haga falta. Como hizo mi abuelo con el tuyo, ¿sabes? —le dijo Harry en un susurro.

En ese momento, la bebé pareció clavar sus ojos en Harry y hacer una mueca.

Esa fue la primera vez que Harry vio a Mera, y jamás la olvidaría, aunque ella ni siquiera pudiera tener un atisbo de aquel recuerdo. Ahora reconocía en ella a su madre. Era evidente para él, que la había podido ver más veces y observarla cuando llevaba a la pequeña Mera y a su hermana Emma al parque, iba de visita o estaba con sus abuelos en la librería, que Mera y su madre eran como dos gotas de agua.

—¿Harry? —dijo Katy, sacándolo de sus pensamientos.

Habían pasado veintiocho años desde aquel momento y no tenía ni idea de por qué se seguía acordando tan lúcidamente.

—Dime. —Carraspeó.

—Voy a tomar declaración a Tom. Come algo y luego nos pondremos con ella.

Él negó con la cabeza.

—Comemos algo, en plural —le dijo paternalmente—. Traeré comida mientras confirmas la denuncia de desaparición, preparamos la orden. Se lo diré al sargento ahora mismo.

Ella asintió y fue a paso ligero a terminar el trabajo.

Harry llegó con la comida al poco rato. Aún no se quitaba de la cabeza haber visto a Mera de nuevo. Durante un tiempo había intentado no encontrársela por la ciudad, era demasiado incómodo, pero el destino a veces quería joder de alguna forma y esperaba el momento oportuno para hacerlo.

Fue al despacho del sargento con el documento de la denuncia oficial de Tom y no tuvo problema para ponerlo todo en marcha cuanto antes. El comienzo de una búsqueda inmediata supuso que se desplegaran varios coches patrulla y perros policía, que la foto de la chica que había conseguido en su casa estuviera por todos lados y, con todo ello, un largo papeleo que le tocaba hacer antes de ponerse en marcha junto a sus compañeros, que ya habían salido a investigar. El papeleo era lo peor, lo odiaba.

El coche de Aletheia Lowell estaba en su casa, así que o había ido andando a cualquier lado o había cogido otro medio de transporte. Además, según la declaración de Tom, la chica no se hablaba con su familia, no tenía a nadie. Había llamado a sus compañeros de trabajo mientras se dirigía a la comisaría y le habían dicho que llevaba una semana sin presentarse, sin dar explicaciones. Por eso, en cuanto firmó la denuncia, Harry destinó a todo el personal que tenía a su disposición a la búsqueda.

—Manda cojones que nadie haya dicho nada hasta ahora —le comentó Harry a Katy.

—Parece ser que ella es la gestora de la compañía, por eso creían que se había tomado días libres o algo por el estilo. Según ha contado Tom, tiene bastante carácter —añadió Katy, encogiéndose de hombros.

—Vamos, Katy, no me jodas, ¿eh? ¿No tenía ningún superior? —le preguntó alzando la voz.

—Sí, sus padres. La compañía era de sus padres —respondió ella en tono serio.

—El novio dijo que no se hablaba con ellos —exclamó Harry—, y el jardinero también.

—Exacto, así que... —empezó a decir Katy.

—Vamos a hacer una cosa. Vete con la patrulla, buscad al menos en la zona donde fue vista por última vez con su novio. —Hizo una pausa, pensativo—. ¿Tienes la dirección de sus padres? —Ella asintió—. Perfecto, pues yo iré para allá.

Seguramente tendré más información antes de que hayáis salido a buscarla. Esperemos que esto solo sea un susto.

☂☂☂☂☂

Harry llegó a Bristol una hora después. Los padres de la chica vivían allí, en una buena casa cerca de St. Andrews Park. Eran dueños de una nueva marca de zapatillas que estaba en auge. Inspiró y espiró profundamente. Había ido directamente al local donde se encontraba la fábrica. Cuando los localizó por teléfono le dijeron que estaban allí y accedieron a verlo de inmediato.

En cuanto tocó el porterillo del portón se iluminó una videocámara en la esquina superior izquierda y puso su placa entre él y el aparato para no tener que pronunciar palabra; la puerta se abrió al instante. Pasó un control de seguridad y un secretario muy joven, un veinteañero, lo acompañó. Le indicó el camino hacia lo que parecía el despacho de los propietarios y le preguntó si quería una taza de té, que aceptó sin pensárselo dos veces.

Al entrar en la habitación se encontró con una pareja de unos cincuenta años. La mujer era alta y delgada, se apreciaba que en una época anterior había sido una mujer despampanante, pero cuando echó un vistazo al hombre, se dio cuenta de que este resaltaba mucho más a su lado. Harry se percató de que su hija había sacado su físico. Era moreno, ya con algunas canas, y tenía unos ojos muy expresivos de color avellana. Estaba fumando un cigarro con nerviosismo mientras miraba por el ventanal que tenía justo enfrente.

—Inspector —dijo la mujer tendiéndole la mano—, encantada, soy Mary Lowell. Este es mi marido, el señor Lowell

—presentó ella, señalando a su esposo en la otra punta de la habitación. El hombre se acercó a Harry y también le tendió la mano para saludarlo.

—Mark —indicó.

Le hizo un gesto para que se sentase en uno de los sillones que tenía delante de su mesa de oficina y él volvió a su silla. La señora Lowell se puso justo detrás de su marido, sentada en un mueble que hacía de cómoda. Como un cuervo esperando pacientemente a su presa.

—Soy el inspector Harry Moore. Disculpen si ha sido todo precipitado, pero era de vital importancia reunirnos de inmediato.

Ellos asintieron. El señor Lowell estaba notablemente nervioso. Apagó el cigarro y miró a Harry. Este sacó una grabadora de su bolsillo (su querida grabadora, la que lo había acompañado incontables veces) y la puso encima de la mesa sin preámbulos.

—¿Le importa si grabo esta conversación? Soy lento escribiendo y les aseguro que es urgente recopilar cualquier tipo de información para saber qué ha pasado con su hija.

No tenía intención alguna de quitar la grabadora de allí. Harry no estaba pidiendo permiso, simplemente preguntaba por cortesía.

El señor Lowell se giró para mirar a Mary, aterrado. Ella asintió con la cabeza y le puso la mano en el hombro, un gesto con el que parecía intentar calmarlo, como si le estuviera diciendo que todo iba a salir bien. Mark miró a Harry. Aparentaba vulnerabilidad.

—¿Y bien? Ha preguntado por nuestra pequeña, ¿ha ocurrido algo grave? Por favor, sea lo que sea díganoslo sin rodeos —suplicó algo desesperado.

Harry negó con la cabeza y sonrió de la manera más tranquilizadora que los años le habían podido enseñar. En balde, por supuesto.

—Señores Lowell, no quiero alarmarlos. Primero necesito verificar algunas cosas, así que tengo que hacerles unas preguntas rutinarias sobre su hija Aletheia. Es de vital importancia que sean sinceros y que recuerden lo máximo posible. Por experiencia sé que cualquier detalle, por ínfimo o estúpido que pueda parecer, es crucial. —Cogió aire y prosiguió—: Su novio, Tom Turner, ha hecho una declaración hace unas horas y ha presentado una denuncia de desaparición porque llevaba una semana sin verla. Le han comunicado que en el trabajo tampoco la habían visto y su jardinero habitual, que va semanalmente a su casa, ha corroborado lo mismo. Su coche sigue aparcado en la puerta y sus pertenencias se encuentran en casa, según lo que nos ha contado su pareja —aclaró para salvarse el culo.

La señora Lowell se llevó las manos a la boca y dio un gritito ahogado. Con la otra mano apretó el hombro de su marido, algo que no le pasó desapercibido a Harry. Ahora era ella la que estaba nerviosa.

—Necesitaría saber cuándo la vieron o cuándo fue la última vez que supieron de ella, ya que tenemos entendido que es aquí donde trabaja —instó Harry.

El señor Lowell asintió con la cabeza y se mordió el labio con rabia contenida. Harry podía verlo en su mirada.

—Sí. Como bien le han hecho saber, inspector Moore, nuestra hija trabaja en la empresa, pero no viene aquí. Debo confesarle que llevamos un tiempo distanciados —empezó a explicarle, notablemente incómodo—. Riñas familiares sin importancia, ya sabe usted —añadió, intentando quitarle hierro al asunto.

Golpearon un par de veces la puerta y entró el chico con el té de Harry y unas pastas.

—Gracias, muy amable —le dijo este. El muchacho respondió con un gesto y los Lowell le hicieron una señal con la cabeza para que se fuera.

—Como decía, ella trabaja aquí; además, parte de los beneficios son suyos, le corresponden. Pero mi hija siempre ha sido una chica muy independiente y le gusta hacerlo todo por su cuenta. Estudió en una buena universidad economía y empresariales, y lleva todo lo relacionado con la gestoría y las cuentas de la empresa desde siempre. Bien es cierto que desde que nos distanciamos, solo nos manda un informe semanal al correo para tenernos al día.

Harry sopesó un momento aquella información.

—Entonces ¿por qué no dijeron que llevaba más de una semana sin aparecer?

Esta vez fue la señora Lowell la que habló.

—A nuestra hija le encanta su trabajo, señor Moore, o al menos se lo toma muy en serio. Ella viene por aquí los días libres en los que sabe que no nos encontrará trabajando. Lo sabemos porque vemos que entra con su identificación. —La señora Lowell enseñó una tarjeta con su fotografía tamaño carnet y su nombre—. Como esta.

El inspector los miró a los dos, buscando algún titubeo en sus rostros. Parecían sinceros y preocupados.

—Si me permiten, señores Lowell —y si no, también—, tenemos otra duda. Nos ha llamado la atención que su hija viviera sola en Torquay, en una casa tan grande, cuando ustedes y su trabajo están en Bristol. ¿Podrían decirnos a qué se debe?

—Sí, claro —respondió la señora Lowell—. Es nuestra

antigua casa. Nunca la vendimos, aunque nos trasladáramos aquí. Aletheia le tenía mucho cariño e iba de vez en cuando. Y al empezar las rencillas entre nosotros, decidió irse allí a vivir.

—¿Ustedes vivían en Torquay? —preguntó sorprendido. Eso no se lo esperaba.

—Claro, nacimos allí. Nos fuimos cuando Aletheia iba a entrar en la universidad y abrimos nuestro nuevo negocio. Queríamos darle una mejor vida, cambiar de aires... Creíamos que le vendría bien para su futuro; siempre ha sido una chica muy prometedora —dijo el señor Lowell, apenado.

A Harry empezó a incordiarle tanta adulación a su hija. Aunque le daba la impresión de que sobreactuaba, apreció en Mark tristeza y cansancio en sus palabras. Los ojos del hombre parecían haberse trasladado a otra época y otro lugar, muy lejos de allí. Con nostalgia y arraigo.

—Perdone, señor inspector..., ¿con todo esto quiere decirnos que nuestra pequeña ha desaparecido? —preguntó con miedo. Daba a entender que no lo acabarían de comprender hasta que lo dijera en voz alta.

—¿Cuándo fue la última vez que recibieron un informe suyo o supieron que vino por aquí?

—Hará unos... quince días. Pero visitó la central después, el viernes para ser exactos. El informe es algo anterior, lo mandó el lunes de esa semana —dijo la señora Lowell, esta vez con lágrimas en los ojos.

Harry asintió.

—¿Saben si su hija tiene enemigos? ¿Alguien que la acose o que quiera hacerle daño? —preguntó el inspector.

Ellos se miraron. Mark cogió la mano de su esposa, que tenía posada en el hombro, y la apretó.

—Señor Moore, mi hija es una chica preciosa. No lo digo porque sea su padre, es algo que a simple vista se ve. Cualquier canalla depravado querría hacerle algo, estoy seguro —afirmó, esta vez con rabia—, pero si lo que me pregunta es si sabemos si se llevaba mal con alguien o si, como usted dice, tenía enemigos —entrecomilló esto último con los dedos—, tengo que confesarle que no. Aletheia era una chica que se lleva muy bien con todo el mundo. En esta empresa la adoran, siempre ha sido alguien ejemplar. Si hubiera una persona que le quisiera hacer daño, sinceramente, no tendríamos la menor idea.

—¿Creen que cabría la posibilidad de que se hubiese ido por su propia voluntad?

De inmediato los dos negaron con la cabeza. La señora Lowell empezó a dar pequeños pasos por el espacio detrás de su marido, preocupada y con lágrimas en los ojos contenidas.

—No, en absoluto. Mi hija es muy testaruda; a veces esto es negativo, pero yo siempre lo he visto como algo bueno. Nunca deja nada sin hacer, sin debatirlo o hablarlo. Y, sobre todo, no abandonaría sus responsabilidades sin avisar. Nunca —declaró Mark, autoritario, remarcando la última palabra.

Harry asintió. No tenía nada más que preguntarles. Había podido hacerse una idea de cómo era Aletheia solo por el modo en que hablaban sus padres de ella, quitándole la parafernalia parental.

—¿Encontrará a nuestra pequeña? —preguntó Mark, cambiando el tono de su voz.

—Ya estamos en ello —le dijo Harry, animándolos.

Apagó su grabadora, se despidió de aquellos pobres desdichados y salió de aquel despacho que olía a cigarro y a whisky, por mucho que Mary intentara disimularlo con ambientador.

Salió de la fábrica y cuando ya iba a abrir la puerta de su coche le pareció que lo llamaban desde dentro del edificio.

—¡Señor! —gritó suavemente el chico que le había servido el té. Estaba aligerando el paso para acercarse a él—. Siento mucho meterme donde no me llaman, señor, pero, bueno... No es usual que venga alguien de la policía, y he podido escuchar lo que decían tras la puerta. Si quiere que le diga la verdad, no está muy bien insonorizada, y además, la dejé un poco abierta.

Harry se quedó boquiabierto mirando al muchacho.

—Chico, eso era una conversación privada. ¡Es que ahora no existe la educación ni el respeto a la autoridad! —le espetó irritado. Sin embargo, se arrepintió al momento cuando vio al muchacho temblar un poco. Además, si le había dicho aquello sería por algo, no podía ser tan ingenuo que se expusiera así.

—Lo siento, señor, pero necesitaba contarle una cosa sobre la señorita Aletheia —contestó el chico—. La queremos mucho por aquí, y si le ha ocurrido algo me gustaría poder ayudar —continuó, más decidido, aunque aún seguía temblándole un poco la voz—. El último viernes que se pasó por aquí yo era el único que estaba. Era por la tarde y ya se habían ido todos los de administración. Tenía un aspecto más bien cansado, con ojeras. Sabía que había discutido con los señores Lowell, pero poco más.

—¿A dónde quieres llegar con esto, chico? —Viendo que no iba a ningún lado, Harry quiso apresurarle.

—Pillé a la señorita mirando una foto de ella de pequeña con sus padres que había en el despacho. Cuando le pregunté si necesitaba algo, solo me dijo una cosa.

Harry se quedó mirando al muchacho como si no entendiera nada, le parecía que seguía sin ir a ningún lado. El muchacho miró a Harry y le susurró:

—Ella se giró y me dijo: «Nunca jamás des las cosas por hecho. Hasta tus padres pueden arrebatarte la vida».

Harry intentó poner cara de póquer. Se imaginaba que los padres de la chica no decían toda la verdad, pero los vio verdaderamente dolidos.

—No creo que los señores Lowell le hicieran daño a su hija, la querían con locura, señor. Aun así, consideraba que usted necesitaba saber que ella parecía odiarlos de verdad.

El muchacho salió corriendo de vuelta al edificio y dejó a Harry allí, con las llaves del coche en la mano, mientras se atisbaba un relámpago a lo lejos y amenazaba tormenta a gritos.

11

Mera

Septiembre de 2019

Cuando llegó a la oficina, Luca estaba en un despacho que John había pedido que despejaran para él, aunque según había podido escuchar Mera, le gustaba más estar en plena redacción con los compañeros. Daniel la había informado de las novedades que habían ocurrido en el periódico mientras estaba de vacaciones, cosa que agradecía enormemente. Daniel era un buen chico, y ella esperaba que al menos lo dejaran quedarse un tiempo después de las prácticas de la universidad, si él no tenía mejores planes. Hablaría con John para ver si quería hacerle un hueco en la plantilla.

    El despacho de Luca era bastante pequeño, pero este había sabido ordenarlo lo suficiente para que diera la sensación de ser habitable. Mera seguía encontrándolo absolutamente caótico y no habría podido trabajar allí mucho tiempo, en cambio, Luca parecía concentrado detrás de la mesa mientras tecleaba en el ordenador y apuntaba algo en su libreta, como si estuviera en su casa.

—Hola —lo saludó Mera desde el marco de la puerta.

Luca alzó la cabeza sonriéndole. Tenía una sonrisa serena y sincera. Era un rompecorazones, no tenía la menor duda. Su cabello de rizos cortos seguía despeinado, y aun así le quedaba miserablemente bien.

—Eh, jefa, ¿cómo ha ido la comida?

«Mierda —pensó ella—. La comida.»

—Pues no ha ido. De hecho, me ruge el estómago —le dijo, intentando que su voz no fuera dramática.

—¿En serio? ¿Quieres que vaya a por un poco de comida? —le preguntó levantándose de la silla.

Ella negó con la cabeza.

—Me tomaré algo de la máquina ahora. Tengo que ponerme a trabajar, ha surgido un artículo de última hora.

Él levantó una ceja de forma interrogativa esperando que continuara.

—Ha desaparecido una muchacha del pueblo. Quiero escribir un comunicado rápido para la web y después otro más extenso para el periódico de mañana. Así si alguien la ha visto, puede avisar a la policía —le explicó a un Luca boquiabierto.

—Vaya, hoy es un mal día para la policía local.

Ella asintió y se despidió con la mano para dirigirse a su despacho. De pronto sintió la necesidad de contarle algo más, con la sensación de que o se lo decía a alguien o explotaría. Anduvo hacia atrás y asomó la cabeza de nuevo por el resquicio de la puerta.

—Por cierto, adivina dónde vivía la chica.

Luca la miró confuso, pero enseguida apareció un brillo en su mirada.

—No me jodas. ¿En nuestra calle? —preguntó con los ojos como platos.

Mera afirmó con la cabeza, satisfecha con su respuesta.

—En el 60 de Barton Hill.

Luca abrió los ojos de manera desorbitada.

☂☂☂☂

Cuando por fin le dio a «enviar», le llegó un mensaje de su amiga Dana. Llevaba un tiempo sin verla y la echaba de menos; le proponía una noche de chicas, pero en aquel momento Mera solo quería meterse en la cama. Así que le contestó que de mañana no pasaba que comieran juntas.

Tuvo el placer de conocer a Dana en la universidad. Era de esas chicas bonitas y extrovertidas que conquistan al más tímido; a ella la conquistó. Mera había sido siempre una niña muy honesta e inteligente, pero también retraída. No acostumbraba a hablar la primera ni a levantar la mano, aunque supiera la respuesta. Simplemente le gustaba observar y escuchar, y había aprendido mucho más así.

Al conocer a Dana aquello cambió. Dana se fijó en Mera mientras esta buscaba en la lista qué clase le tocaba el primer día. Le preguntó si era Teoría de la Comunicación, y cuando Mera asintió con la cabeza, Dana sonrió abiertamente, la cogió del brazo y le dijo:

—Menos mal, creía que tendría que ir sola. Juntas será más fácil.

Ni siquiera le dio tiempo a responder si quería o no acompañarla, pero se dejó llevar, porque se dio cuenta de que aquella chica no tenía miedo de ir sola: parecía que conocía a media facultad. Dana advirtió lo aterrorizada que Mera estaba y fingió que era al contrario para hacerla sentir mejor. La chica tenía un don innato para tratar con la gente. Siempre se hacía notar. Era pelirroja natural y llevaba el pelo ondulado, tenía unos ojos color caramelo preciosos que en nada se parecían a los ojos achinados de Mera al sonreír, sino que eran muy grandes y redondos. En lo único en que se asemejaban era en la piel blanca, casi translúcida.

Aquello lo recordaría para siempre. No se separaron ni siquiera cuando acabaron la universidad y Dana terminó en Exeter. La quiso en su vida desde aquel segundo y para siempre.

Cuando levantó la vista, se dio cuenta de que ya había oscurecido y que no se había movido para nada de su silla. Aún le quedaba revisar trabajos y preparar algunos artículos de la semana. Daniel se había ido hacía un par de horas por petición de Mera, que le había suplicado que se fuera y descansara. Sabía que ese muchacho era una fuente inagotable de energía, pero no quería tentar a la suerte y prefirió que se marchara a casa.

Se sorprendió al girarse y encontrarse en su mesa una bolsa del restaurante Dragón Rojo, como la que había dejado en casa de Tom. Alzó los ojos y vio a Luca sonriéndole.

—Me he fijado en que no has salido de tu escondite en toda la tarde, así que me he tomado la libertad de al menos traerte la cena —dijo él a modo de regañina, aunque era imposible tomarse sus palabras como tal—. No sé si te apetece la comida china, espero que sí —añadió, llevándose la mano detrás de la cabeza y alborotándose el pelo. Mera ya había caído en la cuenta de que era un gesto que hacía cuando se ponía nervioso o estaba indeciso. Aquello le gustó—. Si no es así, no te preocupes. Desde que tengo uso de razón este es el mejor restaurante de la ciudad, te encantará la comida, y si no..., pues me lo comeré yo y te traeré lo que me digas. —Se sentó y cogió un pósit azul de su mesa con descaro, haciendo como si apuntara.

Mera se cruzó de brazos y se retrepó en su silla. Al principio pensó echarle una reprimenda por tomarse la libertad de traerle la cena, pero estaba muerta de hambre, así que decidió ir por la vía del buen humor y agradecérselo.

—Me encanta este restaurante, es mi favorito —confesó, intentando no parecer sorprendida—. ¿Cuánto te debo?

Él la miró con sorna.

—Nada de dinero —dijo mientras se levantaba—, pero sí que me invites a comer o cenar algún día —añadió sin ningún tipo de vergüenza. Ella bufó.

—¿Qué confianzas son estas con tu jefa-compañera? —replicó levantando una ceja.

—Ninguna. Es que a mí me compensa más la comida que el dinero. Así que prefiero que me debas una comida. —Hizo una breve pausa antes de continuar—: No digo que tenga que ser contigo, ¿eh? —añadió sonriéndole.

Ella puso los ojos en blanco, pero no se lo pensó dos veces y abrió la bolsa de la comida. Había muchísima, era imposible que se acabara todo aquello. Lo miró patidifusa y él levantó un dedo pegado a los labios pidiendo silencio.

—No sabía qué era lo que te gustaba, aunque si es mucho no te preocupes, que ya como yo contigo. Ahora que lo pienso —dijo tocándose el abdomen como un niño pequeño—, sí que tengo hambre yo también.

Luca se rio a carcajadas. Parecía nervioso esperando la respuesta de Mera. Estaba haciendo un gran esfuerzo por caerle bien. Ella pensó en matarlo, no de manera literal, claro, pero por un momento le recordó mucho a Dana y a ese primer día en la universidad. Había venido con buena intención, trayéndole comida y haciéndole compañía, algo en lo que ella era nefasta. Y en el fondo agradecía que hubiera salido de él aquel gesto. Definitivamente necesitaba una Dana en su vida más a menudo o se moriría de hambre y soledad.

12

Febrero de 1999

En el descanso que hacían todos para comer, Aletheia jugaba con su bocadillo mareándolo de un lado para otro. Él se daba cuenta y estaba ansioso por saber qué le pasaba. Llevaba toda la mañana distraído desde que ella le había pedido hablar. Sus compañeros estaban dos mesas más allá de la de ellos, y por suerte, con todo el ruido que hacían los demás alumnos, era imposible que los escucharan.

—Dime, ¿qué te pasa?

Ella no apartaba la vista de su comida.

—¿Siempre tienes que ser un capullo cuando estás con ellos? —le espetó alzando la mirada hacia él. Se dio cuenta de que sus ojos estaban cargados de ira, y también de decepción. Él sabía soportar muy bien lo primero, pero con la decepción... Con eso no podía vivir.

—Theia... —comenzó a decir—, lo siento. Tienes razón, aunque sabes que soporto mucha presión. Seguro que esperan un instante de debilidad por mi parte para echármelo en cara y reírse de mí, y, la verdad, ya bastante tengo en casa... —Cuando aquello salió de sus labios se arrepintió al momento. Eso era algo que nadie debía saber, y mucho menos ella.

Aletheia lo miró sorprendida y lo escaneó. Parecía que sus ojos vieran a través de su sudadera y percibieran las marcas en su piel que la ropa cubría. Su expresión se volvió apenada, y de nuevo, como si se recompusiera en un segundo, regresó al enfado.

—¿Me estás diciendo que quererme te hace débil? —preguntó incrédula—. Y no me lo hagas ver como: «Oh, te quiero tanto que eres mi debilidad». Eso sí que no te lo paso.

Él se rio por la imitación de la declaración de amor que le hizo y la abrazó por la espalda.

—En serio, lo siento. Te prometo que no me declararé nunca así. —Hizo una pausa y la miró de forma burlona—. Ah, no, si ya me he declarado y te he ofrecido mi amor eterno. —Se rio.

Ella lo abrazó más fuerte, como si él se fuese a ir en cualquier momento.

—Eres imbécil. Declararse a una persona es mucho más que escupir palabras los primeros meses. Es conocer todas las imperfecciones de alguien y, aun así, querer estar con esa persona. Es no tener que decírselo, sino demostrárselo sin necesidad de mediar palabra. —Lo señaló con el dedo—. Y no me refiero a que me hagas regalos caros, ¿entendido? Sabes que no me gustan. —Él asintió a regañadientes.

Ambos deseaban que el tiempo se parara, que el reloj se detuviera y que las manecillas no avanzaran. El comedor estaba lleno de compañeros y profesores, y, sin embargo, solo existían ellos. Aletheia tenía algo que contarle, pero no quería estropear aquel instante. Pese a todo, no quería perderlo. Aunque a veces le pareciese un muchacho inmaduro y más bien despistado, la había conquistado. Había entrado en su corazón para quedarse. Si le contaba lo que pretendía contarle aquella mañana, tal vez destruyera todo lo que tenían, aunque fuese muy poco. Y Aletheia necesitaba agarrarse a ese poco, tanto o más que él.

—Por cierto, ¿qué querías decirme en la entrada? —Rompió él el silencio, sacándola de sus pensamientos.

Lo volvió a sopesar un momento antes de darle una respuesta. Negó con la cabeza.

—Nada, la verdad es que no era importante. Era sobre mi examen de lengua y literatura, que se te da mejor que a mí. —Él la miró triunfante, aceptando el elogio—. Pero creo que me ha salido bastante bien —dijo intentando salir del paso.

Algunos amigos se acercaron a hablar con ellos y empezaron a charlar de los exámenes, de lo mal que iban en matemáticas o de la suerte de Aletheia porque no tenía a ciertos profesores que los muchachos compartían. Ella sonreía y estrechaba con más fuerza los brazos de él. Sabía que se le agotaba el tiempo y en cualquier momento debería decirle la verdad.

Respiró hondo; por un minuto tuvo la sensación de que se ahogaba al pensar en ello. Sin embargo, no se lo permitió, luchó contra su miedo mientras los demás sonreían. No era la ocasión adecuada. Aquel instante era para ellos. No importaba nadie más, ni los estúpidos de sus amigos, que se reían de aquel amor adolescente que había durado más que el verano (ella sabía perfectamente que no les hacía gracia que se hubiera prolongado tanto), ni la familia de él, que lo trataba peor de lo que ella podía imaginar.

Nada. Solo los brazos de ese chico que la sujetaban impidiendo que se cayera en el pozo de pensamientos que la perturbaban más y más, como una espiral eterna, sin fin; y ellos dos.

Aunque viniera un tercero en camino.

13

Mera

Septiembre de 2019

El sol brillaba algo más que el día anterior. Corría una brisa costera fresca que hacía recordar que el verano se estaba marchando. En el café con toldo azul de la esquina había sentadas un par de parejas y un hombre de unos cuarenta años con su portátil y un cuaderno. En la mesa más pegada a la parte derecha se encontraba una chica de melena pelirroja con ondas naturales recogida en una coleta. Llamaba mucho la atención debido al color de su cabellera. Tenía unas gafas de sol con cristales muy redondos y polarizados que pasaban de azul a morado. Daba sorbos a un refresco mientras miraba su móvil, esperándola.

A Mera le dio un vuelco el corazón de felicidad al verla allí por fin. Fue hacia su mesa y discretamente se sentó enfrente de la chica, que aún no se había percatado de su presencia.

—Hola, tía buena.

Dana dio un salto sobre su asiento y se atragantó con el líquido que bebía.

—Mierda, Mera, pero ¿qué hostias te ha dado? No vuelvas a hacerme eso —dijo molesta, aunque después sonrió—. Bah, cómo te gusta darme por saco... He creado un monstruo —añadió orgullosa.

Mera se rio pícaramente mientras dejaba su bolso en la silla y le pedía al camarero otro refresco.

—Te echaba de menos, zanahoria —le dijo.

—Mira, guapa, eso ya está muy pasado. Ve buscando otro mote más moderno.

Mera empezó a imitarla poniendo caras mientras su amiga le echaba una reprimenda. Adoraba a Dana y la extrañaba, era parte de ella, y cuando pasaba tanto tiempo sin verla le parecía que no se sentía completa, como si le faltara algo sin ella. Sabía que su amiga sentía lo mismo, así que, a pesar del mucho trabajo que tenían la una y la otra, siempre encontraban algún hueco entre semana para verse y ponerse al día o simplemente desahogarse para sacar todo el estrés que acarreaban la mayoría de las veces.

—Bueno, hay demasiadas cosas que contar —empezó a decir la pelirroja—. ¿Comienzas tú?

—Como quieras, pero tengo para rato —dijo Mera, encogiéndose de hombros.

Dana levantó la mano como cuando estaban en clase.

—Entonces me pido primera, que lo mío tampoco es para tanto.

Aunque no fuera esa vez para tanto, Mera ya imaginaba que Dana sería la primera porque siempre lo era. No es que Dana no quisiera escucharla o fuese mala amiga, es que siempre la acuciaba la necesidad de soltarlo todo cuanto antes, por muy pequeña que fuese su anécdota. Era impaciente e impulsiva, y eso venía de serie con su mejor amiga. El camarero trajo su refresco y discretamente le echó una mirada lasciva a Mera. Dana se dio cuenta y le miró con odio. El chico, que se puso rojo al momento, dio media vuelta a toda prisa.

—¡Vaya caradura! —exclamó Dana—. Un poco más y se le salen los ojos.

Mera miró en dirección al restaurante para ver al muchacho, pero no lo encontró.

—Bah, es un crío, Dana —arguyó quitándole importancia.

—Ya, pero no por eso tiene que desabrocharte el botón de la blusa con los ojos. Además —prosiguió esta—, no le he dicho nada. Solo lo he mirado con la misma discreción que él a ti —concluyó, llevándose el vaso a la boca para beber.

Mera se rio.

—Venga, va, cuenta. ¿Qué tal la semana? —preguntó la joven retomando la conversación.

Dana le sonrió con malicia. Tenía algo goloso que explicarle y estaba disfrutándolo un buen rato antes de abrir la boca. Mera la miró, apremiándola con la mirada. No pensaba decirle nada, sabía lo mucho que su amiga disfrutaba de esos momentos antes de soltarle una bomba de noticias personales.

—He conocido a una chica —dijo por fin.

Mera dio un grito ahogado de sorpresa y emoción. Puso la boca en forma de «O» y le dio la satisfacción a su amiga de mirarla con picardía por las novedades.

—Pero ¿de verdad? ¿O es una amiguita con derecho a roce de las tuyas que duran un mes? —la acusó mientras la señalaba con el dedo—. Que nos conocemos.

—Palabrita —dijo, levantando la mano derecha—. Es policía. Me la he encontrado varias veces yendo a correr a la playa... Que, por cierto, ya te vale, dijiste que vendrías conmigo y te fuiste de vacaciones dejándome plantada —la regañó Dana cruzándose de brazos.

—Punto uno, amiga: yo soy la que lleva como cuatro años yendo a correr sola, y cuando te animas me voy de viaje, qué quieres que haga. Además, ¿a quién se le ocurre empezar a correr en verano? —Dana se encogió de hombros y desdeñó el tema del deporte; por el momento no le interesaba en absoluto.

La amiga de Mera, en lo referente al tema amoroso, no había sido muy seria después de Emily, su primera novia. Emily la destrozó por completo al irse con un chico en mitad de su relación y decirle que no era homosexual, que simplemente había estado con ella aquellos meses por puro entretenimiento y por probar cosas nuevas, las «cosas que una prueba en la universidad». A Mera le parecía una reprimida de narices, que quería sentirse mejor a costa de Dana. Después de aquello, Dana no volvió a ser la misma, y ahora no dejaba que nadie jugase con sus sentimientos.

—Bueno, lo que te decía —retomó, devolviendo a Mera a la realidad—. Es muy atractiva y parece un amor de persona, de verdad. Hace dos días fuimos a tomar un té juntas y, bueno, no sé..., creo que hay chispa, ¿sabes? Es diferente —afirmó con un brillo en los ojos. A Mera la enterneció.

—No sabes lo que me alegro. ¿Tienes foto? A ver quién te ha robado el corazón —le dijo guiñándole el ojo.

Dana sacó su móvil corriendo y abrió Facebook. Empezó a rebuscar entre las fotos del álbum de la chica hasta que encontró una en la que aparecía con un vestido de gala asistiendo a algún evento de etiqueta.

—Mira, aquí sale preciosa. —Le entregó su móvil para que pudiera verla mejor.

—Dios mío —exclamó Mera.

Al mirar la pantalla reconoció a la chica alta de pelo moreno. Sí que era atractiva, ella misma lo había comprobado en persona el día anterior.

—¡Es Lyla! —dijo entre carcajadas.

—¿La conoces?

—Desde ayer sí.

—Explícamelo mejor, porque no entiendo nada.

—Agárrate a la silla, amiga, porque te voy a contar la historia de locos que tuve ayer.

Mera dio un sorbo a su refresco. Ahora le tocaba a ella contarle a su amiga lo que había ocurrido en las últimas horas: la visita al orfanato para ver qué había pasado y la desaparición de la novia de Tom. Por último, le habló de Luca. Dana escuchaba y de vez en cuando soltaba tacos esporádicos, un par de gritos y algún que otro: «Vamos, no me jodas».

Cuando Mera terminó el relato, su compañera había devorado el Jam Roly-Poly que había pedido —un delicioso pastel con mermelada—, en cambio ella, como consecuencia de hablar sin descanso, no había podido dar más que un par de bocados a su Sticky Toffe. Así que en cuanto terminó, cogió la cuchara y empezó a comer sin parar, esperando la respuesta de su amiga.

—¿Tu primo es el último que ha visto a su novia entonces? —Mera asintió mientras le caían las migas por una de las esquinas del labio—. ¿De verdad piensas que no tiene nada que ver? Porque, sinceramente, chica, tiene todas las papeletas para convertirse en el sospechoso número uno —opinó Dana, limpiándose con una servilleta—. También te digo una cosa, ya lo hablamos en su día. Es raro de cojones que la muchacha no tenga ni una red social. ¿Qué quieres que te diga? A mí eso me hace sospechar.

Mera la miró sin creerse aún lo que decía. Era cierto que Dana nunca había tragado a su primo Tom, pero eso no le daba derecho a acusarlo tan descaradamente después de haberle contado lo destrozado que estaba. A Mera aquello le dolió. Dana era honesta y sincera. Incluso lo que nadie quería escuchar, ella lo decía sin reparos, porque siempre había pensado que ni siquiera las mentiras piadosas eran buenas; y en parte tenía razón. Y por eso mismo a Mera le hacía tanto daño la acusación de Dana, porque sabía que lo pensaba de verdad.

—¿Cómo puedes decir eso, Dana? —le recriminó ella—. Tom estaba destrozado, ya te lo he dicho; quería encontrarla como fuese.

—Ya. Podría ser por el sentimiento de culpabilidad, ¿no? Que lo reconcomiera por dentro... No sé, Mera, pinta mal. Fue el último en verla y, además, porque la dejó marchar y no la llevó a casa. ¿Permitió que se fuera sola? —volvió a preguntar, incrédula, como si no comprendiera por qué hizo eso—. A ver, no es que Torquay sea grande, pero hay un rato largo desde donde estaban hasta su casa —añadió intentando suavizar el tono, aunque sin éxito, al ver cómo reaccionaba su amiga. Suspiró—. Venga, piénsalo por un momento. Sé objetiva, cariño. —Le cogió la mano que tenía libre—. Se peleaban constantemente, tu primo siempre quería formalizar la relación, irse a vivir juntos o casarse... No sé. Ella siempre le decía que no, por lo que tú me contabas, y él estaba muy frustrado porque la quería, pero también necesitaba más...

Mera miraba la mano que tenía entrelazada con la de su amiga mientras pensaba en lo que esta le decía. No quería mirarla a los ojos, no quería creerla. Mucho menos quería que vislumbrara en su cara la duda respecto a Tom. A Dana no le faltaba razón, aunque ella quisiera negarlo con todas sus fuerzas. Su primo solía contarle las grandes discusiones con Aletheia. Él siempre iba detrás de ella y, al final, terminaba conformándose con lo que Aletheia le daba, que era una relación de noviazgo duradera, pero nada más. Cada uno en su casa y sin presentaciones a la familia. Al principio aquello no le había resultado extraño. Le parecía totalmente normal que la chica quisiera ir despacio y no complicar mucho las cosas. No obstante, habían pasado dos años, y ellos ya tenían unos treinta y cinco. Siete más que Mera. Con el tiempo, Mera terminó pensando que probablemente Aletheia no quería dar otro paso porque no lo necesitaba y estaba bien así, pero que aquello acabaría matando la relación porque Tom sí estaba dispuesto a avanzar. Su primo deseaba casarse y tener hijos, y ella evitaba el tema. A Mera le parecía genial que la chica no quisiera nada, lo que no entendía bien era que su primo insistiera y creyera que Aletheia cambiaría de opinión con el tiempo; le consolaba pensar que, a lo mejor, quien cambiaría de opinión sería Tom. Sin embargo, era terco como una mula y seguiría siéndolo.

Mera levantó la mirada hacia Dana. Su primo era incapaz de hacerle algo malo a alguien y menos a la persona a la que amaba, así que miró fijamente a su amiga y negó con la cabeza.

—Yo lo conozco. Él no ha hecho nada, estoy segura. —Clavó los ojos en ella—. Lo sé —concluyó mientras retiraba la mano de la de Dana.

Esta la miró sopesando el daño que podía haberle hecho su honestidad. Cogió el bolso, sacó un cigarrillo y lo encendió.

—Cariño, jamás pongas la mano en el fuego por nadie. Te sorprendería la de veces que te quemarías —le dijo, dando una calada a su cigarro y mirando al infinito.

A Mera le pareció que lo decía con segundas. Las dos habían sido traicionadas muchas veces por amigos, novias, novios... Pensándolo bien, a ella solo le quedaban Dana, sus abuelos y su hermana Emma. Y era verdad que no podía poner la mano en el fuego por Tom, por mucho que intentara convencer a su amiga y también a sí misma.

Mera miró al mar fijamente, al igual que hacía la pelirroja, que estaba ya terminándose el cigarro cuando dijo:

—Por cierto, ¿y ese Luca?

—¿Qué pasa?

—¿Está bien? —le preguntó Dana con una sonrisa.

—Está aceptable —respondió Mera poniéndose roja, aunque recuperó la compostura enseguida para que su amiga no lo notara. Sin embargo, sabía por su tono de voz que ya no había remedio—. Como un tipo normal que me ha sustituido.

Dana le sonrió, apagó el cigarrillo en el cenicero de cristal que había en la mesa y la estudió detenidamente. Mera se había enamorado un par de veces en su vida, hacía poco que había salido de un corto noviazgo, nada relevante. Su amiga era también dura de roer, como ella.

—Objetivamente hablando, señora periodista, ¿está bien? —volvió a insistir.

Mera resopló, quitándose un mechón de la cara para ponérselo detrás de la oreja.

—Está bien —admitió, y Dana se dio por satisfecha.

—Entonces estoy segura de que dará algo de guerra, y si no... —levantó un dedo acusador hacia su amiga— tiempo al tiempo. Ya verás como tenemos Luca para rato —comentó entre risas.

Mera le echó una mirada de odio, que en realidad era de frustración, porque Dana siempre llevaba razón y la tenía calada. No recordaba haber hecho ninguna mención especial respecto al nuevo, solo le comentó en el mensaje del día anterior que iba a cenar con él. Su amiga intuía algo, y Mera no sabía cómo podía acertar siempre. Era una bruja, y de las buenas.

En el trayecto de vuelta a casa en el coche, Mera estuvo rememorando las palabras de Dana. Algunas más que otras. Hubo dos cosas que no pudo quitarse de la cabeza y acerca de las cuales Dana había dado en el clavo. Una era que Luca no paraba de rondarle la cabeza desde la cena improvisada, y eso le fastidiaba, no porque Dana estuviera en lo cierto, sino porque no quería admitir que un chico volviera a despertarle sentimientos, y mucho menos un compañero de trabajo.

Aunque lo que más le jodía de todo aquello no era la charla sobre Luca, sino que Dana le hubiese hecho razonar sobre la desaparición de Aletheia y preguntarse si de verdad podía poner la mano en el fuego por Tom. Así que, al parar en un semáforo, cogió el móvil y escribió con rapidez:

«¿Cómo sigues? Espero que estés mejor. El anuncio lo puse ayer. Si necesitas algo, llámame. Te quiero.»

14

Harry

Septiembre de 2019

Medio día. Solo había pasado medio día desde que la desaparición de Aletheia Lowell se hizo oficial. En cuanto la misión de rescate se puso en marcha aquella mañana, la comisaría se había quedado vacía y Harry le daba vueltas a su encuentro con los señores Lowell. El comisario de policía estaba alterado y eso ponía de mala hostia a Harry. A aquel solo le importaba lo que dirían los medios, lo que tenían que tapar, lo que la gente no debía saber para no entorpecer la investigación.

En cierto modo, no le faltaba razón, pero le fastidiaba que no tuviera en cuenta el factor humano. Una chica había desaparecido y a él solo le importaba que su comisaría y su brigada fueran eficaces y que la encontraran sin contratiempos, pero no la muchacha en sí.

—¡Esperemos que esa maldita chica aparezca rápido! —le gritó al aprobar la investigación.

Como si su trabajo no fuese ayudar a la sociedad. En todo caso, parecía que le molestaba horrores, y que en cierto modo le ofendía, tener que mover el culo para amparar a quienes lo necesitaban. Harry no entendía que alguien así hubiera llegado a controlar a los oficiales de la ciudad, era despreciable. Incluso le daban ganas de volver a su antiguo puesto en la gran ciudad de Bruselas. Allí sus compañeros también carecían de alma, dado que todos los días ocurría algo peor que el anterior. Siempre había una emergencia. Estaban inmunizados contra el sufrimiento y la catástrofe. Su dureza hizo a Harry entrar en su círculo. Se adaptó rápido, y mantuvo apagado el interruptor de su humanidad durante varios años de la manera más sencilla y fácil posible: sin mirar atrás. Sin mirar al pasado o a la familia.

Hasta aquella vez. Hacía cinco años del suceso que fue el error de su vida, que le recordó que era humano, como todo el mundo. Él era, sencillamente, uno más. Un policía que se había convertido en inspector y al que de verdad le importaban las víctimas. A pesar de lo que otros compañeros podían dejar caer, no eran solo un trozo de carne inerte sin vida. Para él no. Eran personas que merecían justicia, y eso había empezado a olvidarlo con el paso de los años.

Así era su comisario, exactamente igual que los demás, igual que él en una época anterior. Habían olvidado por qué estudiaron y pasaron unas pruebas para obtener aquel trabajo. Habían olvidado no solo su pasión, sino que también anhelaban proteger al inocente, al débil. Que necesitaban sentirse héroes, notar la adrenalina en su cuerpo. Y que, ante todo, el agradecimiento eterno de las personas a las que ayudaban hacía que el trabajo mereciera la pena.

Sin embargo, no le importó ese día. Estaba enfrascado en

los Lowell, y en las horas que había tenido libres se dedicó de lleno a buscar información sobre ellos. Lo cierto era que, al menos, lo que le habían contado parecía cuadrar con los datos que había recabado. Empezando por la casa.

Mark Lowell había contraído matrimonio a principios del año 1981 con Mary Hardy, que pasó a ser después de esto la señora Lowell. Ese mismo año, un par de años antes de que naciera su hija, compraron la casa, en cuya escritura figuraba el nombre de los dos. Hasta aquí, lo que habían dicho era cierto. La casa pertenecía a los padres de Aletheia y así seguiría siendo hasta que ellos murieran y la heredara su primogénita. La habían terminado de pagar el año 1999, un hecho más bien raro, ya que la tenían hipotecada por treinta años y de la noche a la mañana consiguieron el dinero para pagar la parte que les faltaba, que no era pequeña. Los Lowell no eran una familia pobre, pero tampoco demasiado adinerada. Más bien de clase media, bastante discreta. Parece ser que por aquel entonces Mark había trabajado en una empresa de Torquay y su esposa había sido profesora de música antes del nacimiento de su hija. No ganaban lo suficiente para pagar la casa al contado, y no constaba que les hubiese tocado ninguna lotería.

Aquello le chirrió a Harry. Y siguió investigando, ya que la empresa que tenían los Lowell en Bristol parecía estar en todo su esplendor y la familia podría haber conseguido una gran cantidad de patrimonio. De hecho, todo indicaba que ahora tenían una buena fortuna. Sin embargo, en 1999, su empresa acababa de empezar y estaba en pañales, así que a Harry se le escapaba algo.

Sentado en su despacho, suspiró mientras sostenía un bolígrafo, sin parar de darle vueltas al asunto.

—Estoy seguro de que hay gato encerrado... No consta ninguna entrada de dinero —dijo para sí, pensativo. Apagó la pantalla de su ordenador y empezó a escribir en un pequeño bloc de notas la información que había recabado, por si acaso; nunca se sabía cuándo podría utilizarla. En ese momento sonó su teléfono móvil, miró la pantalla y al ver el número mandó la llamada al contestador directamente.

De inmediato llamaron a su puerta, y antes de que él le diera permiso, una oficial la abrió. Era Lyla, cómo no. Tan impulsiva como indiscreta.

—¿Qué tal, Harry? —le preguntó con una sonrisa angelical.

—¿Qué quieres, Lyla? Ahora no tengo tiempo para nada.

Ella se lo quedó mirando y sonrió. Se guardaba un as en la manga, seguro. Y eso cabreó a Harry.

—No quiero nada, pero deberías tener tiempo para tu madre. —Le sonrió maliciosamente mientras se hacía a un lado—. Señora Moore, la dejo pasar. Su hijo la atenderá enseguida.

—Buenas tardes, cariño —le dijo la señora con voz tierna.

—Dejo que se pongan al día. Encantada de verla de nuevo, señora Moore —se despidió la morena amablemente.

—El placer es mío, Lyla. Dale recuerdos a tu hermano cuando lo veas, y a tus padres, por supuesto.

Lyla cerró la puerta tras de sí y Harry se quedó en la silla como si lo hubiesen noqueado.

—¿No me coges el teléfono y encima no te levantas a darle un beso a tu madre?

Harry se puso de pie enseguida y le dio un rápido beso en la mejilla. Su madre, Diana, era una señora imponente. A los sesenta años aún tenía un porte excepcional. Era delgada y llevaba los labios pintados de rojo, como siempre. Harry la recordaba así desde niño, con sus labios rojos y su media melena rubia hasta los hombros. Era una mujer muy bella de ojos verdes, que su hermano y él no habían heredado. Ellos tenían un semblante parecido al de su padre, aunque Luca era más delgado y esbelto que él, lo cual, junto a su cabello tirando a dorado, le daba un aire a la madre. A Harry de adolescente le molestaba que le dijeran lo mucho que se parecía a su padre. Consideraba a su madre de una belleza extraordinaria al lado de él, aunque para las personas que se lo decían era, lógicamente, un halago tremendo.

Su madre se apartó un mechón de la cara y se sentó sin aviso en la silla que tenía delante de la mesa. Harry volvió a su asiento y la miró con sorpresa.

—Mamá, no te lo he cogido porque tengo un caso entre manos y no puedo distraerme —le dijo a modo de excusa, aunque sabía que no serviría de nada.

—Hijo, llevas aquí cinco años y apenas te vemos. Entiendo que tienes un trabajo que pueda absorberte, pero es que te vemos menos que cuando estabas en Bruselas.

—No digas tonterías, mamá, eso no es... —empezó a decir, pero ella lo señaló con el dedo reprimiéndole para que se callara.

—Chis. Aún no he terminado. —Se llevó un dedo a los labios para silenciarlo—. No te he dicho nada durante el verano para dejarte tranquilo. Por eso y porque tu padre insistió en que nos fuéramos de viaje todo un mes. Ahora no hay excusa. Tu hermano está aquí, Harry. ¿Lo has podido ver ya? —le preguntó ella, esperanzada, aunque Harry suponía que ya sabía la respuesta y que esta era precisamente el motivo por el que había ido a su despacho.

Negó con la cabeza.

—Tu hermano pequeño lleva aquí algo más de un mes, ¿y no se te ocurre verlo? —lo regañó, con una mirada cargada de decepción.

Diana era una verdadera dama inglesa, no solo por su porte, sino porque era la personificación de la discreción. Era elegante y, en todos sus años de vida, Harry jamás la había oído alzar la voz, aunque esto no era algo que él valorara positivamente. A veces pensaba que a su madre le faltaba pasión y garra. La había visto agachar la cabeza muchas veces y dejar hacer a su marido, y aunque en parte la entendiera, Harry nunca podría perdonarle aquellos años, cuando eran más jóvenes.

—No creo que Luca quiera verme, madre, lo sabes bien. Simplemente respeto su decisión. Estoy seguro de que cuando quiera me llamará. ¿Ha ido a casa a haceros una visita?

—No —le dijo ella con una mirada triste—. He ido yo a su apartamento. Ya sabes que la relación de Luca con tu padre nunca fue de las mejores.

Harry dejó escapar una risa irónica.

—Ni la mía tampoco, mamá. ¿Por qué tengo que ir a veros a casa y él no? —dijo como si tuviera una rabieta. Aquello no le gustaba. Su madre le hacía volver a los quince años de una manera tan fácil como respirar.

—Hijo, me da igual. Tú eres el mayor y debes dar ejemplo. Además, tú no tienes ningún problema con él. ¿Qué pasa? ¿Ahora tienes diez años? Deja las rabietas infantiles en el pasado. Lo pasado, pasado está. Tu padre os quiere, así que tenéis que venir a casa. Os echo de menos. —Tomó aire y tragó saliva antes de proseguir—: Al menos yo lo siento así. Sé que vuestro padre también, aunque nunca lo diga. Su cabezonería y su orgullo pueden más que cualquier otra cosa, pero, lo sabes tan bien como yo, la familia es la familia, pase lo que pase —sentenció en un tono serio y decidido—. Daremos un *brunch* familiar dentro de unos días. Más te vale estar allí. Yo me encargaré de que tu hermano esté también, y os recomiendo veros antes para que no sea tan incómodo, por favor —le dijo, esta vez suplicante—. Sé que tenéis vuestra vida, sois mayores y podéis hacer lo que os plazca. Pero no me dejéis así, cariño, bastantes años he estado sin vosotros mientras estudiabais y trabajabais fuera. Ahora que os tengo aquí, dejadme que lo disfrute. —Dicho esto, se levantó de la silla y abrió la puerta para que Harry no tuviera tiempo de responderle con una negativa.

—Mamá... —contestó este, reaccionando enseguida. Ella se paró con la mano derecha en la manilla de la puerta—. Tú no tuviste la culpa; lo sabes, ¿verdad?

Ella negó con la cabeza y lo miró conteniendo las lágrimas en los ojos. Hacía mucho tiempo que no veía a su madre llorar. Harry se maldijo, arrepintiéndose de inmediato de su pregunta. Puede que por eso no fuera tanto a casa. Para no verla triste, culpable, odiando su existencia. Por desgracia, Harry ya había presenciado suficientes veces aquella escena y no estaba dispuesto a volver a hacerlo.

—No, pero permanecí en silencio, y esa será siempre mi condena, hijo —le respondió en tono solemne, seguro y sincero.

Harry advirtió en aquel momento en sus ojos la mirada de una mujer cansada, mayor. Mucho más mayor de lo que sus años decían que era. Tanto él como ella sabían que el silencio era enormemente más venenoso y peligroso que cualquier acto violento.

Así que Harry asintió y ella salió por la puerta a paso ligero, totalmente recompuesta. Como si aquella conversación no hubiese tenido lugar nunca. Él se quedó allí planchado, sin fuerzas. Acababa de librar un combate de lucha libre a puñetazo limpio. Su pasado volvía y no quería que interfiriera en su trabajo. No ahora que necesitaba afrontarlo con el cien por cien de su inteligencia y sus instintos.

Sin embargo, se quedó unos minutos mirando a la puerta de su despacho, oliendo el perfume que su madre se ponía desde que él tenía uso de razón. El silencio era un arma poderosa que todos los culpables esgrimían. Nunca había oído mentir a su madre, pero tampoco la había escuchado decir la verdad.

Harry fue hacia la máquina de café deseando que aquel día terminara con alguna buena noticia, aunque ya se imaginaba que no iba a tener tanta suerte. Miró las bebidas asqueado, él quería una buena taza de té, y no parecía que se la fuera a ofrecer aquel trasto. Suspiró. Nina, la secretaria, estaba allí sentada dándole vueltas a su café rancio de máquina y hojeando una revista de moda. Levantó la cabeza y le echó una mirada lasciva. Aquella mujer, que tenía como quince años menos que él, no paraba de pedirle a Harry que saliera con ella a tomar algo en alguno de sus días libres. Él no estaba interesado en ella, no porque no fuese atractiva o simpática, simplemente porque no le apetecía; y la diferencia de edad más bien le desagradaba. La verdad era que no estaba dispuesto a volver al ruedo, y mucho menos después de haber visto a Mera recientemente. Aquello lo ponía de peor humor aún.

—Buenas, Nina. ¿Qué tal el día? —le preguntó al notar que seguía mirándolo.

—Pues papeleo arriba y papeleo abajo, no está el horno para bollos, ¿no te parece? —le dijo, pícara, mientras removía su bebida sin cesar y le ofrecía media sonrisa.

—No, no lo está —contestó Harry negando con la cabeza y sonriendo. Tenía cojones la cosa. Cogió su vaso de la máquina y en aquel momento empezó a vibrarle el pantalón.

Harry miró a Nina y salió de la sala de descanso para responder la llamada. La llevaba esperando todo el día. Era del laboratorio.

—Dime, David —dijo en cuanto descolgó.

—Buenas, Harry, tengo los resultados. —Harry se quedó callado para que siguiera hablando—. Estábamos en lo cierto, la sangre es de ovino, de hecho, de uno en concreto: se trata del loaghtan manés. Es una raza de ovejas nativa de la isla de Man. Su carne es muy apreciada en la cocina inglesa, ya sabes. Poco puedo decirte, he estado mirando antes de llamarte y hay bastantes granjas que las crían en la costa de Devon.

Harry pensó en ello por unos instantes y ordenó sus ideas.

—Entonces ¿crees que podría haberlo hecho alguien que las cría? —le preguntó David.

—Tal vez. O alguien que la haya robado y la haya matado para esto. La verdad es que no nos da muchas pistas ese dato, pero al menos descartamos por completo que la sangre sea humana, ¿cierto? ¿Ni siquiera está contaminada, ni hay nada que nos ayude?

—Lo siento, Harry. Nada. No puedo hacer más con lo que tengo —le dijo David, apenado.

Harry maldijo para sus adentros, le dio las gracias y colgó. Apuntó el nombre de la raza de ovino y después miró fotos de ejemplares en el ordenador para hacerse una mejor idea de cómo era el animal.

No paraba de darle vueltas a la cabeza. Podría haberlo hecho un criador, pero dudaba bastante —sin llegar a descartarlo— que matara a una de sus ovejas para ese fin porque no tenía sentido perder un ejemplar de una raza que, según había podido ver Harry en internet, se pagaba muy bien para la buena cocina. Así que casi podía desechar la idea de investigar a los criadores, aunque quizá merecía la pena pasar por las granjas de los alrededores y preguntar si les faltaba una de sus ovejas.

Se rio y se echó las manos a la cara. Un inspector de homicidios que iba a las granjas a preguntar por ovejas perdidas, eso sí que no se lo esperaba.

Y entonces sonó de nuevo el teléfono. Harry pensó que sería otra vez David, que se le habría olvidado decirle algo, pero no. Era Katy.

—¿La tenéis?

—La tenemos —dijo ella con voz quebrada.

—¿Katy? ¿Está...? —Oyó a Katy tragar saliva al otro lado.

—Ven echando hostias. Ya te he pasado la dirección en un mensaje.

En aquel momento Harry lo supo. La chica había aparecido sin vida.

15

Mera

Septiembre de 2019

El sol relucía a pesar de las nubes en las playas de Paington. Bajo sus rayos se encontraba Mera con un libro y una toalla sentada en la arena mirando en dirección al mar. Llevaba unos pantalones cortos y un jersey de lana fina celeste que había encontrado en el maletero de su coche y que le había venido como anillo al dedo. El frío empezaba a notarse bastante más de lo que debería en aquella época del año. Se apartaba con frecuencia el pelo castaño, que le molestaba al leer debido al viento y a su larga longitud. Había tenido un par de días estresantes y la playa siempre la tranquilizaba. Recordaba vagamente que sus padres la llevaban allí de pequeña y que a su madre nunca le faltaba un libro cuando pasaban el día juntos en la orilla.

Se acordaba ahora de ella más por las fotografías que por su memoria. Mera se parecía mucho a su madre físicamente, o eso pensaba después de pasarse tardes enteras mirando las fotografías que tenían sus abuelos en casa. De su padre, Javier, no habían heredado demasiados rasgos ninguna de las dos hermanas; él era de tez algo más morena y pelo azabache, con unos ojos marrones que ninguna de las dos niñas había sacado. Aunque era cierto que su hermana Emma tenía la piel más oscura, parecida a la de su padre, y la misma forma de los ojos y una sonrisa idéntica.

Echó la vista al mar, siempre los recordaba más allí, cuando podía dedicar tiempo a pensar qué hubiese sido de ella si ellos siguieran vivos. ¿Sería una persona totalmente diferente? Estaba segura de que sí. Y si sus abuelos maternos no hubiesen estado aquí para cuidarlas, ¿se habrían ido a España o hubiesen acabado en un orfanato? Esta última posibilidad le produjo un escalofrío. Desde que entró en aquel edificio no paraba de meditar sobre el tema. Además, continuaba pensando que tenía que ayudar a aquellos muchachos; no pensaba ni por asomo que estuvieran muy felices en un sitio tan frío y lúgubre.

Suspiró. Volvió a centrarse en su libro. Leía *Al faro*, de Virginia Woolf, trasladándose a Escocia y apreciando la pluma de la escritora, convirtiendo su historia en otro clásico.

Una mano gélida se posó sobre su hombro. Mera dio un salto, golpeó la mano que había aparecido, y se volvió con rapidez para ver quién era.

—¡¿Qué cojones haces?! —exclamó ella a la defensiva. Cuando alzó la mirada descubrió unos rizos dorados.

—Lo siento, solo quería saludar —se disculpó Luca, riéndose como un niño pequeño que acaba de gastar una broma.

—¿No te han enseñado a saludar a la gente de manera normal? —le dijo ella, aún con el corazón palpitándole en el oído.

—Sí, pero estabas tan pensativa que tampoco he querido gritarte.

Ella lo miró de mala gana, aunque se fijó con disimulo en él. Llevaba ropa de deporte y estaba algo sudoroso.

—¿Corriendo? —preguntó ella.

Luca asintió con la cabeza y se sentó a su lado en la arena mirando el mar. Apoyó los brazos en las rodillas flexionadas y fijó la vista en el agua. Empezaba a haber humedad y el frío se hacía palpable, pero parecía que aquello no le importunaba.

—Ya he terminado —dijo a modo de respuesta—. Te vi llegar, la verdad, pero si viniste aquí, supongo que buscabas tranquilidad. Así que hice mi rutina. No esperaba encontrarte a la vuelta en el mismo sitio, así que, como comprenderás, ya me pareció maleducado no saludarte.

Ella sonrió. Le había gustado que la dejara tranquila a pesar de haberla visto.

—¿Qué lees?

—Virginia Woolf —le respondió enseñándole el libro.

—Yo siempre fui más de clásicos de Dickens.

—Deberías ampliar tus horizontes en lo que a lectura se refiere.

Luca soltó una risa nerviosa.

—Por cierto, gracias —susurró él sin apartar la mirada del mar.

—¿Por qué?

—Por ayudarme en la redacción. Bueno, más bien tolerarme. Supongo que no habrá sido fácil para ti compartir el puesto. Allí en Londres todos son tiburones que compiten por ser el mejor. Aquí nadie se hace redactor jefe si de verdad no tiene pasión por ello y destaca, así que comprendo que es importante para ti. —Ella lo miró desconcertada—. Aprecio mucho el esfuerzo, no quiero malos rollos. Solamente quería cambiar de aires y volver a mi ciudad. Aunque no lo parezca, no me gustan la rivalidad ni el agobio de la gran ciudad —le explicó, volviéndose para mirarla con una sonrisa nostálgica.

Mera le devolvió la sonrisa y asintió. Por primera vez había visto algo en él que resaltaba, y no era su físico ni su carácter sociable y arrebatador. Era otra cosa que le resultaba familiar, pero aún no sabía el qué.

—Mientras no me quites mi puesto —bromeó ella, seria. Él de repente se quedó asombrado. No esperaba aquella respuesta. Mera volvió a sonreír—. Es broma —confesó carcajeándose—. O no. Nunca se sabe. No me lo quites si no quieres saberlo —le dijo, levantando un dedo amenazante—. Ahora en serio, ¿por qué volviste? ¿No es el sueño de todo periodista triunfar en un gran periódico?

—Pues puede ser por la misma razón por la que tú no te has ido —le respondió con descaro. Aquello no le sentó muy bien a Mera.

—¿Y tú qué sabes sobre por qué no me he ido?

—Bueno, sé lo que me ha dicho John: que tienes mucho potencial siendo tan joven, y que hace unos meses vino un amigo suyo de un gran periódico de Edimburgo que te ofreció un puesto y tú lo rechazaste sin pensártelo. Aunque yo solo sé la respuesta que le diste a John —le dijo él levantando una ceja, esperando alguna reacción por su parte. Cuando vio que Mera no le contestaba prosiguió—: Que te gustaba estar en casa.

Mera no sabía cómo tomarse aquello, si mosquearse con John por haberle hablado de ella o molestarse con Luca por haberse metido donde no lo llamaban. Por otro lado, cayó en la cuenta de que, si fuese al revés, ella también habría querido saber cosas de él.

—Bueno, pues ya tienes tu respuesta.

—Y tú también —le dijo él—. Este es mi hogar, aquí está mi familia. Que no es que me relacione mucho con ellos, pero la gente a la que quiero está aquí y, bueno..., como te decía, profesionalmente la competitividad ya no es lo mío. De joven tuve una dosis suficiente. Yo soy más de estar tranquilo haciendo lo que me gusta.

Mera asintió y lo miró en silencio. Luca le tendió la mano.

—Así que, jefa, estoy a tus órdenes. —Ella se rio y le estrechó la mano.

—Más te vale —le dijo en broma.

—Eso sí, yo que creía que este lugar era muy tranquilo, y en un día me ha recordado más a Londres que en todo el mes que llevo aquí.

Con aquella frase Mera volvió en sí. Había olvidado por completo el estrés que habían pasado, la pintada y la chica desaparecida. Además, no quería dejar nunca el móvil aparcado, ya que esperaba con ansias que Tom le dijera algo o que John la avisara para darle alguna buena noticia. Automáticamente buscó el aparato en su bolso de mimbre para ver si había alguna notificación. Nada. Unos mensajes de Emma y del abuelo, que había empezado a aprender a manejar la mensajería instantánea. Cuando fue a mirar a Luca, el móvil comenzó a temblar en su mano, haciéndole dar un respingo de la impresión. Era Daniel.

—Vaya, hablando del trabajo —le dijo a Luca antes de contestar.

Luca se quedó mirándola extrañado y la apremió con la mano para que cogiera el teléfono.

—Dime, Daniel.

—Jefa, perdona que te moleste, pero estaba llevándole a

John unos papeles que necesitaba que me firmara para las prácticas de la universidad cuando recibió una llamada. Se puso muy blanco, ¡creía que se desmayaría! Pero me escribió una dirección en un papel y me dijo que te llamara de inmediato para pasártela y darte un recado. —Hablaba muy rápido y a Mera le costaba entenderlo.

—Tranquilo, Daniel, escríbeme la dirección y mándamela. Pero ¿John está bien? ¿Cuál es el recado?

Mera se dio cuenta de que Luca había oído a Daniel, que gritaba bastante y su altavoz tenía el volumen lo suficientemente alto. Luca se había preocupado al escuchar lo de John y había pegado un poco su oreja al teléfono.

La voz de Daniel sonó algo más tranquila después de que este inspirara un par de veces.

—Creo que está bien. Le ofrecí acompañarlo a urgencias si se encontraba mal, pero lo rechazó rotundamente. Me dijo que era más importante que te avisara antes de que me fuera a casa.

—Vale, no te preocupes —le contestó ella—. ¿Y bien?

—Me dijo que han encontrado a la chica sin vida. —Mera se llevó la mano a la boca y emitió un grito ahogado—. Y que fueras a la dirección para cubrir la noticia. John tenía que irse de viaje, así que te ha dejado al mando.

A Mera le costó asimilar aquella frase. Era algo probable después de todo el tiempo que llevaban sin encontrarla. Su mente empezó a pensar ferozmente en Tom, en lo que significaría esto para él, en lo que representaría para el pueblo.

Pero hubo algo que la alarmó al instante. Necesitaba saber si había sido un accidente o un suicidio. Porque en lo que no quería pensar era en que pudiera haber un asesino o asesina suelto por Torquay.

16

Marzo de 1999

Poco a poco empezó a apretar la llovizna y tuvieron que aligerar el paso para llegar a casa cuanto antes. Cruzaron la verja corriendo, y Mera se mosqueó porque no podía quedarse jugando en los charcos.

—Pequeña, hace frío. Además, está arreciando la lluvia y la abuela tiene la cena lista, no las hagamos esperar —dijo Steve con ternura.

La niña puso cara de pocos amigos, pero cedió de inmediato. Aunque tenía mucho carácter, era muy obediente y sabía que su abuelo llevaba razón. Además, estaba hambrienta y eso no podía dejarlo pasar, era una glotona de cuidado.

La tormenta seguía arrasando las calles de Torquay, como si se acercara el fin del mundo. Lo cierto era que a Steve pronto le parecería que su mundo había llegado de verdad a su fin. Cuando la pareja de policías paró en el descansillo de su enorme casa unas horas después, ya sospechó que no ocurría nada bueno, que la catástrofe venía para quedarse e instalarse en su vida definitivamente.

Harriet leía una novela en su sillón favorito del tranquilo salón mientras las niñas estaban en su habitación, que Steve y Harriet habían redecorado hacía algún tiempo. Permanecían ajenas al mundo real mientras se entretenían la una a la otra. No sabían que desde aquel mismo instante les esperaba un mundo cruel y despiadado que no les iba a poner nada fácil la vida. Aunque ellas aún no se lo podían ni imaginar, estaban más solas que el día anterior.

Steve los vio venir mientras le llevaba a Harriet su taza de té de la tarde antes de volver a echarles otro vistazo a las pequeñas. Al principio pensó que serían los típicos hombres que hacían publicidad de algo o unos testigos de Jehová, que últimamente rondaban bastante la manzana captando nuevos afiliados a su religión. Pero no. Cuando subieron al rellano pudo fijarse mejor en sus uniformes, con la placa en el chaleco, y en sus semblantes abatidos y tristes. Steve abrió la puerta, y lo primero que le preguntaron aquellos señores fue si era un familiar de Eleanor y Javier. Luego le pidieron que, por favor, se sentaran antes de proseguir la conversación. Él ya lo sabía. Lo presintió en sus huesos en cuanto reparó en las malditas placas. Sabía lo que iba a suceder después, aunque luchó con todas sus fuerzas por no ver los labios de los dos policías despegarse para darles la noticia que no deberían haber escuchado nunca. Las piernas le flaquearon al instante.

El policía más alto, y también más mayor, tenía un rostro sombrío, lleno de tristeza y cansancio a la vez, con unas arrugas notorias debido a la edad, que te hacía pensar si de verdad había disfrutado alguna vez de su trabajo, si realmente merecía la pena haber llegado hasta allí para presenciar ciertas cosas que tampoco nadie debería contemplar nunca.

El otro, más bajo pero más musculado y joven, parecía incómodo y algo inquieto. A Steve le entraron ganas de darle un puñetazo en la cara sin reparo. Parecía más preocupado por irse pronto de allí que por empatizar con lo que les estaba diciendo. Steve era muy pacifista, no obstante, en ese momento necesitaba descargar su ira en alguien, fuera quien fuese, pero si encontraba a una persona que no tenía ninguna sensibilidad con lo que estaban viviendo él y su esposa, mejor que mejor. No podía pensar siquiera con claridad, solo vio como Harriet se echaba en sus brazos desconsoladamente, sin parar de llorar, sin fuerzas, abatida, sin ningún sentido.

Después de incontables horas llorando había empezado a perder la noción del tiempo, que parecía haberse parado justo cuando les dieron el pésame. Los policías se habían marchado sin saber que en el momento exacto en que se iban había dejado de haber minutos y horas para ellos, solo les quedaba soledad. Una inmensa soledad que abría un vacío enorme en su corazón. Era incapaz de asimilar lo que acababa de pasar, no podía imaginarse que existiera un dolor tan grande y que se fuera a quedar para siempre, sin remedio, sin cura. Jamás hubiera podido pensar que le tocaría vivir esta enfermedad crónica tan inesperada, que debería paliar con el tiempo con bálsamos y parches. Eleanor, su pequeña, su preciosa niña de cabello castaño, de piel blanca y con pecas. Tendrían que ir a reconocerla, verla en una placa fría de metal y confirmar si era ella o no. No quería pasar aquel trago, y mucho menos que lo pasara su esposa.

Días después le certificarían la causa del fallecimiento: un accidente de coche debido a que Javier, el marido de su hija, había perdido el control del coche al sufrir un ictus. Creían que Eleanor se había quitado el cinturón para intentar controlar el coche, en vano. Terminaron arrollados por un camión al haberse metido de lleno en su carril. Eleanor había perdido la vida en el acto, mientras que Javier ya había muerto antes de la colisión.

La pequeña Mera estaba arriba, en su habitación, cuidando de su hermana Emma como si nada pasara, como si su vida no hubiese cambiado. Pero vaya si había cambiado, el accidente las devastaría para siempre. Puede que Emma, siendo tan pequeña, no fuera consciente de lo que significaría, pero Mera... Mera sufriría de una manera que ninguna niña de ocho años merecía, de una forma cruel y vil. Eso desgarraba a Steve mucho más que cualquier otra cosa, mucho más que la propia desgracia.

Aun así, seguía conmocionado, sin derramar una sola lágrima, acariciando a su mujer torpemente, como si ese simple acto pudiera consolarlos a ambos. Steve no podía pronunciar palabra, no tenía nada que decir, nada con sentido, nada que le diera sensatez a aquel momento. Se había dado cuenta: estaba muerto por dentro. Le habían quitado lo que más amaba en su vida: su hija. Y también al padre de sus nietas. Un maldito y vulgar accidente de coche de camino al aeropuerto. ¿Cómo? Aún le costaba pensar que algo así pudiese suceder.

Dicen que es ley de vida que los padres mueran y sus hijos vean cómo se marchan, pero que a un padre le arrebaten los hijos, llenos de vida, de felicidad, de amor, hace que muera en ese instante con ellos. Porque ya todo carece de valor, es como si el mundo se apagara, como si no hubiera motivos para seguir adelante, como si la existencia fuera una estúpida obra macabra.

Cuando quiso darse cuenta y tomar conciencia de su entorno, vio a Mera agachada en las escaleras del recibidor, mirándolos con una expresión triste y aterrorizada. Empezó a bajar las escaleras casi temblando cuando vio que Harriet, su abuela, lloraba desconsoladamente. Se plantó delante de ellos muy quieta, como procurando no molestarlos ni robarles una experiencia muy suya, íntima, sintiéndose una intrusa por arrebatarles la soledad que necesitaban. Pero ella tenía miedo, un miedo perturbador. Miró directamente a los ojos de su abuelo y en un susurro le preguntó:

—Se han ido para siempre, ¿no? ¿Eso es lo que los policías han venido a decir, abuelo? —Mera habló en un tono más de súplica que de pregunta, para que la contradijeran, para que le contestaran que no pasaba nada, como cuando se iba a dormir por las noches preocupada porque la oscuridad la invadía o porque un monstruo saliera del armario y se llevara, no a ella, sino a Emma.

¿Cómo decirle que ya no podría volver a abrazar a sus padres? ¿Que las personas a las que más amaba se habían ido? Steve solo pudo asentir con la cabeza, mientras que Harriet ni se había dado cuenta de que la pequeña estaba allí de pie, frente a ellos, con las lágrimas contenidas en los ojos, luchando para poder hablar.

—Emma se ha dormido, voy a ver si sigue así —le dijo a su abuelo con un nudo en la garganta de manera confidencial. Lentamente dio media vuelta y subió de nuevo las escaleras del gran caserón, que ahora era mucho más lúgubre y tácito que nunca.

Una punzada de dolor atravesó el corazón de Steve. Se dio cuenta de que no podía dejarse morir por dentro porque, aunque le hubieran arrebatado a su niña, tenía a otras dos crías que más que nunca necesitaban unos padres, alguien que les dijera que no pasaba nada, que el mundo seguía y que tenían que vivir. Pero ¿cómo iba a consolar a unas niñas cuando ni siquiera tenía consuelo para él mismo?

Mera había reaccionado de una manera muy peculiar; debía comprobar si estaba bien. Dejó a su esposa en el sofá, donde había terminado por dormirse como un bebé después del llanto. Subió las escaleras y se percató de que le temblaban las manos. No sabía qué le iba a decir a la niña, pues aún no había asimilado el hecho de que tendrían que quedarse con las pequeñas y volver a empezar.

Cuando abrió la puerta del cuarto de Mera, ella estaba mirando por la ventana, llorando en silencio.

—*Honey...*

—La abuela no está bien. Hay que cuidarla, abuelo, no puede irse ella también, hay que cuidarla —dijo, repitiendo esta última frase más veces de lo que se consideraría normal y secándose las lágrimas con el puño de su pijama de ositos amarillos, que ya estaba totalmente manchado de una mezcla de mocos y lágrimas. Su pecho se encogía de una manera estrepitosa, con lo que todavía le costaba más hablar.

—Pequeña..., se te permite llorar, ¿sabes? No tienes que ser fuerte, para eso ya estamos la abuela y yo. Aunque has de entender que para nosotros también es... —Contuvo la respiración un momento, intentando buscar una palabra para describirlo, que no encontró—. La abuela, en cuanto os vea, sonreirá de nuevo, ya verás que sí —concluyó, y solo se le ocurrió sentarse a su lado y acariciarle el cabello para consolarla.

Mera se lanzó a los brazos de Steve y comenzó a llorar más silenciosa aún que antes.

—¡Quiero que vuelvan, abuelo! ¿Seguro que no volverán? ¿No se habrán equivocado? —empezó a gritar—. A lo mejor vuelven.

—Me temo que no, hija, ojalá —dijo con un nudo en la garganta mientras le acariciaba el pelo a la niña—. Yo también los extrañaré, pequeña... Yo también...

Y así, como por arte de magia, Mera creció y maduró en unos segundos. Steve no sabía si él consolaba a la niña o la niña a él, pero cuando Mera estuvo en sus brazos, los ojos empezaron a escocerle, el corazón le comenzó a sollozar, y allí, con su nieta mayor en los brazos, se puso a gimotear y a lamentar la pérdida. Mera era especial, era igual que su niña, su viva imagen. Su niña.

Había esperanza.

Si existía algo ahí arriba que tuviera misericordia, lo único que le pedía era que le diera unos años de vida más para cuidarla a ella y a Emma, hacer lo que no había podido ni en su juventud ni ahora, hacerlo todo por y para ellas. Porque solo le quedaba una carta, y esta vez no quería fallarle a ninguna de las mujeres de su vida, ni a las que estaban ni a la que le habían arrebatado.

17

Harry

Septiembre de 2019

Harry estacionó el coche casi en mitad de la carretera. Lo cierto era que daba igual, puesto que ya se había corrido el cordón policial cuando llegó. Algunas personas que estaban por la zona se habían acercado a olisquear como perros sarnosos por si encontraban algo sobre lo que cotillear. Observó de refilón a algunos chavales en posición perfecta sujetando el teléfono móvil con las manos y grabando la escena con la cámara para que nada se les escapara. Harry se acercó de inmediato con paso ligero, a grandes zancadas. Se puso detrás del cordón y pidió con toda la amabilidad que pudo, y con más paciencia de la que tenía, que se echaran hacia atrás y dejaran los teléfonos.

Harry se arrepintió de inmediato de haber dicho aquello: ahora estaban más intrigados y no iban a dejar pasar la oportunidad de captar cualquier cosa, aunque estaba seguro de que, en realidad, no les interesaba y en unos días habrían olvidado haber estado allí.

Vio a Katy a lo lejos. Estaba hablando con el forense. Su expresión era dura y mucho más seria que de costumbre. Harry se fijó en que Katy seguía mirando el cuerpo por el rabillo del ojo, como si temiera que se lo llevaran antes de que su jefe llegara.

Se plantó a su lado y ella lo cogió del brazo.

—Espera —dijo Katy—. Nadie ha movido aún absolutamente nada, he insistido en ello, ya que eres el inspector de homicidios y te corresponde la investigación, pero tienes que ser rápido, la gente no puede ver esto. Y no me fío ni un pelo de esos. —Señaló a la muchedumbre que acababa de traspasar él.

Harry asintió con la cabeza.

—Otra cosa —añadió su compañera, sacando una bolsa de plástico de su gabardina—. Antes de encontrarla a ella hemos dado con esto a unos pocos metros. Creemos que era suyo.

Harry cogió la bolsa con precaución. En su interior había un reloj fino de color dorado. La esfera estaba rota y las manecillas, paradas señalando las nueve.

Harry hizo un gesto con la cabeza y le devolvió la bolsa de plástico a Katy. Se dio cuenta de que había mucha humedad y hacía frío. Había llegado a una zona de Torquay en la que predominaba el bosque, donde se concentraba el relente del mar.

—Vamos a ver qué tenemos.

Katy caminó junto a él hasta el cuerpo de la muchacha y observó detenidamente su reacción. Le entregó antes dos guantes, que él fue poniéndose mientras daba un par de pasos hacia delante. Harry la miró con pena y se agachó para observar bien cada detalle.

Los cabellos largos y negros estaban colocados hacia arriba, sobre su cabeza, para que no tocaran su piel. El cuerpo había empezado a pudrirse, por su color, Harry estaba casi seguro de que la mujer llevaba una semana muerta, incluso afirmaría que desde el día de su desaparición, aunque eso era algo que no podía asegurar y prefería esperar a la autopsia y a la opinión del forense. De inmediato supo que aquel no era un asesinato vulgar, y un escalofrío le recorrió todo el cuerpo. Era premeditado. La chica, que en su día tuvo una belleza extraordinaria, posaba con los ojos cerrados boca arriba sobre la hierba, desnuda por completo. Los brazos estaban cuidadosamente colocados con las palmas de las manos abiertas hacia arriba. En su abdomen podían verse diversas puñaladas hechas al parecer con un buen cuchillo afilado, ya que se veían bastante limpias. Harry enseguida supuso que le habían causado la muerte. Eran numerosas y profundas. Y el brazo derecho de la mujer...

—¿Harry? —dijo Katy sacándole del trance.

—Parece que la causa de la muerte ha sido el apuñalamiento. De todas formas, esperemos a ver lo que nos dice David. El cuerpo se ha conservado muy bien debido al frío y la humedad, pero aun así está claro que el asesino ha tenido que venir varias veces a la escena del crimen para asegurarse de que el cuerpo se hallaría en condiciones óptimas al ser encontrado. Dudo que haya estado una semana así, en esta posición tan precisa. Hay que pedirle a David que nos diga si encuentra restos de semen, ya que tiene un claro motivo sexual; lo más probable es que haya sido un hombre, esta fuerza es más típica de ellos. Los cortes son muy profundos y bastante limpios. Ya te digo que el asesino tuvo que enjuagarlos para dejarnos a la víctima en las mejores condiciones. Tampoco le temblaba el pulso: las heridas son perfectas, no hay ninguna desigual. Parece un experto.

Katy asintió. Harry sabía que estaba esperando que dijera algo del brazo, el maldito brazo derecho.

—Esto nos lo confirma todo. No es una advertencia, y claramente los hechos están relacionados. Gracias al asesino se despeja la incertidumbre.

—Gracias al asesino, tú lo has dicho —añadió ella en tono grave.

—Estoy contigo. Si nos ha dado el regalo de este mensaje es porque nos tiene donde quiere. Esto es lo que pretende desde el principio. O eso o es imbécil, cosa que dudo.

—Por supuesto, nos está amenazando —sentenció ella mientras el pequeño escalofrío que le recorrió el cuerpo llegaba hasta Harry y le ponía la piel de gallina a él también.

Harry miró a Katy con preocupación. Aquello iba a ser un escándalo, estaba claro. Ahora era preciso actuar enseguida e intentar que los hechos no fueran a más. Tenían a un asesino rondando por la ciudad y pocas pistas, por no decir ninguna. Parecía que les estaba echando un pulso que Harry no había visto venir ni por asomo. Aquello lo cabreaba sobremanera. Había investigado muchos homicidios en Bélgica y se había ganado una reputación, ¿por qué no había visto aquellas señales tan jodidamente claras? Se decía que no era su orgullo lo que estaba en juego, sino la vida de los demás. Pero en el tiempo que había pasado fuera se había dado cuenta de que era más orgulloso y egoísta de lo que habría querido admitir, y que no solo le había dado satisfacción salvar personas y meter a psicópatas en la cárcel, sino también su inteligencia bien usada. Cuando comprendió que su ego no cabía en una caja, hizo una maleta bien grande para meterlo y volver a su pueblo.

Y ahora estaba donde lo querían, retándole para sacar lo mejor y lo peor de él.

Volvió la vista hacia la muchacha. En el noventa por ciento de los casos como aquel, el asesinato lo cometía la pareja de la víctima. Parecía tan sencillo que así fuese que la posibilidad se le atragantaba. Tom era la última persona que supuestamente la había visto con vida y, por si esto fuera poco, discutían a menudo. Solo había una brecha en su teoría, y es que ni él mismo creía que hubiese sido el novio de la chica. No parecía que tuviese el temple para cometer semejante atrocidad. Aun así, se perfilaba como el primer sospechoso de una lista preocupantemente vacía.

Tenía que ponerse en marcha. El asesino le había dejado un mensaje, una promesa. Volvió a mirar el brazo de la chica. Escrito minuciosamente, era muy probable que con un pequeño cuchillo, en la piel blanquecina con letras medio cicatrizadas, se podía leer sin ningún problema:

BARTON ARDERÁ

18

Mera

Septiembre de 2019

Llegaron en menos de quince minutos. Luca iba con su ropa deportiva y aún con restos de arena en ella. Mera se dio cuenta de que intentaba quitársela a golpecitos, sin suerte.

Habían tenido que salir a toda prisa hacia la dirección que le había dado Daniel para cubrir la noticia, y en aquel momento agradeció que le quedara un poco de la pequeña reportera intrépida que había sido años atrás. Esa parte de ella siempre llevaba una libreta, un bolígrafo y una grabadora. Solo por si acaso, nunca se sabía qué podía deparar el día.

No le gustaba grabar con el móvil, le parecía que le restaba encanto a la profesión. Prefería su antigua grabadora, y cada año rezaba un poquito (no sabía a qué, dado que no era muy religiosa) para que no se rompiera.

—¿Estás nerviosa? —preguntó Luca con una sonrisa curiosa.

—Un poco —respondió Mera con la mirada fija en la carretera—. La verdad es que no suelen ocurrir estas cosas por aquí. De vez en cuando algún suicidio, aunque muy pocos, y eso de que desaparezca alguien..., al menos desde que soy reportera, nunca.

—Bueno, tampoco llevas mucho tiempo, ¿no? Tendrás... ¿Veintiséis? —aventuró Luca fingiendo tratar de adivinarlo. Sabía su edad exacta porque John se lo había dicho, pero lo cierto era que Mera aparentaba menos años y creía que aquello podría tomárselo como un simple cumplido.

—Veintiocho, tengo veintiocho años —confirmó con pesadez—. Todo el mundo me echa menos y no entiendo por qué, me desespera. Aun así, llevo poco, sí, unos seis años.

—Vaya, pues tienes que ser muy buena: seis años y jefa de redacción —dijo sin acritud, sinceramente sorprendido.

—Yo lo considero más bien el resultado de un trabajo arduo y metódico.

—¿No has pensado en irte fuera? En serio, en los buenos periódicos se te rifarían, con tu experiencia siendo tan joven.

Ella negó con la cabeza. No quería contarle nada más. Los motivos por los que no se iba de Torquay los tenía bien claros, pero no necesitaba exteriorizarlos. Él se percató y no volvió a insistir, así que cambió radicalmente de tema.

—Yo tengo treinta y cinco bien cumplidos. Eso sí, siempre espero que me echen menos porque, entre nosotros, me deprimo al verme en la cuarentena —confesó él con actitud socarrona. Ella se rio mientras aparcaba y lo miró. La verdad es que tampoco los aparentaba, pero no iba a dorarle la píldora y darle el gusto de decirle algo que él ya sabía.

—Vamos —apremió Mera, abriendo la puerta del coche con ímpetu y cogiendo su bolso.

—Y yo que estaba en deportes, no sé dónde me he metido —suspiró Luca.

Al bajar se encontraron con una muchedumbre pegada al cordón que había extendido la policía. Mera apuntó mentalmente todo lo que estaba viendo: un par de ambulancias, tres vehículos policiales y el coche de Harry, un Mercedes de color negro antiguo y poco discreto. Se acercó al cordón a toda velocidad y Luca, ávido, empezó a hacer fotos de los alrededores.

—Estás empezando a coger buenas costumbres.

—No quiero que mi jefa de veintiocho años, pero con edad tecnológica de cincuenta, se mosquee —respondió sarcásticamente, conteniendo la risa.

—*Touché.*

Al reparar en que Luca intentaba aguantarse la risa comprendió de inmediato que aquello estaba mal. Una chica había muerto y no le parecía correcto sonreír en aquellos momentos. Debían concentrarse en conocer los detalles para informar e irse. Mera vio a Harry dirigirse hacia el cordón policial. El cuerpo permanecía tapado y lo estaban trasladando al vehículo para llevárselo enseguida.

—Este es el inspector de homicidios, a ver qué nos puede contar. Es amigo de mis abuelos desde hace mucho tiempo, así que espero que no tenga reparos en confiar en nosotros —explicó ella sin percatarse de que Luca estaba mirando a Harry fijamente y no la escuchaba.

Harry se detuvo a medio camino con los ojos clavados en donde ellos estaban. Tenía la vista fija en un punto, y cuando Mera quiso reaccionar y darse cuenta de que a quien miraba era a Luca y no a ella, ya los había alcanzado.

—Luca... —saludó notablemente sorprendido.

—Harry. —Luca se quedó helado por un instante. Soltó la cámara, se la colgó del cuello y metió las manos en los bolsillos, aparentando una tranquilidad que no sentía ni por asomo.

—No sé si decirte que me alegra verte por aquí en estas circunstancias. No es el mejor momento para un reencuentro familiar, ¿eh? —apuntó Harry, intentando suavizar la situación.

Mera miró a uno y a otro; estaba petrificada.

«¿Reencuentro familiar?», pensó.

Ahora que se fijaba bien, tenían unos rasgos muy parecidos, aunque ciertamente Luca era más rubio y algo más atractivo. Tenían un denominador común físico que no sabía explicar. La boca, la expresión de los ojos. Y entonces Mera cayó.

—Sois hermanos —dijo más como afirmación que como pregunta.

Harry asintió.

—Es mi hermano pequeño. No sé si recuerdas que tu abuelo me pregunta a menudo por él cuando me ve. Yo me fui a estudiar a Bruselas y él, a Londres, y perdimos un poco el contacto por la distancia.

—El contacto se perdió antes de irnos, créeme —contestó Luca, tajante.

Mera siguió mirando a uno y a otro, sintiéndose una verdadera intrusa en aquel momento tan íntimo. Le pareció que aquello tendría que haber sucedido sin nadie a la vista. Sin embargo, se le ocurrió la mejor forma de terminar con el embrollo familiar.

—Bueno, dramas de hermanos aparte, ¿qué nos puedes decir de lo sucedido? —preguntó de manera profesional.

—¿Vienes en calidad de reportera o de familiar de Tom? —le dijo Harry con cierta antipatía. Había cambiado él también su papel. De amigo a inspector.

—Tienes a tu hermano delante, que trabaja conmigo, y yo estoy con una grabadora en tus narices. Si viniera como ciudadana te lo haría saber, pero creo que es evidente que no es el caso.

Harry pareció arrepentirse de haberle soltado un exabrupto. Mera había ganado aquel asalto.

—Perdona, estoy bastante estresado —se disculpó—. Aletheia Lowell, una mujer de treinta y seis años, ha sido hallada brutalmente apuñalada y asesinada al sur del club de golf del pueblo. Creemos que pudo morir el día de su desaparición, hace una semana, por lo que indican la cicatrización de las puñaladas y el estado de descomposición en que el cuerpo se encuentra, aunque no podemos confirmarlo hasta que la autopsia no se haga efectiva y nos dé una información más precisa.

—¿Se sabe algo del agresor? —preguntó Luca en tono fuerte y cortante.

—Tenemos varias vías de investigación abiertas, que hemos de estudiar con calma antes de poder actuar. Pero el departamento de homicidios y el resto de la policía de la ciudad estamos trabajando en ello sin descanso. No pararemos hasta dar con la persona que ha hecho esto —dijo Harry mientras se disponía a irse.

—Inspector —insistió Mera antes de que se fuera—, una última pregunta: ¿cree que tiene algo que ver con la pintada encontrada hace unos días en la calle Barton, en el orfanato de Santa María?

Harry cambió el semblante. A ella le extrañó su actitud,

pero se imaginó que había dado donde quería. Parecía notablemente molesto.

—Eso no podemos confirmarlo, pero es una posible vía de investigación —respondió él mirándola fijamente y dando media vuelta en dirección a su compañera Katy, con aire tenso. Mera habría jurado que rechinaba los dientes y se mordía la lengua.

—Mera, ¿ha dicho Aletheia Lowell? —preguntó Luca algo sorprendido.

—Sí, es... —comenzó a explicar, aunque rectificó al momento—. Era la novia de mi primo Tom. La denuncia por su desaparición la puso él mismo, por eso Harry me preguntó si venía en calidad de familiar. ¿Por qué lo preguntas?

Mera se fijó en que Luca tenía los ojos fijos en la bolsa donde se llevaban el cadáver de la mujer. Una mirada de entre preocupación y enfado que no comprendía bien y le costaba identificar. Algo que hasta ahora no le había sucedido con el muchacho.

—Nada. Es que me suena mucho el nombre, pero no logro recordar de qué —le contestó, negando con la cabeza.

La joven se percató de que Luca estaba totalmente abstraído en sus pensamientos. Si él era hermano de Harry, estaba claro que había vivido allí también, así que había muchas probabilidades de que la conociera. Al fin y al cabo, en su época el nombre de la chica no era muy corriente, y además ambos tenían la misma edad.

Mera fue a abrir la boca para hacerle una pregunta, pero se dio cuenta de que no ayudaría nada si de verdad conocía a aquella chica. Decidió dejarlo estar y seguir con el trabajo como siempre.

—Venga, hagamos unas cuantas fotos más y volvamos a la

oficina. Hoy tenemos el día completo —le dijo, dándole un toque en el brazo.

Él asintió en silencio tomando unas últimas fotografías por si las necesitaban más tarde.

Luca se estaba esmerando en recoger todo lo que podía a través de la lente, pero Mera intuía que lo hacía para evitar seguir hablando de la chica. Lo dejó estar y llegó a la conclusión de que le preguntaría sobre su hermano más adelante, cuando fuera el momento adecuado. Si es que ese momento llegaba algún día.

19

Mera

Septiembre de 2019

Al volver a la redacción pasaron varias horas hasta que Mera, con la ayuda de Daniel, terminó la noticia sobre la muerte de la muchacha. Mientras, Luca echaba una mano en el departamento de deportes porque estaban hasta arriba y necesitaban a alguien con más experiencia.

En otro orden de cosas, no se explicaba por qué John se había marchado sin avisarla. Había sido tan repentino y en mitad de un caos tan grande que le hizo ponerse en guardia.

—Daniel, ¿no sabes adónde ha ido John? ¿Ni siquiera cuántos días estará ausente? —preguntó ella, viendo que el muchacho negaba con la cabeza—. ¿Nada?

—Nada. Me dijo que tenía una reunión importante fuera y no podía retrasarlo más. Me dijo que lo dejaba todo en tus manos estos días y que el señor Luca sería de gran ayuda —explicó Daniel encogiéndose de hombros.

—Sí. De gran ayuda es. Maneja bien la presión, estoy segura. —Percibía que el nuevo tenía un carácter que destilaba menos estrés que el suyo—. Yo no he dirigido un periódico en mi vida, como comprenderás. Me parece un poco insensato por su parte dejarme al frente sin darme directrices. —Su voz delató lo molesta que estaba, más de lo que pensaba.

No es que no le gustara que John le hubiera dado ese maravilloso cargo, pero pensaba que lo había hecho de forma precipitada y sin meditación. A veces no sabía bien cómo tenía que proceder, y eso la asustaba. Daniel tuvo que notar la preocupación inmediata en su rostro.

—Lo harás bien, estoy seguro.

—Cómo te gusta hacerme la pelota para ese sobresaliente en prácticas, ¿eh? —bromeó para quitarle hierro al asunto y zanjar el tema. Sabía que Daniel lo decía con sinceridad.

—Todo por un buen expediente.

En aquel momento pasó Luca por su lado con un aire algo sombrío.

—Perdona, Daniel —se disculpó—. Puedes irte ya a casa si Mera está de acuerdo, aquí hay poco que hacer, lo estamos cerrando todo. Gracias por tu ayuda una vez más —le dijo.

Daniel asintió y empezó a recoger su mochila.

Mera salió en busca de Luca. No sabía el porqué, pero el encontronazo tan incómodo con su hermano le había afectado. Conocía a Harry; era un tipo bastante complicado, difícil de llevar, pero no se imaginaba cómo sería tenerlo por hermano. La relación que ella mantenía con Emma era muy buena; su hermana lo era todo: su amiga, su confidente, su familia. No había nada que pudiera ocultarle, y esa actitud era recíproca, o al menos así lo esperaba. Por otro lado, no es que hubiera tratado demasiado a Luca, pero por lo poco que había visto de él, parecía un chico expresivo y carismático, muy diferente al Harry que ella conocía. A simple vista eran como el agua y el aceite.

Se lo encontró en la sala de descanso, sentado con un vaso de agua en la mano y mirándolo fijamente. Sus cabellos dorados se veían verdosos por culpa de los fluorescentes de la habitación.

—Luca, ¿estás bien? —le preguntó, poniéndole una mano en el hombro.

Luca se giró sorprendido.

—Sí, no te preocupes —respondió con una sonrisa.

—Pues no lo parece.

Él negó con la cabeza.

—Hacía tiempo que no veía a Harry. Al decidir volver aquí sabía que me lo encontraría en algún momento, no era algo que no esperara. Aun así es complicado.

Mera suspiró. No quería presionarlo y tenía la sensación de estar haciéndolo, así que reculó.

—Lo siento. No tienes que hablarme de ello si no te apetece. Solo quería saber si estabas bien.

Él asintió.

—Sí, tranquila. Hace mucho que no hablo del tema. En realidad... —lo sopesó un momento—. Creo que nunca he hablado de ello —dijo encogiéndose de hombros. Mera se sentó a su lado y posó la mano en su rodilla para darle a entender que podía confiar en ella.

—Pues tú dirás, si necesitas desahogarte.

Él la miró con sorpresa y negó con la cabeza.

—La última vez que vi a Harry yo rondaba los quince años. Él se fue a estudiar criminología a la Universidad de Oxford y después se metió en el cuerpo de la Policía belga.

Simplemente sentí que me había abandonado. No me llamaba ni daba señales de vida. De vez en cuando preguntaba a mi madre por mí... Ni siquiera volvía a casa en vacaciones. Mis padres se lo permitían todo con tal de que estudiara. Ellos iban a visitarlo a veces, pero yo prefería quedarme en casa estudiando. En cuanto cumplí los dieciocho, yo también me fui a la universidad y estudié periodismo en Cambridge. Harry me mandaba un mensaje por mi cumpleaños o en fin de año, y poco más. —Hizo una pausa y miró a Mera a los ojos. Esta vez la chica vio unos ojos cansados y tristes, impropios del Luca que había conocido días atrás—. Puede que parezca una tontería de críos, pero la situación en casa no era buena y... En fin, básicamente eso. Hacía mucho que no lo veía. Estoy seguro de que él sabía que yo había vuelto y no ha hecho nada por verme. —Se volvió a encoger de hombros y su semblante se relajó y tranquilizó—. Tampoco me sorprende.

Mera no sabía qué decirle. Harry era el tipo de persona fría y distante que rara vez te dejaba traspasar la barrera de la confianza, pero, aun así, le costaba horrores imaginarse una situación tan resquebrajada entre dos hermanos.

Después se paró a pensar. ¿La situación en casa no era buena? Si Luca era el hermano de Harry Moore, eso significaba que también era uno de esos Moore. Pertenecía a una de las familias más poderosas de Torquay. ¿Qué podía ir mal en aquella casa durante los noventa? Fueron los años de esplendor de la empresa.

Con todo, lo único que hizo fue cogerle la mano a Luca y apretársela muy fuerte con una sonrisa. No se le ocurría qué otra cosa podía hacer. No había palabras de consuelo ni de comprensión. Solo podía dejar que echara todo lo que tenía dentro hasta que se encontrara mejor.

—Perdona, me he puesto intenso —dijo él sonriendo, cambiando la expresión—. No quiero que tengas una imagen equivocada de Harry.

Ella sonrió.

—No te preocupes. Tuve la oportunidad de conocerlo un poco mejor hace unos años y sé que es un tipo complicado. No es que me lleve muy bien con él, pero sí puedo decirte algo: aunque sea sarcástico y mordaz, es de los que se preocupan por los demás, supongo que por eso se hizo inspector —afirmó encogiéndose de hombros—. No creas que conmigo es todo sonrisas, porque tenemos una relación bastante tirante, pero cada vez que va a ver a mis abuelos a la librería parece otro. Se preocupa de verdad por la gente del pueblo, y mi abuelo le tiene especial cariño.

—Me alegro de que alguien lo aprecie, porque es bastante difícil de llevar —dijo él soltando una carcajada.

Y así, sin más, volvió a ser el Luca que había conocido hacía unos días.

—Por cierto, iba a hacerlo yo, pero ya que te ha dejado a ti al mando, llama a John y pídele explicaciones. Al menos que te diga cuándo tiene previsto volver para contar o no con él. Hazme caso, no te quedes solo con lo que te ha dicho Daniel, es mejor insistir. Si no te responde, lo llamaré yo. Y más le vale que me conteste.

Mera asintió agradecida por el consejo y cogió su teléfono móvil, buscó en su lista de contactos a John y le dio al icono de llamar sin pensárselo dos veces.

Un pitido, dos, tres...

—¿Mera? —respondió John al otro lado—. ¿Ha pasado algo?

Ella se cabreó sobremanera.

—¿Cómo que si ha pasado algo? —protestó indignada—. Te vas de un momento para otro sin avisar, ¿y me dejas a cargo de todo? A veces pienso que te faltan dos dedos de frente, John, de verdad.

—Joder, Mera. Creía que había pasado algo. Eres perfectamente capaz de llevar esto un par de días. Me avisaron a última hora de una reunión importante en Bristol. De todas formas, me parece que al final volveré mañana; pensaba que me llevaría más días, pero ha resultado fácil de solucionar. Además, no tengo ninguna reunión programada, las cancelé todas antes de venir. Basta con que salga el periódico de mañana a rotativas y seguir con la mecánica de siempre.

—Ya imagino —contestó Mera, aliviada—. Temía que estuvieras fuera más tiempo. No me has escrito y a Daniel no le has dicho la fecha de vuelta, simplemente te has esfumado. No vuelvas a hacer eso, joder. Soy tu jefa de redacción, qué menos puedes hacer que comunicarme personalmente los días que no estás para encargarme de tus cosas.

—Lo siento, perdona. Tienes toda la razón. Creía que se lo había indicado a Daniel, pero ahora que lo dices no recuerdo haberlo hecho. No te preocupes. Seguramente mañana por la tarde estaré de vuelta. Cuídame el periódico y dile a Luca que se porte bien.

—Tranquilo, se porta mejor que tú.

—Discúlpame, te debo una. Nos vemos mañana —terminó diciendo John. A Mera le pareció que había cierto nerviosismo en su voz, pero lo pasó por alto.

Colgó el teléfono algo más aliviada. Miró a Luca con fastidio.

—Nuestro jefe es tonto —proclamó con el ceño fruncido—. Me da igual que le cuentes a tu amigo que lo he dicho.

—No seré yo quien te contradiga. Tendrías que haberlo visto de adolescente. No sé cómo ha dirigido esto tanto tiempo sin llevarlo a la bancarrota —agregó riéndose.

Mera sonrió y miró a Luca.

—Empiezas a caerme bien. ¿Continuamos con el trabajo? Quiero irme a casa —dijo ella dirigiéndose a su despacho.

Él asintió y la siguió, satisfecho por aquella confesión.

—Continuamos.

20

Harry

Septiembre de 2019

Harry recorrió la sala de interrogatorios con la mirada antes de comenzar a hablar. La estadística era clara: el noventa por ciento de los homicidios los cometía la pareja de la víctima o alguien muy cercano a esta. Tom tenía muchos motivos para matar a Aletheia, empezando por la relación tortuosa y tóxica que ambos mantenían y terminando por el hecho de haber sido la última persona que al parecer la había visto con vida, y eso lo ponía en una situación doblemente peliaguda. Primero porque era el principal sospechoso del homicidio y luego porque él era el punto de partida de la investigación. Si realmente Tom fue el último en verla sana y salva, Harry necesitaba cada detalle de aquellas horas.

Estaba sentado frente a él. Había ido voluntariamente, sin abogado de por medio. «Solo quiero ayudar en lo posible», había dicho. Estaba devastado. Harry advirtió las ojeras profundas y los ojos rojos e hinchados por culpa del llanto. Se lo veía demacrado. Le provocó incluso un sentimiento cercano a la pena.

—Hábleme del último día que vio a Aletheia con vida —solicitó Harry—. Intente contarme con todo lujo de detalles lo que hizo aquel día, desde primera hora de la mañana hasta la noche, y el día siguiente.

Tom explicó que se había levantado sobre las cinco de la mañana para ir a trabajar al hotel, podía comprobarlo preguntando a sus jefes. Trabajaba de recepcionista en el Imperial Torquay. Como tenía turno de mañana, en uno de los descansos mandó un mensaje a Aletheia para verse a la hora del té y charlar. Le dijo que la recogería al salir. Comió en el restaurante del hotel y después la recogió como habían acordado.

—Puede ver en mi móvil los mensajes que le mandé —dijo Tom con un semblante triste—. Al recogerla parecía muy seria, más de lo normal. No me habló mucho en el coche, aunque tampoco es que ella fuera mucho de hablar, la verdad sea dicha —añadió, encogiéndose de hombros—. Cuando llegamos a la cafetería le propuse irnos a vivir juntos. Llevábamos dos años de novios y creía que era un buen momento. Le dije que mi piso era pequeño y que a mí no me importaba mudarme a donde ella prefiriera.

—¿Y cómo se lo tomó?

—No muy bien. Me soltó lo mismo que solía decirme cada vez que le proponía algo más serio. Que era un pájaro libre y que le gustaba el punto en el que estábamos.

—¿Se cabreó entonces con ella?

Tom sopesó su respuesta, sabía que estaba en la cuerda floja. Harry notaba que hablaba con mucha más cautela de la que los espasmos corporales que estaba sufriendo debido al llanto le permitían.

—Solo quiero saber qué pasó, Tom. Parece ser que fue la última persona en verla con vida. La autopsia la tendremos en un par de días, pero el forense cree que murió el mismo día que estuvo con usted y dejó de dar señales de vida. Así que espero que entienda la situación.

—¡Yo no le he hecho nada! ¡La quería, joder! Jamás sería capaz de tocarle un pelo. Además, ella era fuerte. No digo físicamente, que también, porque hacía mucho ejercicio. —Hizo una pausa—. No puedo creer que alguien haya sido tan hijo de puta como para matarla —añadió rompiendo a llorar.

—Cuénteme entonces qué pasó. No se le puede escapar nada.

—Yo me cabreé. Le dije que si ella seguía pensando así tendríamos que terminar porque yo necesitaba una estabilidad. Siempre he querido formar una familia y, bueno..., esas cosas. Ahora me parece estúpido. —Se llevó una mano a la cara, frotándose desesperado—. Se levantó y me contestó que no era la persona apropiada. Que me quería de verdad, pero que no era lo que yo deseaba. Me ofrecí a llevarla a casa, pero insistió en que quería estar sola y que necesitaba pensar. Me dijo que me llamaría en cuanto se aclarara las ideas. Y esto es todo.

—¿No la siguió?

Tom negó con la cabeza.

—No. Era inútil discutir con ella. Es... Era muy testaruda. Dejé de insistir cuando se ponía así hacía medio año, al menos. Normalmente se le pasaba en unos días, y siempre volvíamos a intentarlo.

—De acuerdo. —No sabía qué podría hacer exactamente

con aquella información, pero tenía la sensación de que le quedaba algo en el tintero—. Una cosa más, ¿qué sabe del orfanato de Santa María?

Tom levantó una ceja, sorprendido.

—¿Eso sigue en pie? —El inspector asintió con la cabeza—. Ah, pues no sé. Creía que ya ni existía. Un orfanato con monjitas y chiquillos sin familia, ¿no?

«Qué elocuente —pensó Harry—. No ha podido definirlo de manera más básica.»

—¿Nada más?

Negó con la cabeza, confuso.

—Nunca lo he visto. No sabía siquiera si seguía abierto.

Harry se quedó mirando al pobre diablo. Su instinto le decía que aquel chaval contaba la verdad. Solo había tenido la mala suerte de estar en el centro de la vida de Aletheia. Sin embargo, la lógica le decía que podía ser el asesino, dadas las circunstancias de su relación con la víctima y las estadísticas.

Lo meditó un momento mirándolo fijamente. A Tom le temblaban las manos. Recorrió con la mirada al muchacho y se paró en sus ojos lagrimosos.

«A la mierda las estadísticas.»

—Está bien. Espere un momento aquí —le dijo, levantándose de la silla y saliendo de la sala.

Katy estaba detrás del cristal. Observando y escuchando atentamente sin quitar ojo al sospechoso.

—¿Qué te parece?

—Que es un hijo de puta —respondió ella sin miramientos—. Ha sido el último en verla. Miente muy bien.

—Un perfilador te diría que no tiene el carácter que se requiere para hacerlo. Habría que buscar una relación aparte de la que tiene con la víctima, dado el mensaje que le dejaron en el brazo. Era una amenaza clara de que el asesino seguirá actuando.

—Ya.

—Sé que te aferras a las matemáticas y piensas que él puede haberla matado, no digo que no —concluyó Harry—. Pero ahora mismo no tenemos ninguna prueba contra él. Tenemos hipótesis vagas, una autopsia sin concretar y una amenaza en el brazo de una víctima que desapareció hace una semana. Se nos va a ir de madre, Katy. La prensa se nos va a echar encima, por eso mismo no podemos cometer errores. Una semana desaparecida y, en cuanto nos pusimos a buscar, la encontramos muerta al momento. Si llegamos a hacerlo antes...

—No somos adivinos, Harry. Si no denuncian la desaparición... —Hizo una pausa y lo miró seriamente—. Era una mujer adulta e independiente. Me jode más el hecho de que nadie de su entorno diera importancia a la desaparición de la muchacha hasta que su jardinero avisó —dijo con la mirada fija en Tom—. Tiene que ser triste que le importes a tan pocas personas.

—Puede ser que ella los alejara, parece que era su forma de comportarse. Un ser solitario.

Harry miró a un lado y al otro de la sala. Llevaba ya un rato con la idea en la cabeza, desde que Katy le enseñó la bolsa de plástico con el reloj. Así que se aseguró de que nadie los escuchara.

—Tengo una hipótesis. El reloj estaba a poco menos de tres metros del cuerpo de Aletheia, ¿no?

Ella asintió no muy convencida de a dónde quería llegar.

—Creo que podríamos afirmar que la hora de la muerte es la que marca el reloj. Si alguien lo hubiese roto, se hubiese encontrado con el cuerpo de ella. Así que ha tenido que ser una negligencia por parte del agresor al quitarle la ropa. El cuerpo estaba bien cuidado y limpio.

—Sí, lo pensé, pero el asesino no parece un estúpido precisamente.

—Lo sé. Algo no cuadra.

Los dos se quedaron en silencio mirando a través del cristal al pobre diablo que tenían allí. De sus ojos no paraban de brotar lágrimas y su cara cada vez estaba más sonrojada.

—Déjame terminar el interrogatorio a mí, haré el informe exhaustivo de cuándo y dónde estuvo. —Katy cogió un mapa de la ciudad y sus alrededores que tenía sobre la mesa de aquella sala—. Le diré que me señale las horas y los sitios exactos. Después te lo pasaré todo.

Harry asintió. Katy necesitaba sentirse útil, no se podía conformar con observar la escena, de modo que la dejó hacer. Él debía ocuparse de otros asuntos e interrogar a otras personas antes de que ese psicópata se le adelantara, aunque le daba la sensación de que le llevaba años luz de ventaja y de que el asesino lo tenía justo donde quería. Perdido en medio de la nada. Si al final el psicópata resultaba ser Turner, ya estaba en comisaría, conque no cometía ninguna imprudencia saliendo para seguir investigando. En todo caso ganaba tiempo. Esperaba equivocarse con todas sus fuerzas. Maldijo para sí mismo, rara vez se equivocaba. El hombrecillo llorón de la sala de interrogatorios no era capaz de matar ni a una mosca.

☂☂☂☂☂

Harry llegó a la entrada del orfanato. Habían estado sus compañeros anteriormente, pero dada la situación y la correlación con el caso, pensó que el primer lugar adonde debía ir era allí. Mandó a un equipo que recogiera las posibles huellas de nuevo, que no dejara nada al azar. Era evidente que el asesino o asesina había estado allí para dejar la amenaza en la pared de la oficina de la madre superiora. Ahora él sería el encargado de hablar con las monjas; había leído el informe que le había pasado su compañera Lyla, pero no le había servido de mucho. Nadie sabía nada, parecía que no faltaba ni un objeto y ninguna hermana sospechaba quién podía ser capaz de semejante barbarie.

Llamó a la puerta. Una de las monjas abrió enseguida. Tenía cara de cansada y un aspecto desaliñado. Era mayor, de unos sesenta años. Harry iba con ropa de calle, como siempre, así que la expresión confusa de la mujer le hizo sacar la placa de la gabardina de manera automática.

—Buenos días, hermana. Inspector Moore, de homicidios —se presentó, y guardó de nuevo la placa donde estaba—. Perdone que la moleste, tengo que hacerles varias preguntas.

La hermana se llevó rápidamente las manos a la boca ahogando un grito.

—¡Cristo bendito! ¿Qué ha ocurrido? Aquí solo ha habido una gamberrada —dijo ella, abriendo la puerta un poco más para dejar entrar a Harry.

—No se preocupe —contestó Harry en un tono amable—. Necesito hacer unas preguntas sobre lo que pasó aquí, nada más. Es rutinario.

—¿Y mandan a alguien de homicidios? Perdone el descaro, señor inspector, pero hemos recibido a muchos oficiales que nos han hecho toda clase de preguntas. No obstante, usted es el primero que se presenta de homicidios. —La hermana se santificó, como si su mera presencia allí fuese un pecado.

—Perdone, ¿su nombre...?

—Soy la hermana Mary —lo interrumpió ella bruscamente.

Su cansancio parecía haberse transformado en enfado. Harry no quería ni por asomo explicarle qué era lo que estaba haciendo allí. Por experiencia sabía que cuanta más información diera a quienes interrogaba, más podían mentir, incluso si eran monjas. No había excepciones. A lo mejor habría sido más conveniente haberse presentado como un simple oficial, pero era importante que supieran su rango, pues el noventa y nueve por ciento de las veces el rango imponía a las personas y le respetaban más. Cosa que, aunque no quería reconocerlo, le encantaba. Le daba ciertos privilegios que sus compañeros oficiales no tenían. Y hoy necesitaba hablar con la jefa del lugar.

—Genial, encantado, hermana Mary. Siento la intromisión, pero para mí es importante hacerles unas cuantas preguntas. Necesitaría también hablar con la madre superiora, tengo entendido que el suceso ocurrió en su oficina y es de vital relevancia lo que ella me pueda decir.

La hermana Mary asintió. Lo llevó hasta una sala que parecía de estudio en la planta de arriba; estaba bastante descuidada y tenía pocos libros. La hermana le pidió que se sentara en un sillón con pinta de incómodo.

—¿Le apetece un té, inspector?

Harry negó esta vez con la cabeza y se lo agradeció. No estaba para tés. Le preguntó a la hermana Mary sobre la noche en la que habían entrado. Según ella no habían oído nada, todo el mundo había ido a su habitación a la hora de dormir, que era las ocho de la tarde. No podía darle más información y no creía que faltara nada, nadie había ido en los días anteriores a visitarlas. Ningún acontecimiento fuera de lo común.

Cuando terminó, Harry le pidió que llamara a la madre superiora y la mujer salió de la sala. Tardó unos cinco minutos en venir acompañada de la mujer.

El rostro anguloso de la madre superiora le dio escalofríos a Harry. Había visto cosas horribles a lo largo de los años, pero aquella mujer tenía un halo que no podía explicar. Le causaba pavor y respeto a partes iguales. Lo miró desafiante antes de sentarse.

—Inspector —dijo con un movimiento de cabeza.

La mujer tendría unos setenta años, pero sus movimientos y su voz parecían hacerla más fuerte y joven de lo que realmente era.

—Buenas tardes, disculpe que las importune, madre, pero hay cosas que se nos han podido escapar y me hace falta su ayuda.

—¿Qué se le ha podido escapar a homicidios en una pintada de un edificio lleno de monjas y críos, inspector? —preguntó retadora.

Harry subió una ceja interesado en la contestación de la mujer.

—Nunca se sabe. Conviene ser precavidos. Prefiero hacer mi trabajo como es debido.

—Aquí no se ha asesinado a nadie, señor inspector, como podrá comprobar. ¿Qué es lo que necesita de unas monjas que cuidan niños y están aquí enclaustradas rezando?

—Pues si me lo permite, en primer lugar me interesaría saber qué problema hay en que yo esté aquí. Sea como sea, trabajo por su seguridad y la del pueblo, no voy a malgastar mi tiempo en tonterías —le dijo, cansado de que tanto ella como la otra hermana lo acribillaran a preguntas—. Dígame, ¿a qué hora se dio cuenta de lo que pasó en su despacho?

La mujer lo miró fríamente sin pestañear, después bajó la mirada y contestó:

—Cuando me levanté, a las cinco y media de la mañana. Vi la puerta entornada y me pareció raro. La cierro con llave y no entra nadie bajo ninguna circunstancia. —La anciana dejó de hablar un momento y le sostuvo la mirada a Harry, luego hizo una mueca con la boca, dejando ver lo que parecía una sonrisa, y de repente cambió de estrategia—. Aunque, ahora que lo pienso... Podría ser que aquel día no cerrara con llave. Sinceramente, inspector, los niños son muy obedientes y no me veo en la necesidad de cerrar siempre el despacho.

—¿Está diciéndome que le robaron la llave o que no lo hicieron? Eso no es muy preciso, madre. Tendrá que recordar si la cerró o no. Por otro lado —añadió Harry, exasperado—, tengo entendido que no forzaron ni puertas ni mucho menos las ventanas, ya que al estar el despacho en el piso superior no se podía entrar por ahí. En todo caso habrían forzado las ventanas de la primera planta.

La mujer negó con la cabeza.

—Ninguna ventana fue forzada, inspector. Sus compañeros lo comprobaron de manera exhaustiva. Y no dirá usted que sus colegas han hecho mal el trabajo, ¿no? —El tono y la respuesta descolocaron a Harry—. Normalmente dejamos alguna ventana de la planta baja entornada porque no tenemos aire acondicionado y se caldea mucho el ambiente durante el día, así que aprovechamos la noche para airear. Seguramente entró por ahí.

—Y la llave de su despacho, ¿dónde se encontraba? —preguntó, esquivando el dardo envenenado.

—La tengo en mi habitación, como siempre, en mi cómoda. Está al lado de la puerta, a la derecha; en cuanto la abres puedes cogerla sin problemas. Siempre la dejo ahí porque ninguna hermana ni, por supuesto, ningún chiquillo se acerca a mi habitación. No había peligro.

—¿Está diciendo que alguien entró en su habitación, cogió la llave y se metió en el despacho para pintar el mensaje en la pared y dejar la habitación desordenada?

Ella negó.

—Estoy diciendo que no recuerdo si cerré con llave. Seguramente no fue así, puesto que no escuché nada. De todas formas, puse la llave a buen recaudo, como comprenderá. Ha sido un susto tremendo y ahora más que nunca nos aseguramos de cerrar todo bien cada noche antes de ir a rezar con los niños —replicó en un tono frío y neutro, pero con una sonrisa afable en la boca. Parecía que su cuerpo quería expresar una cosa diferente de lo que decían sus palabras.

—No querría que me considerase impertinente, pero incluso la gente más valiente se quedaría aterrada ante la posibilidad de que un desconocido hubiese entrado en su cuarto mientras dormían. ¿No le da miedo que alguien entrara en el edificio?

Ella negó con la cabeza, exasperada por la pregunta.

—Inspector, no me haga repetir las palabras porque estoy muy vieja y no me ando con rodeos. Insisto, le digo que no sé si cerré o no la puerta. Debe entender que una ya tiene una edad y esas nimiedades le pasan por alto. Además... —Hizo una pausa, con una mirada más gélida todavía—. He vivido cosas horribles, no se lo imagina usted, aunque supongo que habrá visto unas cuantas debido a su trabajo. Tengo setenta y seis años, nací en plena Segunda Guerra Mundial; no es que viera lo que pasó en aquel entonces, ya que era solamente un bebé, pero sí que recuerdo lo que llegó después, la pobreza, la incertidumbre, niños sin hogar y familias destrozadas. Yo era pequeña, pero aquello me marcó para siempre. No tengo miedo de un gamberro que entra a destrozarme las paredes y el mobiliario.

—Claro, entiendo que es usted de acero, qué menos. Pero ¿no le preocupa la seguridad de los niños? —preguntó Harry con picardía.

—Yo no he dicho eso, inspector, no tergiverse mi declaración en la casa del Señor —replicó entre risas—. Los niños están perfectamente y por eso hemos tomado medidas después de lo ocurrido. Usted me ha preguntado si tenía miedo porque alguien haya entrado en el edificio, y eso es lo que le he respondido.

Harry asintió, tenía razón.

—¿Falta algún documento? ¿Hay algo que eche de menos? ¿Dinero, acaso? —Mientras lo iba diciendo, la madre Catalina iba negando con la cabeza—. ¿Está segura? Es muy complicado acordarse de todo.

Ella asintió, convencida, con los ojos fijos en Harry. A él no le gustó, notaba que lo estaba desafiando sin cesar. Respondía con más preguntas y en mitad del testimonio había cambiado de respuesta respecto al cierre de su despacho y del orfanato en general. Harry estaba seguro de que ocultaba algo y sabía que no estaba dispuesta a soltar prenda. Así que cambió de táctica y decidió verlo por sí mismo.

—¿Podría enseñarme el despacho? No he tenido el placer de ver el desastre con mis propios ojos.

La madre superiora se levantó y le pidió que la siguiera en silencio. No se oía ruido a pesar de ser un orfanato. Parecía que en alguna que otra habitación, una hermana daba clase, pero todo estaba bastante silencioso. Cuando llegó al extremo del pasillo, la mujer abrió la puerta. Harry se dio cuenta de que no estaba cerrada, ya que no le hizo falta la llave. La cerradura no estaba forzada y no la habían cambiado, puesto que el metal con el que estaba hecha tenía un poco de óxido.

Al entrar pudo contemplar el desorden que recordaba haber visto en las fotos que le había enseñado en la comisaría Lyla, la compañera que llevaba aquel caso que había pasado automáticamente a ser suyo ahora. Después se fijó en las letras de la pared y maldijo para sí.

Era la letra. Un poco ladeada, como si fuese de un pergamino antiguo. La misma, nunca la olvidaría.

La que estaba escarificada en el cuerpo de Aletheia.

21

Febrero de 1999

La habitación estaba terriblemente fría. De su boca salía vaho por el contraste de la atmósfera con su propio cuerpo, que sentía ardiendo. Aquella mañana su madre le había tocado la frente y le había dicho que tenía fiebre, que estaba a más de treinta y nueve, así que después de darle un beso en la parte superior de la cabeza la había arropado en la cama y había añadido que no fuera a clase. Lo que no le había contado a su madre es que aquella noche se había despertado entre sudores y había tenido que ir al baño para vomitar un par de veces; aún sentía el sabor ácido que le había dejado cada arcada, a pesar de los vasos de agua que se había tomado y de haberse cepillado los dientes dos veces a conciencia.

Después del segundo vómito de la noche fue a mirarse al espejo. Encendió la pequeña lámpara con cristales morados de su mesita de noche, que daba una tenue luz púrpura. Se observó muy detenidamente y se echó la larga melena morena y ondulada hacia atrás para apreciarse las pecas que le recorrían la nariz y parte de los pómulos. Estaba más blanca aún de lo habitual por culpa de las náuseas. Se tocó los brazos y los notó delgados, como siempre, sin ningún síntoma raro. Lentamente bajó las manos hacia su estómago y se apretó la parte baja. Ahí se suponía que estaba; casi dio un grito ahogado de terror. Era la primera vez que se sentía asustada por algo, y ese algo estaba dentro de ella, era suyo. La tripa no se le veía abultada, nadie podía darse cuenta. Sin embargo, ella sí que notaba cómo su cuerpo estaba cambiando, y su madre no tardaría en descubrirlo.

La señora Lowell subió la comida al dormitorio de su hija. Aletheia le había dicho que seguía indispuesta para bajar (lo cual era una mentira a medias) y que quería recuperarse para poder hacer deberes por la tarde y así no quedarse atrás respecto a los compañeros de clase. Su madre asintió orgullosa posando los labios sobre su frente, comprobando de nuevo la temperatura. Aletheia estaba inquieta y ojerosa; a la señora Lowell no le había pasado por alto, pero lo achacaba al estrés que le provocaban los estudios. Bajó las escaleras algo preocupada y pensando en qué haría para mimar a su hija aquellos días que se quedaría en casa descansando. Siempre había considerado que era una chica demasiado responsable, debido al cariño que tanto ella como su marido le habían profesado con tanto afán, ya que no tenían más hijos, ni hermanos que darle.

Cuando la señora Lowell cerró la puerta de la habitación de su hija, la joven sintió que la estaba traicionando sin duda alguna. Empezó a percibir una espiral de emociones en las que ella era el infame motivo central de aquella historia. Se empezaba a despreciar por engañar a su familia, y especialmente a su madre.

Siempre había sido una chica ejemplar, inteligente, sencilla. Llegaba a casa a su hora, hacía la comida cuando sus padres trabajaban, estaban malos o incluso solo por demostrarles que podía ayudarlos en cualquier momento. Cooperaba en casa y sacaba buenas notas. Sus padres siempre habían estado orgullosos de ella, y lo sabía. Llevaba, además, un club de lectura en el instituto en el que hacía de moderadora y echaba una mano a los más tímidos para que se involucrasen más en la pasión literaria que los unía.

Cogió los auriculares y el *discman* que tenía en la mesita de noche y se lo puso a todo volumen para intentar despejar sus pensamientos. Se tumbó en la cama mirando al techo, mientras dejaba que la comida recién llegada se enfriara en su escritorio. Fue cambiando de canción hasta que encontró su favorita del cantante Lenny Kravitz: *Fly Away.*

Aletheia suspiró. Lo había echado todo a perder. Pero ¿por qué? ¿Por un chico? No era un chico. Era él. Siempre él.

I want to get away, I want to fly away, yeah, yeah... With you...

Volvió a suspirar. Ahora no solo era él. Había algo que ella quería más y lo sentía en sus entrañas. Definitivamente, no era perfecta, y en aquel momento se dio cuenta de que nunca había querido serlo.

☂☂☂☂

El sol empezaba a desaparecer para dar paso a la noche fría, que se presentaba como una de las peores. En el hogar de los Lowell llamaron a la puerta mientras Aletheia aún seguía en su habitación intentando concentrarse en su tarea. Escuchó unas cuantas voces y después unos pasos en las escaleras que le anunciaban que alguien subía acompañando a su madre hacia su habitación.

Cuando la señora Lowell abrió la puerta, tras ella había una pequeña cabeza de cabello dorado rasurado.

—Mierda —susurró.

Él levantó la mano saludándola alegremente.

—¡Sorpresa! —exclamó su madre—. Han venido a hacerte una visita y a traerte las tareas de hoy. No te acerques mucho, no queremos que se te pegue —le dijo la señora Lowell al muchacho con un guiño, y desapareció dejando la puerta entornada. Esa acción no le pasó desapercibida a Aletheia y sonrió para sí.

El muchacho se quedó ahí de pie, mirándola sin saber bien qué hacer, hasta que dio dos pasos dispuesto a abrazarla.

—¡No! No quiero contagiarte —gritó ella—. Espera, te traigo una silla de fuera.

Él levantó una ceja al ver su reacción y esperó pacientemente a que le trajera la silla y la colocara a su lado.

—Gracias, pero ¿sabes que si no me lo has contagiado ya, no creo que lo hagas, no? Si llevamos toda la semana... besándonos y abrazándonos —dijo en un susurro, mirando a la puerta por si la señora Lowell estaba cerca. Esto le hizo gracia a Aletheia, que soltó una risita contenida—. Así que, si no lo estoy incubando, es que voy a librarme —agregó guiñándole un ojo.

Ella negó con la cabeza.

—Por precaución. —Aunque sabía que no era verdad. Se había convencido de que tendría que aparentar, como había hecho con su madre, solo por si acaso, por prudencia.

Él le dio las tareas del día. Le había contado que había ido a preguntar por ella a sus amigas y estas le habían anunciado que no había asistido al instituto. Entonces fue pidiendo las tareas a cada amiga y compañera que recordaba que la joven tenía en cada una de sus clases en cuanto él mismo terminaba las suyas. Aquello la enterneció, de verdad se preocupaba por ella. De repente los ojos empezaron a escocerle.

—Oye, ¿estás bien? ¿Me he pasado viniendo? —preguntó nervioso. Se pasó la mano por la nuca y la miró—. En serio, si es demasiado no me importa irme. No volveré a hacerlo.

Ella negó con la cabeza y lo abrazó repentinamente; no quería perderlo. Sin embargo, tenía la sensación de que aún era un niño. Un niño que empezaba a sentir y a madurar, igual que ella. No obstante, Aletheia adivinaba que ya estaba a años luz de él, que ni siquiera se lo imaginaba.

—¿No decías que no podías abrazarme? —dijo este metiéndose con ella y abrazándola más fuerte. Aletheia lo miró y puso su nariz contra la suya.

—Te quiero.

El chico solo pudo asentir, no sabía cómo reaccionar. Ella no le permitió hacer más, lo besó con fuerza, con ira, pero también con ternura. Como solo un primer amor sabe hacer, con besos que duelen y sanan a la vez, todo al mismo tiempo.

Lo besó pensando que podía ser la última vez que lo hiciera. Lo trágico de aquella historia era que, en efecto, aunque Aletheia no lo sabía todavía, aquel beso sería el postrero que se dieran. Persiguiéndola cada día, hasta su muerte.

☂☂☂☂

Ese día del mes de febrero, el señor Lowell se encontraba de viaje por motivos laborales y tardaría un par de días aún en llegar a casa. Su esposa, Mary, daba clases particulares de música a varios niños de la ciudad. Aun así, siempre iban justos de dinero y él trabajaba día y noche para poder ascender en su empresa y ganar un sueldo mejor. Su familia lo merecía, y además siempre había sido un hombre ambicioso que nunca había podido gozar de una tranquilidad económica. Esto siempre se lo había achacado a sus padres, que jamás tuvieron ahorros ni un plan para cuando se jubilaran, y tampoco recordaba que le hubiesen enseñado a labrarse una buena vida de manera fácil.

Así que aquel día Mary solo puso dos platos en la mesa para la cena y subió a la habitación de su hija para decirle que bajara.

—Toc, toc —dijo Mary, asomando la cabeza por la puerta medio abierta. Se encontró a Aletheia escribiendo en una libreta. Suponía que haciendo los deberes—. ¿Te encuentras mejor? He puesto la mesa por si quieres que cenemos juntas. Creo que te ha venido bien que viniera a verte...

—Sí —la cortó Aletheia—. Me ha venido bien. Sobre todo para decidirme a contarte algo, mamá.

Mary enarcó una ceja y escudriñó a su hija, extrañada. Tenía una mirada decidida, pero también estaba temblando. Veía los pequeños espasmos en la mano que sujetaba el bolígrafo. Fue inmediatamente hacia donde estaba su hija, la abrazó y la sentó en la cama junto a ella.

—Claro, cariño, no te preocupes. Cuéntame qué te pasa —dijo de la manera más tierna que pudo. De inmediato le vino una idea terrorífica a la cabeza—. ¿Te ha hecho algo? —Se dio cuenta de que había alzado la voz cuando lo preguntó.

Ella negó con la cabeza.

—Nada que yo no quisiera.

Mary respiró algo más tranquila, si bien aquella respuesta tampoco le gustó. Aletheia fue a su mesita de noche y cogió algo. Se lo escondió detrás de la espalda.

—Mamá, te necesito. Estoy aterrada. No sé cómo decirte esto sin decepcionarte, pero necesito que me ayudes. —Empezó a temblarle el labio y se lo mordió para retener el llanto. Quería estar entera cuando se lo enseñara.

Alargó la mano y le dio a su madre lo que parecían dos palitos alargados.

—Me lo he hecho dos veces para asegurarme... —le explicó con la voz temblorosa a su madre.

Mary la miró sin todavía comprenderla del todo y después observó lo que le había dado. En la mano tenía dos test de embarazo claramente positivos.

Dio un grito ahogado.

¿Cómo podía estar pasando aquello? Habían educado bien a su hija, era una niña inteligente, estudiosa y luchadora. ¿Cómo había podido dejarse llevar por un muchacho a los dieciséis años?

—Aletheia... Dios mío, ¡¿cómo se te ocurre?! —gritó. Miró a su hija con desesperación. Ella ya tenía lágrimas en los ojos y se echó las manos a la boca para no sollozar. Mary no podía verla de aquella manera, así que respiró hondo e intentó calmarla—. Bueno, tranquila, vamos a ver... A lo mejor es un falso positivo. Tenemos que ir al médico antes de que venga tu padre para comprobarlo —dijo sin quitar la vista de uno de los test.

Aletheia asintió con lágrimas en los ojos y moqueando por la nariz como cuando tenía cinco años.

—Mamá... —empezó a decir, sopesándolo—. He pasado la noche vomitando... y no me ha bajado el período este mes

—le confesó, sentándose a su lado en la cama cubierta con la colcha de flores.

—Pero ¡hija! ¿Es que no tomasteis precauciones? Si tenías dudas deberías haberme preguntado, no me hubiese importado aclararte lo que necesitaras —dijo Mary con una voz más aguda de lo que hubiese querido.

Fue Aletheia la que esa vez la miró con sorpresa y también con rabia. ¿Pensaba que había sido una inconsciente? La relación que tenían se basaba en la confianza, era el motivo por el que le estaba contando aquello. Su madre era su mayor confidente, siempre había sido comprensiva y sincera. Incluso sus amigas, cuando iban a su casa, la envidiaban por llevarse tan bien con su madre. Por eso cuando le soltó aquello le dolió especialmente.

—¡Joder, mamá!

—Aletheia, esa boca —la reprendió con una mirada severa.

—Lo siento —se disculpó, aunque no lo sentía realmente—. ¡Claro que tomé precauciones! ¡¿Por quién me tomas?! ¡Usamos condones, mamá!

Su madre la miró perpleja. Aletheia vio algo más en ella en ese momento. Era decepción, y eso le dolía más que cualquier enfado.

—Lo siento, yo... —Empezó a sollozar—. No sé cómo ha podido pasar...

Mary miró a su hija. Estaba verdaderamente destrozada. Si no estaba enferma por culpa de un virus, lo parecía. El rostro más blanco, más delgado que de costumbre. Las ojeras muy marcadas, dándole esa expresión de malestar. No podía permitir que echara su futuro a perder por esto. No quería verla mal, y estaba segura de que su hija decía la verdad. Estas cosas pasaban, los preservativos no eran fiables al cien por cien..., pero vaya puntería.

Abrazó a su hija para consolarla y Aletheia arrancó a llorar inmediatamente.

—Lo siento, mamá, lo siento de veras.

—Chis... Ya está, lo arreglaremos. No llores más —le decía mientras le acariciaba la espalda.

Irían a su médico para que la reconociera, por si milagrosamente se trataba de un falso positivo. Si el doctor confirmaba la noticia, tendrían que enfrentarse a Mark. Su esposo no es que fuese un mal hombre, ni mucho menos, era familiar y cariñoso. Las adoraba. Sin embargo, ese era el problema. Adoraba a Aletheia tanto o más que ella, pero a veces carecía de comprensión. Fuera como fuese, tendrían que apañárselas y esperar a que el señor Lowell no montara en cólera con el muchacho que había provocado todo aquello. Ellos eran católicos practicantes y jamás pensarían en otra opción. Si el embarazo era real, terminaría llegando un bebé a sus vidas.

22

Mera

Septiembre de 2019

Mera entró por fin en el porche de su casa, y cuando giró el pomo de la puerta y cerró tras de sí, suspiró aliviada. Había tenido la sensación de que alguien la seguía durante todo el camino, pero cuando pisó su hogar se convenció a sí misma de que el trabajo la tenía paranoica. Cruzó el umbral del recibidor y escuchó ruidos provenientes de la cocina.

—¡Ya estoy en casa! —anunció con un grito caminando hacia allí. Encontró a sus abuelos sentados con una taza de té.

—¿Qué tal el día? —le preguntó su abuela mientras se llevaba la taza a los labios para darle un pequeño sorbo.

—Agobiante. Como siempre, supongo.

Su abuelo le echó una mirada de reproche y subió una ceja de manera interrogativa, un gesto que ella también hacía siempre.

—¿Nos vas a contar qué pasa? Ya sabes que no nos llevamos bien con las nuevas tecnologías y leemos el *Harold Express* por la mañana a primera hora, pero hoy han venido a la librería unas vecinas contándonos la noticia que has publicado en internet.

«Mierda», pensó.

—Sí, es que siempre se publica antes en el periódico digital.

—¡Eso! ¡Digital! —exclamó su abuela Harriet señalando a su abuelo, como si hubiesen estado quebrándose la cabeza para dar con aquella palabra.

—Bueno, pues ¿qué? ¿Cuándo nos ibas a decir que una chica ha desaparecido y ha sido asesinada? —dijo él.

—Ahora, cuando llegara a casa. Ha sido un día de locos, de verdad —se disculpó, sentándose por fin con ellos a la mesa.

Su abuelo negó con la cabeza y la miró seriamente. Ella se sirvió una taza de té mientras esperaba que la volviera a reprender por no contarles las novedades antes que a nadie. Sin embargo, no fue su abuelo el que habló esta vez.

—Además, ¿cuándo nos ibas a decir que era la novia de Tom? —le preguntó su abuela con mirada preocupada.

Mera levantó los ojos, sorprendida. Eso era algo que aún no sabía cómo decirles. Ignoraba cómo se habrían enterado; en la noticia no mencionaba a ningún presunto sospechoso para que el pueblo no se echara encima de Tom.

—¿Cómo? —preguntó, incrédula, para ganar tiempo y poder responder algo sensato.

En aquel momento, Mera oyó que se cerraba la puerta de casa. Reconoció los pasos de su hermana pequeña gracias al ruido que hacía la tachuela de aquellos botines nuevos que tanto le gustaban. Acto seguido, oyó que dejaba su bolso en el suelo del recibidor con un fuerte estruendo, seguramente por los libros de la universidad.

—¡Ya estoy aquí! —gritó Emma con alegría y vigor. Eran las seis y media de la tarde y Mera envidiaba la vitalidad de su hermana incluso al final del día.

Emma llegó al umbral de la puerta de la cocina y besó a sus abuelos en las mejillas. Hizo lo mismo con Mera y se sentó a su lado para ponerse una taza de té como ella.

—¿Qué pasa con esas caras tan largas?

—Has venido en el mejor momento —le dijo su abuelo con cierta ironía.

—¿Por qué?

—Tu hermana no nos ha dicho que la novia de vuestro primo Tom ha sido asesinada y que él es el principal sospechoso —contestó su abuela, alzando la voz algo más de lo que solía hacerlo.

Mera puso los ojos en blanco.

—No lo he dicho porque, primero, no me ha dado tiempo, y segundo, esto aún no se sabe. Normalmente en estos casos la pareja es la primera sospechosa, pero ya sabéis que Tom no es capaz de tocar ni a una mosca, así que ni lo penséis. —Se detuvo un momento—. Porque... no se os habrá pasado por la mente nada parecido, ¿verdad?

Steve suavizó la mirada.

—Cariño, no creemos que tu primo haya hecho nada. Solo queremos protegerte. Nunca se sabe las cosas horribles que pueden hacer las personas.

Mera los miró boquiabierta.

—¿En serio estáis pensando que Tom es capaz de algo así? ¡Abuela! —le espetó girando la cabeza hacia ella—. ¡Es tu sobrino!

—Lo sé. Y tú eres mi nieta; más bien mi hija. Y no es porque no me lleve muy bien con mi hermano pequeño, pero su primogénito, de joven, siempre fue problemático. Hasta hace unos diez años, tras el fallecimiento de su madre, no se enmendó.

Mera soltó un suspiro frustrado.

—Vamos, todos tenemos una adolescencia complicada, pero de ahí a... a... —Asesinar. No podía pronunciar aquel verbo—. No lo haría. Sé que no.

Se hizo un silencio incómodo en la cocina. Se oía cómo Emma masticaba las galletas y el abuelo daba un sorbo a su té para no entrar en la conversación. Harriet tenía la mirada fija en su nieta, y ella se la devolvía sin pestañear, hasta que se acordó de algo.

—Además, ¿cómo sabéis que la policía lo considera el principal sospechoso? ¿Y cómo supisteis que era la novia de Tom?

Esta vez fue Emma la que respondió mostrándole el móvil. Había abierto la aplicación del periódico digital y le enseñaba el artículo que ella misma había redactado. Había unas líneas que no estaban ahí cuando ella subió la noticia a la red, unas líneas que no había escrito.

«La policía interroga actualmente al principal sospechoso, la pareja de la víctima, Tom Turner, un hombre de treinta y pocos años. Aún no se tienen pruebas contundentes. El equipo de policía encargado del caso está trabajando incesantemente en su resolución.»

Mera miró a su hermana con asombro.

—Yo no he escrito esto.

—¿Cómo que no? Si es tu tono, tú escribes así —dijo Emma, extrañada. Mera negó con la cabeza.

—No. Bueno, sí. Es mío, pero justo esta frase... —Se la señaló exactamente en la pantalla—. No la he escrito yo. No sé quién habrá... —Hizo una pausa para dejar entrar la rabia al darse cuenta de quién podía haber añadido la frase—. A este sí que lo mato —le dijo a su hermana, levantándose de la silla estrepitosamente.

Fue hacia el salón para tener un poco más de privacidad y cogió su móvil. Al descolgar y marcar se percató de que estaba temblando de rabia e impotencia. No podía creer que hubiese pasado por encima de ella. Tenía que escuchar cómo se lo decía él mismo. Al segundo pitido alguien respondió al otro lado.

—¿Sí?

—¿En serio, Luca? ¿Has esperado a que me fuera para editar mi artículo? —le espetó, conteniendo su voz para no gritarle. No le gustaba chillar a nadie nunca, siempre le había parecido una falta de respeto y no quería tener que hacerlo ahora.

—Un momento, un momento... ¿Cómo? —Percibió la confusión en su voz y aquello la mosqueó aún más.

—El artículo que dejé subido hoy en la web. Está modificado. Hay una frase que yo no he escrito.

—¿Cuál?

—¿Cómo que cuál? No te hagas el tonto, eres el único que tiene mi contraseña.

—Sí, pero no la he usado desde que estás aquí. Además, he estado ayudando en deportes, aún no he podido ver tu artículo, Mera. —Se calló un instante—. De verdad que no tengo ni idea de lo que me estás diciendo. Cálmate, ¿vale? A ver, cuéntame qué pasa.

Mera meditó. Al principio había creído que se estaba burlando de ella e iba a reprocharle que estuviera mintiéndole de nuevo. Después pensó en el tono de su voz y en lo confuso que realmente parecía. Respiró hondo y tomó una decisión. Estaba exhausta, había sido un día muy duro y no quería enfrentarse a aquello en ese momento. Solo esperaba que Tom no leyera la noticia y le hiciera sentir culpable.

—Mañana hablaremos —dijo ella colgándole, sin darle tiempo a responder.

Cuando Mera volvió a la cocina junto a su familia, su hermana había empezado a recoger la mesa y sus abuelos estaban sentados esperándola.

—¿Y bien? —preguntó Harriet.

—Mañana solucionaré lo del artículo —respondió tirándose en la silla.

Harriet se levantó de la mesa y le dio un beso en la frente a su nieta.

—Hay comida en la nevera. Voy a acostarme, estoy muy cansada. Y no te preocupes, cariño, todo se solucionará.

Mera asintió y vio como se marchaba por el pasillo. Sin preguntar, Emma estaba empezando a sacar comida del frigorífico para las dos y a meterla en el microondas. Siempre hacían lo mismo cuando llegaban tarde, siempre hambrientas. Mera miró a su abuelo, que la observaba con preocupación.

—*Honey...* —empezó a decir este, y le cogió la mano—. La verdad, fue Harry el que nos contó lo de Tom.

La confusión invadió el rostro de Mera.

—¿Cómo?

—Sí. Vino a la librería, pero no compró nada. Solo se pasó para preguntar cómo estábamos y cómo llevábamos lo de tu primo. En realidad, cómo lo llevabas tú. —Hizo una pausa para coger aire y prosiguió—: Él pensaba que ya nos lo habías contado porque había visto el artículo. —Se quedó en silencio aguardando a que ella dijera algo. Cuando comprendió que no iba a hacerlo, lo volvió a intentar—. ¿Qué os pasa, Mera?

Ella negó con un nudo en la garganta.

—No nos pasa nada. No sé por qué no me pregunta a mí, podría haberme mandado un mensaje, por ejemplo. Supongo que pensará que me atrevo a filtrar cualquier cosa de su investigación. A saber —respondió ella encogiéndose de hombros.

Steve no la creyó ni por un instante, pero nunca la presionaría para que le explicara algo que no quisiera contar. Así que sonrió y le dio unas palmaditas en las manos.

—Bueno, no te preocupes. Sea lo que sea, seguro que volvéis a retomar la amistad. Es un momento delicado —le dijo mientras se levantaba—. Yo también me voy a la cama, que la librería no cierra mañana.

Steve dio otro beso en la frente a cada niña y se marchó. Mera oyó cómo iba subiendo las escaleras, con más lentitud que hacía unos años, cosa que le preocupaba cada día más. Después alzó la mirada hacia donde estaba Emma, que acababa de colocar el táper caliente encima de la mesa y se sentó enfrente de ella.

—¿Alguna vez les dirás lo de Harry?

—No creo. El abuelo lo quiere mucho —le contestó sin darle la menor importancia.

—Pues con más razón —le respondió Emma rotundamente.

Mera negó con la cabeza y se llevó un trozo de carne a la boca.

—¿Qué tal la universidad? —dijo cambiando de tema radicalmente.

—Tranquila. Hoy he estado con Peter, terminando varios trabajos que tenemos que entregar mañana y organizando las nuevas asignaturas.

—Lo de costumbre, vaya. —Mera quiso irritarla un poco con su tono irónico—. Menos mal que está él para ayudarte, porque eres nefasta organizándote, no como yo —añadió, guiñándole el ojo a su hermana y sacándole la lengua.

—Seguramente. Yo me llevé la belleza —afirmó la pequeña riéndose pícaramente.

—Eso ya lo sé —dijo Mera tirándole un trozo de pan a la cara.

Emma fingió enfadarse y siguió comiendo. Mera agradecía aquellos minutos de normalidad. Había tenido un día horrible. Había visto el momento en que se llevaban el cadáver de una persona y le parecía que había sido como observar a la muerte pasar ante sus ojos. Su primo era el principal sospechoso, y encima, todo indicaba que Luca había actuado a sus espaldas. No había sido un día fácil.

Se acordó de Harry y de las palabras de su abuelo. En ese instante pensó que tenía otro motivo para estar enfadada con él. Sin embargo, se dio cuenta de que no le importaba, al contrario. Había mostrado interés (aunque a su manera) por saber cómo se encontraba. Por primera vez en mucho tiempo no estaba cabreada con ese Moore. Sentía que su estado de ánimo era presa de otro.

☂☂☂☂☂

Caída la noche, Emma se sentó en el sofá a hacer deberes. Mera empezó a recoger la mesa de la cocina mientras escuchaba de fondo, proveniente del salón, la sintonía del informativo de la noche. De pronto, por la ventana que había encima del fregadero, pudo apreciar una sombra moviéndose detrás de los árboles. Mera dio un grito ahogado y se acercó más a la ventana de manera sigilosa. Siguió mirando sin apartar la vista. El viento soplaba muy fuerte y los árboles se movían con brusquedad.

«Seguro que ha sido el viento. Estoy demasiado cansada», pensó.

Aun así, continuó observando por si acaso, pero al cabo de unos minutos con la mirada fija en el mismo lugar, se percató de que solo los árboles se movían sin control mientras las hojas caían. Se dio por convencida. Negó con la cabeza y salió de la cocina apagando la luz.

Antes de rendirse al sueño ya en la cama cogió su teléfono móvil. Escribió, borró y volvió a escribir, hasta que por fin lo mandó.

«Lo siento mucho, Tom. De verdad que espero que esta pesadilla acabe. Estoy aquí si me necesitas, ya lo sabes.»

El doble tic azul apareció, pero como el anterior mensaje, este tampoco obtuvo respuesta.

☂ ☂ ☂ ☂

Desde la oscuridad, una sombra observaba cómo se apagaba la luz de la cocina de los Clarke. Igual que una aparición, salió de entre los árboles, recorrió cautelosamente el jardín trasero de la casa y cruzó la valla para marcharse de allí.

Definitivamente, si no llevaba cuidado, aquella chica podía descubrirlo en cualquier momento sin darle tiempo a seguir con su plan.

23

Mera

Septiembre de 2019

La mañana siguiente se notaba espesa. Una capa de neblina invadía por completo la ciudad y hacía junto con la humedad que el día fuera frío y tétrico. Mera cogió de nuevo el paraguas y su chubasquero amarillo con la esperanza de que le animaran la jornada y pudiera superarla con una actitud que no rozara lo deprimente. Aquella mañana, la redacción estaba bastante tranquila, ya que le tocaba tener el día libre a parte de la plantilla, incluido Luca.

Debía reconocer que estaba de mejor humor porque sabía que no iba a verlo. Ya se enfrentaría a él al día siguiente, cuando se sintiera más calmada.

Había quedado con Dana para comer donde siempre, en la hamburguesería que hacía esquina con la casa de la pelirroja, donde habían pasado gran parte de sus años universitarios.

Llegó al departamento de deportes y se encontró a Lia ocupada, metida de lleno en el diseño de los nuevos artículos. Mera sonrió, iba a echarla en falta cuando se fuera. Su marido Eric había ascendido en la empresa donde trabajaba de publicista y lo destinaban a Londres. Cuando Mera se enteró de la noticia se alegró mucho por los dos. Eric venía a menudo a recoger a su mujer tanto a la hora de la salida como a la de la comida y era un tipo encantador; formaban una pareja entrañable y bonita (según le habían dicho, llevaban juntos desde el instituto). Así que Lia se iba con él a Londres, donde había conseguido empleo en una famosa revista para escribir artículos sobre *fitness*. No era lo que más le gustaba, pero quería cambiar de aires y aquello le permitía seguir escribiendo, que era lo más importante para su compañera. Mera solo les deseaba que fueran felices en Londres, aunque ello significara perder a un miembro valioso de la redacción.

—¿Qué tal? ¿Cómo vas? —preguntó Mera apoyando la mano en el hombro de Lia, un gesto de ánimo.

—Sobre ruedas, como siempre —le contestó ella con una sonrisa sincera—. Pero estoy muy cansada. La mudanza me está agotando y aún nos queda lo peor.

—Tranquila, si necesitas unos días, dímelo, sabes que no hay problema en que te los tomes. Luca te relevará en cualquier momento. —El nombre le hizo apretar un poco la mandíbula sin darse cuenta.

—Precisamente hoy es su día libre, le dejaré que disfrute —dijo sonriendo—. Y no te preocupes, es buen muchacho. Creo que lo hará genial.

Mera asintió.

—Lo sé, pero eso no quiere decir que no te vayamos a

echar de menos. Aquí siempre habrá un hueco para ti, aunque tenga que inventarlo.

Su compañera sonrió abiertamente con un brillo en los ojos. Sí que se iban a extrañar.

—Es raro. Cuando llegaste, como Daniel, eras una becaria que parecía que duraría tres días, y en un mes te vimos un potencial extraordinario. Tendrías que haberte ido a comerte el mundo fuera. Creía que harías las maletas antes que yo.

Mera no se sorprendió. Sabía que todos pensaban que debería haber intentado labrarse una carrera en Londres. Sin embargo, aquello le gustaba. No pretendía marcharse de casa.

—Estoy bien aquí —declaró encogiéndose de hombros—. No digo que no me vaya nunca, pero de momento no es mi intención. Seguro que a vosotros os irá estupendamente en Londres. —Sonrió con ternura—. Por cierto, venía a decirte que voy a comer fuera. Luca tiene el día libre, como ya sabes, y John aún no viene. ¿Te importa quedarte al mando? Cuando yo llegue te haré el relevo de la comida.

Ella negó con la cabeza.

—No te preocupes, me he traído comida de casa y comeré en la sala de descanso. Tarda el tiempo que necesites.

Mera se lo agradeció de corazón y le dio un abrazo. Indudablemente iba a echarla de menos.

☂☂☂☂☂

Dana daba un gran bocado a su hamburguesa con queso. La pelirroja hablaba y comía sin parar mientras su amiga se distraía mordisqueando las patatas fritas que tenían en el plato que compartían. No paraba de pensar en el artículo, en si Tom lo habría leído.

El resultado de la autopsia no había salido aún y no había nada a lo que agarrarse. Mientras tanto, Tom se había ido a casa de su padre unos días, según le había contado su abuela, que había llamado a su hermano para preguntarle cómo estaban los ánimos.

«Están por los suelos, ¿cómo van a estar?», es lo que su abuela dijo que su hermano le había contestado, haciéndola sentir culpable por el simple hecho de preguntar. Ella le había ofrecido ayuda para lo que necesitaran y le había asegurado que estarían a su disposición en cualquier momento. Su hermano había aceptado a regañadientes, pero agradecido.

Tom no había querido hablar con ella ni con su abuela. Parecía que estaba en una burbuja, y Mera rumiaba una y otra vez si realmente no sabría algo más de Aletheia de lo que decía saber. La idea de que su primo podría ser un asesino le ponía la piel de gallina. Pero lo encontraba absurdo, definitivamente no podía traicionarlo así y creer aquello.

—Y entonces ¿qué vas a hacer con ese capullo? —dijo su amiga sacándola de su hipnosis.

—¿Qué capullo? —preguntó Mera pensando en Tom.

—Pues Luca, ¿quién si no?

—Ah... Eso... —Se había olvidado de aquel tema por un momento. Se encogió de hombros para responder mientras se acercaba otra patata frita a la boca—. No lo sé. Mañana hablaré con él. De todas formas, si insiste en que no ha sido él, le diré a John cuando llegue que investigue quién pudo hacerlo.

—¿Crees que te mentiría? Quiero decir, se puede comprobar quién ha sido. ¿Por qué tendría que mentir?

—Eso también me lo he preguntado yo. No lo sé, querrá hacerse el bueno.

En aquel instante le vibró el móvil. Era John. Le preguntaba si podían cenar juntos, ya que quería hablar de varias cosas con ella, y además le debía una comida por marcharse de repente. Mera contestó con un escueto «Genial», y él le respondió que la recogería en la redacción. Mera cogió el teléfono y se lo enseñó a Dana, que asintió con la cabeza a modo de aprobación.

Esa noche podría explicarle a John lo sucedido. No quería acusar a Luca como si estuvieran en el patio del colegio, simplemente quería contarle a su jefe lo que había ocurrido para que buscara a la persona que había metido las narices en su trabajo. Porque alguien había editado su artículo y eso era meterse donde no lo llamaban.

—Pues queda peor mintiendo, así que poco sentido tiene, si lo piensas detenidamente. Y no parece alguien tan tonto, por lo poco que cuentas. De todas formas, dale un voto de confianza si dice que no ha sido él. Al menos hasta que se demuestre lo contrario.

De pronto sintió como si un rayo la golpeara y le atravesara el pecho, dejándola sin respiración. Mera no supo a quién se refería su amiga. Solo veía culpables por todas partes.

☂☂☂☂

Salió de la redacción con todo listo y organizado justo cuando John llegó a recogerla. Mientras dejaba atrás la puerta de cristaleras y se despedía del vigilante de seguridad, lo atisbó dentro de su coche. Iba perfectamente peinado con el pelo hacia atrás y llevaba su traje gris preferido. Siempre elegante a todos lados. No había visto ni una vez a John con unos pantalones que no fuesen de traje, y mucho menos con unos tejanos. Mera decidió no pensar en cómo iba ella vestida y concluyó que su falta de elegancia se debía a las horas de oficina y a no haber tenido tiempo de pasar por casa y cambiarse. Dio un par de toques a la ventanilla del copiloto y John le abrió la puerta con una amplia sonrisa.

—¿Qué tal, subjefa? —dijo él en tono galante.

—Ahora peor, que estás tú aquí —respondió ella con fastidio, sonriéndole—. ¿Dónde me llevas?

—Pues a The Elephant, que tiene una estrella Michelin. Les hizo Margaret una entrevista hace poco y yo voy a comer mucho allí. Te va a encantar, solo hay exquisiteces.

Mera asintió. No estaba tan segura de que le fuese a gustar aquel sitio. Ella era más de pedir comida china o de un buen guiso casero de su abuelo. No como su compañera Margaret, la encargada de cultura y gastronomía, que tenía un paladar exquisito. Aun así, no quería que John pensase que era maleducada o desagradecida y se dejó llevar.

Desde el exterior, el edificio parecía corriente, pero al traspasar el umbral de la puerta se advertía un aire de lujo. Había mucha gente esperando al metre. Mera se mentalizó para estar un buen rato de pie haciendo cola, pero en cuanto el chico vio a John aparecer, fue enseguida a llevarlos a su mesa, que tenían reservada en uno de los mejores rincones de la estancia: junto a una ventana con vistas al mar y al puerto de Torquay, que a aquellas horas, de noche, estaba iluminado.

Mientras se sentaba, a Mera le dio por pensar que cualquier persona que los viera allí podría creer que tenían una cita romántica y empezó a ver con otros ojos la situación.

Estaban en uno de los restaurantes más caros y sabía perfectamente que John era el típico empresario atractivo que acaparaba todas las miradas. Ella negó con la cabeza para ahuyentar aquellas ideas. Era una cena de trabajo entre compañeros y tenía que dejarlo claro, lo que pensaran los desconocidos no era de su incumbencia. John pidió un vino de la casa, pero ella lo rechazó y se inclinó por una botella de agua mineral, sonriendo a su jefe lo más amablemente posible sin parecer desagradecida.

—Ya sabes que no bebo, John. Además, no tengo ni idea de vinos.

—No te imaginas lo que te estás perdiendo —dijo él con una sonrisa cortés mientras el camarero terminaba de apuntar y se iba—, siendo medio española y sin probar un buen vino.

—Bueno. —Carraspeó para cambiar de tema—. ¿Dónde has estado? Ha sido rápido y repentino —preguntó sin preámbulos.

John sonrió pícaramente mientras desdoblaba la servilleta de tela.

—¿Tanto me has extrañado? —respondió él, socarrón—. Ya te dije que me avisaron de una reunión urgente en Exeter. Era sobre la financiación de algunos publicistas en el periódico. Un rollo, pero era importante, como siempre.

—Ah, bueno... ¿Fue todo bien? —preguntó, de repente preocupada. Después se acordó de la conversación del día anterior y de un detalle que no encajaba—. ¿No era en Bristol?

—Sí, sí —repuso—. Perdona, ya no sé ni lo que digo. En Bristol, sí. Todo solucionado, si hubiese problemas te lo diría.

Ella enarcó una ceja al escucharlo. Entonces ¿para qué la había invitado a cenar? Y, sobre todo, ¿por qué le mentía? John no sabía ni soltar una mentira piadosa. Algo no cuadraba.

—Si es así, ¿a qué se debe esta invitación?

Él se encogió de hombros. El camarero llegó con una botella de agua con gas y dos copas para servir el vino.

—Permíteme, Mera. —Comenzó a servirle una copa de vino, a pesar de los insistentes rechazos de ella—. Llevas mucho trabajo entre manos. Te he metido a Luca para ayudarte y sé de sobra que no te hace gracia. Además, tenía que haberte llamado personalmente y envié al becario a hacerlo. No sé, me pareció que debía tener un detalle contigo. No he sido un buen líder.

Mera sonrió, pero no se lo creyó ni por un segundo. John siempre hacía las cosas por algún motivo, y no era conocido por su generosidad. Aquello le olía mal. Y lo de la copa de vino la puso de los nervios. Se propuso no tocarla en toda la noche y decidió disfrutar de la cena esperando a tener la oportunidad de preguntarle más en profundidad conforme pasara la velada.

La cena transcurrió tranquila, entre anécdotas de trabajo y comentarios sobre algún que otro cambio en la redacción.

Al terminar, John le propuso llevarla a casa, pero Mera le pidió que la dejara en la puerta de la redacción para coger su coche. Justo cuando llegaron a la entrada y aparcaron, Mera decidió que era el momento de preguntarle aquello que la reconcomía por dentro sin cesar.

—John..., ayer terminé el comunicado de prensa sobre la chica que apareció asesinada, ya que tampoco se le puede decir artículo con los pocos detalles que teníamos. —John se quitó el cinturón y le hizo un gesto para animarla a continuar. Así que Mera cogió aire y prosiguió—: Al llegar a casa me di cuenta de que me habían editado el artículo incluyendo más cosas. Llamé de inmediato a Luca, pues es el único que tiene mi clave, pero juró no saber nada. Me dijo que no había sido él, aunque no hay nadie más que pudiera hacerlo.

John giró su cuerpo en dirección a la joven para verla mejor. Esta vez su mirada era fría y seria.

—Sí que hay alguien más.

—¿Alguien más? —contestó ella, confusa. Pero cuando John sonrió, Mera lo vio tan claro que se cabreó. Maldijo para sus adentros por no habérselo imaginado antes—. ¿Has sido tú?

Él asintió cauteloso.

—Mera, me parece que estás demasiado implicada en el caso para dar parte de ello. ¿Crees que no sé que omitiste que había un sospechoso porque es tu primo?

Abrió la boca, sorprendida, sin saber muy bien cómo se había enterado él de su parentesco con Tom. John levantó la mano antes de que ella pudiese hablar.

—Déjame que te lo explique. Lyla, mi hermana, es oficial de policía, así que ella me lo contó. Llevaba el caso del orfanato al que os envié, pero ahora la han apartado de él. Parece que está enlazado con el asesinato de la muchacha y a partir de ahora lo llevará el inspector de homicidios.

—Harry —dijo ella constatándolo.

—Harry, sí. El hermano de Luca, por cierto. Cuando leí tu artículo me pareció que omitías parte de los hechos. No quiero decir que lo hicieras adrede, simplemente dejaste en el tintero algo que sabías, y ese algo era que había un sospechoso principal y que existía esa línea de investigación. Como comprenderás, opino, en calidad de jefe, que era un dato importante que había que dar. —Recalcó la palabra «jefe».

—Precisamente porque conozco lo que pasó con mi primo sé que no ha sido él. Por eso no me pareció importante mencionarlo, ni siquiera tenemos el resultado de la autopsia para verificar hipótesis. Eso es precipitarse.

John se llevó las manos a la cara y suspiró. Parecía que Mera lo estaba poniendo nervioso.

—En serio, Mera, de verdad que te tengo mucho cariño y sé que eres una gran profesional, pero creo que a partir de ahora debería encargarse de esto Luca. En realidad, era lo que quería decirte esta noche, pero no encontraba el momento.

Mera no creía lo que estaba escuchando. Quería gritarle lo injusto que estaba siendo, pero una parte de ella pensaba que tal vez tenía razón. Quizá no era consciente de que estaba demasiado implicada en el caso y preocupada por Tom para informar sobre ello, profesionalmente hablando. Al apreciar su silencio, John salió del coche, fue hacia su puerta, la abrió y le tendió la mano para ayudarla a salir. Ella la aceptó, aún confusa y con sus palabras revoloteando por la cabeza, y cerró la puerta del vehículo tras de sí.

—Sigo pensando que no he omitido nada relevante —mintió ella—. Y no quiero que mi trabajo se lo des a otro. Además, Luca es hermano del inspector, ¿él no está comprometido?

—Precisamente. Luca no se lleva bien con Harry, así que es probable que quiera fastidiarlo más que nadie. No es muy ético, pero sé que hará lo posible por clarificar el caso para nosotros —respondió orgulloso.

Después, su actitud cambió y la arrastró hacia él bruscamente.

—Además, Mera, tu trabajo jamás se lo podría dar a otro —le susurró al oído, apoyándola en la puerta del copiloto.

Se le paró el pulso cuando notó que John estaba encima de ella. Miró hacia un lado, después hacia el otro y comprobó que la calle de la redacción estaba totalmente desierta. No pasaba nadie. Solo había una tenue luz, proveniente de un par de farolas; una de ellas estaba rota y parpadeaba, y los destellos hacían que aquel sitio pareciese más escalofriante de lo que era. No podía salir de allí, de entre los brazos de su jefe. La aprisionaba contra el coche y le tenía las dos manos cogidas por haberla ayudado a salir.

—John..., creo que debería irme, se está haciendo tarde y aún tengo que conducir hasta casa —le dijo ella, sacando más voz de la que pensaba que tenía.

—Podrías quedarte un rato más. Creo que lo hemos pasado mejor de lo que imaginábamos, y no quiero que te vayas así —le susurró, bajando una mano a los muslos de ella y apretándola más aún contra el coche.

—John, me estás haciendo daño —se quejó. Empezaba a notar que le faltaba el aire.

No quería hacer nada de lo que pudiera arrepentirse; a pesar de todo, era su jefe. Si lo rechazaba, quizá se volvería contra ella. Sin previo aviso, él la besó con dureza. Era un beso lleno de rabia. Mera tenía los ojos como platos y por un momento se quedó petrificada. No quería besarlo, y estaba empezando a sentir náuseas. Solo deseaba llegar a casa.

A pesar de sus esfuerzos por no devolverle el beso, John comenzó a manosearle el cuerpo. Sus manos le subieron por las piernas de manera frenética. Mera reaccionó de inmediato. Recordó las veces que su abuelo le había dicho que los hombres tenían un punto débil en común y que había que ir directamente a dicho punto. Empujó a John con todas sus fuerzas sin pensar en las consecuencias, y él dio varios pasos hacia atrás, confuso.

—Te he dicho que pares, John. Creo que te has equivocado conmigo. He pasado un buen rato, pero nada más —dijo levantando un dedo amenazador. Visualizó su coche aparcado justo detrás de él y se precipitó hacia allá.

John se alisó el traje como si nada y fue tras ella.

—Espera, Mera. Te he dicho que te esperes, ¡joder! —gritó.

Ella tembló al oírlo y abrió la puerta del coche con rapidez.

—John, te juro que si no me dejas ir a casa te vas a arrepentir.

—Mera, la única que se puede arrepentir eres tú, mañana en el trabajo.

—¿Esto es una amenaza? —respondió ella, desafiante. Con su trabajo no, no podía ponerla en jaque con aquello. Incrédula, no reconocía a la persona que tenía enfrente.

—Mera... —comenzó a decirle John, cogiéndole la mano, antes de que subiera al coche—. No seas así, podemos divertirnos esta noche. Nadie tiene que enterarse, si esto es lo que te preocupa. —Se pegó de nuevo a su oído.

Entonces Mera recordó de nuevo a su abuelo y dirigió su rodilla a toda velocidad y con fuerza hacia las partes íntimas de su jefe. Se subió al coche y echó el pestillo mientras este se retorcía en mitad de la acera.

—¡¿Qué mierda haces, niñata?!

—Te lo he dicho, John. No era mi intención —respondió ella medio arrepentida. Sin embargo, al oler su perfume impregnado en su ropa volvieron a darle arcadas y cambió de opinión—. Bueno, sí, qué hostias. No vuelvas a acercarte de esa forma y mucho menos a amenazarme. Nos vemos mañana. —Arrancó el coche y lo dejó allí, mientras la voz con la que seguía insultándola y maldiciendo lo zorra que era se iba perdiendo.

24

1 de agosto de 1996

Aquel verano Javier había decidido ir a ver a su familia a España unos días antes de lo planeado. Su abuela se encontraba bastante mal e iba a peor. Así que, siendo muy consciente de que le quedaba poco tiempo para estar con ella (con más de ochenta años a sus espaldas), resolvió adelantar el viaje.

Eleanor lo apremió a reunirse con su familia cuanto antes. Ella iría con su hija la semana siguiente, como habían acordado. A Javier no le gustaba separarse mucho tiempo de ellas, sobre todo de la pequeña Mera, que solo quería estar en brazos de su padre.

No obstante, Eleanor insistió en que la familia era lo primero y que ellas ya lo tenían siempre en Inglaterra.

Así, Javier, cogió sus maletas antes de lo previsto y partió para Málaga aquella tarde del caluroso agosto. Eleanor fue junto a su hija a llevarlo al aeropuerto y despedirlo. Mera se cogía a la pierna de su padre y fingía sollozos. Realmente no lloraba, pero sabía manipular a su padre para que se sintiera mal por dejarla: levantaba sus cejas gruesas, tan parecidas a las del abuelo Steve, y hacía que su labio inferior temblara en un pequeño puchero enternecedor. Javier la cogió en brazos.

—¡Mera, cariño! —exclamó mientras la abrazaba—. En una semana nos vemos, ¿vale? Tengo que ir a cuidar a la abuela Lucía, que está muy mayor y me echa de menos.

—¡No! —gritó ella. Ahora estaba en la fase del «no, no y no», de las rotundas negaciones sin ninguna explicación, que a veces hacían desquiciar a sus padres.

—La semana que viene vendrás con mamá e iremos a la feria, ¿quieres? Nos montaremos en todas las atracciones, pero hasta la semana que viene no abren, de modo que mientras disfruta aquí con los abuelos y el primo, y cuida de mamá por mí, ¿entendido?

A Mera se le iluminó la cara y asintió. No por la feria, que también, sino porque adoraba que le dieran una responsabilidad y que sus padres creyeran que era mayor. Cuidar de su madre sería ahora su deber, y si se lo encargaba su padre, sentía la necesidad de hacerlo lo mejor posible.

Javier la abrazó de nuevo y le dio un beso en la frente. Sin soltarla se acercó a Eleanor y la besó en los labios. Eleanor lo rodeó fuertemente con sus brazos, dejando a la pequeña en medio de los dos.

—Te echaré de menos —le dijo ella.

—Y yo a ti, bicho inglés. —Javier le sonrió y le dio un mordisquito en la nariz—. Más te vale venir la semana que viene sin problemas.

—Ya están los billetes sacados, en menos de un parpadeo estaremos allí. Dale saludos a tu familia de mi parte, sobre todo a la abuela —dijo, cogiendo a Mera de los brazos de Javier.

A él se le puso el semblante más oscuro y triste. Iba a ser duro. Amaba a su abuela con todo su corazón, y Eleanor sabía que serían momentos muy difíciles para su marido. Sentía la necesidad de apoyarlo en todo lo posible.

A veces, Eleanor se sentía muy culpable, especialmente cuando había algún contratiempo en la familia de Javier, que era bastante grande. Él solo tenía dos hermanos, pero sus padres tenían el uno seis y el otro siete. Y eso conllevaba un montón de primos segundos y de reuniones familiares enormes y escandalosas pero llenas de vida. Comprendió que le había arrebatado a su familia cuando Javier decidió quedarse en Inglaterra con ella y formar la suya propia. Él se había enamorado de la costa inglesa, de su sencillez, y además le gustaba trabajar allí. Era un abogado excelente que ejercía para el juzgado de Torquay, le encantaba su trabajo y no quería dejarlo. Así que decidió quedarse, aunque Eleanor nunca se lo pidiera.

Con todo, le seguía presionando el pecho la punzada de la culpabilidad, un sentimiento que nunca se desvanecería y que le pesaría a cada llamada o a cada viaje que hacían a su país. Años más tarde, Eleanor le propondría a Javier volver a España y vivir allí de manera permanente con sus hijas, Mera y Emma (que no había nacido en aquel momento). Por desgracia, poco después las cosas cambiarían y ellos ya no podrían tomar ninguna decisión porque sus cuerpos quedarían inertes en una carretera.

Eleanor había dejado a la pequeña con sus padres en la librería como cada jueves, para coger el coche e ir a disfrutar de las playas de Paington aquella calurosa tarde. Le apetecía tener una tarde para ella sola, y sus padres estaban encantados de que su nieta se quedase en la librería con ellos, haciéndoles el trabajo mucho más ameno. Cuando llegó a una de las playas se sentó en un banco que había frente al mar y abrió su libro, *El misterio de la guía de ferrocarriles*, de Agatha Christie.

Mientras Eleanor disfrutaba de su lectura, un joven rubio de rizos ondulados iba corriendo por la playa con una camiseta blanca y unas bermudas azules cortas.

Este vio a la mujer de lejos y se le retorció el estómago.

—Clarke —dijo para sí en voz baja.

Eleanor se le había escapado años atrás, lo cual era algo que no podía permitir. A él no se le escapaba nada. Por eso aquella tarde, al verla salir sola de la librería de sus padres, la siguió con discreción en su coche. Él iba a correr, de verdad que sí, pero no allí. Fue una bonita casualidad que ella se sentara en la playa y él cambiara su rumbo, dando pie a encontrarse con ella «accidentalmente». Una coincidencia.

Justo cuando apareció en escena sir Carmichael Clarke (a Eleanor le hizo especial ilusión ver su apellido plasmado en uno de los libros de su autora favorita), una sombra se detuvo frente a ella. Un escalofrío la recorrió nada más vislumbrar la silueta. Sabía quién era sin necesidad de levantar la mirada. No quería hacerlo, no quería dejar de leer y tener que enfrentarse a aquellos ojos azules y gélidos.

Pero lo hizo.

Jamás habría consentido que él viera su miedo.

—Edward —dijo ella, antes incluso de mirarlo a los ojos.

—¡El! ¿Qué haces aquí? ¡Hacía tiempo que no te veía! —exclamó el otro, sonriendo con inocencia.

A ella se le revolvieron las tripas. Seguía irremediablemente guapo. Vestido con ropa de deporte, estaba sudoroso tras haber corrido por la playa, y no podía negar que esto lo hacía más atractivo.

—Leer. —Ella levantó el libro con una sonrisa falsa.

—Ya veo —comentó él, exasperado—. Yo estaba corriendo, ya sabes, para hacer un poco de deporte, que a esta edad ya vamos para atrás y el cuerpo tiende a acomodarse.

Eleanor lo conocía bien. Siempre había sido el chico popular. Tenía que ser perfecto; incluso cuando ya alcanzaba la treintena, su físico era lo primero. Lo recordaba en una época anterior, cuando le decía al oído: «Que no te engañen, la belleza está en el exterior. El interior son todo entrañas y huesos». Ella ponía los ojos en blanco y no discutía con él, aquella batalla la tenía perdida.

—Me alegro por ti, Edward, no todos tenemos tu voluntad —dijo ella sin quitar la vista del libro.

Edward levantó una ceja, confuso. Se dio cuenta de que así no iba a ningún lado, de modo que se sentó a su lado.

—¿Dónde está tu marido?

Aquello sí que la sorprendió.

—Trabajando.

—Mientes —soltó él de inmediato—. Vamos, El, cuando mientes ni siquiera respiras. Te conozco bien.

—Eres tú, que me dejas sin respiración con ese olor a sudor —contestó Eleanor, irritada—. Y Diana y tus hijos, ¿qué tal están? Hace mucho que no sé de ellos.

A Edward le molestó su interés, pero le siguió el juego. Le parecía justo, ya que él había preguntado antes por su marido. Estaba claro que ella quería provocarlo.

—Muy bien, todo genial. Aunque yo no estoy tan bien a veces, ando bajo de ánimos —explicó, poniendo una mano en la pierna de la chica.

A Eleanor se le erizó la piel, no porque le gustara, sino por todo lo contrario. Quería vomitar, gritar, salir de allí cuanto antes. Sin embargo, no iba a darle el gusto, por eso levantó la vista del libro y lo miró a los ojos directamente.

—¿Y eso? ¿Has dejado la bebida por fin y te sientes solo? —lo atacó ella sonriendo.

Edward sintió la necesidad de darle una bofetada, pero se reprimió y rio de manera desagradable.

—Ya no soy el mismo, El. Si me dieras una oportunidad, lo verías.

Eleanor ya había tenido suficiente. Cerró el libro y lo observó con odio.

—Ah, ¿no? ¿Ya no pegas a tu mujer y a tus hijos? Creo que Luca disimulaba muy bien cuando decía que había tropezado y había caído de bruces. Puedes engañar a quien quieras, Edward, pero a mí no. A mí nunca —dijo Eleanor, intentando que su voz no temblara de ira—. Yo también te conozco bien.

Él cerró los puños fuertemente, conteniendo su cabreo. La quería. Quería que ella fuese suya, por el fuego en su mirada, por su rabia. Era igual que él, aunque no quisiera reconocerlo. Era la única que le plantaba cara, la única que le decía las cosas que realmente pensaba. Y a él le gustaba. Quería que lo pusieran a prueba, un reto mayor. Controlar a aquella mujer de cabellos castaños y belleza innata era su objetivo.

—Se cayó tal y como dijo, El. Te aseguro que he cambiado. Jamás le pondría la mano encima a mi chiquillo.

Ella se quedó boquiabierta al escucharle otra mentira. No podía creer que fuera todavía tan frío y calculador. ¿Cómo podía hacerles daño a sus hijos y a su mujer? ¿Y encima seguir negándolo cuando era tan evidente? Sabía el miedo que provocaba en la gente, pero aun así no entendía por qué Diana no escapaba de aquella casa con sus hijos.

—Como digas, Edward. Si quieres autoconvencerte, me parece genial, pero a mí no vengas a contarme historias. Yo fui la primera en ver lo bien que te parecía pegar a alguien. —Al decir aquello, recordó la mejilla roja, el labio partido. La mirada de ira y después de satisfacción tras haberle dado un bofetón—. Ya no tengo dieciséis años. —Ella le apartó la mano de su pierna en aquel momento, y mientras se levantaba prosiguió—: A mí no vas a volver a maltratarme. Procura hacer lo mismo con tu familia, porque te recuerdo que mi marido es abogado. No querrás que te quiten a tus hijos, ¿no?

—Hija de puta —la maldijo él, levantándose también. Se acercó a ella y con el dedo índice levantado, casi rozando su cara, le dijo—: Más te vale no amenazarme, zorra. Estoy siendo un caballero contigo, así que no me lo pongas difícil. —Bajó el dedo y le susurró en el oído—: No te metas donde no te llaman o acabarás peor que la última vez. —Ella se estremeció, por fin dejaba ver el monstruo que realmente era.

A Eleanor le empezaron a temblar las piernas e intentó con todas sus fuerzas contener las lágrimas en los ojos. Por un momento pensó que la voz no volvería a salirle, tal era el nudo que se le había formado en la garganta. Sin embargo, Eleanor le sostuvo la mirada. Ni siquiera se alejó cuando su boca se acercó a su oído para demostrar templanza.

—Edward —dijo ella sonriéndole fríamente—. Yo no soy Diana. No te tengo miedo.

Eleanor se dispuso a marcharse. Cogió su bolso y comenzó a dar media vuelta, entonces él la sujetó con fuerza del brazo derecho, obligándola a volverse para mirarlo.

Le dolía. Estaba retorciéndole la piel y dejándole la marca de sus dedos sudorosos, pero, a pesar de todo, no iba a permitir que él lo notara. Siguió mirándolo con desdén por encima del hombro.

—Suéltame —le ordenó.

Edward se lo pensó antes de responderle. Respiró hondo y decidió continuar por una vía más pacífica. Al fin y al cabo, la quería. Así que prefirió darle donde más le dolía, un dolor que no era físico.

—Claro, El. Nos vemos pronto. Pórtate bien. Y dale recuerdos a tu padre de mi parte —dijo, sonriéndole con falsedad e intentando simular serenidad.

Eleanor quiso gritar de nuevo, le dieron arcadas del asco y del miedo. Se zafó de sus manos y fue directa hacia su coche sin mirar atrás, a paso ligero, aunque evitando dar la impresión de estar corriendo. Jamás le iba a dar la satisfacción de verla asustada. Cuando subió al coche miró hacia la playa y vio a Edward reanudando su marcha trotando por la orilla.

Quiso meter las llaves en el contacto, pero le temblaban tanto las manos que era imposible acertar.

—¡Joder! —gritó mientras le daba golpes al volante—. ¡Joder, joder, joder!

Eleanor empezó a llorar. Por el miedo acumulado, por la rabia, la ira. Por haber permitido que Edward entrara en su vida hacía tanto tiempo. Por haberlo querido cuando ella solo era una cría.

Eleanor lloraba desconsoladamente, el cuerpo le temblaba, provocándole pequeños espasmos. Esa no era ella. Edward la hacía diferente. La hacía cobarde y valiente a la vez. Sacaba todo lo que ella tenía dentro sin medida. Pero había un sentimiento y un pensamiento que la controlaba sin cesar. Lo único que quería Eleanor era acabar con él.

25

Harry

Septiembre de 2019

Harry sentía el frío de la sala en los huesos. Reconocía el olor de la muerte. Una vez que lo hueles es imposible olvidarlo. Durante años había pensado que la repulsión se le pasaría, que se acostumbraría de una forma u otra y que el tiempo lo haría insensible a aquellas situaciones. No le remordería nada cuando viese un cadáver en el suelo o en una sala de autopsias, aunque fuese el de un niño. Eso creía él. Le hubiese gustado volver al pasado y darle un puñetazo en la mandíbula al inocente e ingenuo muchacho recién ingresado en el departamento de homicidios, que acababa de ver su primer cadáver, para decirle que aquello no se olvidaba, que desde aquel instante procurase respetar las vidas que ya se fueron y no tratase de desechar el recuerdo que le dejaban en la mente. Estaba allí para vengar sus muertes de una forma justa y legal, pero nunca para olvidarlas.

David, el forense, le dedicó una mirada seria al verlo entrar por el pasillo frío como un témpano y quedarse con los ojos fijos en la mesa de metal donde se encontraba el cuerpo.

—Cuéntame —le ordenó Harry saliendo de sus pensamientos—. Katy me ha dicho que empecemos sin ella porque tenía papeleo que arreglar.

El forense asintió. Se colocó las gafas redondas sobre la nariz y le pasó el informe a Harry.

—El cuerpo se estaba comenzando a descomponer, pero debido a las bajas temperaturas que afortunadamente hemos tenido estas semanas se ha conservado mucho mejor de lo que cabría esperar. También gracias a que quien la ha asesinado se ha encargado de que el cuerpo quedara lo mejor posible. Así que por su estado, diría que lleva algo más de una semana fallecida. Según la información que me habéis dado, podría haber muerto después del encuentro con el novio. Además, he encontrado cosas curiosas, Harry.

—¿Con «curiosas» te refieres a perturbadoras? —preguntó este, irónico.

—Algo así —dijo David encogiéndose de hombros—. La causa de la muerte fueron las puñaladas en el estómago, eso estaba claro cuando vimos el cuerpo, pero te lo confirmo. Recibió cinco en total, dadas con una fuerza notable, y ¿te has fijado en la posición en la que están?

Harry asintió.

—Sí, en cuanto vi el cadáver lo supuse. Han sido frontales. Su asesino la ha matado muy de cerca y mirándola a los ojos. La fuerza y la altura de las puñaladas dan a entender que tenía la misma estatura que la chica.

—Exacto. Por la fuerza podríamos decir que es un chico.

La joven era bastante alta en comparación con la media, medía 1,76 metros. —Harry siguió mirando el informe, pensativo, mientras David le hablaba—. La cosa es que, como pensamos al verla desnuda, podría haber habido un motivo sexual. Y claramente fue así, la violaron. Además, en las uñas hemos encontrado restos de roble.

—¿Del árbol?

—Sí. —El forense asintió con la cabeza como si tratara con un niño—. Creo que su agresor la puso contra uno de los árboles del bosque y la violó ahí. En las muñecas se pueden apreciar unos pequeños hematomas debido a la fuerza empleada por el agresor para agarrarla, y en la cara tenía algún resto de madera común, la de los árboles del bosque donde la encontrasteis, apenas perceptible porque, como te digo, el autor quiso «limpiarla» lo mejor posible. Además, hemos hallado restos de semen. Aún lo estamos comparando con nuestra base de datos, a ver si hay coincidencias.

—Qué raro. ¿Opuso resistencia a la agresión, pero no a las puñaladas?

—Bueno, los hematomas dan a entender que el asesino la tenía cogida de las muñecas con las manos. No hay restos de cuerda ni señales de otro material. Podría ser que la dejara exhausta y después la matara. La verdad es que nada indica que se resistiera, aparte de las marcas de las muñecas.

—Por lo que veo, no estaba drogada.

—No. Ni bebida. El resultado del examen toxicológico es negativo. Estaba totalmente en sus cabales. Lo sintió y lo vio todo con claridad, de eso estoy seguro. El cráneo también está en perfecto estado, ni un golpe. Cuando la apuñalaron no cayó directamente al suelo. Además, por la posición en la que la hallaron, es evidente que su agresor la dejó así aposta.

Post mortem le quitaría la ropa, sus pertenencias y la colocaría como estaba.

—Sin embargo, estoy viendo que no tienes absolutamente ningún dato sobre las heridas que le provocó en el brazo —observó Harry.

—No. Ni rastro de nada más que no sea tierra. Eso sí, hay algo que te puede servir. Esas marcas se las hizo con una navaja suiza muy fina y afilada a conciencia; un trabajo de precisión limpio y perfecto. También podría decirte que las hizo bastante después de la hora de la muerte —dijo él quitándose las gafas, cansado—. La lluvia y la humedad no han dejado que las heridas cicatricen bien, y ha pasado más de una semana.

—¿Qué es lo que te hace pensarlo?

—La sangre del brazo y las cicatrices que ha dejado. Son más recientes que las de las puñaladas, muy superficiales, pero estoy bastante seguro de ello.

Harry asintió y observó el cuerpo ya cerrado y lleno de suturas tendido en la mesa de metal, que seguramente estaría congelada, un frío que aquel cuerpo ya no sentía. La chica podría haber tenido una vida larga por delante.

—¿Qué me dices del reloj de pulsera como prueba? El novio ha confirmado que era de ella —preguntó el inspector.

—Creo que puede indicar la hora de la muerte de forma fiable. Si suponemos que se rompió al agredirla el asesino, la hora que señala podrían ser sin problemas las nueve de la noche de ese domingo —explicó subiéndose las gafas—. De todas formas, no voy a dar por terminada la autopsia aún. Voy a seguir buscando restos orgánicos por si no dan positivo con su ADN. Es un estudio exhaustivo, pero dada su agresividad, al asesino se le puede haber escapado algún detalle, aunque intentara limpiar el cuerpo. Si se le ha escapado lo del reloj, puede haber pasado por alto otra cosa. La muestra de semen que hemos tomado la tenemos en el laboratorio; ya solo queda esperar. Estaría bien que la pareja diera su consentimiento para una muestra y lo descartásemos de inmediato.

—Sí. Se lo pediremos enseguida. A él le conviene. —Harry se quedó pensativo—. Por otro lado... No tiene sentido. Quien la haya agredido sexualmente en mitad de un bosque con tal violencia no es el tipo de persona que deja un trabajo limpio después, y mucho menos el tipo de persona que se encarga de avisar a través de una pintada y un mensaje en el brazo...

—No sé, Harry. Mi trabajo es ser médico forense, los motivos de la crueldad humana te los dejo a ti. Espero que pilles a ese cabrón.

—Yo también. Gracias, David. Llámame si tienes cualquier novedad —le respondió, saliendo de la sala y llevándose todos los informes con él.

Pillaría a ese hijo de puta. Si era preciso no descansar hasta entonces, así lo haría. Había seguido la pista a muchos homicidas, psicópatas, esquizofrénicos... Sus misiones en Bruselas parecían más cerca de lo que realmente estaban. Este asesinato le hacía revivir sus peores momentos, aquellos por los que volvió a Torquay.

No pensaba permitir que tuviera la oportunidad de llevar a cabo la amenaza grabada en el brazo de la chica y en la pared del convento. Al menos no mientras él estuviera en guardia.

☂ ☂ ☂ ☂ ☂

La vislumbró en la cafetería de siempre. Iba con su chubasquero azul marino y el pelo recogido en una coleta alta. También llevaba unas gafas de sol Ray-Ban con los cristales totalmente negros, y cuando giró la cabeza hacia su dirección sabía que ya lo había visto. Se acercó a paso ligero y se sentó frente a ella.

—¿Por dónde empezamos entonces? —preguntó Katy en cuanto se sentó.

—Yo por tomarme una maravillosa taza de té. —Le hizo un gesto al camarero, indicándole que le pusiera lo de siempre.

—Vaya ojeras traes, Harry.

—He estado toda la noche investigando a la familia Lowell. Hay algo que se me escapa.

—¿No es más fácil que investiguemos al novio?

—Sí, y ya lo hemos hecho. Además, dio una muestra de ADN voluntariamente para que la comparásemos con el que tenía David, y no hay restos suyos en el cuerpo de Aletheia. De todas maneras, eran pareja formal, ¿por qué iba a querer violarla así?

—No hace falta ser muy listo. Ella lo rechaza y él la obliga. Ya llevaban tiempo discutiendo y él lo planeó todo al ver que no cedía.

Harry negó con la cabeza tras escuchar a su compañera. En ese momento le trajeron la tetera y Harry hizo un pequeño gruñido a modo de agradecimiento.

—No, tiene otro motivo. Es demasiado personal, que no se te olvide que el mismo asesino entró en el orfanato e hizo la pintada en la pared. Además, le hemos pedido a Tom alguno de sus escritos y hemos hecho un examen caligráfico; la letra no coincide en absoluto. Escribe como un burro, por cierto —añadió bebiendo un sorbo de té—. En nada se parece a su prima. Bueno, creo que un burro comete menos faltas de ortografía.

—A lo mejor lo hizo adrede —dijo ella encogiéndose de hombros.

—Katy, sé que piensas que es él y sé que quieres que lo sea, pero no tenemos motivos para acusarlo. Y deberías saber que la caligrafía no se puede falsificar así como así. Además, no tenía ni idea de que existía aquel orfanato. Cuando la familia y él han ido a reconocer el cuerpo, el chico se ha descompuesto, lo he visto. Ha vomitado unas tres veces en cinco minutos. No tiene esa clase de perfil. —Tomó otro pequeño sorbo antes de continuar—: Y, por si fuese poco, alguien que va a cometer un asesinato ese mismo día no se deja ver en público con la víctima en plena discusión. Hay que ser muy estúpido. Y vengo de recoger el resultado de la autopsia: te aseguro que el asesino es cualquier cosa menos imbécil.

—¿Quieres decir que lo vas a descartar, tan pronto?

—No. Obviamente es el primer sospechoso. No voy a descartarlo, pero mientras no haya ningún motivo no puedo arrestarle. Además, me has dicho que tenía coartada para la hora del asesinato, ¿no? Fue a trabajar, tenía turno doble.

Katy asintió.

Cuando Tom les dijo que había estado en el trabajo, a Katy aquello la fastidió enormemente, así que se encargó de confirmar la coartada. Su huella dactilar probaba su presencia en el hotel el día y a la hora de su turno, justo mientras se cometía el asesinato de Aletheia. Una hora y media después del encuentro que habían tenido en aquella cafetería.

—Entonces, te lo vuelvo a preguntar: ¿por dónde empezamos?

Harry la miró fijamente. Les quedaba un trabajo arduo. La prensa y todos los medios de comunicación se les echarían encima, y no solo los locales, sino también los nacionales, y ya les estaban presionando desde arriba para cerrar el caso cuanto antes.

«Ni una muerte más —le había dicho su comisario—. Demuestra algo de lo que te enseñaron en Bruselas, por el amor de Dios.»

Harry no tenía necesidad de demostrar nada, ya lo había hecho durante toda su carrera, pero las palabras de su superior le provocaron una pequeña punzada de impotencia.

—Hay gente que oculta más de lo que pensamos. En el orfanato esconden algo, pero ahora mismo no puedo hacer más. De lo único que estoy seguro es de que la madre superiora está encubriendo a quien entró. Estoy convencido de que fue por voluntad propia. Cambió la historia conforme iba contándomela. —Katy dio un suspiro de asombro y él prosiguió tras coger aire—. La otra teoría que me queda es que el asesino la tiene amenazada para que no cuente lo que sabe. Aunque esa mujer es dura como una roca, no creo que una amenaza la silencie si ella no quiere. Y sobre los padres de la chica... Ellos también. He estado investigando a los Lowell, y facturaron una cantidad enorme de dinero el año que se marcharon. Te diría que procedía de su empresa, pero con ese dinero la fundaron, así que no cuadra. ¿Por qué se marcharían? —preguntó Harry dando el último sorbo al té. Katy lo miró pensativa—. Por último, puede que Aletheia tuviese algún compañero de trabajo que la amenazaba o que le causaba problemas; habrá que investigar su círculo más a fondo. ¿Recuerdas lo que me dijo aquel chico al salir de allí? Tendremos que hacerles una visita a sus padres y decirles lo que sabemos, y tú vendrás conmigo para que no se me escape nada —ordenó señalándola.

—Debemos ser delicados, Harry. Acaban de perder a su única hija —le aconsejó ella en un tono apaciguador.

—Pues espero que no vuelvan a mentir si pretenden que los deje tranquilos con el duelo.

Harry soltó aquello con rabia. No quería que lo volvieran a tomar por estúpido. Dejó el dinero encima de la mesa y se levantó. Seguía haciendo un frío inusual en Torquay, parecía que la ciudad estaba tan cabreada como él.

26

Mera

Septiembre de 2019

Llevaba unas horas sentada en la silla de su despacho, todavía no había ido a por su café de la mañana. No quería salir de allí. Por primera vez en su vida se sentía insegura y con miedo. ¿Cómo había podido ocurrir aquello? ¿A lo mejor se lo había inventado? Puede que a John se le hubiese subido el vino a la cabeza y no estuviese en sus cabales. O acaso ella había sacado las cosas de quicio...

Negó con la cabeza y tragó saliva. Le conocía. Sabía que tenía cambios de humor, que hacía cosas por impulsos y que la mayoría de las veces actuaba mucho antes de pensar en las consecuencias. Esta vez no tenía nada que ver con su trabajo. En todos los años que había estado con él en la redacción, John nunca había mencionado ninguna relación amorosa, ni siquiera pasajera, y a Mera jamás se le habría ocurrido pensar que alguien como él fuese a fijarse en ella. No es que se considerara fea, ni que pensara que no estaba a la altura de John, sino que él siempre se codeaba con la élite, y con esto se refería a gente con poder adquisitivo alto. Modelos, actrices, ejecutivas... Al fin y al cabo, representaban lo que a su jefe más le gustaba, el dinero. «La libertad del dinero», como él decía.

Sin embargo, tenía miedo. Miedo de perder todo aquello por lo que había luchado durante tantos años.

Toc, toc.

Mera pegó un pequeño salto en su silla al escuchar los golpes en su puerta.

—Pasa —contestó.

En cuanto lo vio aparecer, su cuerpo se relajó y las manos, que estaban posadas en los apoyabrazos de la silla, descansaron. Sonrió con tristeza al recordar que le debía una disculpa.

—¿Puedo? —preguntó, señalando la silla vacía delante de la mesa de Mera.

Ella asintió y lo observó sentarse. Sus rizos estaban más enmarañados que de costumbre, y ese simple detalle la hizo sonreír. Cuando bajó la mirada y la posó en sus ojos, se dio cuenta de que lucía unas ojeras marcadas que no existían hacía un par de días.

—Tenía que hablar contigo —le dijo ella—. Siento no haber salido de aquí, he estado muy liada —mintió.

—Creía que me estabas evitando —le respondió él con sinceridad.

A Mera la recorrió un pequeño escalofrío. Sí que estaba evitando a alguien, pero no a él precisamente.

—No, qué va. He estado hasta arriba, como siempre.

—Bueno... Venía a decirte que ya me lo ha contado John —anunció—. Vengo de su despacho.

Se puso en guardia y tragó saliva. ¿Se lo había contado?

—Verás, yo... —empezó a decir ella en un susurro

—Por un lado me alegra saber que fue él —la cortó de inmediato. No se había fijado en ningún momento en que ella se estaba retorciendo, incómoda, en su asiento. Luca siguió explicándole sin dejarla hablar—: Ya sabes, porque pensabas que fui yo el que cambió tu artículo. Aunque me parece una auténtica putada lo que te ha hecho. No es justo. Debería haberte consultado antes. Si tiene confianza para dejarte la redacción, no entiendo por qué no la tiene para pedirte que escribas o no algo sin que él tenga que editarlo a tus espaldas. —Luca cambió de posición; era una conversación engorrosa.

—¿Te lo ha contado él?

—Sí. Bueno, no. Es decir, he ido a verlo esta mañana cuando ha llegado a su despacho; que por cierto ha llegado tarde, parece que ayer salió hasta la madrugada. Le he dicho lo que sucedió. Que me habías llamado diciéndome que te habían editado el artículo y que el único que tenía contraseña era yo, pero yo no lo había hecho —explicó enfurruñado—. Después me dijo que había sido cosa suya y que ahora quería que escribiera yo los artículos sobre el caso porque tu familiar estaba implicado, o no sé qué rollo. Dejé de escucharlo cuando confesó que había sido él.

Ella asintió con la cabeza. John no le había contado nada a Luca de lo sucedido la noche anterior, nada de la escena que ocurrió frente a aquel edificio antes de que pudiera coger su coche y salir corriendo. Suspiró tranquila. Era mejor así.

—Al fin y al cabo, es el director del periódico. Puede cambiar lo que quiera, pero no hubiese estado de más haberme avisado. A veces tiene estos impulsos —le respondió ella midiendo sus palabras—. Tú lo conocerás mejor que yo, seguro. —Esto último se lo dijo intencionadamente.

Esperaba con eso sacarle alguna información a Luca sobre su amigo. Según tenía entendido lo habían sido desde pequeños, así que, con toda probabilidad, Luca sabría más cosas que ella sobre el temperamento de John. Este negó con la cabeza.

—Hace mucho que no lo veo fuera del trabajo, y antes de volver al pueblo habían pasado años desde que nos vimos por última vez. Aparte de que en la adolescencia ya sabes cómo son los críos. Bueno, cómo éramos, no es que yo fuese un santo precisamente. —Hizo una mueca de decepción. Parecía que en aquel momento ya no estaba allí con ella, sino recordando al Luca y al John del pasado—. Era un poco egocéntrico, aunque sigue siéndolo ahora en cierto modo. Le gustaba desafiar a los profesores y a sus compañeros, tanto en el instituto como en la universidad. Más tarde, al acabar los estudios, perdimos bastante el contacto, pero las veces que lo vi parecía mucho más centrado. Su padre le enseñó desde bien temprano a dirigir el periódico, la verdad es que él estaba encantado. Siempre ha sido un tío que sabía lo que tenía que hacer, carismático y con un don nato para dirigir.

Mera se quedó mirando a Luca mientras este hablaba. No había dejado en muy buena posición a John, pese a intentar arreglarlo conforme iba avanzando. Pensó que John no había evolucionado mucho, seguía siendo aquel crío, solo que con más poder.

—De hecho, que yo sepa, nunca ha tenido novia. Recuerdo que siempre estaba con una chica distinta, pero no pasaban del segundo día. Él siempre decía que no podía atarse a nadie. —Luca se encogió de hombros—. Estoy desvariando.

—Negó con la cabeza antes de coger aire de nuevo—. Volviendo a lo que nos atañe, creo que está siendo muy cabezón con esta decisión. Conociéndolo como lo conozco, estoy seguro de que se le pasará en un par de días. John es muchas cosas, pero no tonto.

Mera era de la misma opinión que Luca. Al principio creía que John se daría cuenta de que era lo bastante profesional para seguir adelante con su trabajo. Después recordó cómo no se había dejado aprovechar por él, y sus palabras le taladraban los oídos: «Mera, la única que se puede arrepentir eres tú, mañana en el trabajo».

No quería verlo. No podía enfrentarse a aquello. De repente miró a Luca y se acordó de una cuestión que aún tenía pendiente.

—Por cierto, Luca, he de decirte algo. —El joven levantó la cabeza, sorprendido por el tono suave y dulce de su voz, un tono que nunca había escuchado cuando se dirigía a él—. Te debo una disculpa. En cuanto descubrí lo del artículo te eché la culpa y te traté fatal. Además, te llamé muy tarde y fuera del horario de trabajo. —Él negó con la cabeza sonriendo tiernamente—. No. En serio, me he comportado mal contigo y desde el principio he sido muy reacia a conocerte mejor.

—Te lo agradezco. Aun así, no tienes que disculparte. Entiendo tu postura, yo tampoco hubiese imaginado que lo había hecho John, y si la única que tuviera mis claves fueras tú, no haría falta ser muy perspicaz para echarte la culpa. No te preocupes. Además, acabo de llegar, todavía tengo que adaptarme al periódico. Si te sirve de consuelo, en Londres eran todos tiburones. Apenas podías llevarte bien con nadie —dijo él, indiferente—. Por eso volví. Aquello no era lo mío. No soy tan competitivo, aunque esa sea la impresión que se lleva la mayoría de la gente, al parecer.

Mera sonrió. Era buen tío, tenía ese aire bonachón que Harry también desprendía en sus mejores días, o los días que se los dedicaba al abuelo. La misma preocupación por la gente, pero sin el halo oscuro que enmarcaba al hermano mayor de los Moore.

—Y tú, ¿cómo estás? Te veo cansado.

—No es nada. —Se frotó los ojos y después se llevó una mano al pelo enmarañado—. Ayer me tomé el día libre y lo aproveché bien —dijo, guiñándole un ojo y sonriendo pícaramente.

Ahí estaba de nuevo el Luca engreído que conoció el primer día, y no entendía por qué acababa de molestarle, aunque fuera una pizca, aquel comentario. No pensaba admitirlo, pero le había dado una pequeña punzada en el pecho imaginarlo con otra persona. Mera negó con la cabeza y mostró una amplia sonrisa.

—No pierdes el tiempo, señor Moore.

—Nunca —admitió él, un poco nervioso—. Bueno, creo que me toca ir a trabajar —dijo, cambiando radicalmente de tema.

—Por cierto, Luca, ¿sabes algo nuevo del caso? Lo digo porque ahora que sé que es tu hermano el que lo lleva...

Luca negó con la cabeza.

—Creo que este es uno de los motivos por los que John me ha encomendado la comunicación del asunto... No me hablo con Harry, pero, como has podido comprobar, llevamos bastante tiempo así, y me pone en una situación delicada tener que estar haciéndole preguntas e investigando su caso. —Suspiró—. No quiero enfrentarme a él. Harry no va a decirme nada que no quiera decirle a la prensa. Y por ahora solo quiere que sepamos esto. Nada.

—Vaya... —contestó ella, decepcionada—. Ojalá se arregle todo esto rápido. La prensa nacional va a venir para acá como el asunto no se solucione.

—Que no te quepa duda. —Se levantó de la silla—. De todas formas, creo que pronto tendremos reunión familiar. A lo mejor hay suerte.

Mera sonrió por el positivismo que tenía Luca a pesar de saber con certeza que no podría sacarle nada a Harry.

—Seguro que sí —mintió ella, aunque realmente deseaba equivocarse.

Luca abrió la puerta del despacho y casi se chocó con John, que estaba detrás con una mano en el bolsillo del pantalón y otra en el aire, a punto de tocar en la puerta. Se miraron fijamente. Su jefe, sorprendido, echó después un rápido vistazo a Mera, que notó que su mirada se posaba en ella, aunque fuera durante un nanosegundo.

—Oh, perdonad. ¿Teníais reunión y yo no lo sabía? —preguntó él con malicia.

Luca sonrió. Mera se dio cuenta de que las piernas le temblaban y que solo con mirar a John le daban ganas de desaparecer de allí. No podía soportar su presencia.

—Algo así. Le estaba diciendo a Mera que me diera todo lo que tiene sobre el caso para llevarlo ahora yo —explicó él, mintiendo con una naturalidad asombrosamente despreocupada. Mera tomó nota en su mente de que era un buen embustero, aunque lo suyo fueran mentiras piadosas.

—¿Y los archivos? —preguntó John, incrédulo.

—Vamos, John, ¿naciste en los ochenta o eres de la Segunda Guerra Mundial? Pues me los pasa ahora por correo electrónico, como todo el mundo en la era tecnológica. —Le dio un toque en el hombro—. Os dejo, me pongo a trabajar. Hasta luego, Mera. Acuérdate de pasármelo todo. —Luca le guiñó un ojo a Mera de espaldas a John para que este no lo viera y salió de allí tan rápido como pudo.

John miró a Mera y sonrió ampliamente. Estaban solos. Mera miró la puerta, no quería que John la cerrara bajo ningún concepto.

—Tú nunca te olvidas de nada —comentó él con una sonrisa maliciosa.

—Nunca.

No sabía de dónde le había salido la voz, creía que no iba a ser más que un susurro. Pero estaba allí, entera. Entonces cayó en la cuenta de que no podía hacerle nada, al menos no en su despacho, rodeada de gente. Así que intentó relajarse y coger aire, no podía permitir que la viera asustada.

—¿Qué ocurre, John?

—Nada, solo venía a pasarte el informe del día de hoy y de la publicidad de esta semana, para que distribuyas el contenido.

Ella asintió.

—Genial, me pongo con ello. ¿Algo más?

—Nada. Lo pasé bien anoche, por cierto —añadió él yendo hacia la puerta de espaldas a ella. Se volvió lentamente antes de marcharse—. Espero que tú también.

—Mientras sea trabajo, sí —dijo ella desafiante, mirándolo a los ojos. John le sostuvo la mirada por un momento, hasta que se dio por vencido.

—Sí. —Y salió cerrando la puerta del despacho con lo que a Mera le pareció un portazo.

No, definitivamente no estaba bien.

27

Harry

Septiembre de 2019

Estaban aún en el coche, de camino a la empresa de los Lowell, cuando la lluvia decidió caer de manera torrencial. Parecía ser que al menos el padre de la víctima estaba en el trabajo, a pesar del reciente fallecimiento de su única hija. Aquel comportamiento no les hacía gracia, especialmente a Katy, que no comprendía cómo unos padres podían tener ánimos para dirigir una empresa en su reciente situación. A Harry, sin embargo, no le pareció tan descabellado. Había vivido muy de cerca el hecho de que un familiar siguiera trabajando a pesar del fallecimiento de un ser querido, aunque bien era cierto que aún no había conocido nunca a nadie tan frío y calculador como su padre. Tal vez el señor Lowell respondiera a esta descripción, pero sin duda no tenía el temple y mucho menos el carácter de su padre. No había hueco para dos cabrones de tal índole en aquel sitio.

—Por cierto —dijo Katy sacándolo de sus pensamientos—. ¿Te acuerdas de que me comentaste lo de la sangre de animal?

Harry asintió.

—¿Encontraste algo?

—Sí, y algo interesante. Se me ha pasado por completo decírtelo en el café. Lo siento, no sé dónde tengo la cabeza últimamente.

—No te preocupes. Estamos todos jodidos.

—Bien, parece ser que hay una granja especializada en ese espécimen concreto aquí cerca, es la que proporciona la carne a muchos de los restaurantes de la zona del puerto. Investigué unas cuantas granjas, pero no obtuve resultados; en cambio, esta en concreto, que está a las afueras de la ciudad, había denunciado la desaparición de un ejemplar. No se le dio importancia porque, a ver..., era una oveja, al fin y al cabo. —Se encogió de hombros. Harry sabía que Katy era muy animalista, tenía un perro y dos gatos, y aquellas palabras no parecían suyas, sino más bien del compañero que la había informado de la denuncia—. Y la oveja podía haberse escapado, pero el criador dijo que las tenía todas muy controladas. Desapareció la noche anterior a cuando se hizo la pintada en el orfanato. Esa mañana se dio cuenta de que le faltaba una.

Harry volvió a asentir.

—¿Has constatado que pusiera esa denuncia?

—Sí. Además fui a verlo. Estaba muy cabreado porque los compañeros le habían hecho caso omiso. Fue un par de veces a comisaría, dijo que era su trabajo, que había perdido dinero con ello y que no le ofrecíamos ayuda, así que dudo mucho que lo hiciera él mismo —explicó ella encogiéndose de hombros—. Sinceramente, creo que el asesino se la robó.

—¿Tenía sospecha de alguien?

—Según la denuncia, que fue puesta por él y su hijo, había competencia con la granja vecina. Te he traído el texto que se redactó, está firmado por los dos.

Harry le echó un vistazo. Las firmas eran de Michael y Daniel Wayne. En el documento testificaban que había desaparecido una oveja la noche anterior y que sospechaban que la competencia iba detrás de la oveja ya que era muy codiciado. El mejor ejemplar de la granja.

—Wayne... Ese nombre... —empezó a decir Harry. Hasta que su cabeza reconoció el nombre—. Daniel Wayne es el becario de Mera Clarke. Recuerdo que me lo mencionó cuando empezó a trabajar. Al menos se llama igual. —Se avergonzó un poco al mostrarle a su compañera la complicidad que antes tenía con la periodista.

Katy asintió, sin saber muy bien qué decir.

—Bueno, parece ser que se trata de otra calle sin salida —reflexionó Harry.

—Eso parece. En cualquier caso, sabemos de dónde cogió al animal.

Harry sonrió irónicamente.

—Sí. Y no tenemos ni puta idea de cómo atraparlo —soltó con rabia y desprecio.

Katy se encogió de hombros de nuevo y miró a Harry preocupada.

—No te martirices, Harry. Daremos con él. Ese cabrón va a cometer un fallo, o puede que ya lo haya cometido. Así que lo pillaremos, estoy segura de ello. —Ella parecía convencida, sin embargo, Harry no la creyó.

Ni ella ni él tenían un ápice de duda de que volvería a asesinar a alguien, lo que no podían ni siquiera imaginar era a quién.

Harry aparcó y salieron del coche a toda prisa, ya que no habían traído paraguas. Él los odiaba y prefería sentir la lluvia. Katy, por su parte, era demasiado despistada respecto al tiempo para acordarse de cogerlo.

—Vamos a ver si esta vez el señor Lowell tiene un poco de sentido común y nos dice la verdad —comentó él entrando por la puerta del edificio.

Enseñaron sus placas en seguridad y después los acompañaron hasta el despacho del susodicho. Harry saludó al muchacho de la última vez, este le contestó con apenas un susurro, diciendo algo que Harry no logró entender, y los invitó a pasar.

—Los está esperando. ¿Quieren...?

—No —lo paró Harry—. No queremos nada, muchas gracias. —El chico, un poco sorprendido por la negativa y la brusquedad del inspector, asintió apesadumbrado y Harry se percató de que al muchacho le temblaban un poco las manos.

Llamaron a la puerta y, desde dentro, una voz los invitó a pasar. El señor Lowell estaba en su mesa con unas gafas redondas que se le ajustaban a la cara perfectamente. Escribía en su ordenador, y el ambiente del despacho olía a tabaco y menta. Harry miró a la izquierda del hombre y vio un ambientador, que con total seguridad había puesto para camuflar el humo del tabaco, que apestaba toda la habitación.

—Por favor, siéntense —dijo, señalando el par de sillones que tenía frente a su mesa—. ¿Qué les trae por aquí, inspectores? ¿Han encontrado por fin al culpable de la atrocidad que le hicieron a mi hija? —preguntó con una mirada gélida por encima de las gafas.

Harry se extrañó. La primera vez que interrogó a Mark Lowell, este estaba nervioso y preocupado. Cuando vio el cuerpo de su hija inerte en la morgue se quedó devastado, como era lógico en aquella situación. En cambio, el hombre que se encontraba ante él no era el que Harry esperaba. El señor Lowell no parecía sufrir, no parecía sentir realmente que le hubieran arrebatado a su pequeña.

—No, señor Lowell —contestó Katy más afablemente—, pero estamos en ello. En primer lugar, el inspector Moore y yo sentimos su pérdida enormemente. En estas circunstancias, no obstante, debe comprender que es esencial para nosotros seguir con nuestro trabajo. Por consiguiente, necesitamos hablar con usted para aclarar ciertos puntos, también con su mujer.

Mark Lowell negó con la cabeza.

—Mi mujer se encuentra indispuesta. No sale de casa, está deprimida y ni siquiera come. Háganse cargo de que no voy a dejar que pase por esto otra vez. Espero poder darles toda la ayuda que les haga falta y crean oportuna.

—La ayuda que nos hace falta implica a su mujer, señor Lowell —aclaró Harry con voz neutra—. Y este es un caso de homicidio. El interrogatorio no es una opción, sino una obligación. —Harry lo miró fijamente antes de soltar la última frase. Cogió aire e intentó hablar del modo más objetivo posible—. Si de verdad quieren saber qué le pasó a Aletheia.

El señor Lowell hizo un mohín con la cara, apenas perceptible, al oír el nombre de su hija. Harry lo vio, lo apreció. No aguantaba escuchar aquel nombre, le hacía sufrir. Los ojos gélidos se transformaron en una mirada de súplica. El hombre plantado ante Harry no es que no estuviera sufriendo por la muerte de su hija, es que estaba en una fase de negación. Se negaba a escuchar que Aletheia estuviera muerta, que el nombre de su hija se asentara en la misma frase que la palabra «homicidio».

«Pobre hombre desgraciado —pensó Harry—. Cree que porque venga a trabajar y haga vida normal su hija aparecerá por esa puerta.»

—Señor Lowell —repitió Harry en un tono más amable, parecido al de Katy, o eso intentaba, porque presentía que pocas veces daba la impresión de ser alguien empático y cordial—. Necesito que me diga por qué se peleó con su hija el último día que la vio.

Mark Lowell se puso blanco y, acto seguido, rojo de rabia. Su expresión cambió por completo y su grito llenó la habitación.

—¡Cómo se atreve! —le espetó.

—No lo he insultado ni lo he acusado de nada, señor Lowell. Es imprescindible que me cuente la verdad.

—¿Cómo cojones sabe usted eso?

—Así que lo reconoce —reafirmó Katy, cauta.

—No. Bueno, sí —dijo el señor Lowell frotándose la frente—. Mi hija... —Se levantó de la mesa y cogió un cigarro. Les ofreció, por mera educación, uno a los inspectores, que lo rechazaron, y se metió el suyo en la boca y lo encendió de manera ansiosa y con rabia—. Mi hija tenía un carácter muy fuerte, tenía temperamento... Se parecía mucho a mí, no puedo negarlo. Ella... simplemente se mosqueó con su madre y conmigo por algo que pasó hace muchísimo tiempo y no nos podía perdonar. Se había enterado unas semanas antes y vino a decírnoslo, por eso dejó de hablarnos y de aparecer por aquí. No creo que nos llegara a perdonar nunca aquello... —admitió pensativo mirando hacia la ventana.

—¿Qué era tan importante, señor Lowell? —le preguntó Katy.

Mark negó con la cabeza.

—Nada —dijo con la mirada fija en la ventana—. Nada era más importante que nuestra niña. Se enteró de que nos mudamos cuando ella tenía dieciséis años por una razón que no era la que le di en su día, nada más. Entonces le conté que me había quedado sin trabajo pero que contaba con unos ahorros para poder empezar de cero y teníamos que irnos, cosa que era una mentira a medias. No había perdido el trabajo, aunque sí quería fundar esta nueva empresa. Ella tenía amigos, creo que un muchacho del que estaba encaprichada, y, claro, entenderán que para una adolescente era como arrebatarle la vida entera de un plumazo. Sabía que no aceptaría el traslado si era solo porque yo me quería arriesgar, así que su madre le dijo que había perdido el trabajo y que estaba muy deprimido y que aquello nos vendría bien como familia.

—¿Y por qué se iba a enfadar de esa manera por algo que pasó hace tanto tiempo? —preguntó Harry sin creerse ni una palabra de lo que contaba Lowell.

—Por mi avaricia, señor inspector. En su día le aseguré que lo hacíamos por su propio bien, por la familia. Mi mujer le hizo creer que yo sufría una depresión y que nos teníamos que buscar la vida en otro lado. Ella era muy madura y hubiese hecho lo que fuera por nosotros, y yo traicioné su confianza. En realidad, yo quería formar esta empresa y ganar muchísimo más dinero. —Hizo una pausa que pareció infinita. Miró a Katy con ojos nostálgicos y prosiguió—: Como le decía, mi hija era muy rencorosa y tenía mucho genio, aun así, esperábamos que con el tiempo se adaptara, pero ella volvió a Torquay para vivir en nuestra casa de siempre, no quiso quedarse en Bristol.

—¿Sabe de alguien con quien tuviera problemas? En su empresa o en su entorno —le preguntó Katy.

Mark volvió a negar con la cabeza y apagó el cigarro. Se volvió a sentar en su silla y miró a los dos inspectores.

—No. No nos contaba nada. Mi hija era muy reservada acerca de sus relaciones. Ni siquiera sabíamos que tenía una pareja formal, nos enteramos el día que nos llamaron para identificar su cadáver. ¿Creen que ha sido él? —De manera casi inconsciente apretó los puños con discreción.

—No podemos asegurar nada aún, señor Lowell —le dijo Harry—. Lo que necesitamos es una lista de todas las personas que piense que hayan tenido contacto directo con su hija, y créame que cualquier detalle, por ínfimo que le parezca, es importante.

Se hizo un silencio incómodo, y Harry volvió a aprovechar para preguntar.

—Hablando de avaricia, señor Lowell, ¿cómo construyó usted este imperio? Tengo entendido que el trabajo de un contable no está tan bien remunerado que dé para pagar una casa con aún diez años de hipoteca y montar una empresa poco después.

El señor Lowell lo miró con desprecio y luego se rio.

—Tuve un buen inversor que apostó por mí. Debería conocerlo, es muy famoso en Torquay por sus negocios.

Harry se puso tenso. Sabía perfectamente de quién hablaba.

—Una cosa más —apuntó—. ¿Qué relación tienen ustedes con el orfanato de Santa María para niños sin hogar?

Mark Lowell se quedó pensativo mirando a los inspectores y negó con la cabeza.

—Que me conste, ninguna. Lo único que sé sobre ese sitio es que está en Torquay desde la Segunda Guerra Mundial y que lo llevan unas monjas para cuidar a los niños desamparados... Pobres chiquillos. —Suspiró, parecía totalmente sincero—. ¿Por qué lo pregunta, inspector?

—Es una vía que quería investigar. Por ahora nada más —concluyó Harry levantándose de la silla—. Si recuerda cualquier cosa, como ya le he dicho, por insignificante que le parezca podrá ser útil. No dude en ponerse en contacto con nosotros, sea la hora que sea.

El señor Lowell asintió con la cabeza. Les prometió, además, que para el día siguiente tendría aquella lista preparada y la enviaría a la dirección de correo que figuraba en la tarjeta que Katy le había dejado en el escritorio.

Los inspectores salieron del edificio inusualmente callados hasta que llegaron al coche y Katy pidió conducir. Harry asintió, abatido. Aunque le gustaba hacerlo él porque le ayudaba a despejar la mente, en este caso no tenía fuerzas ni tan siquiera para pensar en ponerse al volante.

—¿Has sacado algo en claro? —le preguntó ella mientras arrancaba el coche.

Harry se pasó la mano por la barba de varios días y suspiró.

—Sí. Que hay algo que no cuenta y no sé qué mierda es —dijo él, impotente—. Esa pelea... Le ha quitado importancia, aunque se apreciaba que la culpa lo reconcomía por dentro. Me ha parecido una excusa barata que esa muchacha decidiera no hablar con sus padres por una simple mentira sobre la mudanza de hace veinte años.

—Es su palabra contra la nuestra —respondió Katy—. Bueno, su palabra y seguramente la de su mujer, que lo respaldaría, así que no podemos avanzar demasiado por ahí. Tendríamos que buscar otra vía para averiguarlo.

Harry asintió. Estaba totalmente de acuerdo con su compañera. Aquello no los llevaría a ningún lado. El padre ya había ocultado dos veces el motivo de la disputa, un tercer interrogatorio no iba a ser diferente. Era preciso hallar otra forma, otro punto de partida. Como preguntar a alguien que estuviera en aquella época cerca de los Lowell. Después de la mención del inversor «secreto» que Lowell había dejado caer, sabía perfectamente a dónde lo llevaría aquella búsqueda y que significaría enfrentarse a los fantasmas del pasado. Solo de pensarlo, un pequeño escalofrío le recorría la columna hasta la nuca. No obstante, no tenía otra salida, en Torquay no pasaba nada sin que él se enterara. Cuando investigó al señor Lowell vio para quien trabajaba hacía veinte años, justo antes de su mudanza a Bristol. Su inversor privado. Edward Moore tenía a esta ciudad bien cogida por los huevos.

28

Mera

Septiembre de 2019

Al llegar a casa, el sol aún relucía con rayos tenues. Hacía mucho que no llegaba tan pronto un día de diario y extrañamente lo agradeció. La chica apasionada por el periodismo y deseosa de trabajar estaba exhausta en un rincón de su mente y parecía que se iba a ausentar durante un tiempo. Ya que Luca estaba al cargo de la noticia más importante que tenía el periódico, decidió irse a casa al terminar de revisar las tareas pendientes.

Emma estaba en el salón con su portátil, y Mera se acercó a darle un beso rápido en la cabeza.

—¿Estudiando?

Su hermana pequeña negó con la cabeza.

—Cotilleando más bien —contestó, aburrida.

—¿Y los abuelos?

—En la librería todavía. Dijeron que hoy posiblemente

llegarían más tarde porque venían las reservas de los libros de texto que faltaban para una asignatura de no sé qué colegio de la zona —explicó Emma, desinteresada.

—Vale, pues voy a recogerlos, así no tendrán que venir en el autobús, que estarán cansados —dijo Mera volviendo a coger las llaves. Sus abuelos ya eran mayores y, aunque no lo querían reconocer, no estaban para volver tan tarde solos y cansados a casa. Le costó, pero los había convencido de que no cogieran el coche a no ser que fuera estrictamente necesario.

Por las mañanas, Emma solía llevarlos antes de ir a la universidad, y por la noche venían con la vecina o, si por algún motivo se les hacía tarde, en el autobús. Fue todo un logro tanto para ella como para Emma hacerles comprender que aquello era lo mejor. Aunque de cara a la galería cedieron solo porque su hermana les dijo que necesitaba el coche para ir a la universidad, Mera intuía que ellos en su fuero interno sabían perfectamente que no estaban en condiciones de conducir todos los días. Además, le aterraba que tuvieran un accidente en la carretera y solo pensar que les pudiera pasar algo le producía auténtica ansiedad.

—Por cierto —apuntó Mera, girándose y mirando en dirección a Emma—, ¿qué tal con Peter?

—Bien —respondió la rubia escuetamente.

—¿Solo bien? —preguntó Mera—. Con lo que te gusta a ti hablar de todo, para él siempre tienes pocas palabras. Hace tiempo que no viene a casa.

Era verdad, hacía tiempo que su amigo no pasaba por casa. Antes iba muy a menudo. Mera creía que había ocurrido algo entre ellos que su hermana procuraba poner a buen recaudo.

—No vayas por ahí —la miró desafiante, si bien después suavizó—, te prometo que cuando haya algo que contar, te lo diré.

Mera sonrió mientras cogía su bolso.

—Antes me contabas más chismes.

—Anda y vete a la mierda —dijo la pequeña sacándole la lengua—. Si te lo cuento todo. —Exasperada, puso los ojos en blanco—. Ya no te cuento nada más ni traigo compañeros a casa porque lo sacas todo de contexto. —Suspiró y volvió a girarse para mirar su portátil.

—Siempre terminas soltando prenda —dijo Mera abriendo la puerta de casa—. ¡Te quiero! —se despidió cerrando la puerta tras de sí y escuchando un «yo también» desde dentro que le sacó otra sonrisa.

☂☂☂☂☂

Abrió la puerta de la librería. Había un cartel que ponía CERRADO, no obstante, veía a sus abuelos dentro recogiendo la tienda. De niña le encantaba pasar días y días allí metida. Los veranos se encerraba en la trastienda y leía todo lo que podía, a veces hasta cuatro libros a la vez porque no se decidía por cuál coger y nunca podía terminar uno sin haber empezado otro. Necesitaba leer otras historias, otras vidas. Respiraba aquel olor a libro nuevo, a libro viejo, a incienso y a perfume. Esos eran los cuatro olores de la librería, que para nada cargaban el ambiente, sino que lo hacían acogedor e invitaban a pasar horas entre las paredes de la tienda.

Era uno de los sitios favoritos de su madre. Solo tenía un vago recuerdo de aquello, pero su abuelo Steve se encargaba de recordarle lo mucho que leía, sus libros favoritos y dónde se escondía. Con el tiempo, el abuelo dejó de contar aquellas historias, a no ser que sus nietas lo pidieran expresamente. Mera se daba cuenta de que a veces la nostalgia y el pasado tiraban tanto de Steve que lo arrollaban. Para él, la única forma de parar los recuerdos incesantes era centrarse en el presente.

—¡Buenas tardes! —saludó ella, alegre.

—Dichosos los ojos, cariño —dijo su abuela Harriet con dulzura.

—Sí —afirmó ella, sabiendo lo inusual que era presentarse a aquellas horas—. Salí antes de trabajar y pensé en pasarme a recogeros. ¿Cómo va la cosa? Esto no ha cambiado ni un poquito desde que vine hace unos meses.

Mera se detuvo a mirar las estanterías después de darles un abrazo a sus abuelos. Se permitió el lujo de pararse a oler los libros, cosa que le encantaba, intentando que el olor se quedara en su olfato el máximo tiempo posible. Steve estaba terminando de hacer la caja mientras Harriet quitaba los carteles anunciando las ofertas de los libros de texto.

—¿Os ayudo?

—No hace falta, ya estamos acabando —dijo su abuelo Steve al tiempo que contaba mentalmente y con los dedos—. ¡Ah! —exclamó recordando—. Si quieres, coge nuestras cosas de la trastienda. También tengo un libro ahí que estaba leyendo: *Cuentos de miedo*, de Charles Dickens. Mételo en el bolso de tu abuela para llevármelo.

Mera asintió. Sabía que su abuelo había leído aquel libro una docena de veces, le fascinaba. Se dirigió a la trastienda y empezó a recoger las pertenencias de cada uno. Vio el libro de Charles Dickens en la mesa donde solían comer y descansar cuando la jornada se hacía pesada o cuando no había nadie en la tienda. Recordó inmediatamente una foto que sus abuelos tenían en el salón desde siempre, en la que aparecía su madre junto a su padre allí comiendo, muy jóvenes, pues los días de Navidad su madre ayudaba en la tienda. Abrió el libro con cuidado, apreciando que el abuelo llevaba leído algo menos de la mitad, y encontró haciendo de marcapáginas otra fotografía. Una muy antigua que no había visto nunca y que mostraba a dos jóvenes cogidos de los hombros sonriendo muy risueños. Uno se notaba que era más mayor que el otro. Mera observó al pequeño. Se parecía mucho a su abuelo y lo reconoció enseguida. No podía tener más de once o doce años. El otro muchacho era más alto y apuesto; tendría alrededor de unos dieciocho años. Por un momento pensó que al chico de aquella fotografía lo había visto alguna vez o que, al menos, tenía un gran parecido con alguien que conocía, pero no lograba recordar con quién. Después le enterneció el momento que había capturado la imagen, la complicidad que existía entre los dos. Parecían hermanos, aun sabiendo que su abuelo era hijo único.

—¿Qué pasa, cariño? ¿Está todo? —preguntó Steve desde el marco de la puerta mirando fijamente a su nieta. Se dio cuenta enseguida de que tenía la fotografía en la mano. Ella se sobresaltó de inmediato. No creía que fuera ningún secreto, pero por un instante se sintió una intrusa en el pasado de su abuelo, irrumpiendo en su privacidad.

—¿Quiénes son, abuelo? Este se parece mucho a ti. —Señaló al más pequeño.

Él asintió.

—Es que soy yo, por supuesto. Ha llovido mucho desde aquellos tiempos —dijo con la mirada perdida. Parecía que se encontrase muy lejos de allí mientras le contestaba—. El de al lado era mi mejor amigo. Bueno, lo es. Hace mucho que no lo veo. Es Alan. Siempre me cuidaba, estaba conmigo cuando lo necesitaba. Era como el hermano mayor que nunca tuve.

Mera asintió en silencio.

—¿Por qué ya no os habláis?

—Pues no sé, hija... Al final uno forma su familia y se despega de los amigos. Se tienen otras prioridades —respondió Steve, acercándose a ella y mirando la fotografía de lejos—. ¿Sabes? Extraño aquellos momentos. Ojalá nuestra relación hubiese seguido como aquel entonces. Él se casó y tuvo un hijo, Edward. Fue el primer novio de tu madre, pero la cosa no salió bien. Tu madre no quería ni siquiera encontrarse con él cuando terminaron.

—¿En serio? Nunca nos lo habíais contado. —No podía representarse a su madre siendo una adolescente y saliendo con otra persona que no fuera su padre. Era raro, pero le gustaba aquella nueva información. Darle a su madre una imagen nueva, algo más alocada y viva que el recuerdo que tenía de ella. Una Eleanor joven y extrovertida, así la veía en aquel momento—. ¿Y sabes qué les pasó?

Steve negó con la cabeza con ojos tristes.

—No. Aunque puedo imaginármelo. —Hizo una pausa y tragó saliva para proseguir—: Edward tenía un carácter muy fuerte y dominante. Su propio padre, Alan, siempre me lo decía: «No sé qué voy a hacer con este hijo mío, Steve». Y tu madre... Ah, hija... Tu madre era un ser libre, ella sí que era una mujer decidida, y no se dejaba atar por nada ni nadie. Tenía unos principios inquebrantables, así que entiendo que no congeniaran. Además, eran unos críos de unos dieciséis años, conque figúrate.

Mera asintió sonriéndole a su abuelo, pero aún seguía rondándole la cara del hombre de la fotografía.

—Me hago una idea —dijo ella, dubitativa—. Tu amigo Alan me recuerda muchísimo a alguien y no sé a quién.

El abuelo se rio y la miró con dulzura cogiendo la fotografía y guardándola de nuevo en la página del libro de donde la había sacado su nieta.

—Pues no sé, hija. De pequeña sí que lo viste alguna que otra vez, pero con unos años de más, como podrás comprender. Aunque es un Moore y conoces a sus nietos, así que es muy probable que a quien te recuerde sea a nuestro querido Harry. Se parece mucho a él y a su padre.

Mera abrió unos ojos como platos y se llevó la palma de la mano a la frente. ¿Cómo no había caído? Aquel hombre era la viva imagen de Harry, pero mucho más joven. Un Harry de dieciocho años. Un Harry diferente pero igual. Por una cosa o por otra, parecía que sus familias estaban destinadas a unirse.

29

Febrero de 1999

A finales de febrero de 1999 hacía un frío estremecedor. Los habitantes de Torquay ni cuando estaban en casa arropados y con la calefacción al máximo podían librarse de él. Esto no afectaba a Mark, que aquella madrugada seguía dándole vueltas a la cabeza sin parar, olvidando por completo las bajas temperaturas, cuando el reloj marcó las cinco de la mañana. Mirando las manecillas decidió ponerse en marcha antes de que la alarma sonara para resolver la mierda en la que estaban metidos.

Aún tenía pequeños espasmos debido a la ira contenida en su cuerpo. Esa misma tarde, su mujer, Mary, le contó la repentina y desafortunada situación de su única hija. Él montó en cólera tan súbitamente que provocó algo que jamás hubiese imaginado ver en los ojos de su mujer al mirarlo: miedo.

Mary había mandado a la niña a casa de una amiga para hacer un trabajo de clase. Más tarde, Mark averiguó que su hija no tenía ningún trabajo que hacer, sino que su mujer pretendía alejar a la chiquilla de aquella situación, que, como bien había adivinado, acabó por descontrolarse.

Lo primero que le pasó por la mente era la cuestión que todo padre se pregunta alguna vez en la vida: ¿qué había hecho mal? ¿No le había dado una buena educación a su hija? A lo mejor habría sido más conveniente inscribirla en un colegio solo para chicas, como la escuela para jovencitas donde estuvo su madre, y como el colegio para chicos donde estudió él.

Después de sentirse enormemente decepcionado, llegó la ira. Una furia desbocada contra el muchacho. Se había aprovechado de su hija y era el verdadero culpable, no había más. No se trataba de una imprudencia de Aletheia, que era buena, inteligente y algo ingenua. Estaba claro que el peso recaía en el chico. Su hija con seguridad se había dejado llevar por la labia y las promesas de ese miserable. Conocía bien a su padre y sabía muy bien de qué calaña eran ese tipo de personas.

Se enfundó unos pantalones, se puso un buen jersey de lana y un abrigo y, sin lavarse la cara, bajó a la planta inferior. Dejó a Mary en la cama roncando en un sueño profundo, algo que lo desquiciaba hasta límites insospechados porque él no podía dormir a pierna suelta. Cogió la copa de vino que había dejado media hora antes de meterse en la cama, solo por si acaso. Así, copa en mano y algo ebrio, salió a la calle haciendo el menor ruido posible.

Cuando llegó al portón de la casa donde vivía el chico y aparcó, se detuvo por un momento.

Aquello podía salir muy mal; de hecho, aquel hombre era su jefe y él se arriesgaba a quedarse sin empleo. No obstante, tenía un as en la manga y estaba deseando sacarlo. Se decía que lo hacía por su familia, y se lo repetía hasta la saciedad.

Quería darle un futuro mejor a su hija y tenía que hacerlo a cualquier coste. Años después recordaría ese momento como una muestra de puro egoísmo y ambición. Nada tenía que ver con darle a su familia una vida mejor.

Pasó el umbral del portón de la familia y anduvo por el interminable jardín, prometiéndose incontables veces que se las pagarían. No iban a salirse con la suya, esta vez habían destrozado a su familia. Así que cuando llegó a la puerta empezó a aporrearla sin control, gritando el nombre del dueño de la casa sin miramientos.

—¡Señor Moore, abra inmediatamente! ¡Señor Moore!

La casa era majestuosa y al mismo tiempo escalofriante. El frío que ya empezaba a notar Mark en los huesos y el silencio ensordecedor la hacían terrorífica. No parecía un hogar, ni siquiera un lujoso edificio donde vivir. Solamente un sitio inhóspito que carecía de cariño y mimo por parte de su propietario. Se acercaba tanto a la perfección que parecía irreal, y aquello le dio escalofríos. Por un momento dejó de envidiar a su adinerado jefe.

Suponía que a pesar de lo grande que era el edificio, alguien tendría que oírlo, aunque fuese algún trabajador. Mark sabía que en la casa vivían algunos empleados que se ocupaban de limpiar y servir a la familia. Al momento de pensarlo, como si le hubiese leído la mente, Carl, el sirviente del señor Moore, salió a recibirlo.

—¿Está usted loco, señor Lowell? —dijo Carl, que lo conocía de todas las veces que había estado allí con su jefe.

—Necesito hablar con el señor Moore. Es muy urgente.

—No creo que el señor Moore pueda atenderlo...

Una sombra apareció detrás de Carl y, con un siseo de serpiente, le ordenó:

—Deja que pase, Carl. ¿Qué manera es esa de tratar a mi financiero, por Dios? Si está aquí, será por algo urgente... —Hizo una pausa—. ¿Verdad, señor Lowell?

Mark tragó saliva, aquello parecía una advertencia. Más valía que lo que le dijera fuera importante para él o no le perdonaría la intromisión. Sin embargo, lo que iba a contarle era más grave de lo que nunca podría imaginar el pijo de Moore.

Así que Mark asintió velozmente con la cabeza, puede que más deprisa de lo que debiese por culpa de los efectos del alcohol, que aún hacían mella en su cuerpo. Con una mano, el anfitrión lo invitó a pasar. Carl se echó a un lado dócilmente, pidiéndole perdón y ofreciéndole algo para beber o comer, que Mark rechazó de la manera más educada posible, tambaleándose de forma significativa al andar.

El señor Moore lo llevó directo a su despacho, sin más dilaciones. Mark ya había estado allí en otras ocasiones, cuando una vez por trimestre tenían que hablar del estado financiero de la empresa, del inventario o de algún presupuesto nuevo. La casona parecía vacía. No se escuchaban más que unas pocas voces del servicio. Mark sabía que el hijo mayor de los Moore se acababa de ir a estudiar fuera, a Oxford, y que seguramente las habitaciones del resto de la familia estaban lo bastante lejos del despacho de Moore para que no les molestaran. Esto solamente lo intuía, pues en todas las veces que había estado allí nunca se había topado con ninguno de ellos ni había visto sus respectivos cuartos.

El señor Moore cerró la puerta de mala gana. Cuando invitó a sentarse a Mark y este se negó, su hospitalidad pareció llegar a su fin.

—Dígame entonces, Lowell. ¿Qué le ha traído a mi casa a estas horas de la mañana?

Mark estuvo a punto de arrepentirse de la visita. Por un momento sopesó la posibilidad de salir de allí con alguna excusa estúpida, pero ya era demasiado tarde y tenía que plantarle cara a ese hombre. Su familia dependía de ello.

—Señor Moore, no he venido por nada relacionado con su empresa.

Moore puso cara de pocos amigos y levantó una ceja, confuso.

—¿Entonces? No haga que esto se eternice, Mark. Es muy temprano y no debería estar aquí.

A Mark le repateó que lo llamara por su nombre. Siempre se dirigía a él por el apellido, y cuando recurría a su nombre de pila significaba que tenía prisa o que estaba enfadado.

—¿Sabía que su hijo sale con mi hija? —le dijo este al fin.

—¿Harry? Si está en Oxford, este muchacho...

—No —lo cortó Mark—. Su otro hijo.

—¿Se refiere a Luca? No me cuenta nunca nada, así que no. No sé qué hace ese crío, supongo que estará con su hija, si usted lo dice.

—No lo digo yo. Ha venido a mi casa alguna vez, y mi hija me lo ha contado.

—¿Y qué quiere, Mark? ¿Mi consentimiento para su unión? —preguntó, irónico y exasperado.

—Mi hija está embarazada —vomitó aquellas palabras sin preámbulos—. El desgraciado de su hijo es el padre. —Moore se quedó petrificado—. Enhorabuena, va a ser un abuelo muy joven.

—¿Qué cojones está diciendo? —le espetó Moore. Se notaba que intentaba mantener la calma, pero Mark vio que una de las venas de su cuello se hinchaba sobremanera.

—Lo que le cuento. No me gusta más que a usted, señor

Moore. Como comprenderá, mi hija no va a cargar con todo el pastel, ni a destrozarse la vida por culpa de su hijo.

Moore cogió una botella de whisky que tenía en una mesita pequeña al lado del ventanal izquierdo de la habitación. Se echó un poco en un vaso pequeño de cristal y lo bebió de golpe. Después sonrió maliciosamente.

—¿Y cómo voy a saber que es de mi hijo? ¡A saber si su hija no es una fresca que se acuesta con todo muchacho habido y por haber! —exclamó entre risas.

A Mark aquello lo encendió. Desde que la noche anterior se había enterado de la noticia contenía la rabia de la mejor manera posible, pero ahora adivinaba que no podía dominarse más. Respiró profundamente y miró con odio a Moore, que ni se inmutó. Tenía que jugar su baza.

—Según dice mi mujer, están muy enamorados. Mi hija va a tener a la criatura, sí. Se quiere destrozar la vida porque, de lo contrario, se sentiría culpable y... —Hizo una pausa para volver a coger oxígeno, le parecía que no le llegaba a los pulmones—. Si están tan enamorados, estoy seguro de que su hijo se hará responsable y dirá que es el padre sin dudarlo. Según me comentan, es un buen chaval. —No lo sabía con certeza, pero su mujer le había contado que había ido a su casa a cuidar de Aletheia cuando pensaba que estaba enferma—. Puede no hacerse cargo, pero el pueblo es pequeño y le aseguro que todo el mundo se enteraría de que Luca Moore se desentendió del niño. Si siguiera negando que es su hijo, una prueba de paternidad arreglaría las cosas. No hacérsela significaría que tiene miedo de que diera positivo. En cualquier caso, Edward —dijo esta vez Mark, tuteándolo y arrastrando cada letra de su nombre para dar a entender que ahora era él el que tenía los huevos de su jefe en la mano—, la familia Moore sale perdiendo.

El señor Moore se quedó petrificado. Miró a Mark como si quisiera despedazarlo allí mismo y volvió a coger el whisky para servirse otro trago, ocultando que había perdido la batalla.

—¿Qué quieres? ¿Dinero? —le preguntó el anfitrión—. Lo que sea, pero no metas a mi hijo en esto. Nos encargaremos de que esa criatura desaparezca.

—Ahora hablamos el mismo idioma.

Mark sonrió triunfante, por fin sería él el jefe. Se sentía poderoso.

30

Harry

Septiembre de 2019

Llegó a la puerta de la entrada quince minutos más tarde de lo previsto; sabía que aquello no les haría gracia, pero era lo que había. Se acabaría la falsa diplomacia en cuanto entrara en aquella casa. No podía creer que tuviera casi cuarenta años y aún le dieran escalofríos al pasar esa verja, la de su infancia.

Lo odiaba. Aborrecía todo aquello y no iba a mostrar otra cosa más que odio y desprecio. Era lo único que se merecía. Aun así, sabía que su mala actitud había jugado en su contra, lo había hecho quedar como un cretino insolente, un crío desagradecido y un mal hermano. La diferencia con otras personas era que él lo asumía y, de hecho, lo aceptaba. Ese era el precio que tuvo que pagar por salir de aquel infierno en cuanto se le presentó la ocasión. A veces, Harry intentaba convencerse de que si pudiera volver al pasado cambiaría su forma de actuar. Apostaría por Luca y se lo llevaría con él.

Negó con la cabeza mientras andaba por los jardines absorto en sus pensamientos. ¿A quién cojones pretendía engañar? Definitivamente, no hubiese podido por más que quisiera. No se hubiese llevado a su hermano consigo ni aunque pudiera volver al pasado. Si tuviera de nuevo la oportunidad de salir, volvería a marcharse, aun pesándole en la conciencia el destino de su hermano pequeño. Se decía a menudo que había sido el instinto de supervivencia lo que había decidido por él, que había sido superior a cualquier pensamiento consciente. Pero él sabía que no. Sentía corriendo por sus venas esa sangre podrida, llena de una ira y un odio que intentaba reprimir encarcelando a asesinos y psicópatas, los cuales, visto así, no eran muy diferentes a él.

Suspiró y se dio cuenta de que en la entrada estaba parado el empleado de servicio No sabía cuántos exactamente, pero el hombre llevaba muchos años trabajando para la casa. Lo vio demacrado, con unas líneas de expresión muy marcadas y las canas destacándose en su pelo negro azabache. Solo tendría unos diez o doce años más que él.

—Señor Harry —le dijo con indiferencia, mirándolo con cierto desdén.

Era bien sabido que el sirviente había sido uno de los pocos confidentes del señor Moore, su padre. Por lo tanto, nunca les había agradado ni a Harry ni a Luca.

—¡Hombre, Carl! ¿Cómo te trata la vida? Veo que como siempre. —Hizo una pausa y sonrió, irónico—. O más bien peor.

—Señor, usted sigue tan radiante. Su padre querría que aparcara el coche en el garaje, ¿quiere que vaya a por él? —le preguntó sin hacer el menor caso a su comentario y tendiéndole la mano para recoger las llaves del coche como haría con cualquier invitado.

—No te preocupes, Carl. Me apasiona ver mi coche en la entrada. Así todo el mundo podrá disfrutar de una reliquia de más de treinta años —dijo dándole golpecitos en la espalda—. Recréate mirándolo desde aquí, es una maravilla, no me lo podrás negar.

La verdad es que lo era; su coche, un Mercedes Benz 200D de color negro, le parecía maravilloso. Le costó mucho conseguirlo y más le costaba mantenerlo. En esos momentos, en repararlo cada vez que tenía una avería se le iba gran parte de su sueldo, y no eran pocas las ocasiones en las que necesitaba un arreglo, pero a él le fascinaba. Su coche era un superviviente, como él.

—Lo haré, señor —dijo Carl con voz neutra—. Lo esperan en el salón principal.

—De maravilla.

Harry fue con paso firme al umbral de la puerta. Decidió entrar rápido y sin pensarlo. Sin pensar en dónde estaba ni en lo que había ocurrido años atrás bajo aquel techo. De repente vio una sombra en el suelo de parquet fino, que apareció por detrás de él, e instintivamente dio media vuelta, más ágil de lo que esperaba. Cuando se giró se encontró con su madre, vestida con un chal turquesa y una taza de té en la mano.

—¡Querido!

—Ah, perdona, mamá. Me has asustado —respondió él, cogiéndola de los hombros a modo de saludo.

—Me has asustado tú a mí. —Ella negó con la cabeza—. ¡Cómo me alegra que hayas venido! Pensábamos que no aceptarías la propuesta, dada la hora que es.

—El trabajo. No puedo tomarme un respiro, mamá. Tengo a la prensa en el cogote.

Ella sonrió.

—No. La verdad es que tienes a la prensa en el salón —respondió ella entre risas, invitándolo a entrar en la habitación y abriendo la enorme puerta de madera maciza que daba a la sala.

En serio, odiaba esa casa.

Vio a Luca sentado en uno de los sillones favoritos de su padre, de color beige e impecable. Llevaba unos tejanos oscuros y un jersey celeste remangado, que resaltaba con el dorado del pelo. Apreció el gran parecido que tenía con su madre. Un aspecto mucho más afable que el suyo, incluso estando enfadado. Luca era de esas personas que, aunque quisiera, no podría parecer jamás duro e inflexible. Era agradable hasta cuando no sonreía. Ese era el mayor don de Luca, un don del que Harry siempre había estado orgulloso y que a la vez le producía una punzada de envidia directa al pecho.

Aun así, cuando Luca alzó la mirada y vio a Harry, este pudo sentir el desprecio que intentaba disimular al tener a su madre detrás vigilándolo. Se levantó del sillón para saludar al nuevo invitado, pero lo único que pudo hacer Harry fue darle un tímido abrazo. Realmente deseaba abrazarlo, sin embargo, se encontró con la incomodidad de su hermano pequeño.

—Está mamá aquí, seamos buenos —le susurró al oído.

Luca asintió.

—Siempre. —Y levantó los brazos para estrecharlo con fuerza.

Harry notó la presión de los brazos de su hermano; estaba más fuerte de lo que aparentaba y más seguro de sí mismo que la última vez que se abrazaron, algo que le produjo cierto alivio. Estaba bien. Luca estaba bien, a pesar de lo imbécil que él había sido. Con eso le bastaba.

—Papá está en el despacho, pero dijo que bajaría en cuanto vinieras. Sabía que ibas a venir.

—Papá lo sabe todo, como siempre.

Era cierto. Su padre lo sabía absolutamente todo, incluso cuáles eran sus temores más recónditos.

Al sentarse los tres a la mesa del gran comedor, una habitación justo al lado del salón principal, un silencio desagradable inundó la sala. La madre miraba a sus hijos con cierta ternura y nostalgia.

—Mientras no baja vuestro padre podríamos tener una conversación sana por una vez, en la que por lo menos nos interesemos un poco por la vida de los demás. Así que, ¿cómo va la investigación, Harry? —le preguntó Diana para romper el hielo.

—No puedo decir nada, mamá. Está bajo secreto de sumario.

—Estoy fuera del horario de trabajo, tranquilo. No saldrá nada de aquí —le dijo Luca con una sonrisa.

—Nunca se sabe quién puede estar escuchando.

—Eso te lo enseñé yo —afirmó una voz que entraba con decisión en la habitación.

Harry y Luca se irguieron de manera automática en sus sillas. Como si nada hubiese cambiado. A Harry le fastidió pensar que llevaba razón.

Edward Moore apareció por la puerta. Tenía casi sesenta años y, aun así, seguía esbelto, conservaba todo el pelo e incluso tenía cierto atractivo. Llevaba unos pantalones de traje y un jersey de rombos verdes.

—¿No estabas en tu despacho? —inquirió Diana.

—Sí, pero esta mañana me fui a jugar al golf con la comitiva. Necesitaba un poco de ejercicio.

—Vaya, yo siempre creí que eras más de críquet —le soltó Harry.

—Y yo que mi primogénito, ya que se hizo inspector y no siguió mis pasos, sería de Scotland Yard y no de los Federales de Bélgica. —Hizo una pausa y miró con una sonrisa fría a los comensales—. Por fin reunidos. Os ha costado.

Harry bufó.

—Estamos hasta arriba de trabajo, papá. Esto es algo que también nos enseñaste tú. El trabajo antes que la familia —dijo Harry con sorna.

Edward se sentó en su silla, haciendo de anfitrión, y miró gélidamente a Harry. Por un momento pareció que volvería a levantarle la mano como había hecho años atrás. Sin embargo, hizo una mueca parecida a una sonrisa.

—No, hijo, al contrario. La familia es lo primero, la unidad familiar. Después, el trabajo duro para que no le falte de nada. —Suspiró mirando a Luca—. Aunque si no me equivoco, vosotros aún no habéis formado vuestra propia familia, por lo que solo nos tenéis a nosotros.

Luca se encogió de hombros.

—No se puede tener todo en la vida —respondió este mirando a su madre.

Los siguientes minutos transcurrieron entre comentarios incómodos, aburridas anécdotas sobre la empresa del padre y unas pocas palabras de adulación a Luca por el gran sacrificio que había hecho dejando el famoso periódico y volviendo a la ciudad para estar con los suyos. Harry había hecho lo mismo, pero no por semejante motivo. Había vuelto porque Bruselas le estaba comiendo las entrañas en cada caso. Lo había empujado a creer que no existía la humanidad, y se había cansado de ver cadáveres cada día de su vida. Regresó a Torquay para respirar el mar y el buen tiempo y desempeñar un trabajo mucho menos movido, aunque fuese con un rango inferior. Estaba seguro de que para su padre eso había sido caer muy bajo, un paso atrás. Pasar de ser un inspector famoso a convertirse en una figura corriente en aquel pueblo. Sin embargo, la vuelta de Luca significaba una cierta esperanza para la dirección del negocio o para ampliar sus horizontes.

Terminaron la comida y tomaron el té en la salita. Acto seguido, Harry le pidió a su padre hablar en su despacho. Edward levantó una ceja, sorprendido, pero lo invitó a ir con él hacia la estancia. Ahora Harry tenía que mostrarse férreo, ya no estaba allí como Harry Moore, hijo y primogénito de Edward Moore, sino como inspector de policía. Homicidios, ni más ni menos.

Edward cerró la puerta tras ellos, se sirvió un whisky e invitó a su hijo a tomarse otro con él, pero este negó con la cabeza.

—Estoy de servicio —le dijo dejando clara la situación—, además siempre he preferido una buena taza de té —aclaró.

—¿Has venido a interrogarnos?

—A interrogarte. Siéntate, papá. Necesito que me ayudes con tu memoria.

—Ah, de eso no me falta —alardeó Edward con una risa triunfante, y se sentó en su sillón marrón de cuero dando un sorbo al whisky—. Tú dirás.

—Necesito que me cuentes todo lo que sepas de Mark Lowell.

Edward volvió a levantar una ceja, confundido.

—¿Quién?

—Mark Lowell. Ahora es el presidente de una empresa que se ha hecho internacional, pero antes había trabajado para ti, en concreto hasta el año 1999. Ese año dejó su empleo para fundar su empresa.

—Ah, sí. Claro que sí, el señor Lowell. Un hombre impetuoso y muy terco. Ciertamente tenía un don para la administración. Hace mucho que no sé de él.

—Pues yo sí. Y creo que tú, por la prensa, seguramente también, ¿no? El cuerpo hallado hace unos días es el de su hija.

—Bueno, claro, aparte de las tristes y horribles circunstancias de ese hecho. Pobre hombre, debe de estar desolado por lo de su adorada hija.

—Papá, ¿cómo consiguió ese hombre tal cantidad de dinero que pudo fundar su empresa? No ganaba lo suficiente contigo para ahorrar tanto, no había extractos electrónicos por aquel entonces, pero lo único que encuentro es una cuenta normal con unos ahorrillos y una empresa que sale de la nada. —Harry esperó la reacción de su padre, pero este se quedó callado mirando su vaso—. Creo que tuviste algo que ver en eso. Nadie se va de tu empresa si tú no quieres, y mucho menos alguien valioso como él. Te llevaba las cuentas y te dirigía el departamento financiero.

Edward miró a Harry con una mezcla de orgullo y una pizca de rabia por su insolencia.

—Mark Lowell y yo éramos buenos amigos. Hacía bien su trabajo, y ya sabes cómo me gusta que la gente haga bien las cosas. Esto es esencial para una buena empresa. Él quería un mejor futuro para su familia, quería irse y constituir su propia compañía. Cuando me contó la idea, salían los números y se veía con fuertes cimientos. Yo solo lo ayudé.

—¿Le diste dinero?

—Sí, fue una pequeña inversión. —Hizo una pausa y lo miró fijamente—. Vamos, Harry, sabes a qué me dedico. Compro empresas arruinadas, me hago con ellas, las mejoro muchísimo y después las revendo al precio que merecen.

—Sí, pero no la has revendido. Le diste el dinero necesario para comenzarla desde cero... Entonces ¿tú tienes parte de su empresa? —preguntó.

Edward negó con la cabeza. Esta vez se lo veía cansado, como si el pasado lo agotase.

—No. No legalmente, sobre el papel. Pero, hijo, en los negocios no todo son porcentajes e inversiones calculadas.

Harry lo observó extrañado. Edward levantó la cabeza y miró a su hijo a los ojos. Lo miró como cuando era un niño. Como si tuviera toda la información que a Harry le faltaba, y eso le divertía una enormidad.

—A veces es mejor que estén en deuda contigo. Es mejor que parezca que haces algo de manera desinteresada por si algún día necesitas que te devuelvan el favor, cosa que harán con creces.

Harry miró a su padre con repugnancia. No había cambiado. Seguía siendo frío y calculador y un as para los negocios, incluso los sucios, los que no figuraban en los libros de cuentas. El inspector pensaba que podía averiguar, mediante datos lógicos y tangibles, por qué apareció el dinero en manos de los Lowell, y que esto lo llevaría al quid de la cuestión, pero como siempre, su padre estaba tácticamente allí para demostrarle una vez más que se equivocaba.

31

Mera

Septiembre de 2019

Cogió el café recién hecho, le dio un gran sorbo y se metió una magdalena de chocolate en la boca rápidamente para que Emma no la pillara. Era la última y no podía arriesgarse a que se la quitara.

—Te he visto —dijo su hermana pequeña con cara de pocos amigos—. Siempre haces igual, te comes todo lo dulce que hay en la casa. No es justo —le reprochó Emma con los brazos en jarra y poniéndose de morros.

—Tengo que trabajar mucho, necesito motivación extra —le contestó la mayor encogiéndose de hombros.

—Ya, claro.

Mientras Emma buscaba algo en la despensa, Mera se reía de ella porque sabía que no habría nada dulce hasta que fueran a la compra por la tarde. Emma revolvió la alacena. Cuando terminó, siguió inspeccionando el frigorífico.

En ese momento llamaron a la puerta. La abuela contestó con un «Ya voy yo» y fue a abrir rápidamente. A Mera le fascinaba la agilidad que aún tenía, a veces incluso parecía mucho más hábil que ella.

—¿Puedo ayudarlo en algo, jovencito?

—Sí, perdone. —Las hermanas escucharon la voz titubeante de un hombre—. Buenos días. ¿Está Mera en casa aún?

Esta se sobresaltó al oír su nombre. Reconoció de inmediato aquella voz, a la que todavía no había tenido la oportunidad de oír titubear.

—Me suenas mucho... —le dijo Harriet.

Mera fue corriendo hacia la puerta, y Emma le fue detrás, curiosa.

—¡Luca! —exclamó sorprendida. Su hermana pequeña le dio en el codo y susurró: «Luca, ¿eh?», pero ella la ignoró—. ¿Qué haces aquí tan temprano?

—Perdona la intromisión, pero es que quería contarte algo del trabajo y pensé que podríamos ir juntos a la redacción para explicártelo por el camino. Y... te he traído el desayuno. —Levantó una bolsa con bollos que Emma cogió al instante, tan rauda que un puma no la hubiese alcanzado.

—Encantada, Luca —le dijo Emma dándole un apretón de manos—. Me quedo yo con el desayuno, que mi hermana ya se ha comido todo lo que había en la cocina. —Le sacó la lengua a su hermana descaradamente.

Emma estaba preciosa. Llevaba un moño rubio desaliñado y una sudadera rosa con unos tejanos ajustados. Luca se quedó mirándola sin saber muy bien qué hacer. Así que sonrió, galante.

Su abuela, por otro lado, puso cara de asombro y se llevó las manos a la boca.

—¡Oh! ¡Ahora caigo! Eres el nieto de Alan Moore, el hermano del pequeño Harry. Bueno, pequeño... Sois los dos ya unos hombres hechos y derechos. Pasa, hijo, pasa —lo invitó la abuela haciéndose a un lado, emocionada.

—No, abuela, no te molestes. Cojo la chaqueta y salimos, no queremos llegar tarde.

Y eso hizo Mera. Le dio un beso a su abuela, fue a despedirse con una voz de su abuelo, que estaba en el baño, y a Emma le susurró medio en broma medio en serio:

—Te juro que esta te la guardo.

Emma asintió distraída mientras masticaba los bollos de crema que había traído Luca para el desayuno. Una vez en la calle, Mera miró a Luca con severidad.

—Espero que hayas traído un café que mi hermana no pueda robarme.

—Está en el coche. Es que soy un poco torpe y temía que se me cayera.

—Perfecto.

Subieron al coche de él. Olía a limpio y estaba impecable, parecía recién salido del concesionario. La verdad es que tenía que admitir que le encantaba aquel coche, era espacioso, y cuando Luca conducía apenas hacía ruido, era ligero y cómodo. Todo lo contrario que el Mercedes de Harry, que no obstante tenía un encanto peculiar. Negó con la cabeza intentando despejar los recuerdos del inspector.

Luca cogió el café para Mera.

—¿Capuchino?

—Gracias. —Le dio un sorbo a pesar de que hacía menos de tres minutos que se había terminado el anterior; aquella semana estaba realmente agotada—. Cuéntame.

—Ayer estuve con Harry comiendo en casa de mis padres. La verdad es que no fue un encuentro demasiado bueno. Harry estaba que saltaba, a la defensiva, como siempre —aclaró—, pero pasó algo curioso. Al terminar se fue con mi padre al despacho y...

—¿Y qué? —preguntó ella, ansiosa.

—Me quedé detrás de la puerta escuchando. La conversación se oía bastante bien. Harry quería interrogar a mi padre sobre el padre de... —Hizo una pausa y Mera se quedó inquieta al ver su repentina tristeza—. De la chica asesinada —dijo él reponiéndose—. Parece ser que el señor Lowell trabajó para mi padre hace bastantes años, y que mi padre le dio una cantidad de dinero para que se fuera del pueblo, pero no sé por qué lo hizo. Seguramente mi padre le dio un motivo a Harry, pero fue una mierda. No oí bien esa parte. Solo sé que Harry salió indignado de allí. En cuanto escuché la repentina despedida volví corriendo al salón con mi madre, y él se excusó diciendo que tenía trabajo y se fue enseguida.

—Si te lo propusieras podrías ser un *ninja*, se te daría bien —bromeó Mera—. ¿Crees que tu padre tiene algo que ver con todo esto?

Luca se encogió de hombros.

—Si quieres mi opinión, no me extrañaría. La ciudad es prácticamente suya.

Tenía razón. Podría ser, dado que Edward Moore era un hombre poderoso, y los hombres como él estaban en todos lados, incluso en los peores, donde menos esperarías encontrarlos.

Al momento recordó el nombre: Edward. El primer novio de su madre, del que le había hablado su abuelo el día anterior. Miró a Luca y pensó en lo mucho que él había confiado en ella. Ahora que iban a relacionarse más, no veía por qué no tendría que contarle la anécdota.

—¿Sabes qué? Ayer me dijo mi abuelo que tu padre fue el primer novio de mi madre.

Luca miró a Mera sorprendido. Por un momento, ella creyó ver miedo en sus ojos, más que sorpresa. Aquello lo había dejado un poco descolocado.

—¿Cómo dices?

—Sí —afirmó Mera—. Cuando mi madre era una adolescente estuvo con tu padre. Mi abuelo me contó que no se llevaban nada bien, ambos tenían mucho carácter y cree que mi madre terminó con él.

—No me extraña —dijo Luca a bocajarro.

Le salió con tanta naturalidad que a Mera la asombró. Lo cierto era que ninguno de los dos hijos tenía una buena relación con su padre. Ella no podía imaginarse una situación así, habría dado lo que fuera por estar cerca del suyo, aunque solo fuera unos minutos. Volver a escuchar su voz, abrazarlo, pasar un día junto a él. La manera en la que Luca y anteriormente Harry habían hablado de forma tan despectiva de su padre había hecho que Mera sintiera una curiosidad inmensa por saber cómo era aquel hombre. Y aún más sabiendo que su madre tuvo una relación tan estrecha con él.

—¿Qué es lo que no te extraña?

—Que terminara con él. Mi padre... Mi padre es un hombre muy difícil, no sé por qué mi madre lo ha aguantado y soportado todos estos años. Esta mujer sí que se merece un monumento. —Se produjo un silencio incómodo y Luca arrancó el coche—. Te quería decir esto porque sé que John tiene la oreja bien larga y prefiero que la historia no salga de aquí hasta que no sepa con certeza de qué va. Además, no creo que nadie publique nunca nada sobre mi padre, ninguna persona en su sano juicio lo haría en esta ciudad, y si alguien se empeñara en ello estoy seguro de que mi padre compraría su silencio. Creo que al único que no podría comprar es a mí.

Mera lo observó con atención mientras hablaba. Daba crédito sin reparos a sus palabras. Al escucharlo también pensó que era imposible que Edward lo comprara, creyó su argumento tanto como él. En su mirada había la misma ira y el mismo odio que en la de su hermano cada vez que recordaba el nombre de Edward. Encontró un punto en común en los dos, aunque no fuera uno muy bueno, por desgracia. Pasado un rato se percató de que llevaba mucho tiempo callada y para calmar los ánimos decidió romper el silencio.

—A mí tampoco podría comprarme, Luca —le dijo ella, convencida.

Él negó con la cabeza.

—No estés tan segura. No se trata solo de comprarte... Cualquier trapo sucio, algo que tuvieras que pudiera volverse en tu contra lo utilizaría para chantajearte sin ningún tipo de remordimiento.

Ella lo pensó con detenimiento. No tenía absolutamente nada de lo que avergonzarse o que pudieran reprocharle. Había sido siempre correcta y había seguido las normas tal y como se dictaban. Parecía que Luca le había leído el pensamiento porque siguió hablando.

—Incluso si no tienes nada que ocultar. Él puede inventarlo y hacerlo realidad, tiene esa habilidad.

—¿Es mago? —preguntó irónica intentando restarle importancia.

—Es imbécil —respondió un Luca sonriente.

Al llegar a la redacción se encontraron a Daniel en su ordenador. El joven saludó con una sonrisa amplia a ambos.

—Buenos días —dijo, con unas ojeras marcadas.

—Buenos días, chaval —respondió Luca dándole una palmadita en la espalda. Daniel sonrió un poco incómodo. Mera se rio por lo bajo, percatándose de que Luca se había dejado llevar y le había dado más fuerte de lo recomendable. Daniel hizo una pequeña mueca de dolor—. Se te ve cansado.

—Sí. Tengo trabajos acumulados de la universidad y viniendo aquí temprano me faltan horas. Pero yo feliz de trabajar, ¿eh?, que no se diga.

Mera le sonrió apenada.

—Daniel, no te preocupes, si has de estudiar o hacer trabajos me lo dices y descansas para hacerlos. Al fin y al cabo, esto son prácticas para tus notas, y las notas son lo importante. Si suspendes lo demás, las prácticas no te servirán de nada.

Daniel asintió.

—Lo sé. De verdad, no te preocupes. Con un café se me pasará.

—Bueno, pues hoy haces las tres cosas que te voy a dar en un rato y te vas a casa, ¿entendido?

El muchacho volvió a asentir, agradecido, y fue a la sala de descanso para coger otro café. Mera quería mandarlo a casa, pero sabía que Daniel deseaba un puesto en la redacción después de terminar los estudios (como cualquier otro estudiante en su situación al graduarse), y conocía bien la mentalidad de los estudiantes. Irse a casa significaría no ser el mejor candidato para aguantar el trabajo.

De repente notó que alguien le tocaba el hombro cuidadosamente y se sobresaltó. Se dio la vuelta al instante y vio a Lia, pálida como nunca. Parecía que iba a vomitar.

—Mera, ¿puedes venir al baño un momento?

—Sí, claro. ¿Estás bien? No tienes buena cara.

Lia la cogió de la mano y la llevó de inmediato a los servicios. Nadie se dio cuenta de que las chicas salían, todo el mundo estaba pendiente del trabajo. Mera se preocupó al darse cuenta de que la mano con la que Lia le sujetaba la suya estaba temblando, incluso las piernas le flaqueaban.

Entraron en el baño y Lia cerró la puerta tras ellas de inmediato.

—¿Qué pasa? Por Dios, Lia, estás temblando. —Le cogió las manos para intentar tranquilizarla—. ¿Está Eric bien? ¿Ha ocurrido algo?

Una Lia temblorosa y con los ojos llenos de lágrimas cogió su móvil del bolsillo trasero del pantalón haciendo un esfuerzo tremendo para que no se le cayera de las manos.

—¿Qué es esto?

—Estaba en Twitter, mirando las menciones de la cuenta del periódico y ha saltado esto —dijo señalándole el tuit en cuestión—. Es un vídeo, Mera. Dale al *play* —le pidió en un susurro. Se pasaba la mano por la frente, nerviosa—. Por favor, dale al *play* ya.

Mera lo hizo. No sabía qué ponía en el tuit, había reproducido el vídeo corriendo, como le había indicado su compañera. Se quedó sin aire y paralizada, miró a Lia sin creer lo veían sus ojos, y ella asintió temblorosa.

—No... No puede... —empezó a decir, pero enmudeció al instante.

Alguien había grabado de lejos a una pareja que estaba discutiendo y forcejeando. Había muchos árboles y era de noche, pero gracias a la luz de las pocas farolas, Mera vio claramente a Aletheia. Era ella, la misma chica que aparecía en la foto que su primo le había enseñado. El chico estaba de espaldas, pero la cara de ella se veía con toda nitidez. En cuestión de segundos, él le propinó una bofetada en la cara y le dijo con una voz asquerosa que era suya. Sus palabras se entendían a la perfección.

La voz. La reconoció al instante, y esto hizo que se le parara el corazón un microsegundo. Era un sonido que escuchaba casi todos los días. El dueño de la voz estaba forzando a la chica, le había pegado y la había puesto contra el árbol, subiéndole la falda. La estaba violando. Aletheia lloraba con amargura silenciosamente, pero ya no oponía resistencia. Se agarraba fuerte al tronco del árbol contra el que la había empujado aquel hombre. Mera contuvo un grito y se tapó la boca con la mano que tenía libre, empezó a llorar y a respirar muy rápido. Y entonces el chico se volvió un momento y pudo verle muy bien la cara.

Entre tanto, Mera se percató de que habían empezado a oírse gritos detrás de la puerta del baño donde se encontraban. Miró a Lia asustada y la abrió de inmediato, aún con el móvil en la mano, y las dos salieron a toda velocidad. A paso acelerado se fueron acercando al alboroto.

Al entrar de nuevo en la sala de redacción principal, Mera se llevó la mano a la boca, horrorizada. Todo estaba pasando a cámara rápida. Encontró a Luca cogiendo del cuello a un John estupefacto, que poco comprendía qué estaba haciendo su amigo con él. Un par de compañeros intentaban separarlos. Mera atisbó a Daniel pidiendo a Luca que se calmara.

—¿Cómo has podido ser tan ruin? Un asesino, esto es lo que eres. Un puto violador y un asesino. —Luca le escupió las palabras en la cara a John y le propinó un derechazo en la mejilla.

—¡Luca! —gritó Mera sin remedio.

No sirvió de nada, Luca no escuchaba a nadie. Estaba lleno de ira y de cólera. En su cara había algo que Mera jamás había visto en él. Era oscuro.

Al momento, el chico que llevaba el diseño web en la redacción, que parecía un armario empotrado por sus grandes músculos y su altura, pudo separar a Luca de John por fin, pidiendo paz reiteradas veces.

—¿Qué mierda te pasa, niñato? ¿Quién te has creído que eres? —le gritó John a Luca cogiéndose la mandíbula.

Mera observó el ordenador de Luca justo a su lado y vio abierto el mismo vídeo que mostraba en su mano el móvil de Lia, que aún no le había devuelto. Antes de que Luca pudiera responder o de que volviera a asestarle otro golpe a su jefe, empezaron a oírse pisadas rápidas de un grupo de personas que corrían a gran velocidad. Echó un vistazo a su alrededor, dándose cuenta de que tenía a Lia aferrada, cogiéndose mutuamente las manos temblorosas. Luca y John estaban separados por otra persona y los compañeros se volvieron a mirar hacia la puerta, conmocionados, sin entender qué estaba ocurriendo. En pocos segundos, un grupo de policías se plantó frente a la redacción.

¿Qué estaba pasando? Mera aún no había podido coger aire en lo que le había parecido una eternidad. Se paralizó sin remedio.

De pronto reconoció al que iba delante junto a una chica. Se abrieron paso y se pusieron a la cabeza del grupo.

Entonces Mera lo comprendió todo en un abrir y cerrar de ojos. John y Luca levantaron la cabeza y miraron hacia la puerta. La cara de Luca estaba tan blanca como la de Lia. Harry se dirigió a ellos con paso firme y escupió las palabras con desprecio, en un tono muy parecido al que acababa de escuchar en Luca.

—Queda detenido por agresión sexual y el presunto homicidio de Aletheia Lowell —empezó a decir Harry—. Tiene derecho a guardar silencio. Cualquier cosa que diga puede y será usada en su contra en un tribunal de justicia. Y créame, estoy deseando escucharlo. Tiene el derecho de hablar con un abogado y si no puede pagarlo, que lo dudo —aclaró Harry con amargura, saliéndose de su papel de inspector—, se le asignará uno de oficio, señor Barton.

John puso cara de incredulidad y miró a Mera horrorizado. Ella apartó los ojos. No podía dejar de recordar aquella cara, aquel cuerpo, aquella voz repulsiva violando a Aletheia. Fue cuando se dio cuenta de que hacía unos días su cuerpo podría haber terminado como el de Aletheia.

32

Harry

Septiembre de 2019

El edificio se tornó más silencioso de lo normal. Los oficiales estaban centrados en su trabajo y apenas se dirigían la palabra si no era para susurrar. Un Harry cabreado y hecho una furia no paraba de dar vueltas en la habitación contigua a la de interrogatorios. Katy estaba con él, sin quitarle los ojos de encima y sin haber abierto la boca en un buen rato. Lo conocía bien, decirle cualquier cosa supondría cabrearlo aún más si eso era posible. El comisario, allí presente en medio de los dos inspectores, permanecía con los brazos cruzados, inquieto. Le había pedido encarecidamente a Harry que no entrara en el interrogatorio hasta que no se tranquilizara, de ello dependía su cargo.

Este era el trato, si entraba sería con los ánimos calmados; si no, estaría fuera del caso. «Sé el profesional que se supone que eres, por Dios, Harry», le había espetado Chris, el comisario, a Harry.

A Katy le hizo gracia la situación. Ni en sus mejores sueños el comisario habría podido echar a Harry, y aguantaba su mal humor y sus desplantes por ese motivo. Harry era el mejor y lo tenían allí, no en Bruselas, ni en Londres, sino en Torquay. Su sola presencia bastaba para que el pueblo se sintiera seguro, aunque diera la impresión de que las circunstancias habían cambiado. Chris sabía que Harry odiaba que lo presionara para que brillara como el profesional del que había oído historias. Le repateaba su propia reputación.

Katy imaginaba que Harry no entraba no porque el comisario se lo hubiese ordenado, sino porque no quería cometer ninguna locura. No quería echar por tierra su trabajo, y lo respetaba por ello.

—Has ido antes de que emitiera la orden de arresto. Él es importante, Harry, aunque no te guste. —El comisario lo dijo lo más amablemente posible.

Harry lo miró con furia y sin creer aún muy bien por qué había dicho semejante estupidez.

—¿De verdad? Yo también lo soy.

—Llevar un traje y dirigir un periódico todos los días no lo hace inmune a la ley —respondió Katy, de acuerdo con Harry.

—Pero sí el dinero —corrigió Harry—. ¿Verdad? —añadió dirigiéndose al comisario.

—Bueno, claro que no lo hace inmune a la ley, pero tenemos que ir con cuidado. Es el maldito director de uno de los mayores medios de comunicación local. Os vendría bien recordar que su hermana es vuestra compañera. Su padre me ha pedido...

—Oh, ¡¿su padre?! —gritó Harry, atónito—. ¿Así que de

eso se trata? ¿De ser amigo del pez gordo de su padre? Me importa una mierda su padre. Ha violado a una chica. No es una supuesta violación, está grabada, joder. Lo han grabado. Alguien de esta puta ciudad sabía que esto había pasado, y llevamos poco menos de una semana con el caso, a saber si esta misma persona no tiene el vídeo de la muerte de la chica. ¿Y tú te preocupas por su papaíto? Que le follen. Que os follen a todos.

—¡Harry, para ya! —le ordenó el comisario, intentando hacer valer su superioridad—. ¡Joder! No será una violación hasta que el juez no lo dictamine, ¿entendido?

Harry rio con sarcasmo y amargura.

—Vete a la mierda. ¿Quieres respeto, Chris? —le espetó a su jefe—. Respeta entonces tú a esa chica y a su familia. La ha violado. Tanto tú como yo lo sabemos. Y lo sabe cualquiera que haya visto el maldito vídeo. Me da igual la pasta que tenga, me da igual quién sea su jodido padre. Esto no es saltarse un semáforo en rojo. —Cogió aire para seguir—. ¿Y sabes lo peor? Aún no sé si es más grave todavía que alguien lo haya grabado y no haya hecho nada por ayudar a la pobre muchacha. A lo mejor ese depravado tenía a alguien para que grabara sus barbaridades y ponerse cachondo en su casa con ellas.

Harry respiró hondo. No iba a ir a ningún lado así. Tenía que dar la falsa ilusión de estar relajado para entrar allí. A la habitación donde estaba aquel hombre al que creía conocer. Ahora solo podía verlo como un monstruo.

Recordaba a un John adolescente, pegado siempre a los pantalones de su hermano. Iba a su casa a comer desde pequeño, jugaba con Luca, pasaban los días uno en casa del otro e incluso fueron a la misma universidad. Su hermano lo quería. Lo quería como si fuese de la familia, incluso más. John siempre estuvo a su lado cuando Harry se ausentó. Recordarlo le provocó una punzada de dolor; le dolía pensar en lo que su hermano pequeño habría sentido al ver el vídeo. Los divisó en cuanto entró en la redacción del periódico, como si se hubiesen enzarzado en una pelea. A Luca con el puño dolorido y rojo y al otro con el labio partido y cogiéndose la mandíbula. Le acababa de propinar un golpe, de eso estaba seguro. Todos lo sabían cuando ellos llegaron a la redacción a llevárselo bajo arresto.

Y después estaba ella. Mera. No había caído hasta aquel instante en que su jefe era el bastardo que tenía tras el cristal que los separaba. ¿Y si se había propasado con ella también? ¿Y si le había hecho daño en algún momento? Recordó que en un tiempo no tan lejano, ella le contaba su trabajo en la redacción. Vagamente le vino a la mente el recuerdo de que ella le había mencionado que su jefe a veces parecía tener abruptos cambios de humor. Según la joven, era una persona simpática y agradable, pero en un abrir y cerrar de ojos podía pasar del encanto a la rabia y al enfado. ¿Sabría ella la clase de persona que era? Y él, ¿por qué no se había dado cuenta de que Mera tal vez lo estaba pasando mal? Negó con la cabeza y se dijo a sí mismo que hablaría con ella en cuanto terminase el interrogatorio. Al fin y al cabo, era una testigo potencial y podía excusarse en el caso para asegurarse de que estaba sana y salva.

—Voy a entrar —anunció Harry.

—¿Estás seguro? —Chris le puso una mano en el hombro para retenerlo. Más que una pregunta era una advertencia.

—Comisario, sé hacer mi trabajo. He dicho que voy a entrar.

—Te acompaño —afirmó Katy levantándose de inmediato—. Estaré en la retaguardia.

Harry asintió. La prefería dentro junto a él. Ninguna persona necesitaba tanto a Katy en aquel momento.

El inspector se dirigió a la puerta con su compañera detrás. Antes de coger el pomo y girarlo inspiró con profundidad sabiendo a quién se enfrentaría cuando la traspasara. No solo traspasaría la puerta, sino también una línea invisible tras la cual lucharía constantemente con sus impulsos. Siempre que la ira le subía hasta la garganta se repetía una y otra vez que él no era su padre.

Cuando por fin giró el pomo y abrió la puerta, John se volvió para ver quién entraba.

—Vaya, venís en parejita. ¿Me vais a hacer el típico número del poli bueno y el poli malo?

—Para tu desgracia, señor Barton, los dos somos polis malos —le espetó Harry, sentándose enfrente de él, que estaba vacilante.

—¿Y estas formalidades? He pasado la vida en tu casa junto a tu hermano. ¿De qué cojones va todo esto?

—Realmente va de tus cojones —le respondió Harry mientras sacaba muy serio su teléfono móvil y le enseñaba a John el famoso vídeo que había aparecido por arte de magia en Twitter.

Al principio, John permaneció tranquilo y sacó una media sonrisa, seguro de sí mismo.

—Ese no soy yo.

—Ah, ¿no?

Entonces John escuchó el timbre de su voz. De inmediato pudo observar su cara con total precisión y a Aletheia pronunciando su nombre y pidiéndole que la dejara tranquila. Se puso pálido, e incluso parecía que tenía la cara desencajada.

—Era una de mis mejores amigas. Más que una amiga. Ella me quería.

—Ella no quería que la tocaras, lo deja bien claro.

John tragó saliva y se recompuso. La situación empezaba a cabrear sobremanera a Harry antes de lo previsto.

—De eso nada. Ella me provocó todo el rato, era de esas. Además, en cuanto la cojo se puede apreciar que no dice absolutamente nada. Lo consiente.

Sin que Harry lo viera venir y pudiera evitarlo, Katy dio un puñetazo en la mesa.

—Mira, violador de mierda. Ella se negó y estaba asustada. Que después no dijera nada no quiere decir que consintiera que la tocaras, porque en el cuerpo que hallamos se ven perfectamente marcas de violencia y agresión. Así que sé inteligente por un momento y reconoce lo que estás viendo —le espetó.

Harry asintió. No tenía nada que añadir. Por un momento se sintió aliviado por no haber sido él el que había perdido los estribos. Después tocó con discreción el brazo de Katy para expresarle su apoyo y transmitirle calma. Aunque ninguno de los dos tenía una pizca de lo segundo.

—No diré nada sin mi abogado.

—Genial. Esperaremos, entonces. Mientras tanto te quedarás aquí reflexionando sobre lo que has dicho —respondió Harry levantándose.

Katy se dirigió a la puerta con rabia y salió primero. Antes de que Harry pudiera seguirla, John alzó la voz.

—Sé que hay gente detrás del cristal. Y tú sabes muy bien quién es mi padre y el renombre de mi familia. Lo que ha hecho por esta ciudad. Mi hermana es policía, Harry. No podéis dejarme aquí mucho tiempo.

Harry lo miró estupefacto. Casi se echó a reír en su cara. Fue la gota que colmó el vaso.

—Si esto va de padres, estoy seguro de que conoces al mío. Yo no soy mi padre, John, igual que tú tampoco eres el tuyo. Lo que eres —dijo sacando su móvil— está en esta grabación. ¿Fuiste tan estúpido de pedir que te grabaran un vídeo para uso personal?

John rio por lo bajo.

—No soy el depravado que piensas, Harry. No tenía ni idea de que había alguien grabando.

Harry le mantuvo la mirada unos instantes.

—Entonces es que, aparte de agresor, eres estúpido.

Dio un portazo con satisfacción sin darle a John tiempo de contestar. En cuanto lo hizo se arrepintió de inmediato. Enfrente tenía a una chica muy morena con una coleta alta, con los brazos cruzados y los ojos llenos de lágrimas. No iba uniformada porque era su día libre. No le correspondía estar allí. Justo detrás de ella, una chica espigada y pelirroja a la que Harry había visto tiempo atrás parecía muy preocupada.

—Necesito hablar con él —dijo Lyla—. Es mi hermano, joder.

Harry no se apartó de la puerta cerrada. No iba a permitírselo, no estaba psicológicamente preparada. Lyla era una buena persona, una buena poli. Buena no, era fantástica, prometedora. No iba a dejar que su carrera se fuera al garete por esto. Meneó la cabeza.

—Lyla, te comprendo.

—¡No! ¡Tú qué coño vas a comprender! ¡No has sabido en tu vida lo que es una relación entre hermanos!

Harry extendió las manos y la cogió por los hombros para tranquilizarla.

—Escúchame. Sé que esto es difícil, pero si has visto ese vídeo sabes lo que ha pasado. Necesitamos que confiese, y solo está dispuesto a negarlo. Sé que duele ver a tu hermano...

—Es un monstruo —admitió ella bajando la cabeza—. Y no lo había visto, nunca he querido verlo, así que en parte es culpa mía. Necesito comprobarlo con mis propios ojos.

—Y lo harás, pero ahora no es el momento. Tienes que calmarte. Como comprenderás, Chris te va a mantener fuera del caso. No es que estés comprometida personalmente con el sospechoso, es que eres su jodida hermana pequeña, Lyla. Si haces algo, sea para bien o para mal, te va a llegar mierda hasta que te quedes sin oxígeno. No eres tonta, sabes muy bien que lo que digo es verdad.

Ella levantó la cabeza para mirarlo a los ojos. En ellos había determinación, y Harry lo respetaba.

—Siempre que mantengas la compostura, puede que Chris deje que te quedes detrás del cristal, pero no esperes más. Y si entras, no lo hagas como policía, Lyla, o tu carrera terminará antes de que comience de verdad. Por tu propio bien vete con tu familia.

Le dolió decirle aquello. Lyla estaba teniendo pequeños espasmos temblorosos, parecía que le faltaba el aire en los pulmones. La pelirroja se acercó a ella y la abrazó por detrás para llevársela.

—Vamos, Lyla, tiene razón. No puedes hacer esto —le dijo a su compañera frotándole la espalda dulcemente. Después levantó la mirada hacia Harry—. Gracias —añadió en tono amable mientras daban media vuelta.

Él sabía bien que Lyla iba a pedirle al jefe que la dejara estar presente en el interrogatorio. El comisario no lo permitiría y ella se pondría hecha un basilisco. No la culpaba: si el que estaba en la sala hubiese sido su hermano, él habría arrancado la puerta de cuajo y habría entrado por las buenas o por las malas.

33

Mera

Septiembre de 2019

Llegar a casa le resultó incómodo a Mera. Después del altercado parecía que Luca estaba conmocionado. Lia le aseguró a Mera que se encargaría de lo que quedaba de trabajo y le aconsejó que llevara a Luca a casa o al hospital, donde creyera que fuese mejor para su salud, sobre todo la mental. Además, ellos mismos publicarían que John había sido detenido, pues no podían dejarlo pasar, aunque el periódico fuese de los Barton. Imaginaba un artículo lleno de palabras como «supuesto» y «presuntamente», sin aclarar los hechos ni relatar más que lo necesario.

Mera intentó acompañar a Luca a urgencias para que le examinaran la mano, que le hacía quejarse de vez en cuando a pesar de sus esfuerzos por negar el dolor. Tras insistir varias veces sin ningún éxito, compró una bolsa de hielo para que se la pusiera en la inflamación y le dijo que lo llevaría a su casa.

No quería alejarse de él; estaba triste y enfadado, y ni siquiera hablaba.

«Luca sin hablar... Esto sí que es un suceso paranormal y preocupante», pensó Mera.

Como no quería que condujera Luca y no había traído el coche porque habían venido los dos en el suyo, este le ofreció sus llaves y ella, sin pensárselo dos veces, se sentó al volante.

Cuando llegaron le preparó una infusión porque pensó que ni la cafeína ni la teína le vendrían nada bien, y se quedó sentada en la cocina mirándolo en silencio. Él alzó la mirada después de un par de sorbos.

—Gracias —le dijo avergonzado.

—No las des. Te preguntaría qué ha pasado, pero ya lo supongo. Viste el vídeo, ¿no?

Él asintió.

—¿Le dejaste que se explicara o fuiste a por él directamente?

—No supe reaccionar de otro modo, no le di tiempo ni de hablar. Creo que no sabía lo que estaba ocurriendo. No tenía ni idea, se lo vi en los ojos. Y esto me cabreó aún más.

—Entiendo que te enfadara. Yo no sabía ni cómo sentirme cuando lo vi.

—¿Lo viste?

—Sí. En cuanto nos separamos al entrar, Lia me llevó al baño y me lo enseñó en su móvil. Justo en ese momento escuché el jaleo y te vi con él.

—Es un gusano. De adolescente ya lo era, pero esto... —Hizo una pequeña pausa y dio otro sorbo a la infusión antes de proseguir—: Esto sí que no me lo esperaba. Es como si no fuera el John que yo conocía.

—¿Crees que lo ha hecho él? ¿Que él la ha matado?

Mera observó cómo Luca se estremecía al preguntarle aquello. Incluso parecía que las lágrimas invadían sus ojos. Estaba atormentado.

—Hace un par de horas —dijo con un hilo de voz—, te habría contestado que eso era imposible. Te habría dicho que ese hombre había sido como mi hermano toda la vida y te habría asegurado que jamás haría daño a nadie. Habría argumentado que, aunque sea egocéntrico y egoísta, jamás podría asesinar. —Luca apartó la mirada de los ojos de Mera, que se le hacían insoportables—. Pero al ver las imágenes, al reconocer su voz... ha sido como si siempre lo hubiese sabido, pero hubiese estado mirando hacia otro lado.

—Lo siento mucho, Luca —dijo ella, cogiéndole la mano que tenía posada sobre la mesa.

Mera estaba sentada frente a él con otra taza de infusión a su lado, que ni siquiera le apetecía beber. Había tantas preguntas que necesitaban respuesta, tantas cosas que no entendía. Recordó la noche en la que John la manoseó y quiso sobrepasarse con ella. ¿Le habría hecho lo mismo a Aletheia? Si ella no se hubiese ido, ¿la habría matado?

Después cayó en la cuenta. A lo mejor tenía que contarle a Harry lo ocurrido. No había conectado los dos sucesos hasta ahora, pero si lo denunciaba o se lo contaba a Harry, aquella conducta recurrente tal vez reafirmaría la sentencia. Aunque viendo el vídeo, sabía que estaba condenado sin necesidad de que ella dijera nada, y no quería sacar aquella noche a la luz. Con solo recordarla se le erizaba la piel, le entraban ganas de meterse en la cama y no salir en varios días. Con todo, ahora se sentía más a salvo; esperaba que los hechos no quedaran impunes y no tener que ver nunca más a John.

—Debo contarte algo —murmuró él de pronto. Mera lo miró sorprendida y confusa al advertir la determinación en su rostro—. No lo he dicho antes porque creía que era una tontería. Me afectó mucho saber que habían asesinado a Aletheia e intenté convencerme a mí mismo de que enseguida lo olvidaría, de que era agua pasada y hacía años que no la veía.

Mera alzó una ceja, asombrada. Luca había pronunciado el nombre de Aletheia como si llevara haciéndolo toda la vida, como si le resultase familiar y a la vez amargo.

—¿La conocías?

Él asintió apesadumbrado.

—Sí. Y John también. Íbamos al mismo instituto. Lo que no sabía era que John seguía teniendo contacto con ella; nunca me lo dijo. Supongo que pensaba que si yo me enteraba me enfadaría con él o creería que me estaba traicionando.

—¿Traicionando? No entiendo qué quieres decir. ¿Por qué no podía contarte John que tenía relación con ella?

—Aletheia fue mi primer amor. Me enamoré locamente de ella y, como pasa con la mayoría de los primeros amores adolescentes, que son tan alocados, lo nuestro terminó de la peor manera. Aletheia me rompió el corazón. Se fue un día de la ciudad y ni siquiera me avisó. Intenté contactar con ella durante meses, y nada. Ni una carta. Me ignoró. Supongo que para ella yo solamente era un novio pasajero. —Luca encogió los hombros, dolido—. No es que siga enamorado de ella, entiéndeme —corrigió rápidamente—, pero en su día sí que me hizo daño. Yo solo tenía quince años, e ignoraba por completo por qué no me había contado que se iba. Cuando me enteré de que era ella la mujer que había desaparecido y a la que habían matado, me afectó. John me puso al frente de la investigación. Al principio pensé que de verdad lo hacía por ti, pero después me pareció que le gustaba verme sufrir. Sabía que yo no podría sacar nada en claro porque me fue imposible contactar con ella en vida, y ahora quería que relatara los detalles de su muerte. Qué cínico, sabiendo lo que pasó aquella noche y siendo el hijo de puta que la mató. —Cerró el puño con fuerza y miró hacia arriba, frustrado.

Mera cerró los ojos al escuchar aquella frase. Luca estaba roto. Ahora entendía todo lo sucedido días atrás y se daba cuenta de cómo los había manipulado John. Lo había hecho de una manera tan eficaz que le daban arcadas solo de pensarlo.

De repente, Mera oyó que se abría la puerta de casa y se inclinó desde su silla para mirar quién había llegado. El abuelo Steve entraba con las manos llenas de libros.

—¡Abuelo! —lo saludó con un tono de reprimenda en la voz—. Te he dicho que no vengas cargado solo. —Y le cogió los libros que llevaba.

—Pero ¡bueno! ¡Y yo cómo iba a saber que estabas aquí! En este caso los habría traído mañana para que no me vieras —le dijo él sonriendo.

Ella lo miró con cara de pocos amigos.

—Déjame ser la nieta cruel y recordarte que ya no tienes edad para coger tanto peso. Debes empezar a cuidarte.

—Ay, hija, a mí me sobran fuerzas.

Al poner los libros en la mesa del salón, Mera se dio cuenta de que su abuelo se dirigía a la cocina.

—Oh, ¿y este caballero? —preguntó, mirándolo por encima de las gafas.

Luca se puso de pie de inmediato y le ofreció la mano a Steve.

—Perdone, señor Clarke, soy Luca Moore.

Steve le estrechó la mano y miró a su nieta.

—¡El pequeño de los Moore! Ya estaba deseando volver a verte, muchacho. No te había visto desde que eras un adolescente.

—Sí, señor. La última vez fue...

—En el entierro de mi hija, sí. Tu abuelo te trajo para que lo acompañaras.

—Sí. Harry no pudo asistir porque estaba estudiando fuera. Siento lo de su hija de nuevo, señor Clarke.

—Bobadas, ya hace muchos años de aquello, muchacho. Además, tengo a mis nietas. No puedo pedirle más a la vida después de quedarme con ellas.

Steve le sonrió a un Luca nervioso y sobrepasado por los sentimientos.

—Si me disculpáis, me voy a hacer un té y después os dejo solos, que no quiero estorbar.

—No estorbas, abuelo, no te preocupes.

Steve negó a regañadientes y puso a calentar el agua. Entonces sonó la sintonía de un móvil. Mera miró el suyo, que estaba encima de la mesa, pero la pantalla estaba apagada. Luca se palpó los bolsillos e hizo un gesto diciendo que contestaba mientras se iba hacia el salón. Mera asintió para que fuera.

—Abuelo, no sabía que Luca había estado en el entierro de mamá, nunca me había dicho nada.

—Era un crío, Mera. Dudo que se acordara hasta que ha hecho memoria de la última vez que me vio. Ni tu abuela al verlo esta mañana lo ha reconocido. —Ella iba a preguntarle cómo lo sabía, pero su abuelo se le adelantó—. Sí. Me lo ha contado. Me dio mucha lástima no llegar a tiempo de verlo. Así que me alegro de que esté aquí. Por suerte se parece mucho más a su madre. —Aquel comentario le extrañó a Mera. Su abuelo no solía fijarse en el físico de los demás.

Luca regresó del salón al terminar de hablar por teléfono con el rostro sombrío, y esta vez la joven pudo apreciar a la perfección que las lágrimas le caían por el rostro. Mera se levantó al instante. Aquel día parecía que iba a peor.

—Luca, ¿estás bien? ¿Qué pasa? ¿Quién era? —Las preguntas le salían de la boca atropelladamente.

Él negó con la cabeza y miró a Steve con una tristeza que ella solo había visto una vez en su vida. Cuando sus abuelos se enteraron de que su madre había fallecido. Mera solo tenía ocho años, pero jamás olvidaría sus caras ni el sentimiento de pérdida que expresaban. Luca tenía la mirada vacía, estaba conmocionado.

—Es mi abuelo. A... Acaba de fallecer —dijo con un hilo de voz, aún con el teléfono en la mano.

Mera quiso abrazar a Luca, pero por instinto se giró antes hacia su abuelo. Lo miró asustada y contempló la escena a cámara lenta. Las manos temblorosas de su abuelo no pudieron retener la taza que sostenían y esta cayó al suelo sin remedio. Se rompió en lo que parecían mil pedazos.

34

Marzo de 1999

Luca había estado yendo y viniendo del instituto en solitario. Se había convencido de que era lo mejor hasta que Aletheia volviera a clase tras el descanso en casa para restablecerse de la gripe que había pillado. No le apetecía hablar con John porque últimamente no paraba de preguntarle por su novia y si echaba de menos tener sexo con ella. Parecía que le importaba más que a él mismo. Entonces recordó los besos de Aletheia y sus manos en el cuerpo esbelto y perfecto de la chica. Rememoró las pecas de sus mejillas y, en particular, esa que era algo más grande que las demás, en el lado izquierdo de su cara. Sonrió para sus adentros.

Había ido unas tres veces a casa de Aletheia, pero la última intuyó que ella no quería que estuviera allí. Lo miraba con nerviosismo y se centraba en los deberes de aquella semana, que él le había llevado. Terminó decidiendo no ir a verla más y esperar a que se recuperara para encontrársela en el instituto como todos los días. Aquello no podía durar demasiado, ya casi habían pasado dos semanas.

Llegó a casa algo asfixiado, desde que su hermano mayor ya no estaba (se había ido ese mismo curso a estudiar a Oxford) necesitaba que todo fuera perfecto. Se había apuntado a más cursos extraescolares para estar el menor tiempo posible en casa, aunque a veces se quedaba en la biblioteca que tenía su madre para estudiar. Siempre intentaba irse, pero su abuelo a menudo lo retenía para pasar más tiempo juntos desde que Harry se había marchado. Así que él hacía deberes y el abuelo leía cualquier cosa que se le antojara. A veces, el abuelo también aprovechaba el estar en casa y ayudaba a su padre con algunos aspectos de la empresa que no entendía. Cada vez tenía más claro que no sería él quien heredara la empresa, nunca la había querido, pero cuando veía a su abuelo descifrando algún rompecabezas para encontrar una solución, se le quitaban aún más las ganas. Él no estaba hecho para ser empresario o hacer números. Él deseaba sentir las historias, contar experiencias, escribir la realidad. La suya y la de los demás. Había momentos en que pensaba que esta aspiración se debía al silencio eterno que había en su casa. Apenas se dirigía a su padre por miedo a molestarlo o decir algo inoportuno y que este la tomara con él de nuevo. Además, tanto su padre como su madre y su abuelo siempre decían que las cosas de casa se quedaban en casa y que jamás había que mostrar debilidad.

Esto era lo que él hacía, pero en su mente florecían palabras que necesitaba transformar en tinta, y contar su historia o la de otra persona apremiada por exteriorizarla lo ayudaba. Por este motivo aquel año había decidido que se iría a estudiar periodismo. Harry estaba en Oxford, pero él prefería

Cambridge. Había sacado las notas exigidas y se dejaba la piel en las clases extraescolares. Tenía la convicción de que nada podía pararlo. Ni siquiera los golpes de su padre.

Aquella tarde, después de la clase de español y de estar un rato remoloneando con sus compañeros antes de ir a casa, nada más poner un pie en el suelo de tarima, su padre lo llamó para dar un paseo por el jardín. Al instante, Luca hizo una rápida lista mental de todo lo que podía haber hecho mal y las manos empezaron a temblarle. Respiró profundamente y pensó que si lo había llamado al jardín (cosa que no era lo normal, porque cuando quería tocarlo lo llamaba al despacho), no podía pasar nada. Allí siempre estaban los trabajadores, incluso a esas horas podían seguir rondando cerca.

Su padre le dio un par de palmadas en el hombro que lo descolocaron por completo.

—Mi hijo pequeño se ha hecho un hombre.

Él se quedó en silencio sin saber qué contestar.

—Vamos, hijo, que lo sé todo.

—Perdona, papá, pero... —dijo en un susurro—. No sé de qué me hablas.

Edward suspiró notablemente molesto. Luca nunca podía prever cómo reaccionar, su padre era una montaña rusa de emociones. Era imposible adivinar si lo pillarías contento o triste, irritado o agradecido.

—El señor Lowell trabaja para mí —declaró Edward mirando de reojo a su hijo por encima del hombro, aunque el chico ya casi alcanzaba su estatura—. Rectifico, trabajaba. —Al ver que Luca seguía en silencio este prosiguió su monólogo—. Me ha dicho que estaba muy contento de que su hija hubiese hecho más que amistad con mi hijo menor.

A Luca se le erizó la piel. Lo sabía. Sabía que Aletheia

existía. Sus palabras lo aterrorizaron. Ella era lo único bueno y puro que jamás había tenido, lejos de esa casa infernal. Que su padre hablara así de ella manchaba todo lo que habían compartido.

—Por desgracia, vino a comunicarme que se iba de la empresa para montar la suya propia. En Bristol. Es una pena, tuvieron que marcharse esta mañana temprano y me pidió que te dijera de parte de su hija que ella quería empezar de cero y que la dejaras en paz. Ella no se atrevía a contártelo estos días que has ido a verla. No estaba enferma, hijo. —Hizo otra pausa para ver si Luca reaccionaba—. Solo estaban preparando las cosas para la mudanza y a ella le daba vergüenza decírtelo.

Luca notó una brutal patada directa al esófago. No era física, pero la sentía como si lo fuera. Su padre lo había golpeado más fuerte con aquellas palabras que si le hubiera pegado una paliza.

—¿Cómo? —comenzó a gimotear sin remedio.

—Lo siento, hijo. Las mujeres son así. A veces te destrozan el corazón sin motivo. Se lo das todo y ellas te dejan sin entregar nada a cambio.

—Aletheia no haría eso. Tiene que haber una explicación —afirmó el muchacho intentando contener las lágrimas, sin éxito.

Su padre negó con la cabeza; también parecía realmente afectado por la situación.

—De verdad que lo siento. Igual que a ti, mi primer amor me dejó sin explicaciones, y créeme cuando te digo que no merece la pena obsesionarse ni buscar motivos.

Edward abrazó a su hijo. Por primera vez Luca recibía un abrazo de aquel hombre. Era rudo y sin compasión, un abrazo robotizado. Edward lo acompañó de nuevo con un par de palmaditas de ánimo en la espalda y sonrió al terminar.

—Me ha dicho tu madre que hoy has tenido un día duro de estudios. Así que te dejo que descanses. —Antes de traspasar el umbral de la puerta de la casa, se volvió y lo miró con lo que a Luca le pareció una sonrisa socarrona en la cara—. No te martirices, ya te llegará el amor de verdad.

Luca creyó distinguir la sonrisa del Joker en el rostro de su padre, la sonrisa de un sociópata que disfrutaba con el dolor ajeno, incluso con el de su propio hijo. Esperó a que desapareciera su sombra para romper a llorar todo lo que había aguantado, ya que no quería darle a su padre el gusto de presenciarlo. Aquello dolía más que veinte palizas juntas.

35

Mera

Septiembre de 2019

La ciudad de Torquay se despertó para darle el último adiós a una de las personas que más había contribuido a su economía. El cielo encapotado en la mañana fría de septiembre rezumó tristeza incluso al alba.

Mera avanzó entre las tumbas, no con miedo pero sí con respeto. Su mano apretaba fuertemente la de su abuelo, que desde que había sabido de la muerte de aquel hombre sus ojos parecían haber ennegrecido y su cuerpo, haber envejecido más años de los que tenía.

La última vez que estuvo en un cementerio fue para llevar flores a sus padres. Iba cada mes. Le gustaba contarles las cosas que habían sucedido desde la última visita, aunque supiera que no podían escucharla. Siempre había sido científica hasta la médula, creía firmemente que después de la muerte no existía más que la nada. La brutal y desoladora nada. Aun así, sentía la imperiosa necesidad de ir y hablarles cada vez que podía. No podía explicarlo, simplemente llegaba allí por inercia al darse cuenta de que la visita la acercaba muchísimo más a sus padres que cualquier fotografía.

El suyo fue precisamente el último funeral en el que estuvo. Era tan pequeña que solo recordaba pequeños fragmentos, y suponía que su memoria había desechado las imágenes de aquel día que más dolor le producían. Lo que le había desgarrado las entrañas cuando intentaba entender que no volvería a estar junto a ellos. Mientras paseaba por el césped recordó su mano aferrada con fuerza a la de su abuelo, pero aquella vez la otra mano se cogía a la de su abuela. Emma no estaba. Rememoró vagamente que alguien la cuidaba. Por suerte para su hermana, no tendría que recordar jamás el olor del cementerio, ni el llanto de personas desconocidas, ni, cosa que era peor aún, el de las que sí conocía.

El frío empezaba a calar en los huesos de los asistentes, los árboles vaticinaban tormenta con el movimiento irregular con el que se estremecían sus ramas. Mera miraba hacia arriba viendo como las hojas iban cayendo con cada nueva sacudida del viento. Había cuervos en algunos árboles, que daban al cementerio un aire digno de una película de terror. El negro predominaba, y Mera pudo distinguir varias caras conocidas. En esta ocasión, ella llevaba a su abuelo con paso tranquilo, muy pendiente de él, y Emma acompañaba a su abuela Harriet del brazo. Sabía lo importante y doloroso que era aquel día para Steve, y podía jurar que su abuelo nunca se perdonaría no haber visto a su antiguo amigo una última vez para tener una conversación con él. Ya no sería posible y sentía su pesar en cada paso que daban, hundiéndose pisada a pisada en una suerte de arenas movedizas.

Vio a Luca junto a una mujer muy hermosa de unos sesenta y tantos años con unas enormes gafas de sol negras que no dejaban apreciar sus ojos y una pamela del mismo color que indicaba el luto. A su lado, un hombre con traje negro y pelo rizado que en otra época había sido oscuro y que ahora dejaba paso a unas canas plateadas por la edad. Mera lo reconoció; suponía que había sido un hombre muy atractivo en su juventud, pero sobre todo lo que más le impactó fue el gran parecido que tenía con Harry. Era su padre. Su semblante serio, aunque no triste, le daba el aspecto de una roca plantada en el césped mirando a los asistentes que pasaban en fila frente a él, estrechándoles la mano y agradeciéndoles el pésame con un gesto y un tono fuerte y regio.

Los Clarke fueron a hacer lo mismo. Steve iba a la cabeza para ser el primero en darle el pésame a la familia. Empezó por Luca, que le cogió la mano, reconfortado, y Steve lo abrazó diciéndole algo que Mera no llegó a oír. Luca asintió con lágrimas en los ojos y miró a Mera.

—Lo siento mucho —dijo ella con pesar.

Él hizo un ademán con la cabeza y fue a darle la mano en señal de gratitud, pero Mera sintió la necesidad de abrazarlo igual que acababa de hacer su abuelo, así que lo hizo. No le dijo nada más, simplemente lo estrechó con dulzura y apego, intentando demostrarle que podía contar con ella.

Cuando se retiró, él hizo un gesto y sonrió. Inmediatamente, Mera le dio la mano a la señora que estaba a su lado, la cual, gracias a que su abuelo le había dado el pésame antes que ella, había entendido que era la señora Moore. Diana, la madre de Harry y Luca. La mujer la despachó de manera rápida, dándole las gracias con un movimiento de la cabeza, así que le dio tiempo a ver que su abuelo le daba el pésame al señor Moore, al hijo que se había quedado huérfano ahora. Steve miró con ojos fríos a Edward y le ofreció sus condolencias de una manera mucho más impersonal que a los demás miembros de aquella familia. Edward ni se inmutó al verlo. A Mera le quedó claro que no mantenían una relación muy buena. ¿Acaso había tenido algo que ver ese hombre en el distanciamiento de su abuelo y Alan?

Entonces algo cambió en la expresión de Edward al ver a Mera frente a él. Dio un pequeño respingo y la miró entre asombrado y curioso.

—Soy Mera Clarke, señor Moore, siento mucho su pérdida y que nos hayamos tenido que conocer en tan terribles circunstancias —le dijo ella estrechándole la mano.

Ante su sorpresa, el señor Moore sonrió por primera vez en todo el evento.

—Vaya... Eres idéntica a tu madre, Mera. Casi creí haber visto un fantasma.

Por el rabillo del ojo, Mera vislumbró que Diana, la madre de Luca, se erguía con fuerza y tosía cortésmente.

—Los fantasmas no existen, señor Moore, solo están en nuestra cabeza.

Edward dejó de sonreír de inmediato y la observó con atención. Mera soltó su mano. Sentía su mirada clavada en la nuca.

—Vamos, abuelo, será mejor que nos pongamos más allá —dijo ella, señalando un sitio a varios pasos de donde estaban.

Steve asintió y Harriet y Emma los siguieron.

—Este tipo da escalofríos —le susurró Emma al oído a Mera.

—No parece muy afectado.

—No lo está —intervino Steve con rabia—. Para él su padre siempre fue un estorbo. Una persona con una moral intachable, algo de lo que él carecía.

A Mera le sorprendió la ira contenida de Steve. Tanto para Emma como para ella sus abuelos habían sido siempre unas personas afables y sin rencor, que ayudaban al prójimo e intentaban comprender los diferentes puntos de vista de cada historia. Incluso cuando discutían como pareja, cosa que rara vez ocurría, terminaban preguntándose el uno al otro por qué se sentían enfadados y cómo podían arreglarlo para no seguir discutiendo. Eran un equipo.

Formaban una pareja tan perfecta que a las niñas les daba arcadas. Su hermana solía afirmar que los abuelos habían nacido para estar juntos, y aunque ellas habían comprobado que ese tipo de amor sin duda existía, pues lo habían visto en su propia casa, en realidad no creían que ellas llegaran a vivirlo en sus carnes. Era una posibilidad entre seis millones.

Volvió a mirar a su abuelo para responderle. El dolor y la pérdida hacen que el resentimiento pueda salir de una manera inesperada, y ella no quería verlo así. No lo merecía.

—No digas eso, *grandpa*. Son familia, estoy segura de que el señor Moore quería a su padre a su manera.

Steve meneó la cabeza.

—Ya te digo yo que no. Siempre hay una oveja negra en la familia, una sombra que perjudica y que hace daño. En esa familia, la sombra, la oveja negra sin escrúpulos es Edward Moore.

Su abuelo se cruzó de brazos y dio por concluida la conversación.

La ceremonia pasó rápida, fue escueta y muy bonita. Hubo mucha gente del pueblo que mostró su cariño al hombre que había levantado el imperio que tantos puestos de trabajo había dado a la población y que ahora era enteramente de su único hijo.

Al terminar se percató de que había una figura alejada de la muchedumbre, con una gabardina negra y barba de unos cuantos días. Desde donde estaba no podía observarla bien, pero advirtió que tenía la mirada fija en la tumba de Alan Moore. Parecía que ni siquiera pestañeaba. Las campanas de la iglesia daban las nueve en punto de la mañana, y con su sonido estridente, los cuervos alzaron el vuelo mientras los árboles se movían con vigor. Hasta ahora no había reparado en su ausencia junto a la familia para despedir a su abuelo, aunque no le hizo falta imaginar que Harry no quería estar cerca de ellos en un momento así. Las pocas veces que le había hablado de su abuelo lo hizo con una pasión inaudita. Como la que ella sentía por Steve.

Mera se transportó por un instante a uno de los días en los que ella trabajaba en la librería para que sus abuelos descansaran. Estaba clasificando los libros nuevos que habían llegado y Harry se quedó a ayudarla porque tenía el día libre. Entonces le confesó por qué había elegido aquella profesión que implicaba ver cadáveres prácticamente cada día de su vida.

—Ser inspector de homicidios me viene de familia.

—¿De familia?

—Bueno, en mi casa nadie lo es. A pesar de ello, mi abuelo siempre me decía de pequeño que si no hubiese sido empresario le hubiese gustado estudiar criminología. Decía que era la manera más justa de vengar a los que se van sin que les toque todavía.

Ella asintió complacida, observando a Harry tan apasionado hablando de su familia.

—De pequeño le dije que yo lo haría por él —prosiguió Harry—. Que llevaría ante la justicia a todas las personas crueles que habían cometido un delito y hacían daño a la gente. Cosas de críos —añadió encogiéndose de hombros—. Siempre veía en sus ojos un brillo de orgullo. De hecho, me pagó los estudios.

—¿Y eso? Creía que fue tu padre el que lo hizo. Seguro que alardea de tener a uno de los inspectores más famosos de Europa en casa —dijo ella con una risita.

—Nada más lejos de la realidad. —Rio—. Yo soy la decepción de mi padre. El primogénito que no siguió sus pasos para ocuparse de la empresa de mi abuelo.

—Pero tu abuelo está orgulloso de eso, ¿no? —preguntó para confirmar que lo había entendido bien.

—Claro, acabo de decírtelo.

—Entonces a tu padre ni caso.

Él la miró sorprendido y sonrió.

Mera recordaba aquel momento muchas veces. Harry había sido siempre un jeroglífico para ella, por lo tanto, rememorar aquella conversación le hacía sentirse más cerca de él.

En cuanto la misa terminó y la gente empezaba a marcharse, vio como su silueta también se alejaba, escabulléndose entre el gentío y perdiéndose de nuevo de su vista.

Ella miró a su abuelo, que seguía con la mirada perdida en el agujero que habían hecho para enterrar el cuerpo.

—Vamos, *grandpa*. No te sienta bien quedarte aquí, y hace mucho frío. Será mejor que nos vayamos.

Le hizo un gesto a Emma para que abriera la marcha y animara también a su abuelo a irse de allí lo más pronto posible.

—Sí, venga. Haremos té para los cuatro y veremos una película de Netflix, pero una de esas malas románticas, que me apetece —sugirió su hermana, poniendo un toque de humor al asunto.

Una vez echaron a andar sin que sus abuelos pronunciaran ni una palabra, Mera notó que una mano fría se posaba en su hombro.

—Perdona, Mera.

Ella se giró de repente, dando un respingo sobresaltada por el repentino saludo.

—Ah, Luca. ¿Pasa algo? Nosotros ya nos íbamos para dejaros intimidad.

Él asintió agradecido.

—Antes quería darle algo a tu abuelo.

Steve le miró sorprendido. Luca sacó de repente un sobre bastante grande que llevaba dentro de su gabardina.

—Cuando llegué a la casa de mi abuelo, la enfermera que lo cuidaba me dijo que le había pedido encarecidamente que me diera esto para que lo entregara a un amigo suyo. Me dijo que no lo abriera bajo ninguna circunstancia y que, bueno..., que solo usted podía ver su contenido, señor Clarke —explicó Luca con tristeza mientras le tendía el sobre.

Steve se soltó de los brazos de su nieta y alargó la mano para coger el sobre que le ofrecía el muchacho. Con letra en cursiva y bien grande ponía: «Para mi amigo, Steve Clarke». Y justo debajo, en una letra muy pequeña: «No abrir hasta que no me haya ido definitivamente».

—¿Lo dejó para mí? —preguntó confundido.

—No conozco a otro Steve Clarke —dijo Luca encogiéndose de hombros—. ¡Ah! Se me olvidaba. También dejó esta foto junto al sobre. —Volvió a meter la mano en la gabardina para sacar el trozo de papel, un poco arrugado y envejecido por el paso de los años—. Creo que querría que se la quedara.

Mera reconoció la foto en cuanto su abuelo la tuvo en la mano: era la misma que guardaba él en el libro que hacía unos días había encontrado por casualidad. Dos muchachos sonrientes se cogían como hermanos, dos sonrisas que dedicaban a la cámara con cariño.

Su abuelo dio la vuelta a la fotografía y, en la parte inferior, en la esquina izquierda, con la misma letra cursiva que figuraba en el sobre, pudo leer: «Te quiero, pequeño Clarke. 15/09/2019».

El día de su muerte.

36

Harry

Septiembre de 2019

Las lápidas de diversas formas hincadas en la tierra parecían custodiar orgullosamente aquel terreno junto a los árboles. De manera casi mecánica se llevó la mano a su arma reglamentaria y se palpó los bolsillos para asegurarse de que su cartera, su móvil y las llaves del coche seguían donde debían estar.

Aquel sitio le provocaba escalofríos, le hacía recordar que no solo se producían homicidios y asesinatos que de alguna forma él podría vengar, sino que la vida, como todas las cosas, acababa de manera natural. El inspector respiró hondo, ni siquiera había podido estar cerca de su familia para despedirse. Hacía seis años, cuando murió su abuela, fue él quien acompañó a su abuelo en todo momento. Desde pequeño había tenido una conexión perfecta con él. Sin embargo, la había ido perdiendo con el paso de esos seis años al no poder superar que su abuelo se fuera apagando cada vez más y necesitara la ayuda diaria de una enfermera en casa, puesto que se negaba en redondo a que lo llevaran a una residencia.

«Antes me matáis —repetía tozudo—. Será menos doloroso para mí.»

A Harry le gustaba aquella tozudez. Pensaba que de mayor él sería así, como él. Cabezón, orgulloso, pero con buen corazón. Siempre se había preguntado si sería capaz de tener la compasión y el amor que su abuelo ofrecía a los demás.

Los ojos hinchados y doloridos por la noche pasada en vela no eran más que un recuerdo del dolor que le golpeaba el pecho.

«Es ley de vida», se repetía, pero, pese a todo, seguía doliendo.

A su abuelo le había fallado el corazón de una manera tranquila y apacible mientras dormía, y al menos eso lo consolaba.

Por otro lado, sentía que lo ponía a prueba. Tenía que estar concentrado y procesar a John Barton. Debía llegar al meollo de aquel asunto y, sin embargo, en el momento que más necesitaba centrarse en su trabajo era cuando menos podía hacerlo.

No conseguía pensar con claridad. Quería que la ira y la rabia hicieran menos mella en él. Poder dirigir aquella energía hacia su trabajo, y eso era lo que iba a hacer. Ya tendría tiempo de llorar a su abuelo como era debido, ya tendría tiempo de asimilar la pérdida. Definitivamente, ahora no era el momento.

Le convenía darse prisa, hacía media hora que tenía que estar en comisaría, aunque sabía perfectamente lo que le diría el comisario, y sobre todo Katy. Que se quedara en casa, que guardara luto al menos un día y descansara. Pero aquel era su caso y no iba a descansar hasta que lo despejara hasta el fondo.

Llegó a una de las salidas del enorme cementerio, una majestuosa puerta negra con pájaros de piedra en las esquinas. Lo miraban ferozmente, clavándole los ojos de tal modo que le daba escalofríos instantáneos. Metió la mano en el bolsillo, donde antes había palpado las llaves, y las cogió para abrir el coche.

Se frotó las manos, congeladas por el frío de la mañana, que azotaba sin control, para entrar en calor antes de arrancar el motor y ponerse a conducir hacia la comisaría. Cogió el móvil y empezó a mirar las noticias para ver si la prensa había dicho algo más sobre el caso. La noticia del arresto de John salía en todos lados, incluso en su propio periódico. Ni siquiera sus trabajadores habían podido ser fieles a su jefe, y contaron la realidad de los hechos. Se sentía orgulloso, estaba seguro de que detrás de esa decisión estarían Mera o Luca. Al bajar con el dedo la pantalla, se topó con una noticia que no pensaba que encontraría.

«Alan Moore, el hombre que creó un imperio y cientos de trabajo para Torquay, fallece tranquilamente en su casa.»

Era lógico que esta saliera como una de las primeras informaciones del día, sin embargo, le escoció. Una punzada le presionó de nuevo el pecho sin ninguna compasión y lo obligó a dejar de respirar por un momento.

Entonces, de manera inesperada, el móvil empezó a vibrarle en la mano. Respondió enseguida, pese a la torpeza de sus dedos, entumecidos por el frío todavía.

—Dime, David —dijo con la voz ronca. Se dio cuenta de que desde que había empezado el día aún no había hablado con nadie. Esa era la primera vez y su voz parecía mucho más grave que de costumbre, esforzándose por salir de su garganta.

—Tengo buenas noticias, Harry.

—Te escucho. Me hacen mucha falta.

—He encontrado un maldito pelo bajo las uñas de la muchacha. Era fino como él solo, pero fui a compararlo con el ADN de John de inmediato, además de con la prueba de semen que teníamos y que no coincidía con la de Tom.

—Dime que el ADN coincide con el de este cabrón y que no me estoy ilusionando como un crío de cinco años esperando a Papá Noel.

—Coincide, Harry, lo tenemos.

Harry golpeó el volante en señal de victoria, dejando escapar un «sí» atronador en su coche. Sería muy difícil que el abogado de los Barton pudiera impugnar una prueba como esa en la defensa del acusado. La víctima tenía restos de John en su cuerpo inerte. Entre esto y el vídeo, la acusación por violación era irrefutable. Solo faltaba encontrar la evidencia que corroborara que también la mató.

—Genial. ¿Algo más?

—Sí. No todo es bueno. Katy se dio cuenta de que en el vídeo se ve a la chica con el reloj que encontraron. Han podido examinar la imagen y comprobar que marca las 19.30 y que la chica lo lleva en perfectas condiciones en la muñeca. Sin rotura alguna. Según John, y puede corroborarlo Lyla porque estaba allí, justo a las 19.50 llegó a casa de su hermana.

Harry había hablado de aquello con Katy. Estaban seguros de que el asesino se deshizo de las pertenencias de Aletheia y de que el reloj se le cayó sin que se diera cuenta. Así que podían afirmar sin pocas dudas que la hora de la muerte era la que marcaba el reloj. Mandarían a juicio a John, pero si querían seguir la pista del reloj resquebrajado... el asesino tendría que ser otro.

—No me jodas, David.

—Siento decirte que sí, Harry. Lyla corrobora que después de la grabación, el asqueroso hijo de puta de su hermano fue a su casa a cenar, y cito textualmente lo que ella ha dicho —explicó David con cierta ironía.

—¡Joder! —Harry se sentía fuera de sí, casi le dieron ganas de lanzar el móvil contra la luna del coche y que la atravesara. Volvía a estar entre la espada y la pared, y no sabía cómo salir de la encrucijada. Le faltaba algo, algo crucial, y lo sabía. Pero se le escapaba constantemente.

—Sé que es frustrante... —dijo David al otro lado del teléfono con voz tranquilizadora—. Otra cosa, Harry...

—Sorpréndeme —respondió este, sarcástico, con una sonrisa de abatimiento.

—Me pareció raro algo en los datos que me diste de la víctima.

—¿El qué?

—Según estos datos, tenía treinta y seis años, era soltera y sus padres son Mark y Mary Lowell.

Harry empezó a ponerse nervioso. ¿A dónde quería llegar su compañero?

—Sí, David. Ve al grano, por favor, me sé su biografía de memoria —le pidió exasperado mientras se frotaba la cara y se cogía la barba con la mano libre.

—¿Y su hijo? O bueno, su hija, no sé qué será.

—¿Qué hijo?

—Pues el de ella. El de la víctima.

—No tenía hijos, David. Era una chica joven con una relación medio estable con Tom Turner. Aunque ella ni siquiera se la tomaba así. Y nada de hijos, si no, los padres de ella lo hubiesen dicho, serían los tutores legales. Además, les preguntamos y aseguraron que ellos eran su única familia —aclaró Harry en tono impaciente. No sabía a qué venía aquello. Estaba claro que David había desvariado un poco o se habría confundido de caso, lo cual era tan impropio de él que incluso lo cabreaba.

—Pues tiene que haber tenido un bebé, te lo aseguro.

—No te entiendo, David. Explícamelo como si fuera tonto, por favor.

—Tiene una cicatriz en la entrada de la vagina. Es bastante antigua, de hace más de quince años seguro; una marca que no acostumbra a desaparecer ni siquiera con el paso de los años. En términos médicos se le llama episiotomía. Ahora no es tan común, aunque se sigue practicando, claro, pese a que se ha comprobado que solo sirve para que las madres estén peor durante el posparto. Es una incisión que se hace con tijeras en la vagina cuando el bebé tiene dificultades para salir porque la madre no ha dilatado bien. Y ya te digo, parece antigua porque está muy cicatrizada, pero es bien grande, quien se la hizo no tuvo mucho miramiento.

Harry intentó procesar la información. ¿Había tenido un bebé hacía más de quince años? Sería muy joven, a lo mejor le había pasado algo a la criatura y era por eso por lo que los padres de Aletheia habían olvidado aquel desafortunado incidente. Seguramente fue una tragedia para la familia y para la propia chica.

—Entonces ¿tuvo un bebé? —preguntó Harry, dudoso—. Quiero decir, con eso al menos sabemos que el parto se realizó, ¿no?

—Sin duda. Lo que no sé es si el bebé nació sin vida o si le pasó algo después del parto. Me extrañó al mirar el informe que no apareciera nada sobre esto. Está claro que la chica tuvo un parto natural hace tiempo.

—¿Podrías enviarme esa información?

—Por supuesto, sin problemas. ¿Crees que servirá de algo?

—No sé, cualquier detalle nos vale. Estaría bien mostrárselo a los padres. Me parece muy raro que no dijeran nada. —Hizo una breve pausa y miró pensativo el cielo a través de la luna del coche—. Gracias, David, has sido de gran ayuda.

—No hay de qué, solo hago mi trabajo. Voy a pasar toda la información ahora a comisaría.

—Perfecto.

Colgó al instante y respiró hondo. Presentía que aquella información era importante, su cabeza había hecho un clic por primera vez, pero no sabía por qué. Tenía que juntar las piezas del acertijo y averiguar qué había pasado con aquel crío. Su lado sensato, por el contrario, le decía que se dejara de intuiciones, ya que seguramente el nacimiento del bebé no habría sido más que una circunstancia desafortunada para aquella familia, pues lo más probable era que al bebé le hubiera ocurrido una desgracia.

Desbloqueó el móvil de nuevo y marcó el número de Katy.

—Dime, Harry.

—¿Qué ha pasado con Lyla y con el anónimo de Twitter? Ponme al día.

—¿Por dónde quieres que empiece?

—Me importa una mierda. No estoy para rodeos, solo necesito aclarar ideas.

—Está bien. Respecto al tuit anónimo no sabemos mucho. La cuenta redirige a un correo electrónico falso, imposible de localizar por la IP. Está la científica con ello, pero ni de coña llegarán a algún lado, ya te lo digo —afirmó Katy, suspirando al otro lado del teléfono—. Respecto a Lyla... Es más complicado. David ha fijado la hora de la muerte a las nueve de la noche. Lyla se ha sorprendido al saber la hora porque en ese momento John estaba cenando con ella en su casa. De hecho, ya sabes lo paranoica que está, por eso tiene una cámara con wifi en el salón que puede demostrar la hora sin problema. Así que solo se podría culpar a John de la violación.

—Ya.

—¿Qué pasa?

—Sinceramente, sé que no ha sido él. No está relacionado con el orfanato y, a nuestro pesar, no tiene perfil de planificador. Un depredador sexual no puede hacer esto.

—Nunca se sabe.

—Se sabe, Katy. Yo lo sé y tú también, pero estamos tan desesperados que no lo descartamos y seguimos adelante. John es un violador y un depredador sexual al que se le ha subido el poder a la cabeza, pero, por Dios, no puede ni planificar el trabajo en su periódico, por eso contrató a Mera.

—Entonces ¿estamos como al principio?

—No, tengo una novedad. En cuanto sepa algo más te avisaré. Eso sí, que la científica llame al mejor *hacker* del mundo. Detrás de esa cuenta de Twitter está el asesino, estoy seguro. El autor del vídeo esperó a que John hiciera el trabajo, lo grabó para inculparlo y después la mató —declaró, alzando la voz sin darse cuenta.

Harry colgó, dejando a Katy con la palabra en la boca, y

guardó el móvil en el salpicadero. Por un momento se dio cuenta de que se había olvidado por completo del fallecimiento de su abuelo. Parecía que el día le deparaba sorpresas, tanto buenas como malas, y aunque él era una persona enteramente empírica y científica, tenía la extraña sensación de que su abuelo estaba en el asiento del copiloto, a su lado, diciéndole que lo acompañaría y que encontrarían al monstruo que se creía libre a pesar de la atrocidad de sus actos.

37

Mera

Septiembre de 2019

Mera estaba sentada en el sofá de casa tomando un café y echando un vistazo a la prensa con el móvil. Había ido al trabajo y había vuelto enseguida, dado que el grupo directivo de la empresa se había citado para contemplar el futuro de la redacción ahora que parecía que John no iba a volver.

Por un momento recordó la cara de Lyla, la hermana pequeña de John, que llegó cabizbaja a la reunión. Aunque tenía unas ojeras oscuras y profundas, la chica estaba impecable con su larga melena eternamente recogida en una coleta alta y sin el uniforme de policía. Por lo poco de lo que se había enterado, le pareció entender que en ausencia de su hermano, ella era la accionista mayoritaria y heredera de la familia para ejercer la dirección. Sin embargo, no daba la impresión de que estuviera por la labor.

Mera suspiró, su trabajo tal vez pendía de un hilo. Seguramente, la persona que cogiera las riendas de la redacción querría darle un enfoque nuevo y prescindir del personal antiguo para renovarla; el periódico no se podía permitir una imagen peor de la que ya tenía.

Alzó la mirada al notar una presencia frente a ella.

—¿No estás preocupada? —le preguntó Emma, sentándose a su lado con una taza de té.

—Mucho, pero no puedo hacer nada, la junta decide qué hacer con la redacción.

Emma la miró confusa, sin entender de qué estaba hablando su hermana, hasta que suspiró y negó con la cabeza.

—Me refería al abuelo. Hoy ha ido la abuela a trabajar sola y él está en su habitación, no ha salido aún en todo el día.

—No sabía que no hubiera ido a la librería, acabo de volver. Creía que se habían ido juntos. —Suspiró ella también—. Bueno, creía que los habías llevado como siempre.

Emma volvió a negar.

—No. El abuelo dijo que necesitaba descansar hoy. Nos dio un beso a la abuela y a mí y se metió en su habitación con el sobre y la fotografía que le dio ese chico.

—Luca —aclaró Mera.

—Luca —afirmó Emma con una media sonrisa—. ¿Qué crees que dirá la carta?

—Qué sé yo. Quizá Alan se disculpe por lo que les pasó. El abuelo nunca habla de eso. Todas las personas, cuando ven el final, buscan su redención en la vida. Los religiosos se confiesan, y los que no lo son normalmente tratan de encontrar consuelo haciendo aquellas cosas que no han podido hacer antes. Como pedir perdón o perdonar. —Mera se encogió de hombros—. Me da pena que no hayan podido pasar más tiempo juntos, se los veía muy unidos.

Emma hizo un gesto de aprobación y apoyó la cabeza en su hermana.

—Espero que vuelva a ser como antes y se le pase con el tiempo.

—No te preocupes, se acaba de enterar de que ha muerto su mejor amigo de la infancia. Estoy segura de que pronto aparecerá por esa puerta sonriente como siempre —mintió Mera. No estaba segura. De hecho, pensaba que su abuelo no volvería a ser el mismo después de aquel día.

De pronto, como si las hubiera estado vigilando desde el piso de arriba, Steve abrió la puerta de su cuarto.

—¿Cuántas horas lleva en su habitación? —le preguntó Mera a Emma susurrando.

—Pues si no ha salido desde que me fui, unas siete.

La madera crujió con las pisadas de su abuelo, pero Mera no oyó el ruido de sus zapatillas bajando las escaleras, ni siquiera parecía que Steve respirara. Mera apartó un poco a Emma y miró hacia arriba, ya que tenía un poco de visión de las escaleras que llegaban a su habitación.

—¿Abuelo? ¿Estás bien? —gritó.

Steve no contestó. Mera empezó a asustarse. Dejó el teléfono en el sofá junto a Emma, que la miraba indecisa.

—Voy a ver —dijo aparentemente calmada. Sin embargo, salió andando más rápido de lo que quería y subió las escaleras a toda velocidad, tanto que casi se tropezó a mitad de camino.

Se encontró con lo que le pareció la sombra de su abuelo. Estaba desorientado en la puerta de su habitación. Llevaba un camisón blanco que le llegaba a los tobillos y agarraba con la mano unos folios arrugados. Mera dio un grito ahogado al verle alzar la cabeza y encontrarse con sus ojos. Un hombre demacrado, con la cara tan pálida que se confundía con la pared del pasillo, la miraba fijamente, pero daba la sensación de estar a años luz de allí. Los ojos de Steve estaban más hinchados de lo normal y seguían rojos por el llanto, mientras su pecho se movía casi convulsionando.

—*Grandpa?*

Steve continuó mirando a su nieta, que estaba a su lado sin entender qué pasaba. Mera se impacientó.

—¡*Grandpa*, dime algo!

Steve empezó a gemir, el cuerpo comenzó a temblarle, las piernas le flaquearon y, antes de que Mera pudiera reaccionar, se cayó hacia delante.

—¡Emma! —gritó desesperada—. ¡Llama a una ambulancia! ¡Ya!

Oyó que Emma corría con el teléfono hacia las escaleras para ver qué ocurría. Su cara también se descompuso y empezó a llorar mientras le gritaba al teléfono la dirección de la calle donde vivían.

Mera ni siquiera se percataba de lo que Emma estaba balbuceando. Se encargaba de sostener a su abuelo del brazo y del pecho, mientras él, de rodillas, no paraba de gemir y llorar igual que un niño pequeño. Frágil, como si le hubiesen quitado lo más preciado del mundo. Estaba tan conmocionada por verlo así que no podía siquiera ponerlo en pie, no encontraba las fuerzas necesarias; entonces fue cuando se dio cuenta de que ella también se había puesto a llorar y temblar.

—Ha sido él, fue él —gimoteó Steve de manera casi ininteligible.

—¿Qué dices, abuelo? ¿Quién?

—Alan, fue Alan.

—¿Tu amigo? —preguntó ella, intentando tranquilizarlo

mientras le acariciaba el brazo, pero el cuerpo de Steve seguía convulsionando y no podía respirar bien—. Abuelo, tienes que calmarte. Creo que te está dando un ataque de ansiedad, respira despacio.

Él negó con la cabeza como un bebé.

—Él la mató. Fue él, Alan la mató.

Mera se quedó petrificada y miró un momento a Emma, que acababa de dejar el móvil y se dirigía a abrir la puerta de la casa para esperar a la ambulancia. Y fue entonces cuando Mera reaccionó.

—¿A quién mató, abuelo?

Steve la miró haciendo un puchero escalofriante con los labios, como si no pudiera controlar sus actos. Mera se fijó en que aún seguía con aquellos papeles en la mano, los agarraba como si su vida dependiese de ello. Su cuerpo ya no parecía suyo y apenas se mantenía erguido. Mera lo observó aterrorizada, no reconocía su expresión, parecía la de alguien que acabara de perder la cabeza, la de un maníaco recién encerrado tras las rejas de un manicomio.

Entonces puso los ojos en blanco, su cuerpo se volvió de trapo y cayó desmayado estrepitosamente sin remedio.

38

Mera

Septiembre de 2019

Las paredes tenían un color amarillento por el paso del tiempo. La sala de espera estaba fría, y Harriet le había echado un chal por los hombros a Mera porque se había fijado en los movimientos involuntarios de su nieta a causa del frío. Emma había ido a recoger a su abuela a la librería mientras Mera acompañaba a Steve en la ambulancia. Este no se despertó en todo el trayecto y lo único que la sosegaba era verlo respirar. Aun así, el médico le puso oxígeno y le preguntó a ella si estaba bien. Mera se sintió avergonzada, quería gritarle que no estaba nada bien y que también notaba que le faltaba oxígeno en los pulmones, pero cuando miró a Steve lo único que pudo hacer fue asentir. Quería que lo cuidaran exclusivamente a él y no se distrajeran.

Habían pasado un par de horas desde que llegaron al hospital cuando por fin una chica con expresión fatigada las llamó.

—Familiares de Steve Clarke —dijo sin quitar la vista de su portafolio.

Las tres se levantaron de inmediato, asintiendo.

—Vengan conmigo, por favor.

Recorrieron dos pasillos que parecían interminables, donde vieron a varias personas llorando por sus familiares, a niños corriendo aburridos de estar allí esperando y a un hombre en silla de ruedas con un pie vendado mirándolas con descaro.

La chica se paró en una de las puertas azules que estaban cerradas.

—Soy su médico. Doctora Swan, encantada —se presentó tendiéndoles la mano.

Mera fue la que reaccionó antes devolviendo el saludo a la doctora.

—Verán, dentro de lo que cabe la indisposición no es grave, pero debido a la edad del paciente le hemos hecho unos cuantos análisis para quedarnos tranquilos. Sus órganos están perfectamente y el TAC cerebral no muestra ninguna anomalía; está como un roble.

—¿Qué le ha pasado entonces a mi marido, doctora? —preguntó la abuela con voz ronca.

—Ha sufrido un ataque de ansiedad. ¿Había tenido alguno antes? —Harriet negó con la cabeza—. Perfecto. Debía confirmarlo porque no aparece ninguno en su historial. —Hizo una pausa para apuntar algo y prosiguió—: Según lo que tengo aquí anotado, en la ambulancia estaba sufriendo una taquicardia, le faltaba oxígeno. Una vez que le hemos dado un calmante y el oxígeno, lo hemos visto receptivo y sin ningún daño. No ha hablado mucho, solo nos ha dicho que se encontraba bien y que lo dejáramos en paz.

Mera sonrió aliviada, era una respuesta propia de su abuelo. Lo imaginaba cabreado al descubrir dónde estaba y preguntándose por qué lo habían dejado allí. Siempre había fanfarroneado de su buena salud.

—Hoy hemos asistido al funeral de su mejor amigo de la infancia —le contó Harriet a la doctora—, y después se ha quedado solo en casa todo el día. Mis nietas lo han encontrado así y... y... —Harriet empezó a gemir y cogió un pañuelo para reprimir el llanto.

Mera la abrazó.

—No ha sido un buen día —terminó ella.

—Lo entiendo —dijo la doctora—. No se preocupen, eso es incluso mejor. —Las mujeres Clarke pusieron cara de confusión—. No me malinterpreten, me refiero a que si estaba muy ligado al fallecido, es normal que haya sufrido el ataque, que no tiene nada que ver con su estado físico ni con su salud. Deberían preocuparse más por su estado mental. De hecho, les recomiendo que vaya a un psicólogo, por si acaso pudiera tener un cuadro de depresión y estrés debido al difícil momento en el que se encuentra.

—Nos encargaremos de que lo haga —dijo Mera—. Lo que queremos es que se recupere.

—Estas cosas llevan tiempo. Deberá pasar su duelo. No lo dejen mucho tiempo solo —aconsejó la doctora amablemente—. De todas formas, estaba un poco deshidratado, así que prefiero tenerlo esta noche en observación. Se puede quedar una persona con él en la habitación. Las enfermeras de guardia pasarán de vez en cuando para comprobar que su estado sea correcto y por la mañana temprano vendré a verlo. Entonces, si todo está conforme, le daré el alta y podrán ir a descansar a casa.

—Gracias, doctora —le dijeron las tres casi al unísono.

La doctora asintió y se fue por el pasillo tan largo que habían recorrido hacía un momento. Mera miró a su abuela y a su hermana y las abrazó.

Harriet seguía conteniendo el llanto con el pañuelo en la boca y Emma le acariciaba la espalda.

—Vamos, abuela. Se encuentra muy bien, la doctora ha dicho literalmente que está como un roble.

—Sabía que lo había afectado. ¡Lo sabía! Pero ese hombre orgulloso y cabezón...

Las tres rieron con la confesión de la abuela. Steve era así, tozudo y algo exasperante. Y por mucho que quisiera no podía remediar que le resultara traumático perder a alguien al que había querido tanto.

Entraron todas en la habitación para saludarlo. Estaba recostado en la cama con una vía de suero en el brazo. Mera suspiró de alivio al verlo con un mejor color de piel y las mejillas sonrosadas como era habitual. Cuando las vio entrar por la puerta sonrió dulcemente. La primera que lo abrazó lo hizo con todo el cuidado posible. Le preguntó cómo estaba y él respondió que no estaría bien hasta que lo llevaran a casa. Emma lo abrazó después y lo besó en la frente.

—Tienes que descansar, abuelo. No nos puedes dar más sustos como este.

Mera los miró con dulzura. Los ojos empezaron a escocerle y se giró hacia la ventana para que no la vieran. No podía perderlo a él también. Al menos no aún, y mucho menos después de todo lo que había pasado.

—Emma, vete con la abuela a casa a dormir un poco. Me quedo aquí esta noche.

—Pero puedo quedarme yo —protestó la rubia.

—Tú tienes clase mañana y la abuela necesita un respiro, así que me quedo yo, que estoy perfectamente —dijo, aunque fuese mentira.

Emma asintió, sabía que sería inútil seguir discutiendo con su hermana.

—Eres igual de terca que el abuelo.

—Hija, esto es una virtud de los Clarke —dijo él, y por primera vez desde que les llegó la noticia de la muerte de Alan, Mera volvió a escuchar la voz vivaz y risueña de su abuelo.

☂☂☂☂

No hablaron de lo que había sucedido en ningún momento. Su abuelo se durmió como un niño pequeño al poco rato de que se fueran Emma y Harriet. Mera también se quedó dormida, acostada en el sofá de la habitación con una manta que las enfermeras habían traído. Habían sido muy amables y le habían ofrecido algo para cenar a Mera al llevarle a su abuelo la comida. Esta aceptó sin entusiasmo porque odiaba la comida de los hospitales con todo su ser, le parecía insípida y seca, pero lo cierto era que estaba hambrienta.

A la mañana siguiente, la doctora le dio el alta a Steve, le recetó unas pastillas que lo ayudarían a conciliar el sueño y lo mandó a casa. Mientras el abuelo rellenaba los papeles para salir del hospital, Mera cogió un bus y fue a casa a por su coche para recogerle y así estuviese cómodo. Mera condujo callada, su abuelo seguía sin mediar palabra, solo decía lo necesario y con monosílabos. Aquello la asustaba, nunca había visto a su abuelo tan taciturno, ni siquiera recordaba que hubiera estado así cuando sus padres murieron. Aparcó el coche frente a la casa y se volvió hacia él. Steve miraba por la ventana del copiloto, con los ojos fijos en el infinito.

—Abuelo —le dijo ella, preocupada.

Él la miró y sonrió.

—Dime, cariño.

—¿Podrás contarme alguna vez qué es lo que pasó ayer?

Él le respondió con un silencio.

—No parecías tú y me asustaste muchísimo. No... No quiero forzarte a hablar de ello si no quieres, pero... quiero que sepas que puedes confiar en mí.

Él asintió con el semblante serio. Abrió la puerta del coche, se quedó inmóvil por un segundo con la puerta entreabierta y volvió a cerrarla para girarse hacia su nieta.

—Leí la carta de Alan.

—¿Esos papeles que tenías en la mano?

Él volvió a asentir.

—¿Dónde están?

—Los tengo en mi bolso. Los agarrabas muy fuerte cuando te desmayaste y los guardé por si acaso al marcharnos.

—¿Los has leído?

Ella lo negó. Jamás haría algo así. Acertó al imaginar que aquellos papeles eran los que contenía el sobre de Alan Moore, y sintió que traicionaría la confianza de su abuelo si los leía sin su consentimiento, ya que con toda probabilidad se trataría de un mensaje privado.

—Hazlo. En cuanto estés preparada para saber la verdad. Y cuando lo hagas, en tus manos estará qué hacer con ella. La verdad siempre ha sido tu especialidad, cariño. Yo no puedo soportarlo, no puedo volver a leer eso. Ni siquiera puedo pensar que lo que cuenta sea real —dijo él con voz temblorosa.

Ella se asustó creyendo que iba a darle otra crisis y lo abrazó.

—No te preocupes, no tendrás que volver a hacerlo. Lo leeré.

Él meneó la cabeza.

—Lo que encontrarás ahí condenará tu vida, que no volverá a ser tal como es ahora. No quiero que lo leas sin saber lo que te espera.

Ella lo miró perpleja.

—Está bien —contestó, aunque no comprendía nada.

Su abuelo asintió y volvió abrir la puerta del coche. Mera bajó rápidamente para ayudarlo. Al cruzar el umbral de la puerta de casa, su abuelo le dio un beso en la frente.

—Hagas lo que hagas, recuerda lo mucho que os queremos. A ti y a tu hermana.

Ella asintió y se quedó allí de pie, en la entrada, mirando cómo su abuelo se dirigía a la cocina. Iba a paso lento pero decidido. Estaba cambiado, ya no era la persona alegre y feroz que conocía. Había perdido la fuerza incluso al hablar. Ciertamente, lo que más la asustaba no era lo que acababa de ocurrir.

Lo que más miedo le daba era que su abuelo parecía haber perdido las ganas de vivir.

☂☂☂☂☂

La habitación se tornó amarillenta en cuanto encendió la lámpara pequeña de la mesita que tenía al lado de su sillón de leer. Desde donde estaba podía apreciar que fuera llovía, pero que caía una llovizna suave y tranquilizadora, de las que le gustaban. No anunciaba tormenta ni truenos, sino limpieza y calma.

Era lo que Mera necesitaba. Dejó el bolso encima de la mesa donde estaban todos sus libros perfectamente apilados junto a un par de bolígrafos y se puso el pijama. Mientras se cambiaba miraba de reojo el bolso en el que se encontraban los papeles que tanto temía empezar a leer. Sabía que lo haría y, de hecho, si no hubiese sido por la advertencia de su abuelo, ya estaría en ello.

Dudaba.

Dio un par de vueltas por la habitación, ordenándola, acicalándola, como si estuviera preparándola para lo que iba a hacer. Otra vez se giró hacia aquellos papeles, parecía que la llamaban.

—Mierda —susurró mordiéndose el labio.

Se dirigió hacia la mesa sin poder resistir más la tentación y cogió las inquietantes hojas. Se sentó en el sillón, que estaba algo frío, y se echó la manta azul que tenía en el reposabrazos. Debía leerlas. Estaban bastante arrugadas, así que su primer impulso fue intentar alisarlas. De inmediato se dio cuenta de que en la esquina derecha de cada una venía marcada la numeración de las páginas, así que las ordenó. La letra se le antojaba antigua, era el tipo de cursiva perfecta que salía en las películas de época; parecía imposible que una persona en los tiempos actuales pudiera escribir con esa caligrafía.

No aguantaba más, de modo que respiró hondo y comenzó a leer, sabiendo que aquello le cambiaría la vida.

39

La carta de Alan

Querido Steve:

Si estás leyendo esta carta es porque ya me he marchado de este mundo. Los años han pasado y no han sido muy benevolentes conmigo. Tampoco creas que merecía nada mejor.

¿Recuerdas cuando te decía que siempre cuidaría de ti porque la familia siempre se cuida? Te mentí, Steve. No en aquel entonces, pero sí años más tarde. Dejé de cuidar de ti, amigo mío, y esto es algo que jamás me perdonaré.

No sé cómo empezar a contarte lo sucedido, ni siquiera sé si quiero que leas esto después de tanto tiempo. Escribir una carta con los pecados de uno es lo más cobarde que cualquier persona puede hacer. Nada me impediría ir a verte o llamarte ahora mismo y, sin embargo, sé que no voy a hacerlo. Debe ser así, ya que con la carta tendrás una prueba tangible de lo que hice. Después de lo que voy a relatarte no espero que me perdones, estoy seguro de que si existe el infierno me precipitaré allí de cabeza. No obstante, necesito redimirme de alguna forma y saber que, aunque me vaya, tú estarás al tanto de la verdad. No moriré en vano.

Así que, como todo en esta vida, empezaré por el principio.

Cuando tenías solo siete años unos matones te dieron una paliza en el patio del colegio, ¿lo recuerdas? Desde entonces yo siempre quise protegerte. Porque me recordaste a mí. Mi padre era un borracho y cuando llegaba a casa solo quería jugar conmigo a apagarme colillas en los brazos y a abofetear a mi madre si se interponía, hasta que la pesadilla acabó un día cualquiera: la policía nos notificó que había muerto en un bar de poca monta a causa de una sobredosis. No te imaginas el alivio que sentimos mi madre y yo.

Poco nos duró el consuelo, pues no teníamos dinero para sobrevivir, por eso mi madre escribió a su hermano mayor, al que, según tenía entendido, le iba bastante bien como contable en una multinacional en Londres, y él nos ayudó mandándonos dinero todos los meses y pagándome los estudios. Ya sé que conoces esta historia, pero necesito recordarla desde el principio para que entiendas por qué pasó todo, por qué lo hice todo mal.

Cumplí los dieciséis años y conocí a mi difunta Isabelle, una maravillosa mujer que me devoró el corazón rápidamente y me hizo olvidar las penurias que pasábamos en aquella época. Tú aún eras un crío de once años, pero eras como mi hermano pequeño.

Proseguí con mis buenos estudios junto a Isabelle, que a la temprana edad de dieciocho años se quedó embarazada, y decidimos celebrar una discreta boda. Asististe a ella, te recuerdo emocionado y feliz por los dos. Isabelle también te adoraba, de hecho, siempre había tenido en común más cosas contigo que conmigo. Le encantaba leer y viajar como a ti. Incluso os gustaban los mismos libros y las mismas películas, yo era el extraño de los tres, al que le apasionaban los números y las matemáticas.

Después de nacer Edward tuvimos menos tiempo. Yo seguía estudiando empresariales y trabajando a media jornada cuando, de repente, decidí abrir la empresa que ahora conoce todo el mundo. Me había salido bien gracias a un golpe de suerte, a pesar de que la gente creía que era un as de los negocios. Tanto tú como yo sabemos que fue un golpe de fortuna inesperado. Tú venías a verme con regularidad y siempre sacábamos un rato después de las jornadas de trabajo y estudio para pasarlo juntos.

Y así llegó desde Bristol tu querida Harriet, que, deseosa de aventuras, se enamoró del hombre humilde y de buen corazón que aún sigues siendo, de eso estoy seguro. Al poco nació Eleanor y fue como un milagro. Nuestros hijos se criarían juntos. Nunca fue un deseo nuestro, pero sí un regalo. Serían inseparables, como nosotros, o al menos eso creíamos. No pudimos estar más equivocados. De nuestra amistad salió su romance, y de ese romance...

Ojalá hubiese sido más duro con Edward, ojalá el miedo al qué dirán no me hubiese paralizado. Como sabes, Edward no fue un chico fácil, ni siquiera de niño. Era rebelde, nunca obedecía y exigía que se hicieran las cosas a su manera.

Al principio pensamos que era una fase que atravesaba el chiquillo. Se vio rodeado de lujos y de caprichos que era difícil arrebatarle. Más tarde llegó la adolescencia y tanto Isabelle como yo pensamos que su rebeldía era la propia de la edad. Nunca estuvimos más desacertados. Edward necesitaba ayuda, ayuda de un profesional. De pequeño nos dijeron que era hiperactivo, pero que su problema era una tontería que desaparecería con el tiempo. Sin embargo, no se trataba de hiperactividad. A los doce años empezaron a darle ataques de ira y rabia que le hacían arrasar con todo lo que había a su paso. Era un niño cruel, más de una vez nos fijamos en que le gustaba torturar a los animalillos. No nos hacía la vida fácil. Y al cumplir los catorce, Isabelle encontró alcohol y drogas en su habitación. Lo castigábamos e intentábamos por todos los medios cambiar su comportamiento.

Era mentira. Yo podría haber hecho más, nunca estaba en casa. Me pasaba el día trabajando y cuando salía pronto de la empresa quedaba contigo para ponernos al día, aunque yo sabía que no eran solo las ganas de verte lo que me retenía a tu lado, sino el deseo de no tener que aguantarlo. Cada vez que intentaba reprenderlo por algo me echaba en cara los años de ausencia fuera de casa. No le faltaba razón, y su reproche me martirizaba.

Edward era un niño sumamente inteligente y atractivo. Tenía la belleza de Isabelle, aunque todo el mundo decía que era indudablemente como yo. Embaucaba con sus ojos preciosos y su forma de hablar. Supongo que de eso se enamoró tu hija Eleanor. Yo no podía alegrarme por aquella relación y creo que te diste cuenta pronto. No podía decirte que mi hijo era así, porque si el día que nos dieron la noticia de su relación te hubiese explicado cómo era mi hijo, te hubiese dicho que era un monstruo. La realidad es que no lo era, al menos no por entonces. Él solo quería la atención que yo no le daba, no porque no pudiera (aunque siempre fue lo que me dije), sino porque sentía que me había arrebatado la libertad. Me veía obligado a ser un padre de familia, el padre que yo nunca tuve, y detestaba a mi hijo por ello. Aun así, Edward aprendió algo de Isabelle y de mí como padres, y es que las apariencias lo eran todo.

Empezábamos a ser considerados una buena familia. Asistíamos a galas en sociedad y a reuniones importantes, y no debíamos manchar nuestra reputación o perderíamos todo lo que habíamos conseguido.

Pero estoy desvariando... Iba por Eleanor... Sí, la dulce Eleanor. Se enamoró locamente de Edward, y el amor fue mutuo. Para mi hijo no había nada ni nadie que eclipsara a Eleanor. Así que tuve la falsa ilusión de que aquello podría funcionar, de que tu hija sería un remedio caído del cielo que haría cambiar radicalmente a aquel muchacho lleno de odio e ira. Pero no fue así. Cuando llevaban tres años de noviazgo, Edward llegó un día a casa tirando y rompiendo todo lo que encontraba a su alrededor. Isabelle intentó averiguar qué le pasaba mientras subía hacia su habitación, y él le dio un bofetón en la mejilla. Mi mujer, orgullosa, le devolvió el golpe sin mediar palabra. Inmediatamente, Edward le confesó que Eleanor lo había dejado por hacerle lo mismo que le había hecho a ella. Y se deshizo en pedazos en los brazos de la mujer que lo trajo al mundo. Aquel día les había puesto la mano encima a las dos únicas mujeres a las que quería.

Yo no estaba en casa, como de costumbre. Esto último me lo contó Isabelle años más tarde, cuando Edward conoció a Diana y ella tuvo miedo de que volviera a pegarle a otra mujer.

Tú, mi querido amigo, hiciste algo extraordinario. No sé si sabías lo que había sucedido entre nuestros primogénitos, pero mandaste a Eleanor a estudiar a España, y con eso ella olvidó a mi hijo y conoció a ese chico... ¿Cómo se llamaba?

Bueno, el nombre no es lo importante. Lo significativo fue que ella siguió adelante, y parece que Edward hizo lo mismo.

Hay algo bueno en esta historia, y son mis nietos.

Diana se quedó embarazada del pequeño (ahora ya no tanto) Harry. Un niño con un atractivo envidiable, que parecía la viva imagen de su padre. Tengo que reconocer que esto al principio me asustó. Pensaba que el carácter de Edward se reflejaría en el muchacho, no obstante, iba muy descaminado.

Harry era luz, un niño bondadoso, fuerte y que ayudaba a los más débiles. Se parecía a mí cuando te conocí, Steve, y aquello me devolvió la ilusión. Cuatro años después de su nacimiento llegó su hermano pequeño, Luca. Con la venida del bebé fue como me di cuenta de la bondad de Harry. Lo protegía incluso cuando aún ni siquiera sabía protegerse a sí mismo. Me recordó a nosotros, Steve, y deseaba con todas mis fuerzas que el lazo invisible que los unía no se desvaneciera.

Cuando nació Harry, tanto Isabelle como yo pensamos que la paternidad había cambiado a Edward, se le veía feliz con su familia y llevando la empresa con dedicación. Sin embargo, la calma duró poco y, al nacer Luca, Edward se internó en la etapa más oscura que nunca habíamos divisado. No conozco realmente cuáles fueron los motivos por los que mi hijo se volvió cruel y frío. Isabelle me contó que Diana estaba preocupada. Edward quería que Luca hubiese sido una niña y estaba muy decepcionado. Puede que esa fuera una de las razones, pero no creo que bastara para generar el infierno que les hizo pasar a los críos y a su mujer.

Edward pegaba a Luca, la tenía tomada con él. Cuando el chiquillo se equivocaba o tiraba algo sin querer, él se ponía hecho una furia y le propinaba golpes sin que este pudiera defenderse. Era la viva imagen de mi propio padre, parecía que había venido para reencarnarse en él. Al principio eran reprimendas suaves o simples desplantes, pero conforme el niño fue creciendo se agravaron. Yo nunca quise verlo, evitaba tener que enfrentarme a Edward, y además Diana no nos contaba nada a Isabelle y a mí. Solo nos traía a los niños al salir del colegio o nos pedía que los recogiéramos nosotros para que pasaran el día aquí, porque ella estaba muy ocupada y Edward siempre regresaba tarde. No le gustaba dejar a los niños con los empleados de la casa y prefería que estuvieran con sus abuelos. Nosotros nos alegrábamos de tener a los chicos más tiempo con nosotros, pero también nos preocupábamos. Harry se volvió taciturno, siempre estaba en guardia y serio. Aquel crío sonriente y bondadoso desaparecía por momentos. Y tú dirás: «¿Por qué no me lo contaste, Alan? Aún nos hablábamos y nos veíamos a menudo». No obstante, yo estaba tan avergonzado, Steve... No sabía cómo manejar a mi propio hijo y comprendía que el tiempo en el que podía haberlo hecho ya había pasado.

Entonces nació la pequeña Mera... Aún me sale una sonrisa cuando te recuerdo contándome la noticia. Eleanor y su marido, que habían decidido quedarse con vosotros, estaban formando su propia familia, y tú siempre habías querido eso. Llevé a los muchachos a conocer a la pequeña Mera, y después de tanto tiempo volví a ver a tu hija Eleanor. Tan bella como siempre, la maternidad le había sentado muy bien.

Ese día todo se volvió más lúgubre. Eleanor me pidió que la ayudara con el té y acepté encantado mientras los demás os quedabais en el salón. Tu hija era una mujer fuerte e inteligente, Steve, que no te quepa duda. Tenía tu nobleza y la mirada feroz de Harriet. Que la ayudara solo era una excusa. Me contó que sabía lo que Edward estaba haciendo con los críos, sobre todo con Luca. Su marido era abogado, y esperaba que tanto Isabelle como yo pudiéramos detener a Edward, antes de que Eleanor se viera forzada a denunciar las agresiones y tomar medidas con su marido. Traté de excusarme, pero la voz me temblaba y era inútil seguir negándolo, así que le prometí que estaba haciendo todo lo posible para remediarlo. Era mentira, y ella lo sabía. Aun así, aparcó el tema y volvió a sonreír como de costumbre para terminar de preparar el té y volver al salón como si aquello no hubiese sucedido.

Pero sucedió.

Y yo no podía parar de rememorar aquella conversación.

Steve, no sé si alguna vez supiste algo de esto por Eleanor, pero necesitaba contarte mi versión. A partir de ese día tuve que alejarme de ella y de tu familia. Tenía miedo de que tu hija denunciara a Edward y de que todo se supiera. Quería encargarme personalmente de aquello, y lo intenté.

Durante los siguientes años, mientras nuestra relación se fue enfriando, procuré vigilar los pasos de Edward. Iba constantemente a su casa, a la empresa y, a veces, incluso lo seguía con el coche cuando salía solo. Lo bueno de ser el jefe de la empresa es que me enteraba de todas las reuniones que tenía mi hijo y sabía cuándo se marchaba por motivos que no fuesen del trabajo.

Y entonces lo descubrí.

Edward salió del trabajo algo más temprano de lo normal, solía hacerlo los jueves y no entendía por qué, así que aquel día decidí seguirlo. Paró el coche al principio del paseo al lado del mar y vi que se cambiaba y se ponía ropa deportiva. Inmediatamente después empezó a correr por la arena, y yo fui avanzando despacio con el coche observando a donde se dirigía.

Él no iba a correr solo por hacer deporte. Cada jueves iba a ver a Eleanor, que se sentaba en la playa a leer. Cada jueves hacía lo mismo para verla, para vigilarla, puesto que cuando ella terminaba la lectura, la mayoría de las veces él la seguía hasta su casa y esperaba a que Eleanor cerrara la puerta para él volver a la suya. Era su sombra.

Me aterrorizó. Mi hijo era un acosador y un maltratador. Yo lo imaginaba, pero hasta entonces no lo comprendí con claridad. Así que, en parte, yo también lo era. ¿Cómo no iba a serlo? Lo dejé de lado durante su infancia y ahora lo seguía a hurtadillas vigilando sus pasos. Él era yo, pero a lo grande, con ira y con odio.

Unas semanas más tarde de mi descubrimiento, el marido de tu hija se presentó en mi casa, me enseñó fotos de Edward vigilando los pasos de Eleanor y me preguntó si yo estaba al tanto. Me eché a llorar como un crío. Él fue amable y servicial, tendrías que sentirte orgulloso del padre de tus nietas, Steve. Me pidió el favor de que, si algún día lo necesitaba, aportase una declaración respecto al tema.

Le dije que sí, era lo mínimo que podía hacer. Aunque jamás se dio el caso.

Ahora mismo estoy seguro de que tú hubieses querido matarme. No te culpo, y por ello necesitaba contarte esto como un cobarde. Pero, amigo mío, debo pedirte que sigas leyendo para que sepas la verdad hasta el final y, sobre todo, para que hagas con esta confesión lo que creas oportuno y lo que yo no pude hacer en su día.

El día que Eleanor y Javier murieron, yo estaba en casa de mi hijo, junto a Isabelle. Luca era un adolescente de quince años y Harry se había ido ese mismo año a Oxford, enviado por mí mismo a estudiar criminología. Tenía que sacar a mis nietos de allí y empecé por él. Aunque al principio se resistió porque quería seguir al lado de Luca, lo convencí de que era más inteligente poder defenderlo algún día desde el lado de la ley. De una manera justa. Esta fue otra de mis grandes equivocaciones: pensar que lo hacía por él cuando de nuevo lo hacía por mí, para que Harry no se volviera contra su padre siendo ya mayor de edad. Empezaba a formarse una oscuridad en Harry que me daba pavor, así que lo mandé lejos del infierno y dejé solo a Luca, que se quedó desprotegido y solitario sin su hermano. Como consecuencia de esto, Luca se sintió abandonado por Harry, y creé inconscientemente un abismo de rencor entre ellos que hoy no he podido cerrar.

Como decía, el día de la muerte de tu hija, Luca acababa de salir con unos amigos y yo me quedé en la casa terminando un papeleo de la administración de la empresa. Entonces, sin esperarlo, apareció Eleanor con su marido. Oí que Edward los invitaba amablemente a su despacho y cerraba la puerta. No pude evitar quedarme detrás escuchando.

Eleanor estaba decidida. Iba a denunciarlo a los servicios sociales por agredir a sus hijos. Edward lo negó todo, o al menos eso fue lo que yo oí tras la puerta. De repente, mi hijo fue hacia la cocina y, al rato, volvió con una bandeja con té para Eleanor y Javier y una copa de whisky para él. Aquello me pareció fuera de lugar, ya que mi hijo les pedía a los sirvientes que trajeran la bebida o la comida, siempre. Ese día se encargó él mismo y, además, se comportaba de una forma que jamás había visto. Intentaba tranquilizar a Eleanor y negaba sus acusaciones cordialmente, aunque su tono era gélido y escalofriante. Tu hija salió de aquella casa hecha una furia, y yo ni siquiera me atreví a mencionar que estaba allí para intentar mediar.

Horas después recibí tu llamada, estabas destrozado por la muerte de Eleanor y Javier. Me contaste que, al parecer, Javier había sufrido unas convulsiones que le habían hecho perder el control del coche, que salió de la carretera y se estrelló contra otro vehículo. Me dijiste que no hubo ningún superviviente, que los dos murieron en el acto. No podía soportar escucharte, ningún padre debería pasar por lo que tú pasaste entonces, ningún padre debería sobrevivir a un hijo sano y lleno de energía, porque eso nos hace miserables el resto de nuestra vida.

Lo siento, Steve, de verdad que sí. Me he odiado a mí mismo todos estos años. No puedo imaginar el tormento que has pasado, sobre todo sabiendo que fui el culpable de tanto sufrimiento. Si no me hubieses conocido, seguramente tu vida habría sido mejor. No quiero que me perdones, no quiero siquiera que te plantees que busco redimirme con esta confesión. Solo deseo irme tranquilo y en paz, sabiendo que conocerás por fin la historia que nos separó para siempre, aunque soy consciente de mi egoísmo.

Al día siguiente del accidente, oí que Edward hablaba en su despacho con el comisario de policía. Le había pedido que permitiera darles un entierro tranquilo y que dejara las cosas como estaban, en un terrible accidente. La voz de Edward sonaba amenazadora y me inquietó. Así que cuando se marchó a trabajar aquella mañana me metí en su despacho y lo registré lo más silenciosamente posible. Encontré un pequeño tarro. Sin embargo, mi hijo no se había marchado como yo pensaba. Me encontró con el frasco en la mano. Y él, con una sonrisa escalofriante, me lo confesó.

«Papá, enhorabuena. Has descubierto que tu hijo es un asesino.»

Al principio no lo entendí, pero hay algo en mi hijo que nunca llegaré a entender, y es que necesitaba contarnos tanto a su madre como a mí sus pecados. Como aquella vez cuando reveló que había golpeado a Eleanor. Creía que aquello lo exculparía y que nosotros lo arroparíamos como siempre habíamos hecho. No se equivocaba, porque cuando me confesó que aquella botella contenía cianuro y que había vertido un poco en el vaso que le dio aquella tarde a Javier para intoxicarlo, yo me callé hasta el día de mi muerte.

40

Marzo de 1999

El repiqueteo de la lluvia en los cristales del coche estaba sacando de sus casillas a Eleanor. Había dejado a sus hijas con sus padres porque se marchaba a España con su marido antes de lo previsto, aunque, en realidad, tenían planeado hacer algo diferente de lo que habían preparado para las vacaciones al principio.

Habían pasado años desde aquel encuentro en la playa con Edward que había sacado lo peor de ella. Aun así, cada noche tenía pesadillas y cada vez que salía a la calle temía encontrárselo de nuevo. Hasta que un día, mientras entraba en la librería de sus padres, vio por casualidad su coche aparcado detrás de un viejo Ford gris lleno de barro y polvo. Estaba claro que intentaba camuflarse, ya que cuando Eleanor fue a acercarse, el coche se marchó de inmediato. En aquel instante, ella comprendió que todas las tardes, cuando entraba y salía de la librería, él estaba acechándola. Eleanor intentaba mantener la calma y hacer como si no advirtiera nada. Tenía que fingir no sentirse aterrorizada siempre que salía de casa; incluso cuando estaba dentro pensaba que Edward seguía allí fuera, observándola paciente, esperándola. Aquello terminó enloqueciéndola.

Javier, siempre atento, por los gritos nocturnos y las pesadillas que la paralizaban se dio cuenta de que algo ocurría. Un día que volvió antes del trabajo llegó justo cuando Eleanor salía de casa, y pudo observar que su mujer miraba obsesionada a todos los puntos a su alrededor. Cuando Javier le preguntó, ella no pudo más que romper a llorar y contarle los hechos del pasado con los que había cargado cada día desde entonces.

Tuvo que empezar desde el principio, lo cual le supuso un esfuerzo atroz. Rememorar el tiempo compartido con Edward, incluso los pequeños destellos de luz en su relación, la sumía en un agujero negro que la ahogaba. Desde cómo conoció a Edward y cómo era hasta lo que había hecho con ella, y que seguía haciendo con sus pequeños, incluso ahora que eran casi unos adolescentes.

Su marido tenía un profundo sentimiento de justicia, por eso había estudiado derecho y se había convertido en un reputado abogado penal, así que era de esperar que quisiera poner remedio a los abusos cuanto antes por la vía legal.

—Esto no puede quedar impune por mucho dinero que tenga Edward —le dijo a Eleanor cogiéndole las manos—. No va a quedar así. No te hará ningún daño, al menos a partir de ahora. Te lo prometo.

Ella asintió no muy convencida.

—Hay que sacar a los niños de allí. No son como él, son buenos, Javier. Pega al pequeño, a Luca. He visto los moretones, aunque siempre va tapado; incluso en pleno agosto lleva sudaderas.

—Esta cuestión es más delicada. Son sus hijos, y si ellos no dicen nada... ¿Cómo estás tan segura de ello?

—Porque Harry, el mayor, me lo cuenta —le explicó—. Dice que a él no le pega, que solo recibe cuando se interpone entre su padre y su hermano.

Javier asintió con preocupación y le acarició la cabeza a su mujer con dulzura.

Un par de días después, Eleanor se armó de valor y le pidió a su marido que fuesen a ver a Edward antes de marcharse a España. Quería darle una última oportunidad de redimirse antes de ir a denunciarlo y que supiera de su boca que ella sería la persona que iba a poner fin a lo que estaba haciendo. Con ella y con su familia. Si Diana no protegía a sus hijos, lo haría ella.

Así que allí estaba, escuchando la lluvia caer en el coche, un golpeteo que la ponía frenética mientras iban a casa de los Moore. El corazón lo tenía totalmente desbocado. Cuando empezaron a andar por el porche antes de llamar a la puerta, Javier le cogió la mano y se la apretó muy fuerte, dándole a su vez un beso en la frente.

—Eres la mujer más valiente del mundo —dijo orgulloso. Ella negó en silencio—. Si quieres irte, solo tienes que decirlo. Si quieres patearle el trasero, te daré mi apoyo también. Estoy a tus órdenes, ¿vale?

Sin embargo, Eleanor sabía que en unos segundos se meterían en la boca del lobo y que probablemente no saldrían de aquel infierno airosos. Javier no tenía ni idea de cómo era Edward Moore, pero ella sí, y si había algo que Edward odiaba eran dos cosas: que le dijeran qué tenía que hacer y que le quitaran lo que era suyo. Y ellos venían a llevarlas a cabo ambas sin preámbulos.

Edward estaba sentado detrás de su escritorio mirando a un punto fijo, parecía un poco fuera de sí.

—¿Qué es lo que les ha traído aquí, señores Martín?

—No somos los Martín. Eleanor tiene su apellido y yo el mío. En España que la mujer adopte el apellido de su esposo ya no se lleva, señor Moore —soltó Javier impulsivamente, sin poder mantenerse al margen.

—No estamos en España.

—Y yo no soy inglés.

—Eso se aprecia —replicó Edward en tono sarcástico.

—Gracias a Dios —respondió el español con una sonrisa—. Lo siento, Edward. Es que aún me cuesta entender las costumbres de Inglaterra.

—Pues empiece por mostrarme respeto. Me llamo señor Moore, como usted sabe.

—Si quieres mi respeto tendrás que ganártelo, y no lo has hecho.

—¡Bueno, basta ya! —gritó Eleanor, exasperada—. Me he cansado de la pelea para ver quién es el más gallito de los dos. —Miró a su marido—. Vale, lo haces para protegerme, pero no lo necesito.

Javier asintió y la dejó hablar.

—Edward —comenzó a decir ella, cogiendo todo el aire posible en su pequeño cuerpo—. Sé que me espías, ignoro desde cuándo, pero he visto que me sigues cuando salgo de la librería los jueves. Y puede que lo hagas más días, no quiero ni saberlo. Debes parar, o avisaré a la policía.

—No he tenido una mañana fácil, Eleanor, así que no me lo pongas peor.

—Esto no es ponértelo peor, Edward. Vengo a advertirte que si no paras, cuando volvamos de España te interpondré una denuncia.

Edward miró con desgana el vaso de cristal que había encima de su mesa vacía y, acto seguido, la observó detenidamente. Una mirada gélida que la atravesaba para devorarla sin reparo.

—¿Quién te crees que eres? ¿Acaso piensas que no tengo nada mejor que hacer que seguirte? —preguntó con una calma espeluznante.

—Mira, Edward, hay fotos y testigos que afirman que sigues a mi mujer. Tú sabrás, si quieres seguir negándolo, pero se dan todas las bases legales para interponer una demanda y una orden de alejamiento. Lo estamos intentando por las buenas.

—¿Por las buenas? —exclamó riendo Edward.

—Por las buenas —repitió Eleanor—. Sé lo importante que es tu familia para mi padre, y la mía para el tuyo. No quiero estropear su larga amistad, y aquí la gente se entera de todo, más cuando eres alguien de renombre en la ciudad. De modo que sí, es por las buenas.

Edward volvió a sonreír. Parecía el mismísimo diablo, pero atractivo y con más soberbia si cabía.

Eleanor no pudo aguantar aquel desplante. Estaba ignorando el hecho de que la perseguía, y lo peor era que no parecía dispuesto a dejar de hacerlo. Así que insistió en la advertencia.

—Edward. —Él la miró sorprendido por su tono, mucho más endurecido y grave—. Sé también lo que les haces a tus hijos.

A Edward Moore se le borró la sonrisa de inmediato. Sus ojos dejaban traslucir que empezaba a trazar un plan de escape rápido. Volvió a sonreír.

—He sido un maleducado. Os traeré un té, hablaremos más a gusto.

Edward se levantó sin dar tiempo a sus invitados a replicar y fue derecho a la cocina a preparar él mismo el brebaje para ellos. El que terminaría matándolos unas horas más tarde.

☂☂☂☂☂

Cuarenta y cinco minutos después salieron de la casa de los Moore. Javier atrajo hacia sí con el brazo a Eleanor antes de entrar en el coche.

—No sé qué hice tan bien para merecerte —dijo él.

—No ser un sádico como el que vive ahí —respondió ella señalando la casa.

Parecía que la entrevista había ido bien. Edward volvió renovado de la cocina y pidió perdón. Admitió que no quería problemas y le prometió a Eleanor que no volvería a verlo cerca a no ser que se lo pidiera expresamente. Respecto a los críos, les dijo que Alan había mandado a Harry fuera, a estudiar a Oxford, cosa que Eleanor ya sabía. Edward quiso escabullirse de hablar sobre Luca. Al principio se escudó en que era su padre, después, de manera pausada, aceptó que había sido muy duro y por eso su padre, Alan, estaba en casa para cuidar bien de Luca. Aquello no tranquilizó a Eleanor, pero Edward había admitido mucho más de lo que ella creía que haría.

Sin embargo, el brillo en los ojos de Edward le hacía pensar que ocultaba algo. Una pizca de oscuridad se reflejaba en su mirada cristalina mientras hablaba. A veces se quedaba abstraído con la vista en un punto fijo mientras ella le replicaba.

No obstante, era cuanto podían hacer. Habían ganado la batalla cuando reconoció que la seguía, no solo porque lo hubiese dicho en voz alta, sino también porque Javier llevaba una grabadora en el bolsillo que había registrado toda la conversación. No era una prueba válida en un juicio, aunque serviría para aportarle tranquilidad durante un tiempo. Estarían en España de vacaciones y podría relajarse con su familia.

Mientras Eleanor miraba a través de la ventana pensando en lo que vendría a partir de ese momento, su mundo empezó a venirse abajo. De repente notó que Javier balbuceaba. Ella se giró rápidamente y observó aterrorizada que su marido sufría convulsiones en el asiento del conductor. Empezó a gritarle mientras le cogía la cara, pero él ya no la escuchaba, no era en absoluto consciente de nada. Entonces, Eleanor intentó coger el volante, sin embargo, las manos le temblaban estrepitosamente y las lágrimas no la dejaban ver. Durante una fracción de segundo pensó en sus hijas y en sus padres. Las caras de las pequeñas las tenía grabadas a fuego en la memoria. Todo se nubló, y cuando miró a su marido inconsciente con los ojos abiertos le susurró un «te quiero» ahogado. Sabía que era el final, lo que más quería se le había escapado de las manos en menos de treinta segundos. Entonces oyó un claxon y un grito desgarrador.

Cuando ya era demasiado tarde se dio cuenta de que ese grito lo había dado ella justo antes de que el coche se estrellara y el mundo se tornara negro, una nada espeluznante.

41

Harry

Septiembre de 2019

Harry miró los papeles que tenía en la mano. El informe que le había dado David era bastante claro, podría explicar los resultados a los padres sin problemas, intentando parecer totalmente convencido, aunque en realidad no lo estuviera.

Con un gesto involuntario fue a buscar su móvil en el bolsillo de la gabardina. Hacía este movimiento tantas veces que lo repetía sin querer cada cinco minutos. El equipo de *hackers* del cuerpo intentaba dar con el usuario que había colgado el vídeo que mostraba la violación de Aletheia. Harry estaba seguro de que si lo había hecho era porque se guardaba bien las espaldas; nadie subía a la red contenidos de ese tipo sin saber que tenía la trasera blindada. Aun así, le cabreaba sobremanera que los informáticos no tuvieran ni siquiera una pista o algún rastro que pudiera delatar al usuario anónimo. Y lo peor de todo era que tenía el convencimiento de que quien estuviera detrás del vídeo era la misma persona que había asesinado a la chica.

Harry respiró hondo el aire frío que se había instalado en la ciudad sin remedio. Llenó sus pulmones de oxígeno y miró a su alrededor. La casa que tenía enfrente era para gente de alto poder adquisitivo. Ni por asomo se parecía a la de su familia, pero sí que era digna de admiración. Rodeada de un amplio jardín, contaba con al menos tres plantas y unos acabados de primera. No sabía qué esperar de los Lowell, estaban en un momento delicado, pero confiaba en que aquello fuera un buen punto a su favor para rendirse a la verdad. No tenían nada que perder respecto a su hija porque ya la habían perdido.

En la mente de Harry no paraban de divagar imágenes y teorías sobre el asesinato. Lo que le había dicho a Katy era algo que había ido tomando importancia conforme pensaba en lo que tenía. Sin duda alguna, John había violado a la chica, pero la hora de la muerte y la de la agresión sexual no coincidían. Además, lo respaldaba una buena coartada, y a Harry ni se le pasaba por la cabeza que Lyla mintiera sobre aquello. Era imposible. Faltaba algo aún más importante: John no tenía ninguna relación con el orfanato, y estaba claro, tras haber encontrado el cuerpo, que la institución estaba vinculada con el asesinato.

Había una persona detrás de los hechos que había orquestado su ejecución, un hombre inteligente que desviaba la atención de su persona al mismo tiempo que la reclamaba. Un hombre, sobre todo, en el que la víctima confiaba. Alguien a quien Aletheia había dejado que se le acercara después de la agresión, creyendo que podría ayudarla.

Con paso decidido caminó hasta el descansillo de la entrada y llamó a la puerta con determinación. Oyó unos pasos que venían a su encuentro y la puerta se entreabrió con suavidad. Antes de que se abriera del todo, se asomó una cabeza.

Mary Lowell, con unas ojeras marcadas y muy oscuras, taciturna, se sorprendió por la llegada del nuevo visitante. Harry se fijó en que los rasgos de su cara estaban más marcados que la última vez que la vio y en que tenía los ojos un poco hinchados.

—Buenas, señora Lowell. Perdone que la moleste, pero necesito hacerle unas preguntas.

Mary negó con la cabeza.

—No sé si es un buen momento, inspector —respondió ella algo titubeante.

—Le doy la razón, pero también le diré que en estas circunstancias nunca es un buen momento. Yo trabajo a contratiempo. Cuantas más horas pasen, menos probabilidades hay de saber la verdad, y sinceramente, señora Lowell, la verdad es lo único que puede salvar la memoria de su hija. Así que le pido amablemente unos minutos de su tiempo, creo que ella lo merecía.

A Mary le cambió el semblante en cuanto el inspector terminó de hablar. Se quedó mirándolo muy fijamente y Harry hizo lo mismo, sosteniéndole la mirada intentando no pestañear. No quería respirar, debía mantenerse firme y ganar la batalla. Entonces Mary se rindió. Fue la primera en bajar los ojos y asentir. Abrió con delicadeza la puerta y lo invitó a pasar.

Harry pasó al recibidor; la casa estaba algo sombría, pero olía a limpio y a incienso. La señora Lowell iba delante, dirigiéndolo hacia una habitación abierta a la derecha, donde se encontraba el salón.

—¿Quiere una taza de té o café?

—Un té estaría bien. Con un terrón de azúcar, si puede ser.

Ella asintió.

—Quédese aquí, ahora mismo lo traigo.

—Gracias.

Harry se volvió para ver bien la estancia. No era una casa ostentosa, parecía más la típica casa amplia con diseño minimalista. Observó una tira de marcos con fotografías encima de la chimenea que tenía enfrente del sillón. La primera a la izquierda, una imagen vertical en la que aparecían Mark y Mary Lowell en una versión muy joven de ellos mismos abrazados y sonrientes en la orilla del mar, permitía apreciar el parecido de Aletheia con sus padres. Eran atractivos y rezumaban felicidad. En la foto siguiente aparecían de nuevo ellos dos, algo más mayores, el día de su boda. Mary estaba bellísima, parecía sacada de la portada de una revista de modas, pero el vestido era algo anticuado, seguramente prestado o de segunda mano, sin arreglos, pues era algo más grande que el cuerpo de la novia. Esto le confirmó a Harry que la pareja, al menos antes del nacimiento de su hija, no tenía mucho dinero, aunque su belleza y la felicidad que irradiaban en la foto hacía olvidar ese detalle.

En la siguiente instantánea se veía a una Aletheia muy joven. La reconocía porque había visto sus ojos grandes y marrones en las fotografías que le habían dado para la investigación. Tenía aún más pecas que las que él había apreciado en su cuerpo ya inerte. No sonreía, tenía una media sonrisa más bien irónica y profunda, de las que se te quedan clavadas en la memoria. Estaba seguro de que había sido una niña muy inteligente y perspicaz.

Por último, había una imagen horizontal. Era una fotografía de colegio, con muchos niños.

—Eran tiempo más felices —le dijo una voz a su espalda.

Harry se volvió un poco sobresaltado y vio a Mary Lowell dejando la bandeja con el té que le había pedido, unas pastas y una infusión para ella.

—Los peores momentos son los que nos recuerdan que tenemos destellos de felicidad, pero eso no quiere decir que el pasado fuese siempre feliz, simplemente lo rememoramos cuando estamos en la oscuridad. Estoy seguro de que su yo del pasado no vería aquellos tiempos tan felices como los ve usted ahora.

—No sabía que fuese usted filósofo, señor Moore —le espetó ella.

—Y no lo soy. Lo que ocurre es que no creo en la felicidad, solo en pequeños momentos fugaces de dicha.

Ella asintió.

—Yo ya no creo en nada, inspector.

—No la culpo —dijo él sentándose, aún con la fotografía del colegio en la mano.

Ella hizo lo mismo y le ofreció la taza que había preparado. Harry dejó la foto a un lado para examinarla más tarde.

—Dígame, señor Moore, ¿qué necesita de mí?

—¿Su marido no está en casa?

—No. Se fue temprano a trabajar. Ahora solo hace eso.

—Tengo que hablar con los dos. Parece muy complicado encontrarlos juntos.

—A decir verdad, no estamos pasando por nuestra mejor etapa y mantenemos la distancia.

—Creía que, en los malos momentos, el amor podía aliviar el dolor y el sentimiento de pérdida —dijo Harry levantando una ceja.

—Se equivoca, pues.

Harry la contempló con agrado. Le gustaba la ironía de aquella mujer, aunque fuese motivada por el sufrimiento. Lo pensó bien y se dio cuenta de que tendría mejor baza si Mark Lowell no estaba delante. Ya sabía su versión de la historia, ahora necesitaba la de su mujer, sin que él pudiera contradecirla o cohibirla.

—¿Van a meter entre rejas de por vida a ese... desgraciado? —espetó ella con odio, pensando en la palabra adecuada para referirse al agresor de su hija.

—¿Se refiere a John Barton?

—Evidentemente.

—Por desgracia, no de por vida. Estamos haciendo todo lo que está en nuestra mano, pero lo único que tenemos es una agresión sexual. No hemos descubierto ninguna prueba de que la haya matado. —Harry omitió el hecho de que, además, Barton tenía una coartada perfecta e irrefutable.

Ella lo miró con los ojos muy abiertos, sorprendida.

—Pero ¡fue él! ¡Qué más pruebas quieren! —Mary alzó la voz nerviosa.

—Tranquilícese, señora Lowell. Le aseguro que encontraremos las pruebas necesarias. Para eso estoy aquí. —Dio un sorbo al té—. Aunque hay algo que se me escapa, y es por eso por lo que he venido. Necesito que me diga toda la verdad.

—Lo que sea —respondió.

—Fíjese en estos informes un momento. —Sacó de su gabardina los papeles que daban razón de la episiotomía realizada a Aletheia y se los tendió a la madre.

Ella lo miró sin saber muy bien qué debía observar en aquellos papeles.

—Ahí dice que a su hija se le realizó una episiotomía en pleno parto. Según el informe, tiene una cicatriz bastante cerrada y casi imperceptible debido al paso del tiempo, pero nuestro médico forense ha podido apreciarla sin reparos.

Mary se tapó la boca con la mano y empezó a llorar en silencio. Harry esperó y la dejó desahogarse antes de seguir con el interrogatorio. Cuando su respiración se estabilizó, Mary le entregó los papeles de nuevo a Harry.

—Tuvo un bebé, un hijo o una hija. ¿Qué pasó? No hay ni rastro del parto en su historial médico, ni siquiera hay constancia de que alguien atendiera a su hija por el embarazo.

—Señor Moore, esa hija, porque fue una niña, murió al nacer. Aletheia tenía dieciséis años cuando se quedó embarazada, en 1999.

—El mismo año en que se mudaron —susurró Harry. En su mente, las piezas del rompecabezas empezaron a moverse con rapidez, cobrando un sentido que antes no tenían.

—Exacto. Nos fuimos para que mi hija pudiera tener una vida mejor, lejos del padre de la criatura. Él, por supuesto, no sabía absolutamente nada. Nosotros solo queríamos alejar a nuestra hija y cuidarla.

—¿Por qué murió el bebé?

—Fue un parto muy difícil. Ella era muy niña, apenas acababa de convertirse en mujer. El parto fue en casa, nada de hospitales. El bebé no salía, así que le hicieron una episiotomía para ayudarlo. No sirvió de nada. Además, había tenido muchísimo estrés durante el embarazo. Nos odiaba por haberla obligado a irse, y bueno... Estaba muy enamorada y para conseguir que viniera con nosotros tuvimos que decirle que el chico se había desentendido y no quería saber nada de ella.

—Pero ¿ella no constató la información con el muchacho?

Mary negó con la cabeza.

—No la dejamos, y su padre la convenció bastante bien, ya que fue él mismo a casa del chico para hablar con los padres del muchacho. Ella amaba a Mark con todas sus fuerzas, era su única hija y se idolatraban. Creía todo lo que él le decía.

—Aun así... —titubeó Harry. Se dio cuenta de que lo que le estaba contando Mary no era la pieza que faltaba en el rompecabezas que había montado—. Según mi padre, ustedes se fueron porque su marido quería abrir una empresa que tenía posibilidades de ser bastante beneficiosa, y por eso les dio el dinero.

Mary lo miró sorprendida, y, por primera vez, Harry vio un destello de malicia en aquella mujer.

Sonrió sarcástica y le dio un sorbo a su infusión.

—Vaya... Ahora lo entiendo todo. ¿Sabe, señor Moore? Es curioso que usted busque la verdad cuando su padre es un maestro de la mentira. —Harry la desafió con la mirada; aunque sabía que llevaba razón, no podía dejar que viera la debilidad en su rostro. En consecuencia, ella prosiguió hablando—: Ya no tengo nada que perder. Primero perdí a mi nieta, después, a mi hija, y ahora estoy completamente segura de que el mismo día que se encontró el cuerpo de mi pequeña también perdí a mi marido. Así que le diré la verdad, señor Moore. —Ella señaló el marco con la fotografía del colegio que había cogido Harry—. Ahí encontrará el motivo por el que su padre nos dio ese dinero. Su padre quería que nos fuéramos sin mirar atrás y solo podía conseguirlo comprándonos. En este caso, comprando a mi esposo, que siempre ha sido un hombre ambicioso. Un contable que jamás poseía el dinero que administraba de otros.

Harry miró la fotografía con detenimiento. En la fotografía había algunos rostros conocidos. El primero que pudo reconocer fue el de John Barton. Lo recordaba con esa misma edad e incluso más pequeño. A su lado, Aletheia, con aquel semblante de media sonrisa pícara. Y después lo vio. Lo vio claro como el agua. Miró a la mujer que tenía delante con descaro.

—Supongo que no tenía ni idea —dijo ella triunfante. El dolor de Harry por vivir en la ignorancia la reconfortaba—. Debe ser difícil ser hijo de un padre como el suyo, señor inspector. Yo, que usted, hablaría antes con su madre.

—¿Con mi madre?

—La señora Moore se encargó del cadáver de la criatura.

Harry se levantó de inmediato.

—Me llevo la fotografía, si no le importa —le dijo sin esperar respuesta.

Se puso la gabardina en un instante y miró a la señora Lowell con pesar. Había una pregunta que lo rondaba constantemente, y antes de salir por la puerta se giró para hacerla.

—Señora Lowell, ¿vio el cadáver de la criatura?

—No. No nos dejaron verlo en ningún momento. Su madre cogió a la niña y se la llevó. Cuando vimos que no arrancaba a llorar, mi hija estaba destrozada y exhausta, así que me quedé con ella y le supliqué que se la llevara. Para ella tuvo que ser igual de doloroso. —Mary lo miró mientras traspasaba la puerta y, antes de cerrarla, lo cogió del brazo—. Al fin y al cabo, también era su nieta.

42

Mera

Septiembre de 2019

Se despertó con un sobresalto por enésima vez aquella noche. Salió de la cama para darse una ducha y miró el reloj de la mesita. Aún no eran ni las seis de la mañana.

Mientras el agua le caía por el cuerpo pensó en las palabras de su abuelo de nuevo: «Lo que encontrarás ahí condenará toda tu vida, que no volverá a ser tal como es ahora».

Tenía razón. Ahora no podría volver a mirar a Luca de la misma forma, y el rencor que le tenía a Harry era más intenso. ¿Sería por eso por lo que Harry la alejaba de él? ¿Conocía el pasado de su padre?

Negó con la cabeza instintivamente. Era inspector, estaba segura de que si lo hubiese sabido, habría hecho lo posible para encerrar a su padre... Y, además, siempre había tenido una mala relación con él. Pero, aun así, sin duda Harry podría haberlo sabido y no haberle contado absolutamente nada. Sintió como si le disparasen una bala al corazón solo de pensarlo.

Cuando empezaron a intercambiar miradas que eran de algo más que simple amistad, Harry siempre la apartaba. Le decía lo mucho que la quería y que trataba de no hacerle daño, que prefería tenerla para siempre como amiga que perderla por comprometerse más y que saliera mal. Nunca le creyó, imaginaba que sencillamente no sentía lo mismo que ella o era un cobarde emocional. Tal vez fuera así, pero al toparse con la carta de Alan se le pasaron muchos otros motivos por la mente.

Suspiró. No quería recordar aquello, se había olvidado de Harry y ya no lo veía como antes. Pero no podía decir lo mismo de su hermano.

Con la toalla enrollada aún en el pelo, cogió su teléfono y mandó un mensaje. A los pocos segundos recibió la respuesta y se quitó la toalla de la cabeza. Necesitaba respuestas y las podía obtener en ese momento.

☂☂☂☂☂

Aparcó el coche al lado del teatro Princesa. Los jardines que llevaban ese mismo nombre se veían frondosos debido a la lluvia de los días anteriores.

Él la estaba esperando sentado en un banco mirando el mar y le sonrió con dulzura. Parecía que había pasado varias noches en vela. Ella se instaló a su lado sin mirarlo.

—Buenos días —le dijo él, confundido—. ¿Estás bien?

Mera negó con la cabeza antes de responder:

—A mi madre le encantaba venir aquí con mi padre, se

sentaban mirando el mar. Amaba el mar, ¿sabes? Ella nunca lo expresaba, pero recuerdo que mi padre me lo contaba. Siempre me decía: «Mera, tú eres el mar brillante de nuestras vidas, por eso te pusimos este nombre. Tu madre no puede vivir sin el mar, como nosotros no podemos vivir sin ti». —Había cerrado los ojos, intentando imaginar el rostro de su padre mientras pronunciaba aquellas palabras. Sonrió con ternura y aspiró el olor del mar antes de proseguir—. Era muy pequeña y no recuerdo que lo dijera exactamente así, pero cuando tenía siete años me regalaron un libro, y él me dejó esa dedicatoria —terminó de confesarle ella.

Luca la observó paciente, escuchándola.

—¿Has leído la carta que le diste a mi abuelo?

—No. No sabía que era una carta. Lo imaginaba, pero no abrí el sobre.

Ella asintió y le tendió los papeles.

—Hazlo. No digas nada hasta que llegues al final.

El joven cogió los papeles que le daba Mera y comenzó a leer en silencio, obediente. Mera miraba fijamente el mar mientras tanto. Notaba que a cada rato se revolvía en el banco, cambiaba de postura, incómodo. Hasta que un grito ahogado salió de su garganta.

—¿Qué mierda es esto? —soltó a bocajarro.

—Esperaba que me lo dijeras tú. Porque estos papeles se los escribió tu abuelo al mío. Cuenta vuestra historia, no la nuestra.

—Yo no sabía absolutamente nada.

—Permíteme que lo dude.

—Te lo estoy diciendo en serio —replicó él, alzando la voz más de lo que pretendía.

Luca se fijó en el rostro de Mera. Estaba demacrada y parecía otra persona, llena de rabia contenida.

—Yo... Yo solo puedo contarte lo que viví, no puedo saber si esto es verdad...

—Ya —dijo ella levantándose.

Luca la cogió de la mano antes de que diera media vuelta para irse y la miró suplicante.

—Mera, mi padre era... es un monstruo. Esto no voy a negarlo, y no me extrañaría que hubiese hecho todas estas cosas. Yo... —Hizo una pausa para coger aire y le soltó la mano—. Si te quedas me encantaría explicarte cómo lo viví.

Mera lo miró sin saber muy bien qué hacer. Por un lado, estaba deseando escucharlo; por otro, no se veía capaz de soportar más cosas de las que ya sabía. Según aquella confesión, Luca había sido maltratado por su padre y ella no creía que pudiera aguantar más información.

—Por favor —le suplicó Luca.

Mera se sentó a su lado de nuevo y asintió con la cabeza, alentándolo para que comenzara. Él volvió a suspirar y, sin mirarla a los ojos, comenzó su relato.

—No recuerdo a un padre atento ni bondadoso, al menos no conmigo. Con Harry siempre fue más permisivo, hasta que él decidió irse a estudiar criminología. Amaba a Harry, yo lo sabía. Lo quería más que a mí, pero tampoco me importaba. Mi hermano siempre se ha parecido mucho a él, no solo físicamente, sino también en su forma de ser. No digo que sea malo, al contrario, pero siempre fue más egoísta y protector que yo. Mi padre pensaba que Harry debía quedarse su empresa, heredar el legado familiar... —Miró a Mera antes de continuar—: Yo nunca fui un hijo modélico, y mira que lo intentaba con todas mis fuerzas. Sacaba las mejores notas, intentaba ser el más popular, el hijo perfecto en casa... Aun así, desde pequeño, cada vez que cometía un fallo, de los que cometería cualquier crío, recibía «golpes de educación», como él los llamaba. Recuerdo que Harry se escondía en su habitación. Hasta que cumplí los siete años; él tenía once. Aquel día papá volvió tarde a casa, estaba muy borracho. Empezó a gritar que una mujer debía ser suya y que éramos todos unos miserables. Yo simplemente estaba en un mal sitio en el momento menos oportuno. Me pilló en la cocina. Me había levantado a por un vaso de leche y unas galletas porque tenía hambre. Él se puso como una fiera y me dio una paliza. Mamá dormía, aunque si te soy sincero, no creo que no lo oyera, tenía miedo de meterse en medio, pero Harry sí bajó corriendo las escaleras y le dio a mi padre un botellazo en la cabeza. Lo dejamos allí y nos fuimos corriendo a la cama. Oímos que Carl, el sirviente de casa, lo socorría. A la mañana siguiente, mi padre se levantó tarde y cuando apareció lo hizo como si no hubiese pasado nada. Nunca hablamos del tema, pero a partir de entonces Harry dejó de ser su ojo derecho; no lo trataba como a mí, por descontado, sino que le tenía más respeto que antes, y mi hermano me cuidaba todo lo posible de él.

Mera lo escuchaba atentamente. Los ojos de Luca se habían empañado de lágrimas. Por un momento sintió la necesidad de reconfortarlo acariciándole la espalda, pero no pudo. Su mente solo le repetía que era el hijo de la persona que había matado a sus padres. Sin embargo, otra voz le replicaba que Luca no tenía culpa de nada, que era una víctima como ellos. Aun así, la primera voz, la más rencorosa y cargada de rabia, ganaba a la segunda.

—¿Por qué te llevas tan mal con Harry entonces? ¿Qué es lo que cambió entre vosotros? —preguntó Mera. Su voz parecía un susurro.

—Me abandonó. Al menos me pareció que se marchaba en el peor momento. Cuando Harry cumplió los dieciocho decidió irse fuera a estudiar. Mi padre se puso hecho una furia porque, como te he dicho antes, pretendía que la empresa quedara en sus manos. En cuanto se fue, mi padre pagó su frustración conmigo. No podía ni mirarme a la cara. Me sentí desprotegido y solo. No le reprocho a Harry que quisiera alejarse de aquella casa, pero nunca me dijo que se iría y tampoco me llamaba ni me mandaba cartas por aquel entonces. Era como si hubiese roto toda relación conmigo sin darme explicación alguna. Por esta carta de mi abuelo entiendo que fue cosa suya. Cuando cumplí los dieciocho, yo también me fui a estudiar fuera y no regresé hasta que fue totalmente imprescindible.

—¿Por qué volviste?

Luca asintió.

—Por mi abuelo. Sabía que estaba muy enfermo y quería pasar el máximo de tiempo posible con él. Como explicó en la carta, la abuela y él nos cuidaban e intentaban tenernos con ellos a menudo. Ahora que leo sus palabras, entiendo lo torturado que se sentía y por qué lo veíamos tan triste siempre.

Mera sintió lástima por Luca. Había pasado una infancia horrible y una adolescencia solitaria.

—John era el mejor amigo que tenía. —Sonrió con ironía—. Imagina la clase de amigos que eran los demás. Cuando Harry se marchó, John fue para mí lo más parecido a un hermano. Pero después de lo que le ha hecho a Aletheia...

—Luca negó con la cabeza y cerró los puños instintivamente y suspirando. Entonces, cambió de tema con voz sombría—. No sé qué pasó con tus padres, Mera. De hecho, no sabía que nuestros padres habían mantenido una relación hasta que tú me lo dijiste hace unos días. Ojalá pudiera recordar algún detalle, algo que te sirviera para esclarecer todo esto, pero me esforcé por borrar aquellos tiempos de mi mente cuando me fui, era el único modo de superarlos. —Se quedó callado, y al ver que ella no respondía, preguntó—: ¿Qué vas a hacer con la carta?

—Aún no lo sé —contestó Mera, encogiéndose de hombros.

—Deberías mostrársela a Harry. Voy a llamarlo.

—¡No! Espera —le pidió ella sujetándole las manos.

—¿Qué hay que esperar? Harry lo odia tanto como nosotros. Te aseguro que, si hubiese estado al tanto de algo, lo habría metido entre rejas hace mucho. Él te ayudará, Mera, estoy seguro.

Mera lo miró dubitativa. Sabía que Luca tenía razón, que Harry podría ayudarla, pero este estaba inmerso en un caso de homicidio con agresión sexual, acababa de pasar por el funeral de su abuelo, y ¿ahora iba a hacer que cargara con el hecho de que su padre era un asesino?

—Creo que no es un buen momento. El fallecimiento de vuestro abuelo es muy reciente, y Harry está en medio de una investigación.

—Mera, si mi abuelo escribió esto para que lo leyéramos después de su muerte, fue porque sabía que su hijo debía estar entre rejas, bien en una cárcel bien en un psiquiátrico, donde fuera, pero no en casa. Sin embargo, era demasiado cobarde y se sentía tan culpable que no pudo denunciarlo él mismo. —Luca le acarició las manos y ella las apartó inconscientemente—. Harry es muchas cosas, Mera, pero él nunca ha sido un cobarde. Y hay algo que mi hermano siempre necesita.

Ella lo observó esperando que continuara.

—La verdad.

43

Harry

Septiembre de 2019

Aquel día estaba lleno de pequeños rastros del ayer. Todo lo que iba descubriendo se cernía sobre él como una borrasca. El pasado del que tantas veces había huido se las había apañado para llegarle a la vez a través de diferentes personas. En un tiempo anterior se había enfrentado a psicópatas, pederastas, homicidas, agresores... Sin embargo, aquellos casos no lo habían trastocado tanto. Le resonaba en su cabeza lo que había oído y leído, y a pesar de ponerlo todo en orden, aún le faltaban piezas en el rompecabezas.

Al salir de la casa de los Lowell había recibido una llamada de Luca. Al principio se sobresaltó al ver el nombre en la pantalla; acababa de averiguar que su hermano había sido padre y no sabía si él era consciente de aquello. Cuando se montó en su coche, una parte de él le pedía que le contara lo que había averiguado, pero no le dio tiempo a decirle ni una palabra, puesto que Luca lo citó sin preámbulos en los jardines Princesa para hablar con él. No se lo pensó dos veces y colgó el teléfono de inmediato para ir a su encuentro.

Cuando llegó y bajó del coche, la escena que vio no fue precisamente la que esperaba. Mera estaba junto a Luca, los dos tenían una cara larga que les llegaba al suelo, y no parecían muy cómodos. Se olió que allí había gato encerrado y pensó rápidamente en una excusa para escabullirse cuanto antes, así podría ir a hablar con su madre y esclarecer la situación antes de hablar con su hermano pequeño.

Sin embargo, Mera se lo puso fácil. Le tendió un sobre y le pidió que leyera su contenido con detenimiento hasta el final. Sin mediar más palabras. Harry clavó los ojos en ella. Mera no lo estaba pidiendo, sino exigiendo. Miró las hojas que había en el sobre y se apoyó en la puerta del copiloto para empezar y terminar cuanto antes con aquello.

Le bastó la primera frase para saber de qué se trataba. Miró a Mera y a Luca sorprendido, pero ellos seguían manteniendo silencio. Las frases de su abuelo lo azotaban constantemente, lo sentía cerca y leer sus palabras era como escuchar su voz. La letra era la suya, un poco desigual y algo más en cursiva y temblorosa que de costumbre. La caligrafía y la firma no dejaban lugar a dudas. Por un momento se sintió traicionado, su abuelo había sido un hombre tan correcto, educado y amable que jamás hubiese podido pensar que se escudara tras una fachada de mentiras y culpabilidad.

No obstante, cada palabra que leía le parecía más cierta que la anterior. Conocer los actos de Edward desde el punto de vista de Alan aliviaba la conciencia de Harry. En parte siempre se había considerado un mal hijo por odiar tanto a su padre, pero ahora sabía que tenía motivos suficientes para no haberlo amado nunca.

—Debo hablar con mi madre —dijo al terminar de leer la carta.

El dolor que le hundió el pecho al acabar la última línea era incluso peor que el que sentía por el fallecimiento del hombre que la había escrito. No podía mirar a Mera a la cara, siempre había sabido que él no era bueno para ella. Necesitaba protegerla, como solía repetirle su difunto abuelo, pero nada más. No podía aportarle más que protección.

La realidad era que Mera se protegía sola e incluso su simple existencia lo protegía a él, no al revés. Él no era un héroe ni un salvador. A ella no le hacía ninguna falta un galán de hermosa armadura. Mera era la heroína de aquella historia.

La chica lo miró con una mezcla de confusión y sorpresa. Harry esperaba que no creyera que no le importaba. Deseaba decirle que la quería con todas sus fuerzas y que ese era el único motivo por el que no podían estar juntos.

No lo hizo. Había tantas cosas que necesitaba hacer que no tenía más remedio que dejar sus sentimientos a un lado y desterrarlos. Debía aparentar calma.

—¿Qué vas a hacer? —le preguntó Mera.

—Lo que esté en mi mano. ¿Te importa si me la quedo? —Antes de que Mera pudiera responder, Harry se adelantó—. Te prometo que te la devolveré, pero me vendrá bien como prueba. Aunque no sirva de nada ante un tribunal, sí le será útil a mi familia.

Mera negó y le quitó los papeles de la mano con rapidez. Harry la miró sin comprender. ¿Qué cojones estaba haciendo? Se comportaba como una maldita cría. Ella sabía que la única baza que tenía para demostrar el asesinato de sus padres era él.

—Espera a que haga unas fotocopias y podrás quedarte con ellas. No te daré el original a no ser que sea totalmente necesario. Y en cuanto sepas algo, me llamas. Estaremos en la redacción.

—¿No te fías de mí?

—No me fío de tu familia.

Harry observó que Luca hizo una mueca sonriendo por el comentario de Mera.

«Y con razón», pensó.

☂☂☂☂☂

Al sentarse de nuevo en aquel sofá, cerca de la chimenea, en la sala de estar, tan suave como el primer día que lo tocó, recordó cuando su madre les llevaba leche caliente y galletas a Luca y a él en las noches de tormenta para que cogieran el sueño mientras les narraba un cuento. Todos los cuentos eran iguales: dos niños intrépidos que luchaban contra las injusticias de los que se creían tan poderosos que podían tener cuanto deseaban. Al principio, a Harry le encantaban y se imaginaba peleando como un superhéroe junto a Luca. Al cabo de los años se empezó a dar cuenta de que aquella figura de poder siempre había sido su padre. Aunque no sabía hasta qué punto.

¿Su madre había sufrido tanto como ellos? ¿Estaba al corriente de lo que explicaba la carta?

Con el té intacto en la mesita, Diana sostenía las fotocopias, meciéndose a causa del pequeño temblor de su pierna, casi imperceptible pero que Harry conocía tan bien. Estaba nerviosa y eso solo significaba una cosa: aquella carta era real.

Su madre se levantó, lo miró seriamente y, antes de que Harry pudiera preguntarle nada, tiró los papeles al fuego.

Un punto a favor de Mera por haber tenido la lucidez de no darle los originales.

—Ya sé que es una fotocopia, pero no me apetece que tu padre llegue y vea por casualidad todo esto.

Harry se puso de pie hecho una furia. Había aguantado mucho tiempo esperando una respuesta de su madre y aquello le hizo explotar.

—¡¿Esto es lo que te preocupa?! —gritó—. ¡¿Que mi padre se entere de que todos conocemos la verdad?!

—Cálmate, Harry —le pidió su madre con mirada gélida—. No he aguantado a ese hombre durante cuarenta años para que vengas tú a darme lecciones de vida y te comportes como él.

—¿Lo sabías? ¿Sabías que era un asesino?

Ella negó con la cabeza.

—No sé si él mató a Eleanor. Esto es algo que, como has podido comprobar en la carta de tu abuelo, yo no tenía manera de saber.

—Sabes muchas más cosas de las que dices, madre. No eres tonta, de hecho, creo que eres la más inteligente de esta casa.

Ella asintió.

—Aun así. No tengo la certeza de que tu padre matara a los Clarke, pero sí puedo decirte que jamás asesinaría a Eleanor. A su manera enfermiza la amaba, en cambio a mí no me amó nunca.

Harry se quedó de pie, perplejo.

—Papá te quería.

—No —negó ella—. Yo solo fui un capricho para él porque era joven, atractiva y él se sentía despechado. Eleanor lo había dejado y se había ido a España. Yo, por aquel entonces, como comprenderás, no tenía ni idea y me enamoré locamente de él.

—¿Y por qué no lo dejaste al enterarte de que estaba enamorado de ella?

Diana lo siguió mirando desafiante y se sentó de nuevo en el sofá antes de contestar.

—Porque cuando lo supe fue cuando tu hermano acababa de nacer. ¿Y adónde iba yo con un niño de cuatro años y un recién nacido? Yo lo seguía queriendo, aunque te cueste entenderlo. Esperaba que aquello se le pasara con el tiempo. Esa mujer no le daba nada, mientras que yo le ofrecía una familia.

—Mamá, eso es...

—Es estúpido, lo sé. Eran otros tiempos y me había acomodado. Tu padre me compraba con regalos caros cada vez que hacía o decía algo que no debía. Yo era joven y vanidosa. Cuando tú naciste éramos felices, parecía que la vida nos sonreía. Él siempre había querido un niño como él, que tuviera pasión por las finanzas y heredara todo lo que tu abuelo había dejado en sus manos. Sin embargo, al nacer Luca... Como bien dice tu abuelo en la carta, él quería una niña. Era ridículo, pero pensaba que Luca sería una niña, y que fuera un niño le cambió el humor.

—¿Por qué? —preguntó Harry sin entender nada.

—Siempre he pensado que tu padre estaba enfermo. Mentalmente, digo. Algo no iba bien. No lo sé. Nunca lo había visto así. Toda su frustración la pagaba con Luca. No era lo bastante perfecto para él. Aunque hubiéramos pasado un día genial en familia, si Luca lloraba o hacía alguna trastada se ponía agresivo, le gritaba y le daba un tortazo. —Su madre lo miró con lágrimas en los ojos—. Siempre me decía que había salido rebelde y que era necesario tener mano dura con él para que madurara. Yo quise creerlo.

Diana parecía llena de culpa y dolor.

—¿Sabes la infancia de mierda que pasamos?

—¿Crees que no lo sé? ¡Os dejaba con vuestros abuelos porque tenía miedo de que vuestro padre volviera a casa pronto y la tomara con vosotros! —gritó ella—. Prefería que cuando regresaba borracho me pegara a mí y no a Luca.

—Si admites que papá te maltrata, podemos ir a comisaría y denunciarlo. Haré que le pongan una orden de alejamiento. Es más, podría perderlo todo.

Ella negó.

—Esto fue hace mucho tiempo. Lo dejó en 1999.

—¡Da igual que fuera hace mucho tiempo, mamá! —gritó desesperado. De repente cayó en la cuenta de la fecha que había dicho—. Espera, ¿cuando murieron los Clarke?

—Sí. Tu padre dejó su comportamiento vil justo en ese momento, entre otras cosas —contestó ella, distraída—. Además, ya sé que jamás debió ponerle una mano encima a Luca, ni siquiera en su adolescencia, pero en aquel momento no sabía qué hacer.

—Deberías haberlo denunciado, nuestra infancia fue horrible —le reprochó él—. Luca se pasaba el día aterrorizado por culpa de papá, y yo, por no poder hacer nada para protegerlo.

—Hijo, tú no estabas obligado a proteger absolutamente a nadie. Eras un crío. Tenías en la cabeza el constante pensamiento de defenderlo porque tu abuelo te lo pedía, era su manera de sentirse menos culpable, ayudando a Luca a través de ti. Eras un niño que también necesitaba ser cuidado.

—Luca era el pequeño.

—Sí. Y si te pones a pensarlo, es el más fuerte de esta familia. No estoy diciendo que sea así gracias a lo que vivió. Ojalá nunca hubiese pasado por esto. Y, Harry —añadió suplicante—, créeme cuando te digo que desearía haber sido la persona que soy ahora para luchar contra tu padre y sacaros de aquí cuando erais pequeños. —Harry la miró a los ojos, y se produjo el silencio.

Se sentó y cogió la mano de su madre. Ella lo miró con media sonrisa.

—Siento recalcarte que Luca es el más fuerte. Tuvo que vivir con un padre que no lo quería y la ausencia de su único apoyo, su hermano. Sin embargo, es un hombre tenaz, impetuoso, amable y bueno. No es porque sea mi hijo, pero nunca he visto un halo de oscuridad en sus ojos. Odia a vuestro padre, como es evidente, aun así, esto no le ha hecho dejar de perseguir sus sueños o ser una persona que se rige por la rabia y la venganza.

—Al contrario que yo —dijo Harry devolviéndole la sonrisa.

—No eres tan tenebroso, Harry, no seas dramático —lo reprendió ella—. Tienes una forma de ver la vida diferente. Te haces el fuerte porque te lo hemos inculcado. Tu padre, tu abuelo, yo... Siempre has querido ser el héroe, pero, hijo..., los héroes lo son porque han visto la oscuridad y se han enfrentado a ella. —Hizo una pausa y le dio dos palmaditas en las manos—. No puedes salvar a todo el mundo.

Harry asintió. Se quedó en silencio mirando a la mujer que tenía enfrente, podía haber hecho mucho más, y llevaba razón, Luca no se regía por el rencor, en cambio, él sí. Sabía que aquello sería una brecha imposible de cerrar. Los ojos de su madre, empañados de lágrimas, brillaban con la luz. Harry pensó detenidamente en la conversación y se acordó de inmediato del motivo que realmente lo había llevado allí.

—Has dicho que papá empezó a cambiar en 1999.

—Sí, eso he dicho.

—¿Él también sabía que ibais a ser abuelos o esto es algo que te callaste tú sola?

Diana quitó de inmediato las manos posadas en las de su hijo. Su cara, pálida de por sí, consiguió contra todo pronóstico adquirir un tono parecido al del yeso.

—¿Qué...? —balbuceó.

—En 1999, Luca dejó embarazada a Aletheia Lowell, y me da la impresión, madre, como te he dicho antes, de que solo tú sabes cosas que los demás no podemos ni imaginar —dijo, intentando ser lo más neutral posible—. Así que, dime, ¿qué hiciste con la cría?

Diana volvió a levantarse. Ahora sí que estaba temblando, y dio varias vueltas por la habitación pensando en qué contestarle a su hijo. Al cabo de un par de minutos eternos para Harry, se quedó mirando la chimenea, pensativa, y de su boca, como un susurro, salió la verdad:

—Tu padre pagó mucho dinero para deshacerse del niño y así evitar manchar su apellido. La única cosa que he logrado hacer bien en este mundo fue salvarle la vida llevándolo al orfanato de Santa María sin que nadie lo supiera. Ni siquiera su propia madre. Años más tarde conseguí que unos granjeros lo adoptaran y no le faltara nada. Siempre intenté tener noticias suyas para comprobar que estaba bien. Y tranquilizar a mi conciencia, supongo. De hecho, me enteré de que, curiosamente, terminó estudiando periodismo como tu hermano.

—¿Has dicho niño? Era una niña.

Ella negó con la cabeza.

—Dije que fue una niña para que si por casualidad a los Lowell les daba por investigar, nunca buscaran a un varón.

Harry la miró por primera vez con odio. Era mucho más perspicaz de lo que jamás hubiese sospechado. Les había tendido una trampa.

—¿Sabes su nombre?

—Por supuesto, yo tuve el privilegio de otorgárselo. Le puse el nombre de mi padre.

Entonces, algo hizo clic en la cabeza de Harry y cada pieza del rompecabezas encajó en su lugar. Salió a toda prisa de allí. Luca corría peligro y Mera también.

Entendió que la clave de todo era aquel niño abandonado que se había convertido en un asesino.

44

Octubre de 1999

El bebé no arrancaba a llorar. Había salido del interior de su joven madre con un color violáceo y Diana lo había cogido apresuradamente en sus brazos, mientras la madre de la muchacha abrazaba a su hija y la besaba torpemente.

Siete meses atrás, Diana escuchó a Edward hablar con el señor Lowell. Edward pensaba que su despacho estaba insonorizado, pero ella, que se había encargado de las obras, se había ocupado de que no fuera así. De esta manera siempre podría estar al tanto de lo que hacía su marido. Al darse cuenta de que Edward no era precisamente un hombre modélico, llegó a la conclusión de que tenía que controlar sus movimientos, por si alguna vez hacía algo que le pudiera servir de ayuda.

Cuando escuchó aquella conversación se quedó paralizada. Era la tercera vez que el contable iba a su casa en una semana, y eso era inusual. Esperó a que el hombre saliera del despacho y lo llevó a la habitación sin contemplaciones. Allí sí que no se oía absolutamente nada.

Esa semana, Edward había dejado de ser la persona que era, estaba frío como siempre, pero abatido y dócil. Diana sabía el motivo. El padre de Edward, Alan, les había dado la noticia del accidente de Eleanor, su amor de la infancia. Nunca lo había visto tan afectado por algo, ni que derramara jamás una lágrima. Hasta aquel día. Y a pesar de ello seguía siendo un hombre calculador, sin escrúpulos.

Según había entendido Diana, su pacto con Lowell era abandonar a la criatura en la calle o matarla. Sea como fuere, se encargaría del bebé sin que nadie supiera nada, y mucho menos Luca. Su hijo iba a ser padre con apenas quince años. No era estúpida, comprendía que un bebé condenaría al menor de la familia y no permitiría que Luca se enterase de su existencia, pero no podía dejar a la criatura a su suerte. Al fin y al cabo, era su abuela. Abuela...

La palabra resonó en su mente como un eco eterno. Tenía que convencer a Edward para que la dejara encargarse del asunto y contaba con la excusa perfecta. Tiempo atrás había estudiado enfermería; nunca había ejercido profesionalmente, pero había hecho prácticas y le encantaba leer sobre el tema. Asistiría al parto y le daría el bebé a alguien que no pudiera tener hijos. Ahora que su marido era más manejable estaba segura de que conseguiría persuadirlo.

No se equivocó. Edward le dio carta blanca con la condición de no hablar de aquello nunca más y de que se ocupara de enviarlo bien lejos. Les había dado una suma de dinero importante a los Lowell para que cerraran la boca, se fueran y olvidaran todo aquello.

Diana se estremeció. No podía creer que fuera a abandonar a su nieto o nieta. Sin embargo, se convenció de que era la única forma de salvar al bebé de las garras de su marido y del señor Lowell, que le parecía tan despreciable como Edward.

Así que siete meses después allí estaba, con la criatura en sus brazos. Un precioso niño que había costado la misma vida alumbrar. Diana pensó que el parecido con su madre era extraordinario. Ante su sorpresa, seguía de un color violáceo y no había llorado aún. Así que, antes de que arrancara el llanto, aprovechó que la madre estaba medio inconsciente por el calmante que acababa de ponerle y salió de allí diciendo que lo llevaría al hospital porque no reaccionaba. Por si eso fuese poco, les aseguró que era una niña. No hizo falta enseñárselo, la señora Lowell quería que se marchara cuanto antes, despreciaba a la criatura.

Mentía. En cuanto bajó las escaleras de la casa acompañada de su amiga Catalina, una monja que acababa de empezar a trabajar en un orfanato para niños sin hogar, el bebé comenzó a coger un tono rosáceo y a llorar del modo más silencioso que Diana jamás había oído en un recién nacido. Parecía que el niño quería que el plan funcionara y se había aliado con su abuela.

—Tienes que llevártelo —le ordenó a Catalina—. Yo les diré a los familiares que ha fallecido. El embarazo ha sido prematuro, la madre es demasiado joven, me creerán.

—¿Vendrás a verlo?

—Sí. Soy su única pariente, aunque él jamás lo debe saber —contestó ella, acariciándole la cabeza al niño—. Debo irme, la madre necesita cuidados.

—La hemos desgarrado para que saliera el bebé. Comprueba que los puntos estén bien dados y que se cuide de las infecciones —le respondió la monja.

Había conocido a Catalina en la Facultad de Medicina.

A diferencia de ella, su amiga sí había ejercido la profesión durante un tiempo y había sido matrona. En cuanto Diana le explicó la situación, se ofreció para cuidar al niño en su nueva casa. En el orfanato, con otros chiquillos de su condición. Diana pensó que sería mejor sitio que la calle o su propia casa, con un tirano dentro.

—Llévatelo ya —le pidió con lágrimas en los ojos.
—¿Tiene nombre?
Diana asintió.
—Daniel. Como mi padre.

45

Katy

Septiembre de 2019

Katy cogió el móvil, temblorosa. A decir verdad, no sabía cómo transmitirle la noticia a su compañero. Lo peor era que tampoco sabía si se trataba de una noticia buena o mala.

En el campo de golf, cerca de donde habían encontrado muerta a Aletheia, ahora yacía inerte otro cuerpo. El de Edward Moore. Este no estaba desnudo, pero tenía grabada en el brazo la misma frase que la chica y las puñaladas de su vientre eran casi una réplica de las que había recibido ella.

Habían llegado tarde de nuevo, y esa era la noticia que debía darle a Harry.

Uno, dos, tres pitidos...

—Harry.

—Katy, iba llamarte ahora mismo. Necesito...

—Harry —le dijo, cortante, sin dejar que terminara—.

Hemos recibido un aviso. Han encontrado el cuerpo de tu padre cerca del campo de golf, casi en el mismo lugar donde se descubrió el de Aletheia. —Hizo una pausa—. Lo siento, Harry.

Hubo un silencio larguísimo al otro lado de la línea.

—¿Harry? ¿Estás ahí? ¿Te encuentras bien?

—¿Cuánto tiempo hace, Katy?

—Hará unas tres horas. No creo que más de cinco, según dice David. Tiene la misma frase en el brazo.

—Barton arderá —afirmó él en tono neutro.

—Sí.

—Barton arderá —repitió.

—Te he dicho que sí, eso pone.

—No, Katy, no lo entiendes. Nos lo lleva diciendo todo este tiempo. Quería que lo supiéramos. Barton, el periódico, arderá de verdad.

Katy se quedó paralizada.

—¿Cómo lo sabes?

—Por eso te llamaba. Te lo explicaré en cuanto pueda. Necesito a todo el mundo. Yo voy ya para allá. Es Daniel Wayne.

—¿Quién?

El nombre le sonaba vagamente, pero no recordaba de qué.

—El hijo del granjero que denunció el robo de una oveja. La robó el chico, aunque no es su hijo. Te lo explicaré más tarde.

—Está bien. Mando a todo el mundo; el forense se llevará el cuerpo.

Katy empezó a llamar a los compañeros para que cogieran los coches. Creía ciegamente en Harry, sin embargo, no entendía qué estaba pasando. Su padre acababa de morir, y quizá no estaba en sus cabales.

—Harry, ¿cómo estás tan seguro de esto? —le preguntó, indicándole a un compañero que se iba.

—Va a por mi hermano, Katy. El objetivo siempre fue Luca.

Entonces ella lo entendió. Para Harry, su padre ya no importaba. Nunca había importado porque nunca existió nadie tan sustancial en su vida como su hermano.

46

Daniel

Descubrí que era un Moore cuando cumplí catorce años. A los doce me había adoptado una pareja muy simpática, pero bobalicona que tenía una granja y un rebaño de ovejas que sustentaban la ridícula casa donde vivían. En aquel momento no me pareció tan desagradable, al contrario. Era un crío feliz y con ansias de estar con una familia que me quisiera y me tratara como al hijo que no tuvo.

Así fueron los dos primeros años. Yo era inteligente, más que cualquiera de los chicos que convivían conmigo. Se me daban bien los números y los acertijos. Tenía una mente privilegiada, según la madre Catalina, la monja que más cuidaba de mí en el orfanato. Por eso me frustraba no llegar a entender el porqué de mi abandono. Según la monja, que estuvo presente cuando me trajeron al mundo, mis padres eran unos jóvenes que habían tenido sexo sin tomar precauciones y que no estaban en condiciones de darme una buena vida, ya que eran de una clase muy baja y no podían permitirse un hijo.

Jóvenes y sin dinero, decidieron dejarme en un sitio cálido y lleno de buenas samaritanas. No sabían que aquel sitio no era cálido. Nunca funcionaban los radiadores, había goteras, éramos muy pocos críos y cada vez que nos equivocábamos nos castigaban con dureza. Tampoco podíamos salir fuera de los jardines, estaba terminantemente prohibido. No obstante, esto no era lo peor. Nadie abandonaba el orfanato hasta que no tenía la mayoría de edad. ¿Por qué? Pues porque ninguna pareja venía a adoptarnos. Creían que con las monjitas estábamos bien y que otros niños podrían necesitarlos más (o eso decían las monjas).

Ninguno de los chicos que conocí allí tuvo padres adoptivos. Algunos se fueron al cumplir la mayoría de edad, y los pequeños siguieron en el orfanato esperando su turno para marcharse a buscarse una vida sin dinero y sin trabajo. Las hermanas solían facilitarles algún empleo precario a los que salían, mientras estos también intentaban encontrar trabajo por su cuenta, o eso decían. Por desgracia, acostumbraba a ser temporal y no daba para pagar un alquiler.

A mí me aterrorizaba salir. Desde que entendí mi situación, a los siete años, veía con temor el momento de dejar el orfanato. Observaba a mis compañeros quedarse llorando en la esquina porque no tenían adónde ir.

Mi suerte fue un poco mejor.

Por aquel entonces venían un par de mujeres voluntarias a pasar un rato con nosotros, a traernos comida y juegos. Una de ellas era Diana Moore. Una señora bella y distinguida, a pesar de la edad, que se movía con elegancia y decisión. Siempre estaba conmigo, me ponía retos intelectuales y estimulaba mis capacidades. Y aunque más tarde descubriese que era una zorra sin sentimientos, se ganó mi respeto y por eso decidí dejarla vivir.

A los doce años, como ya he dicho antes, me adoptaron. Fue gracias a Diana. Según dijo, unos amigos suyos estaban deseosos de tener un niño de mi edad, ya criado, pero aún no adolescente. El día que me reuní con ellos fue el mejor de mi vida. A pesar de que la casa no era enorme, tenía mi propia habitación, con una televisión y un escritorio bien grande. Además, me habían comprado mucha ropa y juguetes. Con todo, no quería separarme de mis compañeros, que eran como mi familia y no habían tenido mi suerte. Por esta razón dos veces a la semana iba al orfanato a ayudar a las hermanas y a jugar con los chicos, sobre todo con los más pequeños. Durante dos años así fue mi vida, muy corriente y vulgar.

Hasta que cumplí los catorce, que fue cuando todo cambió. Quise celebrarlo en el orfanato con mis compañeros. Les pedí a mis padres adoptivos que organizáramos una fiesta pequeña allí, y me lo concedieron. Diana también acudió a felicitarme en mi día. Entonces me dijo que no podría volver, que aquella sería la última vez que nos veríamos. Insistió en que yo ya era mayor, que tenía una vida con mis padres adoptivos y que debía olvidarme del tiempo pasado en el orfanato. No me lo tomé muy bien, pero lo comprendí. Consideré que me abandonaba, sin embargo, ya me habían abandonado nada más nacer, así que la sensación tampoco era nueva para mí.

Cuando la fiesta terminó fui a buscar a mis padres para marcharnos; estaba oscureciendo y al día siguiente tenía clase. No los veía por ninguna parte. Entonces entré en el baño de la planta de abajo. Por la ventana, que estaba abierta y daba al patio interior, oí la voz de Diana.

—Os daré dinero todos los meses para que podáis manteneros bien. Lo llevaréis a un buen colegio y a una buena universidad.

—¿No quieres que le digamos quién eres? —replicó mi madre adoptiva.

Escuché el silencio detrás de la pregunta. Como si se lo estuviese pensando.

—No me interesa. Aun así, es un Moore, quiero que se labre un futuro digno. Luca, mi hijo, no tiene ni idea de que fue padre, y la chica... La chica vive en Bristol y se desentiende por completo.

—¿Lowell era la madre? En el certificado de nacimiento que tiene Catalina pone el nombre de sus padres... Creo recordar que la madre era ella. Algún día querrá saberlo —dijo mi padre adoptivo.

—Lo sé, pero ahora no es el momento, cuando sea mayor lo entenderá —susurró Diana.

—Pero tú lo has cuidado y has procurado que tenga una familia que lo quiera como nosotros. ¿Por qué no le dices que eres su abuela?

—Eso solo complicaría aún más las cosas. Mi marido lo quería muerto, ¿entiendes? No debe saber de su existencia. Le pedí a Catalina que borrara el certificado, pero era un requisito indispensable para que el niño ingresara en el orfanato, y Catalina ha hecho demasiado por mí como para insistirle en que se saltara la norma.

Hubo otro largo silencio.

—Entonces ¿no quieres despedirte?

—Ya lo he hecho. Mejor así, todos estos años han sido agotadores. Cuidadlo bien.

No me di cuenta de que estaba llorando hasta que oí que sus pasos iban desapareciendo. Me hice daño con las uñas en las palmas de las manos de la rabia con que apretaba los puños. De la impotencia. Esa mujer era mi abuela y me había engañado durante toda mi vida.

Volví a casa sin decir palabra. Cumplir los catorce me había hecho otra persona. Me había abierto los ojos a la verdad. Durante todo ese año investigué a mis padres.

Luca Moore, el hijo pequeño del magnate Edward Moore, era ahora un periodista consagrado en Londres. Tenía un hermano mayor, Harry, que contra todo pronóstico había aparecido en numerosos artículos como el mejor inspector de homicidios de Europa.

Después estaba mi estúpida madre, que, según había oído, se desentendió de mí para vivir su vida. Al parecer, trabajaba en Bristol, en la empresa de sus padres, a los que tampoco les iba nada mal.

Entendí que mis padres tenían un denominador común: eran unos niños ricos malcriados que, en vez de madurar y cuidar de su hijo, prefirieron el dinero y su propia vida a expensas de la mía.

No eran como Catalina me había contado. Jóvenes sí, pero no pobres. Podrían haberme dado una buena vida, y yo habría sido otra persona mejor de lo que era.

Mi odio y mi ira iban aumentando a medida que iba sabiendo más de ellos. Cuando conocí a Edward fue aún peor. Un hombre sin escrúpulos con tanto dinero que podía comprarse la ciudad si quería. Se creía un dios, capaz de manejar vidas como la mía a su antojo. Me había querido muerto, y ahora yo lo quería muerto a él. Y a mis padres. Así que empecé a trazar mi plan de venganza. Fui frío y calculador. Me llevaría años, pero me servirían para conocerlos y hacer que sufrieran antes de morir.

Mientras tanto seguí siendo un chico y un estudiante ejemplar. Mis patéticos padres adoptivos estaban muy orgullosos de mí. Por desgracia, cuando tenía quince años, mi madre murió de cáncer, y entonces mi padre empezó a marchitarse también. Ella era cariñosa y la que cuidaba de mí; mi padre me soportaba y me hacía trabajar para él con sus dichosas cabras. Yo no lo aguantaba, pero ponía buena cara por ella. Después de su muerte apenas hubo relación con mi padre adoptivo. Cada uno iba por su lado, y tanto mejor para mí.

Diana, por su parte, cumplió con el trato y acabé estudiando periodismo en Bristol, muy cerca de mi madre biológica. Allí fue donde la conocí. Pasé por su casa explicando que me había quedado sin batería en el móvil y le pedí que me dejara llamar a un amigo con el que había quedado. La muy tonta se lo creyó.

Soy muy parecido a ella, tengo sus mismas pecas y su pelo azabache, y ella era tan estúpida que no se daba cuenta.

Fui haciéndome amigo suyo. Me dejaba caer como por casualidad por donde sabía que se movía ella, y terminamos congeniando. Me pareció un despilfarro de mujer. Estaba siempre peleando con su novio nuevo y debatiendo con él sobre una relación seria que ella no quería. Cosas banales y sin importancia de alguien que lo tiene todo en la vida.

Al tiempo, se mudó a Torquay y yo también lo hice. Encontré un empleo en el periódico local, el *Barton Express*, como becario. No me importaba, sabía que tendría que pasar por ello para ser periodista.

Trabajaba para la redactora jefe, la señorita Clarke. Debo decir que ella sí que me impresionó. Es una mujer fuerte y controla todos los aspectos del periódico. No hay nada que se le escape. Como mi abuela biológica, se ganó mi respeto, pero en su caso fue por su obsesión con el trabajo. Su tarea consistía en controlar y manejar hilos, y eso a mí me fascinaba, podía aprender mucho de ella.

Pensé que así debería haber sido mi madre, y no tan pusilánime.

Cuando entré en la redacción el primer día de prácticas no era la primera vez que veía al señor Barton, el director del periódico. Mi madre biológica tenía fotografías de él de pequeño en su casa, en Bristol, antes de mudarse a Torquay y deshacerse de todas ellas. Averigüé que tiempo atrás habían sido amigos. Aunque él siempre había querido más, parecía que estaba enamorado de ella. Era un buen detalle que debía tener en cuenta.

Entonces, de pronto la situación cambió. Acababa de cumplir los veinte y me quedaba poco para terminar mis estudios. La señorita Clarke se fue de vacaciones y, ante mi sorpresa, vino a sustituirla la persona que yo más ansiaba conocer.

Mi padre.

Aunque no era como los hombres sacados de las películas, me resultó ridículamente atractivo. Tenía el pelo dorado, pero rizado como el mío. Parecía muy extrovertido y tenía algo. Un don para tratar con las personas. Don que, ciertamente, a mí me faltaba. Entonces fue cuando lo decidí. Era el momento.

Empezaría por mi madre. Atemorizaría a la ciudad para que la gente no pudiera pasear tranquila, para que se sintiera desprotegida, como yo me había sentido durante tantos años. Así podría llamar por fin la atención de todo el mundo con su asesinato. Nunca nadie me había visto, pero ahora todo Torquay podría apreciar lo que quería hacer. Después iría a por Edward Moore. La gente necesitaba saber que no era invencible, que no era un dios. Y, por último, terminaría con Luca Moore.

Haría que esa maldita oficina ardiera, así también podía joder al señor Barton por haber destrozado mi obra antes de empezar con ella, después de tantos años de trabajo. Estaba deseando escuchar sus gritos justo después de contarle la maravillosa noticia de que yo era el hijo de Luca Moore.

Pero las cosas se complicaron. Porque a pesar de que lo había calculado todo y había estado años acercándome a ellos, no tuve en cuenta a mi mayor rival. Alguien que podía detenerme porque tenía la posibilidad de averiguar mi historia.

No había contado con que el inspector que investigaría mis preciosos asesinatos fuese mi tío, el famoso inspector Harry Moore.

47

Mera

Septiembre de 2019

Luca recibió una llamada mientras estaban en la redacción trabajando después de ver a Harry. Su padre había fallecido. Luca no conseguía articular palabra, aquello era surrealista.

—Vete a casa con tu madre, Luca —le recomendó ella.

Él negó con la cabeza.

—Bueno, como quieras. Aquí está todo controlado, aunque estemos solos.

La gente se había marchado hacía un buen rato. Ellos estaban terminando las secciones y Daniel había bajado para acabar de hacer unas fotocopias e irse.

Al rato, Mera fue a comprobar que Luca estuviera bien. Se lo encontró en la sala de descanso removiendo el café de máquina que tenía entre las manos.

—¿Cómo te encuentras? —le preguntó ella sentándose a su lado.

—Me encantaría decirte que bien, pero ni por asomo sería cierto —dijo sin apartar la mirada de su vaso de cartón.

—Luca...

—Era una persona horrible. Siempre me trató mal, me pegaba, me gritaba..., y lo peor de todo era cuando me ignoraba. Nunca supe por qué, aunque al hacerme mayor empecé a pensar que tendrían que haberlo llevado a un psicólogo, o más bien a un psiquiatra. Parecía que tenía un trastorno de la personalidad, no sabías con cuál de sus caras te tocaría hablar, aunque por desgracia, para mí siempre era la mala. —Hizo una pausa y tragó saliva. Se le formó un nudo en la garganta—. A pesar del daño que nos hizo a nosotros y de todas las cosas horribles que le hizo a tu madre... me da pena que se haya ido.

—Era tu padre, Luca —lo intentó calmar ella—. No tendrías buen corazón si a una parte de ti no le doliera.

Entonces le cogió la mano. Por mucha que fuera la distancia que la verdad sobre el pasado de sus padres había interpuesto entre ellos, sentía la necesidad de estar allí con él. Luca no era su padre, ni tampoco Harry. Era una persona como ella, que había vivido momentos terribles y había sobrevivido pese a los obstáculos.

—Eres un superviviente.

Luca negó con la cabeza. Iba a contestarle, pero de repente levantó la cabeza bruscamente y olisqueó el ambiente como si fuera un cachorro.

—¿A qué huele?

Entonces Mera se percató. Olía a quemado. El ambiente se estaba empezando a cargar de un humo espeso que provenía de la planta de abajo. Entonces apareció en el umbral de la sala de descanso Daniel, con una sonrisa que Mera jamás había advertido en él.

—Bueno, me encantaría averiguar cómo sobreviviréis a esto, pero creo que saldremos en las noticias antes de averiguarlo.

Luca reaccionó el primero y se levantó de inmediato de la silla.

—¿Qué cojones pasa, Daniel?

—Antes de nada, que sepáis que estamos encerrados aquí. He cerrado todas las ventanas y puertas, y acabo de cerrar la segunda planta para tener unos valiosos segundos antes de que el fuego llegue a nosotros para explicaros lo que ocurre.

—¡¿Fuego?! —gritó Mera, levantándose ahora también ella.

—Llevo advirtiéndolo bastante tiempo. Dejé un mensaje en el orfanato, lo visteis con vuestros propios ojos. Lo dejé en el cuerpo de mi madre, y ahora en el de mi difunto abuelo —comenzó a explicar con una sonrisa.

—«Barton arderá» —dijo Mera en un susurro—. Sí que se trataba de nosotros, después de todo.

Daniel asintió sonriendo como un maníaco.

—Espera... ¿Madre? ¿Abuelo? —preguntó Luca, nervioso.

—Sí. Aletheia jamás me vio venir, ¿sabéis? Me hice amigo suyo y, para ser una mujer bastante reacia a los hombres, lo cierto es que me abrió las puertas de su casa enseguida. Supongo que me la gané con mi imagen de niño bueno, pobre y estudioso. O puede que intuyera la verdad.

—¿Qué estás diciendo, Daniel? —gritó Mera, confusa.

—Vamos a hacer una cosa, no tenemos mucho tiempo. Si queréis la verdad, vais a tener que dejarme que os la explique.

—¿Por qué no han saltado los cortafuegos? —le preguntó en un susurro Luca a Mera.

—Los he apagado yo… —respondió el muchacho frente a ellos—, padre.

Luca se llevó las manos al pecho, parecía que le iba a dar un ataque. Mera lo cogió de los hombros.

—¡¿Qué mierda dices?! ¡Explícate! —exigió Luca.

Mera lo miró aterrorizada y se dirigió hacia la puerta. Era preciso encontrar una salida, si no tendría que noquear a Daniel.

—Vaya, ahora resultará que eres igual de agresivo que el tuyo. —Después desvió la mirada hacia Mera al ver que se acercaba a la puerta de al lado de donde él estaba. Entonces sacó de su chaqueta una pistola y la apuntó con ella—. No tan deprisa. Vais a escucharme. De momento no la he usado todavía, pero si es necesario lo haré hoy. Así que siéntate, jefa —dijo con retintín—. Lo siento, Mera, no estaba en mis planes encontrarte aquí. De verdad que respetaba tu dureza y tu forma de hacer las cosas. Sobre todo desde que le plantaste cara a John cuando intentó forzarte.

Mera dio un grito ahogado.

—Yo estaba allí. Seguía a John para esperar el momento oportuno. Tenía que lanzar el vídeo y no sabía cuándo sería mejor, así que fui tras él durante unos días, esperando mi oportunidad. Ese sádico solo buscaba a otra mujer a la que hincarle el diente al desaparecer mi pobre madre.

Luca gruñó al escuchar cómo hablaba de Aletheia.

—Oh, qué original, ¿Vas a entretenernos con la típica chapa de villano? —respondió Luca, intentando parecer sarcástico.

Daniel lo ignoró.

—Tenía planeado el día de su muerte, pero hubo un contratiempo. Llegó nuestro querido señor Barton y la encontró andando por el camino del pequeño bosque. Me escondí. Él manchó mi obra y tenía que pagar por ello. Antes de poder decirle a mi madre quién era y por qué quería asesinarla, él la violó. Opuso muy poca resistencia, pronto se dio por vencida. John es un tipo fornido, ya lo conocéis —dijo con desparpajo, apuntando con la pistola a Luca y a Mera—. Al verme entre la espada y la pared, me di cuenta de que si grababa y después lo subía a la red cuando me conviniera, podría apartar las sospechas de mí durante un tiempo y después incriminarlo. Creeréis que soy un monstruo, pero jamás violaría a una mujer, me parece repulsivo y sin carácter. Y si me lo permitís, un poco troglodita.

»Así que me cabreé mucho cuando me quitó mi momento de gloria después de tanto tiempo esperando. La encontré allí tirada y sola. Estuve consolándola. Ella no quería moverse de donde estábamos, y tras pasar cerca de una hora en aquel sitio, inmóvil, le conté quién era. Estaba tan abatida... —Puso cara de asco—. Como si el estúpido de John le hubiese robado el alma. Ni siquiera hizo nada por justificarse, ni se disculpó por abandonarme. Así que le hinqué el cuchillo lentamente, varias veces, sin preámbulos. Ella no se resistió, solo sonreía mientras moría, como si le hubiese hecho un regalo, la muy estúpida.

—Daniel... —dijo Mera, levantando las manos con precaución—. ¿Por qué estás quemando el periódico? —Las lágrimas se le escaparon sin avisar.

—Ya te he dicho que no era mi plan inicial. Hasta que llegaste tú. —Apuntó con el arma a Luca—. Nunca creí que tendría la oportunidad de conocer a Luca Moore, el gran periodista deportivo de Londres. Si pretendía acabar con mi padre, tendría que ser con más tiempo. Quería hacerlo como con los demás, pero creo que el señor Barton merece que su periódico arda. Así que mato dos pájaros de un tiro.

—¿Tu padre? —dijo Luca confuso—. Lo siento, pero de veras te has confundido. Yo no tengo hijos, y menos de tu edad. No me cuadran las cuentas.

—Ah, ¿no? —replicó Daniel, irónico—. Saliste con mi madre a los quince años y la dejaste embarazada. Se marchó a Bristol con sus padres y con el Kinder Sorpresa, sin que te enteraras. Todo el mundo te mintió: tu padre, tu madre, ella... Soy el loco de tu hijo, encantado —se presentó él, haciendo un gesto teatral con la mano que sostenía la pistola—. Qué sorpresa tan agradable, ¿verdad?

Luca abrió unos ojos como platos.

—No puede ser... Esto no es...

—¿Posible? Sí, sí que lo es. —Daniel hizo una pausa, y mientras los seguía apuntando cogió del bolsillo trasero de sus tejanos una nota y la deslizó por la mesa de la sala hasta llegar a Luca—. Tenías razón, jefa —le dijo a Mera—. Alguien quería llevarse un documento del orfanato.

Luca desplegó el papel y vio un certificado de nacimiento. Su nombre y el de Aletheia figuraban en el documento, que los consideraba los padres de Daniel Moore Lowell. En la parte superior de la página estaba el membrete del orfanato de Santa María. Había dos firmas: la de la hermana Catalina y la de Diana Moore.

—La cosa es que mis queridos abuelos, Edward y Mark, se pusieron de acuerdo para deshacerse de mí —prosiguió Daniel—. Así que te mintieron. Solo hubo una persona que se apiadó de mí, y esa fue Diana, mi queridísima abuela. Me entregó al orfanato, donde me cuidaron. Incluso contrató a una familia para que me acogiera en su casa a los doce años.

Por aquel entonces, yo era un auténtico iluso, me habían dicho que mis padres eran muy jóvenes, pero que me abandonaron porque eran pobres y no podían darme una buena vida. Diana iba a verme al orfanato haciéndose pasar por una voluntaria. Mi sorpresa fue muy desafortunada cuando el día que cumplí catorce años la oí hablar con mis padres adoptivos, diciendo que ella era mi abuela biológica. A partir de entonces juré vengarme de mis padres y de mi abuelo, que se creía impune y manejaba las vidas que quería solo con dinero.

—Entonces ¿yo...?

—Sí. Eres mi padre.

—No... —Luca estaba conmocionado. El fuego ya no le importaba tanto.

Mera lo miró boquiabierta. Ahora que lo decía, tenían cierto parecido. Eran altos, pálidos y con buena complexión. Los rizos de su cabeza, aunque morenos, eran igual de espesos que los de Luca. La sonrisa también era suya. Se llevó las manos a la boca.

—Pensaba que sería muy complicado matar a Edward —dijo sin prestarles atención—. Dejadme que os dé un consejo. Cuando alguien se cree impune a todo también piensa que es inmortal y baja estrepitosamente la guardia ante el peligro. Es una pena, no disfruté matándolo como había planeado, fue muy rápido. En cambio sabía que tú eras buena persona. —Señaló a Luca—. Pero mi vida no tiene sentido después de todo esto, así que decidí quemar este lugar contigo y conmigo dentro. Es un suicidio, lo sé. Nunca me ha querido nadie de verdad, he sido una molestia, y tú has vivido ajeno a mí hasta ahora, disfrutando de tu vida de niño pijo. Al menos, la ciudad prestó atención a lo que hice durante unos días. Qué pena que vayamos a arrastrar a la pobre Mera con nosotros —dijo negando con la cabeza, falsamente apenado—. Por cierto, nuestro amigo de seguridad está inconsciente, y puede que rodeado de llamas. He cerrado el edificio, lo he rociado con gasolina y le he prendido fuego. En breve empezará a subir el fuego.

Mera miró a Luca fijamente. Tenía un plan, solo le hacía falta entretener a Daniel.

—Déjala marchar. Tú lo has dicho, no estaba en tus planes, a quien quieres es a mí.

—Eso significaría abrir las puertas, y no. No hay salida.

Luca se acercó a Daniel con las manos levantadas.

—Entonces mátame ya. ¿Qué sentido tiene esperar a que arda esto?

Daniel apuntó a Luca y cogió la pistola más fuerte. Entonces Mera empezó a moverse poco a poco, aprovechando la distracción del muchacho.

—Una muerte por arma de fuego es rápida, indolora. No. Tú no te mereces eso, igual que tu padre y mi madre. Mereces que te mire a los ojos mientras mueres. Y si además puedo llevarme el periódico de John Barton por delante, mejor que mejor.

Mera cogió con cuidado el café de Luca, que aún estaba ardiendo.

—Tú también morirás —le dijo Luca con pesar a Daniel.

—Te repito que es algo que ya tenía contemplado.

—Me encantaría decir que lo siento, Daniel, pero ni siquiera sabía de tu existencia. No podía remediarlo.

—No, no podías —espetó él, apretando más la pistola porque Luca estaba cada vez más cerca.

Entonces Mera le lanzó el café a los ojos sin pensarlo. Daniel gritó y tiró la pistola instintivamente para secarse la cara. Luca apartó a Mera a un lado y le propinó un derechazo a Daniel que lo dejó en el suelo, inconsciente.

—¡Corre! —gritó ella.

Luca se metió el certificado, que aún tenía en la mano, en el bolsillo del pantalón y salió disparado hacia la salida de emergencia de la segunda planta. Estaba cerrada, como había dicho Daniel. El olor a humo empezaba a ser insoportable y el suelo quemaba.

—Joder, no vamos a salir de esta —exclamó Mera.

Luca miró a su alrededor. El fuego empezaba a aparecer al otro lado de la sala y se estaba derrumbando una parte de la fachada. Escucharon una sirena. Al asomarse a una de las ventanas pudieron ver el despliegue de policía y bomberos. Harry también estaba allí.

Mera pensó en Daniel. No podría perdonarse dejarlo allí, pero no quería pedirle a Luca que fuese a por él.

—Espérame aquí, tengo que ir a buscar algo.

—¿Qué dices? ¿Estás loca?

—Tengo que comprobar que Daniel sigue inconsciente. Además, no le hemos quitado la pistola; voy a por ella —se excusó—. Intenta abrir la ventana o golpearla para que vean que estamos aquí y vengan de inmediato. Regresaré antes de que te des cuenta.

Él asintió. Mera dio media vuelta, pero, sin darle tiempo a ponerse en marcha, Luca la cogió de la mano y la atrajo hacia su cuerpo. No la besó, aunque la abrazó.

—Ten cuidado. No puedo perderte —le dijo.

—No lo harás —le aseguró ella para tranquilizarlo, si bien sabía que lo que se proponía era un suicidio.

Mera echó a correr en dirección contraria a la de Luca.

Fue hacia la sala de descanso tapándose la boca y tosiendo sin parar. El humo había llegado hasta allí con rapidez. Daniel seguía en el suelo y, cuando se estaba acercando, una explosión de fuego y gas derrumbó parte del lugar.

Mera quiso escapar, pero un cascote le cayó en el pie derecho y la atrapó. Intentó zafarse, en vano. Gritaba y lloraba a la vez. Apenas podía respirar, las piernas le ardían, y se dio cuenta de que no oía nada a su alrededor. Miró hacia atrás y vislumbró a Luca entre las llamas que los rodeaban gritándole algo cuando todo se volvió negro.

48

Harry

Septiembre de 2019

Las enfermeras llegaron asustadas al oír los gritos de Mera. Corrieron para ver que las constantes vitales estuvieran bien y le pusieron otra dosis de calmantes. Luca, aterrado pero inamovible a su lado, tenía un aspecto horrible.

Harry no llegó a tiempo como esperaba. Después de recibir la llamada de Katy intentó ponerse en contacto con Mera una, dos y hasta seis veces sin resultado alguno. Volvió a llamar a Katy para pedir más refuerzos y, viendo el *Barton* arder, empezaron los avisos a los bomberos.

Al llegar al periódico y comprobar que era imposible entrar por la puerta principal, los bomberos cogieron la escalera. Habían visto a Luca aporrear sin control la ventana, que terminó rompiendo. Mera no estaba, y cuando Luca se giró para ir en su busca la encontró inconsciente en el suelo. Un par de bomberos le ayudaron a sacarla.

Estaba llena de quemaduras en brazos y piernas. Se había roto el tobillo, aunque en el hospital habían podido operárselo con éxito. La cara le había quedado casi intacta, pero le habían dicho a Luca que había perdido parte de la audición de los dos oídos. Seguramente debido a una de las pequeñas explosiones provocadas por el fuego.

Luca no quería ayuda. Aceptó el oxígeno y limpiarse, pues no tenía más que unos rasguños. Mera había querido salvar a Daniel. Harry estaba completamente seguro de ello. Aunque eso demostrara su valentía, también era un atentado contra su propia vida.

El inspector se quedó en el umbral de la puerta viendo cómo Mera volvía a quedarse dormida debido a los fármacos.

—Los Clarke llegarán en cualquier momento. Ya los he avisado —le dijo Katy. Harry se lo agradeció. No podía soportar darle también esa noticia a Steve.

Katy se decantó por quedarse en la sala de espera.

Harry se frotó la cara y miró a Luca, que estaba sentado al lado de la cama de Mera con ojos cansados.

—Lo siento —le dijo a su hermano pequeño.

—¿Por qué?

—Porque debería haberos protegido.

—No tenías ni idea.

—Mi trabajo consiste en anticiparse. En cuanto hablé con mamá, lo supe. Me lo contó todo. Sabía quién era él y no llegué a tiempo.

—¿Mamá te lo ha contado?

Harry asintió.

Luca se incorporó un poco en el asiento y se metió la mano en el bolsillo del pantalón. Sacó un papel arrugado y se lo entregó a Harry. Este lo miró con detenimiento y después dirigió de nuevo a su hermano una mirada cargada de tristeza.

—Quiso salvar al crío a espaldas de papá.

—No lo hizo bien.

—En esta familia no se hace nada bien. No podemos culparla por querer salvarlo. En todo caso, por ocultarlo de nosotros o por no cuidarnos como debía cuando éramos unos críos.

Luca lo miró cansado y con rabia.

—Era mi hijo, Harry, joder. Tuve un hijo con quince años y no tenía ni idea. Aletheia ha muerto. Papá ha muerto. —Hizo una pausa—. No quiero arrastrar a Mera a toda esta mierda.

Harry se acercó a su hermano.

—Parece ser que eso no era cosa nuestra. Era inevitable que la vida de Mera se cruzara con la nuestra. Ya leíste lo que escribió el abuelo. —Hizo una pausa antes de seguir—. Respecto a Edward, tendríamos que haberlo llevado a un psicólogo o un psiquiatra hace mucho, pero qué íbamos a saber. Mamá tampoco quiso denunciarlo nunca. No estoy diciendo que se mereciese morir así, nadie lo merece, y, sin embargo, creo que la vida será un poco mejor sin él. Nuestra vida al menos. Estoy seguro de que arruinó otras vidas que desconocemos a lo largo de los años.

Cuando Harry dijo aquello se sintió peor persona. Él era inspector, y sentirse aliviado con la muerte de alguien no era precisamente lo que debía hacer, sino todo lo contrario.

—Ojalá hubiese sabido de su existencia. Habría intentado ser mejor para él. Y lo tenía tan cerca, cada día, en la redacción... —Se echó las manos a la cara—. Se parecía a Aletheia.

Harry asintió.

—Ya ha acabado, Luca. No podemos remediar lo que ha pasado. Ahora hay que limpiar heridas y seguir luchando. ¿Mera lo sabe todo?

—Sí —afirmó Luca—. Daniel nos lo contó mientras nos apuntaba con una pistola.

La impotencia de Harry se acrecentó con aquella respuesta. Habían pasado un infierno y él no había podido solucionarlo a tiempo. Tenía tres cadáveres a su espalda después de encontrar a Daniel en medio del derrumbe. Aquello lo iba a perseguir siempre, al igual que el recuerdo de su padre. No sabía si Edward había hecho aún más cosas que habrían destrozado vidas ajenas, pero estaba seguro de que así era.

—Lo peor es que comprendo sus motivos. Era un odio razonable. Lo abandonaron a su suerte sin necesidad alguna, simplemente porque papá quería mantener la buena imagen de la familia —le dijo Luca con los brazos cruzados mirando a Mera—. Él también era un Moore, pero cuando lo vi allí plantado diciéndomelo, no pude identificarlo como mi hijo, no sentí nada.

A Harry le dio la sensación de que Luca estaba intentando buscar una justificación para los actos de Daniel, cosa que no existía.

—Una lógica implacable es la mayor manía homicida. Un hombre puede creerse enviado por una divinidad para imponer justicia sobre los demás, siempre impulsado a matar por una razón perfectamente lógica, que le hace pensar que lleva razón, que su actitud es admisible —respondió Harry automáticamente, recordando a Hércules Poirot—. Pero no, Luca. Nada lo justifica.

En ese momento, Mera volvió a abrir los ojos, más tranquila, y sonrió a los dos hermanos. Ellos la observaron preocupados. Harry estaba en guardia por si tenía que volver a llamar a la enfermera.

—Vaya cara debo tener para que me miréis así —dijo ella intentando parecer divertida—. Idos a casa y descansad.

Luca le sonrió y Harry reconoció esa mirada. Estaba enamorado de ella. Una parte de él se alegraba tanto que no podía contener una sonrisa; la otra sentía que le arrebataban un pedazo de su vida.

—Idos a casa, chicos —repitió ella.

—Yo ya estoy en casa —le respondió Luca—. No voy a estar en ningún sitio mejor que aquí.

Harry asintió y se marchó, dándole un par de palmadas en el hombro a su hermano. Katy estaba fuera, esperándolo. Se levantó de inmediato al verlo.

—¿Esperamos a los Clarke?

—No. Mejor no. Luca está con Mera. Los recibirá él.

—¿Cómo está?

—Se recuperará, es fuerte.

—¿Y tú?

—No tengo que recuperarme de nada, ni un rasguño —dijo él mirándose los brazos, irónico—. Yo no estuve entre las llamas.

—Hay heridas que son invisibles, Harry —dijo ella, avanzando junto a él por el pasillo antes de pararse en el ascensor.

Tenía razón, ninguna de sus heridas se podía apreciar a ojos de nadie.

—Entonces, yo estoy lleno de cicatrices.

Nota de la autora

Torquay es el pueblo de nacimiento de Agatha Christie, nació allí un 15 de septiembre de 1890. El ambientar esta historia en su ciudad es simplemente para homenajear (a mi manera, totalmente subjetiva) a la escritora que hizo en mi adolescencia que amara las novelas de misterio y crimen. Sus obras, son para mí los mejores libros de detectives, crimen y dramas familiares que pude leer.

La mayoría de los personajes tienen sus nombres basados en guiños a los de ella, igual que otros muchos detalles de localización. Las calles que se nombran en esta historia son reales.

Por otro lado, hay muchas de las cosas que he cambiado para dar con una historia más dramática (al final, esto es una historia de ficción, cualquier parecido con la realidad es coincidencia ;)). Como el *Barton Express*. Este periódico existe en la vida real con el nombre de *Harold Express* y está situado en la calle Barton, como en la novela.

Con esta nota, solo quiero aclarar que muchos detalles son reales y que están puestos para identificar guiños a la Dama del Crimen y que espero que el lector/a los disfrute.

Agradecimientos

Este libro ha llegado de improviso y en medio de una pandemia. Me costó mucho decidirme a tirarme a la piscina. Por ello tengo tanta gente a la que dar las gracias y que necesito nombrar. Así que espero que no se me olvide nadie, y si se me olvida..., ¡no era mi intención, de verdad!

Quiero agradecer enormemente a Clara, mi editora. Por darle una oportunidad a esta historia y querer a estos personajes tanto. Gracias, por hacer que *A ojos de nadie* llegue a las librerías. Al igual que a todo el equipo de Penguin Random House que se ha volcado en ella y ha logrado que este ejemplar esté entre nuestras manos.

A ti mamá, que me enseñaste a reconocer la luz en la oscuridad, que me hiciste luchar por mí misma y fortalecerme sin necesidad de nadie más para perseguir mis sueños. Este libro trata sobre mujeres luchadoras, y esto es lo que vi en ti mientras crecía. Gracias por tu apoyo incondicional.

A mi tía María José, por amar cada personaje tanto como yo, por darme ideas y soportarme durante no solo la escritura del libro, sino toda mi vida. Gracias a las dos por enseñarme a amar la lectura, por leerme cada noche cuando yo no podía. Esto os lo debo a vosotras.

A mis abuelos, porque no hay ningún momento importante de mi vida que no lo haya pasado junto a ellos. Gracias por ser mis padres y apoyarme en todo, no sé qué hubiese sido de mí sin vosotros.

A mi hermana Valeria, porque la vida sin ti sería muy aburrida. Gracias por ser luz y bondad, has hecho que Emma sea tuya.

A Pancho, por ser el padre que cualquier hija desearía tener. Por protegerme, cuidarme y vivir mis sueños tanto o más que yo.

A mis tíos Tony e Inma, por formar parte de mi vida. Por cada carcajada, tontería y momento compartido. También a mis primos, Alexia y Tony, espero que algún día lean esto con ilusión.

A Edu, por los banquetes de comida en casa mientras debatíamos el argumento del libro.

A mi prima Carolina, por darme la clave médica de este entramado que me volvía loca. Y a mi primo Víctor, por ser el hermano mayor que nunca tuve y siempre encontré en él.

A mi familia, la que se elige. A mis amigas Luisa (que a punto estuvo de venir ella misma a editar el libro y mandarlo cuando más triste estaba), Cristina y Marina, por hacerme la vida más alegre. Sois mis hermanas. Gracias por haber vivido conmigo esta historia cuando estaba en pañales. Os quiero.

A Paloma, porque a pesar de los años has estado aquí, gracias por apoyarme siempre. Te quiero, amiga.

A Sergio y Ainhoa, por ser esos amigos que están cuando más los necesitas, no cambiéis nunca. Ainhoa, gracias por ser mi chica de portada.

Desde que empecé en YouTube he conocido a gente maravillosa, pero Madrid no sería lo mismo sin Mikel. Te quiero mucho, mi señora inglesa. Y cómo no, a Brais, Iña, Pak, Javi y Andrés, gracias por todo el apoyo y quererme tanto. Sois los mejores.

Y a Duna, por animarme a autopublicar este libro y estar siempre (aunque sea a distancia). Eres todo amor.

A ti, Enrique, porque eres la persona que apoya cada proyecto loco, que cree en mí cuando ni siquiera yo creo (que son más veces de las que me gustaría reconocer). A ti, que viviste este libro incluso antes de que fuese una historia que contar, cuando aún estaba en mis sueños y pesadillas, poniéndole cara a los personajes.

Cuando todo el mundo me dijo que no, tú buscabas otra forma para ver la luz, y es que ves en mí cosas que ni yo veo. Me enseñaste que el amor siempre suma y te hace feliz, y este libro es una prueba de ello, también es tuyo. Sobre todo, la portada ;).

Y a ti, lector, lectora, por darme la oportunidad y llegar hasta aquí conmigo. En este libro encontrarás muchas referencias a Agatha, incluso los apellidos de los personajes le hacen guiños. Gracias por dejar a Mera, Luca y Harry entrar en tu vida y apoyarme con esta historia. Solo espero que hayas disfrutado, al menos, una cuarta parte de lo que lo hice yo escribiéndola.

Si te has quedado con ganas de más,
empieza a leer la continuación
escaneando este QR:

Asesinato de un culpable

Ya a la venta